MARKUS KLEINKNECHT

# BIST DU NICHT WILLIG

MARKUS KLEINKNECHT

# BIST DU NICHT WILLIG



THRILLER

GMEINER

Personen und Handlung sind frei erfunden.
Ähnlichkeiten mit lebenden oder toten Personen
sind rein zufällig und nicht beabsichtigt.



MIX
Papier | Fördert gute Waldnutzung
FSC® C083411

Besuchen Sie uns im Internet:
www.gmeiner-verlag.de


Im Ehnried 5, 88605 Meßkirch
Telefon 07575/2095-0
info@gmeiner-verlag.de

1. Auflage 2024

Lektorat: Claudia Senghaas, Kirchardt
Herstellung: Mirjam Hecht
Umschlaggestaltung: U.O.R.G. Lutz Eberle, Stuttgart
unter Verwendung eines Fotos von: © moritz kindler / Unsplash
Druck: CPI books GmbH, Leck
Printed in Germany
ISBN 978-3-8392-0560-0

*Ich liebe dich, mich reizt deine schöne Gestalt;*
*Und bist du nicht willig, so brauch' ich Gewalt.*

*Der Erlkönig – J. W. v. Goethe*

# PROLOG

Sie merkte sofort, dass sie nicht zu Hause war. Dass sie ihre Beine nicht richtig bewegen konnte, merkte sie kurz darauf. Im Halbdunkel fasste sie an sich hinunter. Eine Fußfessel lag um ihren linken Knöchel. Im fahlen Licht konnte sie Metall schimmern sehen. Ihr Mund fühlte sich trocken an. Es schmerzte hinter den Augen. Lieber wieder zumachen. Noch etwas schlafen.

Sie erinnerte sich, dass sie den Klub allein verlassen hatte. Mehr geflüchtet als einfach nur gegangen. Dieser Typ, Volker Soundso, hatte sie den ganzen Abend genervt. Doch sie konnte ihn einfach nicht loswerden. Als er zur Toilette ging, nutzte sie die Gelegenheit, selbst zu verschwinden. Benebelt von der stickigen Luft und einer nicht unbeträchtlichen Menge Alkohol, stolperte sie aus der Tür auf die Straße hinaus.

Taxi! Wo waren denn die Taxen?

Ihre Beine fühlten sich taub an. Ihr Gehen wurde mehr zu einem Stolpern. Jemand griff ihr von der Seite unter die Arme.

Geht schon. Geht schon.

Aber es ging nicht. Sie wurde zu einem großen weißen Wagen geführt, eine Schiebetür geöffnet. Was für ein komisches Taxi, hatte sie noch gedacht. Vielleicht ein Sammeltaxi. An dieser Stelle setzte ihre Erinnerung aus.

Das kann doch nicht nur vom Alkohol kommen, dachte sie nun mit geschlossenen Augen auf der Pritsche. Jemand hat mich betäubt. Das waren K.-o.-Tropfen.

Sie drehte den Kopf zur Seite, konnte nun etwas mehr im Dämmerlicht erkennen. Der Raum, in dem sie sich befand, war nicht sehr groß. In der Mitte stand ein dunkler Gegenstand. An der gegenüberliegenden Wand gab es eine Tür. Darüber ein Oberlicht. Es schimmerte gelblich.

Sie richtete sich vorsichtig auf. In ihrem Kopf hämmerte der Schmerz. Ungeniert stöhnte sie auf. Dann schob sie die Beine vom Bett, stellte die Füße vorsichtig nebeneinander. Etwas klirrte bei der Bewegung.

Eine Kette.

Ihre Füße waren nackt. Sie spürte einen kalten Bodenbelag. Nicht kalt genug für Fliesen. Vielleicht ein Linoleumboden. Sie versuchte aufzustehen. Beim ersten Versuch plumpste sie gleich wieder nach hinten. Der zweite glückte. Vorsichtig machte sie einen Schritt vorwärts.

In der Mitte des Raums standen ein Tisch und ein Stuhl. Sie griff nach der Stuhllehne und ruhte sich einen Augenblick aus. Übelkeit griff nach ihr. Totale Erschöpfung wollte sich ausbreiten. Sie erlaubte es ihr nicht. Noch nicht. Erst musste sie wissen, was sich hinter der Tür verbarg.

Langsam schritt sie weiter. Auf halber Strecke begann sich die Kette zu straffen. Sie merkte es schon, bevor es in den Kettengliedern ruckte. Danach konnte sie den Fuß nicht weiter nach vorn bewegen. Zur Seite ja. Nach vorne nein.

Sofort kehrte die Erschöpfung zurück. Und mit ihr die Übelkeit. Verzweifelt streckte sie die Arme nach vorn. Bis zur Tür waren es mindestens noch zwei Meter. Sie ließ sich auf die Knie sinken, schob den Oberkörper mit den Händen ein Stück vorwärts und streckte den Arm aus.

Sie begann zu zittern, krampfte sich zusammen. Dann hörte sie Geräusche. Es war ein Wimmern. Erschrocken stellte sie fest, dass sie selbst es war, die das Wimmern erzeugte, und die Wahrheit wurde ihr mit aller Gewalt bewusst: Sie war gefangen.

Angekettet lag sie auf dem Fußboden eines Raums, den sie mit absoluter Sicherheit nicht kannte. Die Tür zur Freiheit war vor ihr, aber sie konnte sie nicht erreichen. Nicht einmal mit ausgestreckten Armen. Frierend kroch sie zurück zum Bett. Wer auch immer sie gefangen hatte, sollte sie nicht länger so sehen. Den Gefallen wollte sie ihm nicht tun.

Am Fußende des Bettes stieß sie auf einen Korb, den sie zuvor nicht bemerkt hatte. Darin lagen eine Wasserflasche, ein Paket Kekse und eine Plastikdose. Etwas Rundes in ihrer ausgestreckten Hand musste ein Apfel sein. Auch drei Bananen lagen im Korb.

Gierig griff sie nach der Flasche, verschluckte sich, hustete und nahm gleich noch einen Schluck. Das Wasser vertrieb die Bitterkeit des Alkohols der vergangenen Nacht aus ihrem Mund. Es war doch letzte Nacht gewesen, als sie den Klub verlassen und man sie entführt hatte? Sie vermutete es zumindest. Doch den genauen Zeitverlauf kannte sie nicht. Ihre Entführung konnte auch schon zwei Tage her sein. Das künstliche Licht hinter der Tür verriet ihr nicht einmal, ob Tag oder Nacht war. Erschöpft legte sie sich zurück aufs Bett und zog die Beine an den Oberkörper.

# 1

Charlotte Sander pflügte im Hallenbad durch das Wasser, als gelte es, eine neue Welt zu erobern. Und das stimmte auch. Der Fotografin stand ihr erster Arbeitstag beim *Harburger Tageblatt* bevor. Bisher hatte sie hauptsächlich Fotos für eine Werbeagentur gemacht und mit viel Herzblut einige großformatige Bildbände mit Hamburg-Motiven veröffentlicht. Ihre neueste Arbeit sollte diese Serie mit einem Buch über *Lost Places* fortsetzen. Von der Werbefotografie hatte sie schon lange die Nase voll. Immer nur künstliche Bilder von künstlichen Objekten, zu denen Charlotte irgendwann auch die entsprechenden Models zählte, hatten bisher zwar erfolgreich ihr Portemonnaie gefüllt, aber nicht ihr Herz. Da erschien ihr die Jobausschreibung der Tageszeitung viel spannender. Neben einer Liste mit gewünschten Qualifikationen hieß es, dass man durch die Themenvielfalt bei einer Lokalzeitung an Orte gelangen würde, von denen andere nicht einmal wussten. Besser ging's nicht.

Nach ihrer letzten Bahn zog sich Charlotte an den Beckenrand und schob ihre Schwimmbrille auf die Stirn. Da das Schwimmbad früh öffnete, hatte sie die Gelegenheit genutzt, noch vor der 9-Uhr-Konferenz ihr tägliches Pensum zu erfüllen: zwei Kilometer schwimmen oder wenigstens eine halbe Stunde im Wasser sein. Motiviert stemmte sie sich in die Höhe, duschte kurz und bändigte ihre Haare beim Föhnen. Die blonden Korkenzieherlocken machten sonst mit ihr, was sie wollten.

Um 8.30 Uhr rollte sie mit ihrem alten Renault vom Harburger Ring auf den Redaktionsparkplatz hinter einem

Geschäftsgebäude. Das Personal benutzte hauptsächlich den Hintereingang, während die Schaufensterfront des *Harburger Tageblatts* mit der jeweils neuesten Ausgabe nach vorn zur Fußgängerzone zeigte. Im Erdgeschoss war die Anzeigenannahme untergebracht, zur Redaktion führte eine Wendeltreppe in den ersten Stock. Eine quietschende Wendeltreppe, wie Charlotte bereits bei ihrem ersten Besuch im Gebäude festgestellt hatte. Automatisch hatten ihre grün schimmernden Augen, die bei vielen Gesprächspartnern eine gewisse Unruhe auslösten, die Treppenaufhängung geprüft. Doch mit der schien alles in Ordnung zu sein. Es quietschten offenbar nur die auf ein Metallskelett geschraubten Holzstufen.

Charlotte winkte in das Büro des Chefredakteurs, bei dem sie ihr Vorstellungsgespräch gehabt hatte. Der Raum war vom Rest der Redaktion durch eine Glasfront getrennt, die sich mit einem Vorhang blickdicht schließen ließ. Petersen saß an seinem Schreibtisch und winkte kurz zurück. Der Chefredakteur wirkte beschäftigt, also ging Charlotte zur kleinen Küche. Dort versorgten sich Redakteure, Volontäre und Fotomitarbeiter wahlweise mit Kaffee oder Tee. Besonders vor den Konferenzen war hier das Gedränge groß. Charlotte lächelte in verschiedene Gesichter, tauchte einen Beutel Schwarztee in einen Becher mit heißem Wasser und ging dann wieder in die Redaktion. Am ersten Tag gedachte sie, vorbildhaft pünktlich zu sein. Sobald sie sich eingewöhnt hatte, würde eine Dose mit echtem Tee in einen der Hängeschränke wandern, damit es in der Redaktion zukünftig etwas zivilisierter zugehen konnte.

Ein Kollege hob den Blick vom Schreibtisch, als sie sich im Raum nach einer Sitzmöglichkeit umsah. Der Mann trug ein ordentlich gebügeltes blaues Hemd und eine Bundfaltenhose mit dünnem Gürtel, dazu braune Lederschuhe. Eine senkrecht verlaufende Falte auf der Stirn ließ ihn zunächst mürrisch aussehen, doch der Eindruck verschwand sofort, als er zu lächeln begann und dabei eine kleine Lücke zwischen den beiden oberen Schneidezähnen entblößte. Mit einem Kopfnicken deutete er auf den freien Drehstuhl an einem Schreibtisch, mit dem sein eigener Tisch eine kleine Insel bildete. Es gab hier fünf Gruppen mit je zwei Schreibtischen, die mit den Stirnseiten zusammenstanden und deren Computermonitore, Tastaturen und Telefone sich somit spiegelten. »Danke«, sagte Charlotte, bevor sie sich mit ihrem Tee auf dem freien Stuhl niederließ. »Charlotte Sander«, fügte sie dann noch hinzu.

»Schultheis«, entgegnete der Redakteur, den Charlotte auf Mitte 40 schätzte. Da er offenbar genauso wenig wie sie zur Quasselstrippe taugte, blieb es bei der kurzen Begrüßung.

Ein Blick nach rechts durch eine Panoramascheibe zeigte Charlotte zwischen zwei hohen Gebäuden hindurch, wie der Verkehr auf dem Harburger Ring dahinfloss. Dann bemerkte sie, dass jemand neben ihr stand.

Charlotte musste nach oben gucken, um die Augen des Mannes zu finden, der sie sichtlich etwas ratlos ansah. Es war ein dünner Kerl mit einem Kaffeebecher in der Hand. Er war mindestens ein Meter 90 groß und damit sogar noch größer als Charlotte selbst, sein Gesicht kantig und unrasiert. Sein Körper wirkte eher zäh, als durch Sport gestählt, trotzdem wohnte seiner Haltung eine Lässigkeit inne, die Charlotte gefiel.

»Mein Platz«, sagte er nun.

Charlotte sah zu Schultheis hinüber, dem sie den Sitzplatz zu verdanken hatte, doch dieser versteckte sich hinter seinem Monitor und tat so, als habe er nichts damit zu tun. Ihr erster Impuls war es, den Stuhl kampflos zu räumen. Immerhin war dies ihr erster Tag. Da wollte sie nicht gleich mit den internen Gewohnheiten brechen. Doch dann entschied sie sich anders.

»Wo kann ich sonst während der Konferenz sitzen?«, fragte sie den langen Kerl.

Der sah sich nun selbst suchend um, hob fragend die Augenbrauen. »Schon gut«, sagte er dann, trat an Charlotte vorbei und setzte sich auf einen niedrigen Heizkörper vor der Panoramascheibe. Da die Heizung nur etwa 30 Zentimeter hoch war, musste er seine langen Beine aufwendig sortieren. Auch danach sah die Sitzhaltung nicht besonders bequem aus, aber es schien ihrem Kollegen zu genügen. Charlotte roch den Kaffee in seiner Hand und den Hauch eines angenehmen Herrenparfüms. »Charlotte. Die Neue fürs Foto«, sagte sie.

»Jan«, erwiderte Jan Fischer und prostete ihr mit dem Kaffeebecher zu. Im selben Moment begann ein Pager auf der Schreibtischoberfläche zu rappeln. Er war auf lautlos gestellt, trotzdem verursachte sein Vibrieren ein alarmierendes Geräusch.

»Gib mal«, bat Jan und streckte die Hand aus.

Charlotte reichte ihm das Gerät und sah dabei die Meldung auf dem Display.

»Person in Wasser. Lotsekanal«, las Jan vor. »Sollte vielleicht jemand hin. Schultheis, was ist mit dir?«

Der Mann im blauen Oberhemd versteckte sich noch immer hinter seinem Monitor und schien sich nicht angesprochen zu fühlen. Dafür schob Petersen seinen übergewichtigen Körper aus dem Büro des Chefradakteuers und sah Jan erwartungsvoll an.

»Person in Wasser. Gleich um die Ecke«, sagte Jan. »Kann aber alles Mögliche sein.«

»Dann guck mal nach. Was Aktuelles können wir noch gebrauchen«, entgegnete der Chefredakteur. Petersens Alter ließ sich wegen seiner Körperfülle nur schwer schätzen. In seinem runden Gesicht wurden die Falten von innen geglättet. Dafür machte ihn ein Vollbart wieder etwas älter. Charlotte hatte ihn schon beim Bewerbungsgespräch Mitte 50 bis Mitte 60 geschätzt.

»Ich höre erst mal, was der Lagedienst sagt. Vielleicht liegen da wieder nur Klamotten am Kai.« Jan stellte den Kaffee ab und griff zum Telefon, während Charlotte mit dem Stuhl ein Stück zurück rollte, um ihm Platz zu machen. Für den Lagedienst der Feuerwehr gab es eine Kurzwahltaste. Jan meldete sich, als säße am anderen Ende der Leitung ein guter Bekannter, nickte dabei und legte dann wieder auf.

»Könnte tatsächlich einer im Wasser sein«, sagte er zu Petersen. »Da treiben Kleidungsstücke im Hafenbecken.«

»Dann los. Und nimm Charlotte mit. Sieht sie gleich, wie es hier läuft.«

So viel zu einer entspannten Vorstellungsrunde bei der Redaktionskonferenz, dachte die Neue im Raum. Eine Aufwärmzeit gab es bei der Zeitung offenbar nicht.

»Kommst du?«, fragte Jan.

»Hole nur meine Sachen«, entgegnete Charlotte und lief zu der Tasche mit ihrem Fotoequipment, die sie in Sichtweite an einer Wand abgestellt hatte. Ihre Schritte waren lang und ausholend. Charlotte trug Cowboystiefel, Jeans und eine Jeansjacke über einer roten Bluse. Auffallend große Ohrringe wippten auf Höhe ihrer Kieferknochen, als sie Jan bei der Wendeltreppe einholte. Wieder quietschten die Stufen unter ihren Schritten.

Um zum Lotsekanal zu gelangen, mussten Jan und Charlotte die Bahnstrecke zwischen Hamburg und Bremen überwinden, deren Schienenstrang die Harburger Innenstadt vom Hafengebiet trennte. Charlotte steckte sich eine Zigarette in den Mundwinkel und kurbelte das Fenster runter.

»Was?«, fragte sie, als sie Jans Blick auf sich spürte.

»Brauchst nicht nervös zu sein«, antwortete er und begann, wie schon in der Redaktion, seine Beine zu sortieren. »Wir drucken sowieso keine Fotos von Toten. Wenn da was ist, reichen Bilder von den Tauchern oder einem Feuerwehrboot mit Hafenpanorama. Alles ganz entspannt. Wir sind nicht von der Boulevardpresse. Unsere Leserschaft ist im Schnitt über 50. Da darf es nichts allzu Aufregendes mehr sein.«

Charlotte blies Rauch aus dem Fenster. »Wer sagt, dass ich nervös bin? Bin ich nämlich nicht.«

»Musst du auch nicht.«

Charlotte fragte sich, ob der Typ sie verschaukeln wollte, konnte aber kein verstecktes Grinsen entdecken. Dann war seine Bemerkung vielleicht einfach nur nett gemeint.

»Schon lange dabei?«

Jan schien endlich eine passende Position für seine Beine gefunden zu haben. »Schon ewig«, antwortete er.

Für ewig sah Jan zu jung aus. Charlotte schätzte ihn auf Mitte 30. Damit war er auch nicht älter als sie.

Sie fuhren an Einfahrten zu tristen Industrieanlagen vorbei, bevor sie in ein Gebiet gerieten, das mit restaurierten Fachwerkbauten und sichtlich teuren Wohngebäuden protzte. In roten Backstein geschnittene Fenster und ein Aufbau aus Glas und Metall hatten die runden Silos eines über 100 Jahre alten Getreidespeichers in ein Bürogebäude der Luxusklasse verwandelt. Aus alt mach neu. Die Straße schien in beide Richtungen gesäumt von Geschäften und Lokalen.

»Da vorn links«, sagte Jan.

Rund um den Binnenhafen schien ein Luxusquartier zu entstehen. Das hatte Charlotte angesichts der offenkundig ausblutenden Harburger Innenstadt nicht erwartet. Leer stehende Geschäfte in der Fußgängerzone wurden hier von einer neuen Heimat für gefüllte Brieftaschen kontrastiert. Charlotte sah rechts das Hafenbecken liegen. Die Reifen ihres

Renaults wechselten von Asphalt auf Kopfsteinpflaster. Jan ließ Charlotte unweit der alten Fischhalle halten. Wo einst frischer Fang feilgeboten wurde, befanden sich jetzt ein Bistro und ein Veranstaltungsort für Konzerte und Lesungen. Jan ging vorneweg, während Charlotte ihre Fototasche aus dem Fußraum hinter ihrem Sitz angelte. Von der Rückseite des Gebäudes aus konnte sie bereits ein Boot der Feuerwehr auf dem Wasser sehen. Auf dem gegenüberliegenden Kai stand ein rotes Fahrzeug der Tauchergruppe. Eine auf die Seite gemalte Figur mit Taucherbrille und Sauerstoffflasche schien ihre Harpune auf Charlotte und Jan zu richten.

Der Tod ist eine Möglichkeit, dachte Jan, während der glänzend schwarze Kopf eines Tauchers unter der Wasseroberfläche verschwand und Luftblasen aufstiegen. Der Geruch von Schiffsdiesel stieg Jan in die Nase. Er war froh, nicht selbst in diese Brühe zu müssen. Einige Kleidungsstücke trieben auf dem Wasser. Der Bewohner eines unweit liegenden Hausboots hatte die Sachen entdeckt und daraufhin einen Notruf abgesetzt. Wie Jan und Charlotte verfolgte der ältere Mann nun das Geschehen auf dem Wasser, schüttelte stumm den Kopf, während sich ein Feuerwehrmann aus dem kleinen Boot lehnte und mit einem Haken einen Stofffetzen aus dem Wasser zog. Der Verschluss der Kamera klickte, als Charlotte auf den Auslöser drückte.

Am Kai gegenüber stand ein Sicherungsmann der Tauchergruppe mit einer Leine. Sein Job erforderte in der Regel genauso viel Geduld wie die des Froschmanns. Doch diesmal ging alles sehr zügig. Ein Boot der Wasserschutzpolizei legte sich nach kurzer Zeit neben das kleinere Feuerwehrboot. Seile wurden herabgelassen. Der Taucher zeigte sich an der Oberfläche, sprach kurz mit der Bootsbesatzung und verschwand dann wieder. Offenbar hatte er etwas gefunden.

Die Polizisten auf dem größeren Boot zogen gemeinsam mit der Besatzung des Feuerwehrbootes an den Seilen. Als der Tote an die Oberfläche kam, klickte Charlottes Kamera erneut. Jan sah die neue Kollegin an. Ein Lichtstrahl wurde auf der Linse ihres Teleobjektivs reflektiert.

Der Tote hätte er selbst sein können, das spürte Jan Fischer in seinem Inneren, als er den Blick vom Wasser hinauf zu einem Museumskran hob, bei dem neben der Leiter zum Aufstieg ein Paar teure Lederschuhe gefunden worden waren. Nur dass Jan hier an der Kaimauer stand, während der Tote im kalten Wasser lag. So müde, wie Jan sich schon das letzte halbe Jahr fühlte, so müde schwappte auch die Elbe gegen die glitschigen Steine des Hafenbeckens. Vermutlich war der Mann gestern Nacht auf den historischen Verladekran geklettert und in der Dunkelheit abgestürzt. Ein falscher Griff, ein falscher Tritt. Der Ausleger des Krans ragte bis über das Hafenbecken. Der Mann musste auf diesem Arm sehr weit hinausgeklettert sein, sonst wäre er auf den Anleger statt ins Wasser gefallen. Jan schlug den Kragen seines Kurzmantels hoch und sah zu, wie der Taucher im trüben Wasser zur Kaimauer zurückkehrte. Dann ging Jan zum Einsatzleiter der Feuerwehr hinüber.

Der Mann in Feuerwehruniform war beinahe zwei Meter groß und befand sich mit Jan auf gleicher Augenhöhe. Er begrüßte den Journalisten mit einem festen Händedruck. Nach einigen verbalen Freundlichkeiten begann Jan, sich Notizen zum Unglück zu machen. Viel wusste der Einsatzleiter noch nicht. Beide guckten zum Kran, guckten auf das Hafenbecken und sich dann wieder gegenseitig an. »Hochmut kommt vor dem Fall.«

Jan nickte, wusste er doch, dass Feuerwehrleute ebenso wie Polizisten und die Mitarbeiter von Rettungsdiensten häufig schwarzen Humor benutzten, um mit den menschlichen Dramen, denen sie täglich begegneten, zurechtzukommen. Reichte dies nicht, fand nach dem Einsatz eine seelische Nachsorge in den Feuerwachen oder auf dem Polizeirevier statt. Entweder im Gespräch mit den Kollegen oder mit einem ausgebildeten Notfallseelsorger. Jan hatte für das *Tageblatt* einmal einen Bericht über das Thema geschrieben.

»Männlich, weiblich?«, fragte er nun, um sich seinen eigenen Eindruck bestätigen zu lassen.

»Männlich. Allein schon wegen der Schuhe.«

»Alter?«

»Bei einer solchen Aktion?«, entgegnete der Einsatzleiter mit einer Kopfbewegung zum Kran. »Der war garantiert noch jünger. Aber um die Identität kümmert sich wie immer die Pol.«

»Okay, danke.« Jan steckte den Notizblock ein und blieb beim Einsatzleiter stehen, bis dieser über Funk vom Feuerwehrboot gerufen wurde. Die Hände in den Taschen ging Jan dann zurück zu Charlotte, die ihm mit gesenkter Kamera entgegensah.

»Tut mir leid für diesen Einstand, aber wir können uns das nicht immer aussuchen«, sagte er zu der Fotografin.

Ohne es zu wollen, dachte Jan an seine erste Wasserleiche. Da die Person damals schon länger im Wasser gelegen hatte, ließ sich beim Auftauchen weder Alter noch Geschlecht erkennen. Kein schöner Anblick. Und zur Nachricht wurden solche Einsätze auch nur dann, wenn es sich um keinen Suizid handelte. Denn über Selbstmord berichtete die Zeitung im Normalfall nicht. Dann hätte es schon ein Prominenter sein müssen, der sich das Leben genommen hatte. Doch die meisten Suizide wurden in stiller Einsamkeit von völlig Unbekannten begangen.

»Kannst du ja nichts für«, erwiderte Charlotte. »Abgestürzt oder gesprungen? Was denkst du?«

»Schwer zu sagen. Aber was macht man im Dunkeln auf einem Kran?«

»Vielleicht einen zu viel gehoben und sich dann wie der König der Welt gefühlt ...«, schlug Charlotte nach kurzem Schweigen vor.

»Wenn sie einen Abschiedsbrief finden, wissen wir es genau. Bis dahin steht's fifty-fifty.«

Aus angemessener Entfernung beobachteten beide, wie der Tote in einen Leichensack gesteckt wurde. Dann transportierte man ihn mit einer Rolltrage zum bereitgestellten Rettungswagen. Dieser würde ihn nach Eppendorf zur Rechtsmedizin bringen. Charlotte machte ein paar Fotos vom abfahrenden Rettungswagen, dann blickte sie wieder zum Kran.

»Unnötig«, stellte Jan nüchtern fest, der ihrem Blick gefolgt war.

»Aber so was von«, stimmte Charlotte zu.

## 2

Als die Pressestelle der Polizei Jan am kommenden Tag auf Nachfrage erzählte, wer der Tote aus dem Lotsekanal war, schickte Chefredakteur Petersen ihn und Charlotte erneut gemeinsam los. Die beiden sollten etwas Persönliches über den Mann in Erfahrung bringen und wenn möglich ein Foto des Verunglückten besorgen. Denn mittlerweile war klar, dass Martin Frey nicht nur ein nächtliches Bad genommen hatte, sondern tatsächlich vom Kran gestürzt war. Die Untersuchungen an den Stahlstreben förderten Blutspuren zutage, die mit einer Platzwunde am Kopf des Mannes zusammenpassten. Auch wegen eines fehlenden Abschiedsbriefs ging die Polizei von einem Unfall aus. Martin Frey schien in der Dunkelheit aus einer Laune heraus auf den Kran geklettert und dann abgestürzt zu sein. Ein Alkoholwert von 1,2 Promille erklärte das Vorhaben teilweise. Doch Petersen wollte es genauer wissen. Deshalb sollte Jan sich im Umfeld des Mannes umhören. Eine tragische Geschichte machte sich immer ganz gut in der Zeitung.

Ihr erstes Ziel war der Arbeitsplatz des Verstorbenen. Vielleicht konnten Kollegen etwas Interessantes über Martin Frey erzählen. Da es einen Stau auf der Stadtautobahn gab, riet Jan Charlotte, durch den ehemaligen Freihafen der Stadt zu fahren. Ihr Ziel war die HafenCity, ein in den letzten Jahren aus dem Boden gestampfter neuer Stadtteil Hamburgs, der wie ein großer Bruder des Harburger Hafens mit architektonischen Hinguckern offenkundig ebenfalls hauptsächlich für Wohlbetuchte gedacht war. Jan saß erneut mit angezogenen Beinen auf dem Beifahrersitz des Kleinwagens, während dieser über die Schwellen einer großen Hubbrücke rumpelte.

»Ich hasse Witwenschütteln«, stellte er fest.

»Witwenschütteln?«, fragte Charlotte und steckte sich eine Zigarette an.

»Hinterbliebene aushorchen«, präzisierte Jan. »Arbeitskollegen, Freunde, Witwen. Immer dasselbe Spiel.«

Martin Frey hatte als Anlageberater für eine Finanzagentur gearbeitet. Das stand nicht in der Pressemitteilung der Polizei. Doch bei einem Telefonat mit einem der Pressesprecher war dieser etwas auskunftsfreudiger gewesen. Selbst den Namen der Agentur hatte er Jan gegeben. Sie lag unweit der historischen Speicherstadt. Schon lange hatten dort Museen, Werbeagenturen und Bistros den klassischen Überseehandel vertrieben. Charlotte fuhr an dem futuristisch anmutenden U-Bahnhof Elbbrücken vorbei. Stahlstreben und geschwungene Glasflächen glänzten im Sonnenschein. Jenseits davon schraubten sich mehrere Prachtbauten in die Höhe. Doch die unumstrittene Königin der HafenCity war zweifellos die *Elbphilharmonie*. Das Konzerthaus mit der wellenförmigen Dachkonstruktion funkelte ebenfalls in der Sonne. Selbst aus dem fünf Kilometer entfernten Uhlenhorst an der Außenalster konnten die Hamburger ihr neues Wahrzeichen sehen. Die Akustik im Konzerthaus war ebenso phänomenal wie die Kostenexplosion vor der Fertigstellung des Hauses.

Die Finanzagentur, auf deren Firmenparkplatz Charlotte ihren Wagen abstellte, hatte ein glänzendes Messingschild an den Eingangsbereich des vierstöckigen Backsteingebäudes geschraubt. Riesige Fenster starrten Richtung Elbe, während Charlotte ihre Zigarette auf dem Kopfsteinpflaster austrat. Durch eine große Drehtür gelangten sie in das Gebäude und strandeten mit Schwung direkt am Tresen des Pförtners. Der Mann kompensierte fehlendes Haupthaar durch einen beängstigenden Walrossschnauzer. Man sah kaum, dass er den Mund beim Reden bewegte. Seine Worte quollen wie bei einem Bauchredner hervor. Jan stellte Charlotte und sich vor und sah anschließend zu, wie der Mann zum Hörer griff. Demonstrativ gelangweilt sagte er nach dem Telefonat, dass gleich jemand komme, um mit ihnen zu sprechen.

Fünf Minuten später erschien Peter Kempe auf der Rolltreppe am Ende der Empfangshalle. Das breite Lächeln, mit dem er auf Jan und Charlotte zuging, offenbarte einen Geschäftsmann, der die Finanzprodukte seiner Firma den Kunden zu verkaufen wusste. Er trug ein maßgeschneidertes Jackett über einem hellblauen Hemd und einer ebenso gut sitzenden Hose. Seine Schuhe waren aus auf Hochglanz poliertem schwarzen Glattleder. Ein Geruch von Erfolg und scharfem Rasierwasser begleitete Peter Kempe. Er wollte dynamisch und kompetent wirken und tat es auch. Jan und Charlotte bekamen einen Eindruck davon, wie sich Martin Frey zu Lebzeiten gegeben haben musste, inklusive der teuren Schuhe, die er vor der Kletterpartie auf den Kran ausgezogen und neben die Leiter gestellt hatte.

Peter Kempe sah Charlotte an, blickte kurz zu dem über einen Kopf größeren Jan auf und ließ seine Augen schnell wieder zu Charlotte zurückkehren. Die Blondine mit dem Lockenkopf trug hohe Stiefel und eine kurze Jacke. Offensichtlich gefiel dem Mann, was darin steckte. Kempe schlug vor, das Café ein paar Schritte die Straße hinunter zu besuchen, und führte die beiden Journalisten aus dem Gebäudekomplex hinaus. Der Shop servierte Kaffee in diversen Geschmacksrichtungen. Alle drei holten sich große, dampfende Kaffeebecher und setzten sich auf rote Sessel, die um einen niedrigen Nierentisch standen.

»Martin ist ein absoluter Siegertyp. Egal worum es geht, er will immer der Beste sein. Ob Tennis, Squash oder Kart-Rennen«, sagte Peter Kempe und machte eine Pause, um an seinem Kaffee zu nippen. »Ich meine, er wollte es sein. Jetzt ja nicht mehr. Aber er war auch wirklich bei fast allem der Beste und Schnellste. Dass er von diesem Kran abgestürzt ist … Ich meine, so hoch ist der doch gar nicht. Ich habe Fotos davon gesehen.«

»Hoch genug«, stellte Charlotte fest.

»Stimmt wohl.« Kempe nickte andächtig.

»Waren Sie, in Anführungsstrichen, nur Kollegen oder auch Freunde?«, wollte Jan wissen.

Als Antwort zog der Finanzberater ein Smartphone aus der Hose. Eine Bewegung, die so fließend vor sich ging wie das Ziehen eines Revolvers im Western. Er entsperrte den Bildschirm und öffnete einen Social-Media-Account.

»Früher waren wir häufig zusammen unterwegs. Martin hat einen richtig guten Job gemacht und war immer gut drauf. Wir waren auch oft hier. Ein totaler Kaffeejunkie.«

Der Mann legte sein Smartphone kopfüber auf den niedrigen Tisch. »Die sind von seiner Seite«, sagte er, auf das Display deutend.

Ein Bild zeigte Martin Frey auf einem Berggipfel. Er grinste mit einem zur Zahncremewerbung prädestinierten Gebiss in die Kamera. Peter Kempe grinste bei dem Anblick auch. Dann wischte er mit dem Finger über den Bildschirm. Auf dem nächsten Foto war Martin Frey von vier hübschen Frauen umringt, die sich ihm alle mit gespitzten Lippen näherten.

»Schlag bei den Mädels hatte er also auch«, meinte Jan.

Sie wussten alle drei, dass das Bild mit den vier Frauen gestellt war. Es passte Jan jedoch für den Artikel, der in seinem Kopf entstand. Ebenso wie das nächste Bild: Martin Frey beim Paragliding.

»Kann ich die Bilder haben?«, fragte Jan.

»Sind öffentlich zugänglich«, erwiderte Peter Kempe. »Martin wollte, dass alle an seinem Leben teilhaben können. Nicht nur Freunde.«

»Obwohl es ziemlich viele Freunde sind«, stellte Charlotte fest. »512.«

»Ich habe über 800. Das passiert schnell in unserem Job.«

Charlotte merkte, wie Peter Kempe sie taxierte.

»Schicken Sie mir 'ne Freundschaftsanfrage, Charlotte? Dann bin ich bald bei 900.«

Charlotte lächelte, ohne etwas zu erwidern.

»Hatte er auch eine feste Freundin?«, unterbrach Jan den Moment zwischen den beiden.

»Jutta«, erwidert Kempe spontan. »Ging irgendwann auseinander. Aber ich mochte sie.«

»Wo wohnt sie?«

»Harburg. Wenn sie nicht weggezogen ist. Ich war ein paarmal da. Schicke Wohnung.«

»Nachname?«

»Voss. Jutta Voss.«

»Hat er Schluss gemacht oder sie?«

»Na ja. So wie es meistens läuft, schätze ich.«

»Wie läuft es denn meistens?«

»Er war ein beliebter Typ. Immer unter Strom. Hat nichts anbrennen lassen.«

»Also sie«, schlussfolgerte Jan und wartete auf ein bestätigendes Nicken. Als er es bekam, machte er sich eine entsprechende Notiz.

»Was glauben Sie, was Martin Frey nachts auf dem Kran wollte?«

Kempe nahm sein Telefon und suchte auf der geöffneten Social-Media-Plattform nach älteren Beiträgen. Dann drehte er das Display wieder zu Jan. Ein Video in Hochformat startete. Einen Moment war nicht viel zu erkennen, da der Film offensichtlich bei Nacht aufgenommen wurde. Lichter huschten durch die Dunkelheit. Ein Schwenk hinterließ für einen Moment helle Streifen auf dem Display. Dann tauchte Martin Freys Gesicht auf. »Tschakka, Freunde. Ich stehe über den Dächern Hamburgs. Und alle anderen sind Loser. 125 Meter über euren Köpfen. Und ich sage euch, es ist der Wahnsinn.«

Wieder schwenkte die Kamera über die Stadt. Windlast auf dem eingebauten Mikrofon ließ das Risiko des Unterfangens erahnen. Denn Martin Frey stand auf keiner Aussichtsplattform. Er hatte ein Baugerüst erklommen, das den Turm der Sankt Jacobi Kirche in der Hamburger Innenstadt für die Dauer von Renovierungsarbeiten umschlossen hatte. Das Metallgerüst war bis über die Kirchturmspitze aufgebaut, damit am nächsten Tag die charakteristische goldene Kugel mit einem Kran angehoben werden konnte, erzählte Kempe nun.

»Wenn man da hochguckt, kann man sich das gar nicht vorstellen. Aber die Kugel hat, wie eine Perle, die man aufreihen will, in der Mitte ein Loch. Keine Ahnung, wie groß die Kugel ist. Vielleicht zwei Meter Durchmesser oder drei. Jedenfalls sollte sie runter, um gereinigt zu werden. Hat mir Martin später alles erzählt. Und auch, dass er nachts ganz allein hochgeklettert ist, um dieses Video zu machen. Noch Fragen? Er stand auf solchen Scheiß.«

Jan überlegte: »Dann könnte es auch ein Video vom Kran geben?«

»Keine Ahnung. Nicht auf dieser Seite. Vielleicht kann die Polizei was auf seinem Handy finden.«

»Und wozu das Ganze?«, wollte Charlotte wissen. »Typische Frauenfrage, ich weiß. Aber mal ehrlich, ich verstehe es nicht.«

Kemper zuckte mit den Achseln. »Martin meinte, wann immer er jetzt durch die City fährt und zur Kirche guckt, wüsste er, dass er noch oberhalb der Spitze gestanden habe. Mitten in der Luft, jetzt wo das Gerüst wieder weg ist. Und ich muss zugeben, das ist schon irgendwie geil.«

»Na ja, ich würde auch gerne mal ein paar Fotos von da oben machen, aber diese Mutprobe da ist doch verrückt. War er wenigstens angeseilt?«

»Dann macht's doch nur halb so viel Spaß«, erwiderte Kemper lachend. »Fun Fact: Die goldene Kugel ist hohl. Man kann sie öffnen und Sachen reinlegen. Münzen zum Beispiel. Oder irgendwelche Dokumente. Die sind dann wie in einer

Zeitkapsel, bis die Kugel das nächste Mal von der Spitze runtergehoben wird. Auch ganz schon crazy, was?«

»Hatte Martin Frey depressive Phasen?«, fragte Jan unvermittelt und sah Kemper in die Augen. Der zuckte wieder mit den Schultern.

»So eng waren wir auch wieder nicht.«

»Wie jetzt? Ich dachte, Sie und er wären die besten Freunde gewesen. Habe ich da was falsch verstanden?«

»Ja, doch klar, aber«, Kemper legte eine Pause ein und schaltete das Smartphone wieder aus, »ich finde das etwas zu privat.«

Jan kritzelte auf seinen Notizblock. »Wie lief es geschäftlich?«

»Tja, auch das, also ... er war nicht mehr ganz bei der Sache. Jedenfalls nicht so wie früher. Wir sind sonst noch oft durch die Bars gezogen. Aber seit einem Jahr oder so ... Weiß auch nicht. Hat sich irgendwie zerschlagen.«

»Wie kam das?«

»Ich sag doch, ich weiß nicht genau, wieso. Vielleicht seine neuen Freunde.«

»Was für neue Freunde?«

»Hat er mir nie vorgestellt.«

Jan presste die Lippen aufeinander, nickte langsam. »Darf ich Sie zitieren und den Namen nennen?«

»Meinetwegen«, erwiderte Peter Kempe mit gleichgültig klingender Stimme. Doch Jan wusste, dass es dem Finanzjongleur keineswegs gleichgültig war. Er wollte seinen Namen gedruckt in der Zeitung sehen. Und falls gleich noch jemand mit einem Mikrofon vorbeikäme, wäre er auch für ein Fernsehinterview zu haben gewesen. Viele Menschen winkten bei neugierigen Journalisten sofort ab, mindestens ebenso viele jedoch hofften durch sie auf einen winzigen Moment Ruhm. Und sei es nur für 15 Sekunden in einem Boulevardmagazin am Nachmittag. Peter Kempe wollte in die Zeitung. Sonst hätte er dem Treffen gar nicht erst zugestimmt, wusste Jan.

»Machst du uns noch ein Foto?«, bat er Charlotte.

Die griff zu ihrer Tasche und holte die Kamera heraus. Kurz darauf verabschiedeten sich der Reporter und die Fotografin von Peter Kempe. Jan ging im Auto seine Notizen durch, während Charlotte ausparkte.

»Schon ganz gut«, sagte er. »Dann mal weiter zum echten Witwenschütteln.«

»Jutta Voss«, stellte Charlotte fest.

»Mal sehen, ob seine Ex bei unserem Überflieger noch ein bisschen mehr am Lack kratzen kann.«

Von wegen, er hasst Witwenschütteln, dachte Charlotte. Die Sache fängt doch gerade erst an, ihm richtig Spaß zu machen. In Jan Fischer steckt ein Bluthund. Ob er es nun weiß oder nicht.

# 3

Die Wohnung von Jutta Voss lag fast auf der Grenze zwischen den Stadtteilen Harburg und Marmstorf, unweit des Friedhofs, direkt an der Bundesstraße 75. Die ersten beiden Stockwerke des Wohnblocks waren aus Backstein gemauert, die Fassade darüber weiß verputzt. Ab dem dritten Stock bis hinauf zum fünften gab es Balkone. Moosbewuchs darunter ließ die Wände stellenweise schmutzig aussehen. Das übliche Problem von nachträglich mit Polystyrolplatten isolierten Hausfassaden. Jan und Charlotte standen vor der Gegensprechanlage. Niemand reagierte auf ihr Klingeln.

»Ist bestimmt arbeiten«, vermutete Charlotte.

Die Uhrzeit sprach dafür.

»Später noch mal versuchen?«, fragte Charlotte und steckte einen Daumen hinter den Riemen ihrer Kamera. Jan zuckte mit den Schultern. Als sich beide zum Gehen wandten, sahen sie dann jedoch eine blonde Frau den gepflasterten Weg entlangkommen. Sie trug einen schwarzen Mantel und eine große Tasche über der Schulter.

Die Frau zögerte sichtlich. Jan war über einen Meter 90 groß und hager, sein Gesicht stoppelig. In der Redaktion schien es niemanden zu stören, dass er sich nur alle paar Tage rasierte. Aber bei der blonden Frau löste es offenbar ein Warnsignal aus. Charlottes gepflegter, wenngleich extravaganter Kleidungsstil schien den ersten Eindruck jedoch so weit auszugleichen, dass die Frau in ihre Tasche griff, einen Haustürschlüssel herausholte und mutig zwischen den für sie fremden Menschen hindurchschritt.

»Frau Voss?«, fragte Jan.

Die Frau verharrte, ohne zu antworten.

»Sind Sie Jutta Voss?«, setzte Jan nach.

Sie war es. Jan konnte es aus ihrem Gesichtsausdruck und der Körperhaltung schließen.

»Entschuldigen Sie, wir sind vom *Harburger Tageblatt*. Sie können sich denken, weshalb wir gekommen sind.«

Jutta Voss musste wissen, was mit Martin Frey passiert war. Auch wenn sie kein Paar mehr waren, würde sie natürlich von seinem Tod erfahren haben.

»Was wollen Sie?«

»Nur ein bisschen über Martin reden«, erwiderte Charlotte. Obwohl Jan für die Interviews zuständig war, übernahm sie in diesem Moment automatisch das Wort. Denn Jutta Voss sah zu ihr hinüber und vermied den Blickkontakt mit Jan.

»Wir möchten verstehen, was für ein Mensch er war.«

»Was für ein Mensch?«

»Es gibt morgen einen kleinen Artikel über ihn im *Tageblatt.*«

»Warum? Es war doch ein Unfall.«

»Ja. Ein tragischer Unfall«, übernahm Jan wieder das Wort und wartete, bis Jutta Voss ihn endlich ansah. »Bisher wissen wir nur, was Peter Kempe über ihn erzählt hat. Sein bester Freund, soweit wir gehört haben.«

»Peter Kempe ist sein bester Freund? Wusste ich noch gar nicht.«

»Dann hat Kempe gelogen?«

Jutta Voss steckte die Schlüssel zurück in die Manteltasche. In ihre Wohnung schien sie Jan und Charlotte nicht einladen zu wollen. »Lügen nennt man das in Kempes Kreisen nicht. Nicht mal übertreiben. Es gehört einfach dazu.«

Jan zog seinen kleinen Block heraus und notierte das.

»Sie haben ihm den Laufpass gegeben, richtig?«, hakte er dann nach. »Martin Frey, meine ich.«

»Er ist freiwillig gegangen.«

»Und warum?«

»Weil es eben nicht mehr passte.«

»Einfach so?«

Jutta Voss sah Charlotte an. »Er hat mir die Wohnung gelassen.«

»Großzügig«, befand Jan.

»Großzügigkeit war nie das Problem.«

»Was dann? Kempe sagt, dass Martin sich in letzter Zeit etwas verändert hat«, fügte Jan hinzu. »Haben Sie das auch so empfunden?«

Jutta Voss blickte wieder Charlotte an, so als stelle diese weiter die Fragen. »Nicht nur ein bisschen. Er war wie ausgetauscht.«

»Wieso das?«

Jutta Voss zuckte mit den Schultern. »Die falschen Freunde?«

Jan horchte auf. Kempe hatte vorhin etwas Ähnliches gesagt. »Neue Freunde oder alte Freunde? Neue, vermute ich.«

»Ja«, bestätigte die junge Frau leise.

»Und wann haben Sie sich getrennt?«

»Vor etwa einem Jahr.«

»So lange schon?«, fragte Jan, während er es auf seinen Notizblock kritzelte.

Wieder zuckte die Frau mit den Schultern.

»Haben Sie Namen von den neuen Freunden?«

»Die haben mich nie interessiert.«

»Im Internet gibt es Fotos mit Martin und anderen Frauen …«

»Interessiert mich auch nicht.«

Jan sah, wie Charlotte die Augenbrauen hob. Etwas an seinen Fragen schien ihr nicht zu gefallen.

»Was hat er neben dem Job gerne gemacht? Also, ich meine, er schien ja so eine richtige Sportskanone zu sein.«

»Wir waren oft im Skiurlaub. Den ganzen anderen Quatsch hat er erst mit seinen neuen Freunden gemacht. Aber da war ich nie mit.«

»Die Freunde, deren Namen Sie nicht kennen?«

Jutta Voss nickte. Jan lächelte plötzlich und klappte sein Notizbuch zu. »Danke, Frau Voss. Darf meine Kollegin noch ein Foto von Ihnen machen?«

Die Antwort kam spontan: »Lieber nicht.«

Erneut nickte Jan und ging die Ausbeute des Tages im Kopf durch. Er hatte das Foto, das Charlotte von Peter Kempe im Café geschossen hatte. »Bester Freund«, konnte darunter stehen. Dann gab es die Fotos vom Feuerwehreinsatz im Harburger Hafen. Und die im Internet öffentlich zugänglichen Bilder von Martin Frey. Das war mehr als genug. Sie brauchten kein Foto seiner Ex-Verlobten.

»Wäre mir lieb, wenn Sie meinen Namen auch nicht erwähnen.«

»Wir nehmen nur den Vornamen, wenn Sie einverstanden sind«, schlug Jan vor. »Keinen Nachnamen.«

Jutta Voss sah Charlotte an und nickte. »Wann erscheint der Artikel?«

»Morgen«, antwortete Charlotte.

Jan drückte kurz das Kreuz durch. »Deshalb müssen wir jetzt auch los. Es gibt eine Deadline für die Artikelabgabe.« Jan wandte sich zum Gehen, während Jutta Voss ihre Tasche mit den Einkäufen wieder aufhob. Charlotte folgte Jan mit einigen Metern Abstand zum Wagen. Ihre Stiefelabsätze erzeugten einen harten Klang auf dem Gehweg. Beim Auto holte sie ihn wieder ein, und Jan bemerkte ihren skeptischen Blick.

»Was?«, fragte er.

Charlotte schüttelte langsam den Kopf. »Deadline ... Hätte nicht gedacht, dass du so ein amtliches Arschloch sein kannst.«

»Ich meinte Redaktionsschluss.«

»Ich weiß, was du meintest.«

»Ach, komm schon. War nicht so gemeint.« Demonstrativ deutete Jan auf die Autotür, damit Charlotte sie entriegelte.

»Echt jetzt. Bist du öfter so ungehobelt?«, fragte sie.

»Ich bin nicht ungehobelt«, wehrte Jan ab. »Vielleicht etwas müde. Vielleicht etwas genervt. Sie hatte doch sonst nichts zu erzählen.«

»Ihr Verlobter ist gestern gestorben.«

»Ex-Verlobter!«

Charlotte sah Jan schweigend an, während sie sich eine Zigarette zwischen die Lippen steckte und ihr Feuerzeug aufflammen ließ. So viel Zeit musste sein. Deadline hin oder her.

In der Redaktion begann Jan sofort zu tippen. Charlottes Rüge versuchte er dabei auszublenden. Im Text ließ Jan zuerst etwas Bewunderung für Martin Freys Leben und seine Arbeit durchklingen, erhob dann jedoch einen mahnenden Zeigefinger. Denn er wollte aus dem Unfall eine Geschichte über erfolgreiche Höhenflieger machen, die ihre Grenzen allmählich aus den Augen verloren. Ein Sinnbild für die Auswüchse der Spaßgesellschaft.

Das Erklettern aller möglichen Bauten sei als Nervenkitzel nach wie vor sehr beliebt, schrieb Jan. Das Phänomen sei bekannt. Studenten täten es ebenso wie erfolgreiche Jungunternehmer. Je höher das Gebäude, desto besser. Die meist jungen Männer würden an Rohbauten, Türmen oder Strommasten hochklettern, bis es nicht mehr weiterging. Dort würden sie dann Beweisfotos und Videos erstellen, um die Aufnahmen an Freunde zu schicken oder sie im Internet hochzuladen.

Neben Geltungssucht sollte das Klettern ihnen Mut machen. Wenn sie oben waren, läge die Angst hinter ihnen. Das gäbe ihnen den ultimativen Kick, schrieb Jan, und die Hoffnung, auch im Alltag mutig zu sein. Wer es schaffe, auf die Spitze eines Funkturms zu klettern, der könne problemlos auch die nächste Klausur bestehen oder einen erfolgreichen Geschäftsabschluss machen. Wenn man seinem Gegenüber in die Augen schaue und wisse, dass man die Woche zuvor ohne Seil über einem gewaltigen Abgrund gestanden habe, dann könne man alles. Alles gewinnen, jeden besiegen.

Soweit die Theorie, schrieb Jan. Der Vorfall im Harburger Hafen zeige nun auf tragische Weise, was aus dieser Idee in der Realität werden könne.

Den Artikel schmückten einige Fotos von Martin Freys Social-Media-Seite. Weil Tote laut Definition keine Personen mehr waren und folglich keine Persönlichkeitsrechte hatten, wurde Martin Frey mit keinem schwarzen Balken verfremdet. Nur die Gesichter der vier Frauen mit ihren Kussmündern ließ Jan so verpixeln, dass sie nicht zu erkennen waren. Dazu kam noch mal ein Foto vom Kleinboot der Feuerwehr im Hafenbecken. Der Museumskran war deutlich im Hintergrund zu sehen. Charlotte hatte die Situation mit dieser Aufnahme gut verdichtet. Ein prima Einstand für die Neue. Auch deshalb war Chefredakteur Petersen mit dem Artikel und den Bildern sehr zufrieden.

Jan hingegen war es nicht.

Er hasste den Bericht, wie er fast alles hasste, was er in letzter Zeit geschrieben hatte. Ob Blaulicht, Lokalpolitik oder Gerichtsprozesse. Immer dieselben Muster. Charlotte hatte den Finger bei Jan ohne Absicht vorhin auf die richtige Stelle gelegt. Ihre Worte machten sich wieder breit in seinem Kopf.

*Hätte nicht gedacht, dass du so ein amtliches Arschloch sein kannst.*

Martin Frey war 37 Jahre alt geworden. Gerade mal zwei Jahre älter als Jan. Die beiden Männer unterschieden sich kaum, nur, dass Martin Frey tot war und Jan noch lebte. Ob das ein Vorteil für Jan war, wusste er selbst nicht mehr recht. Ihm machte es jedenfalls keinen Spaß mehr, das ewig gleiche Strampeln. Aber wie hätte er das Charlotte erklären können? Das Arschloch war nicht er, das Leben war es. Und Jan steckte mittendrin.

# 4

Ein starker Schmerz im Unterleib weckte sie. Im nächsten Moment merkte die junge Frau, dass im Zimmer Licht an war. Was sollte das bedeuten? Dass sie jetzt vielleicht Tag hatten? Sie richtete sich auf, sah sich um. Der Raum war noch kleiner, als sie ihn sich im Halbdunkel vorgestellt hatte. Sofort entdeckte sie eine zweite Tür. Diese befand sich neben dem Kopfende des Bettes. Weil es bei ihr kein Oberlicht wie bei der anderen gab, hatte sie die Tür bei ihrem ersten Wachsein übersehen.

Es war eine völlig andere Art Tür als die erste. Ein weiß lackiertes Billigprodukt aus dem Baumarkt, während das weiter entfernte Türblatt aus dunklem Massivholz zu bestehen schien. Sie brauchte sich nur vom Bett zu erheben und einen Schritt zu humpeln, um die neue Tür zu erreichen.

Die junge Frau streckte die Hand aus, glaubte nicht, dass die Tür unverschlossen war. Doch als sie die Klinke drückte, schwang ihr die Tür entgegen. Dahinter gab es eine Toilette und ein kleines Waschbecken.

Sofort setzte sie sich auf die Toilette. Einen kurzen Augenblick später ließ der Schmerz in ihrem Unterleib nach. Als sie fertig war, blieb sie noch eine Weile sitzen. Dann drehte sie den Wasserhahn auf. Nur das Rädchen mit dem blauen Punkt funktionierte. Warmes Wasser gab es nicht.

Sie ging zurück zum Bett, holte die Plastikflasche und füllte sie am Waschbecken wieder auf. Sich selbst mit Wasser versorgen zu können, war merkwürdig beruhigend. Ein erster Schritt zurück zur Selbstständigkeit.

Dann stellte sie den Korb mit dem Essen auf den Tisch und setzte sich auf den Stuhl. Neben dem Obst gab es eine Packung Vollkornkekse. Als sie die daneben liegende Plastikdose öffnete, stockte sie. Darin befanden sich zwei geschmierte Brotscheiben. Die eine Stulle mit Wurst, die andere mit Käse.

Sie blickte zur Tür mit dem Oberlicht. Wer war dahinter? Und was wollte er von ihr?

Wurstbrot und Vollkornkekse. Was war das für ein Entführer?

Eigentlich hatte sie gedacht, es sei etwas Sexuelles. Natürlich. Man kannte die Geschichten. Männer entführten Frauen und sperrten sie ein, um sie zu besitzen und zu beherrschen. Es ging um Macht und um Sex. Doch auf der Toilette hatte sie nichts Männliches an sich gerochen. Wenn ihr Entführer sie vergewaltigen wollte, dann stand das noch bevor. Während sie betäubt gewesen war, hatte er sie jedenfalls in Ruhe gelassen.

Ob er jetzt da war?

Hinter der Tür?

Ob er sie beobachtete?

Das Oberlicht war mattiert. Dort konnte niemand durchgucken. Gab es vielleicht Löcher in den Wänden oder irgendwo eine versteckte Kamera?

»Hallo?«, sagte sie heiser und war wieder erschrocken über den Klang ihrer eigenen Stimme. Seit sie aus dem Klub gestolpert war, hatte sie keine andere Stimme mehr gehört. Wenn sie nur wüsste, wie lange das her war.

Sie wiederholte das Wort. Diesmal etwas lauter. Am liebsten hätte sie dabei an die Tür geklopft. Doch die Kette war zu kurz.

Die Kette.

Sie nahm die Metallglieder in die Hand und verfolgte die Kette bis zu ihrem Ursprung. Dazu musste sie das Bett zur Seite schieben.

Die Kette hing an einem Ring, der mit vier Schrauben am Boden befestigt war. Die Schraubenköpfe waren nicht geschlitzt, sondern hatten ein Innensechsrund. Mit einem Geldstück oder Ähnlichem würde sie die *Torx*-Schrauben nicht aus dem Boden drehen können. Trotzdem war die junge Frau überrascht von der Konstruktion. Die Kette war stabil, doch der Ring, an dem sie hing, schien kein unüberwindliches Problem zu sein. Sie blickte sich wieder im Raum um und beschloss, über den Ring mit den vier Schrauben nachzudenken.

# 5

Jan schlich sich durch die Hintertür des *Harburger Tageblatts* und stieg die knarrende Wendeltreppe zu den Redaktionsräumen im ersten Stock hinauf. Er hätte auch durch den Vordereingang gehen können, doch dann hätte er durch die Anzeigenaufnahme gemusst. Die beiden Frauen hinter dem großen Tresen waren ihm zurzeit einfach zu viel. Monika Mai mit ihrem stets prüfenden Blick über den Rand ihrer Brille hinweg war das Herz der Anzeigenabteilung und hatte für jeden ein Lächeln übrig. Doch Jan war mies drauf und wollte genau diesem Lächeln entgehen.

Am Abend zuvor hatte Jan einen Termin bei einem Bürgertreffen im Gemeindesaal eines Heidedorfs besucht. Es war eine gemeinsame Informationsveranstaltung des Gemeinderats und eines Wasserbeschaffungsverbandes. Anschließende Diskussionsrunde mit Bürgern. Jan hatte 40 Zeilen zur Verfügung. Charlotte schoss zwei Fotos und machte sich dann vom Acker, während Jan einen ermüdenden Schlagabtausch altbekannter Argumente verfolgen durfte. So war das eben. Manchmal mussten die Fotografen länger bleiben, manchmal die Redakteure. Je nach Art des Artikels. Diesmal waren die Bilder schneller gemacht gewesen.

Es ging mal wieder um den unstillbaren Durst Hamburgs. Die Stadt soff Heidewasser bis zum Abwinken. Angeblich war mehr als genug von dem Zeug da. Die Menschen aus den Heidedörfern glaubten den entsprechenden Expertisen jedoch nicht. Sie vermuteten einen fallenden Grundwasserspiegel und die langsame Entstehung einer Wüstenlandschaft. Für Jan war die Heide sowieso schon eine Wüste. Also war der ganze Abend für ihn Zeitverschwendung gewesen.

Dann geschah es. Auf dem Heimweg schlug er frustriert auf das Lenkrad seines Wagens ein und warf dann einem Impuls folgend sein Telefon aus dem Fenster.

Für wenige Sekunden war die Aktion erfolgreich.

Jan fühlte sich frei.

Endlich war er vom Rest der Welt abgeschnitten.

Das Smartphone war das Instrument seiner Versklavung, hatte Jan am Steuer seines Wagens erkannt. Stets musste er erreichbar sein. Stets steckte es griffbereit in seiner Jacke. Das verdammte Ding kontrollierte sein Leben. Es sagte ihm, wann es Zeit zum Aufstehen war. Es war sein Recherchebegleiter im Hosentaschenformat. Es sagte ihm, in wie viel Stunden Redaktionsschluss war und irgendwann am Abend wieder, wann er zu Bett zu gehen hatte. Selbst nachts lag es noch auf seinem Nachttisch.

Damit sollte Schluss sein. Jan wollte das nicht mehr.

Dann bremste er, fuhr ein paar Meter zurück und sprang leicht panisch aus dem Wagen. Doch das Handy war verschwunden. Von der Seeve verschluckt, jenem sich durch den Landkreis Harburg schlängelnden Flüsschen, das er gerade überquert hatte, als ihm die großartige Idee mit dem Handyweitwurf gekommen war.

Er überlegte noch, ins murmelnde Wasser zu waten, doch in der Dunkelheit schien eine Suchaktion sinnlos zu sein. Prompt verbrachte er eine fast ruhelose Nacht, in der er sich sicher war, die Frühkonferenz am nächsten Morgen zu verpassen.

In der Redaktionsküche goss er sich nun den Rest Kaffee aus der Kanne ein und verließ den schmalen Raum, ohne neuen Kaffee aufzusetzen. Ein unverzeihliches Verbrechen für jeden Angestellten und freien Mitarbeiter der Zeitung.

Jan war das heute völlig egal.

Jan und Matthias Schultheis hatten ihre Monitore so aufgestellt, dass sie einander nur im unbedingten Notfall ansehen mussten. Schultheis war für Jan ein Idiot. Wie er es zum Festangestellten gebracht hatte, war Jan ein Rätsel. Gut, der Alte und Schultheis arbeiteten schon sehr lange zusammen, wie Jan wusste. Viele Jahre sogar, bevor Jan selbst zur Zeitung gekommen war. Aber war das ein Grund, an einem Mann festzuhalten, der nach Jans Geschmack weder Gespür für Geschichten noch für Sprache hatte?

Jan setzte sich, ohne Schultheis einen guten Morgen zu wünschen. Allerdings hatte Jan auch sonst niemanden begrüßt. Emotionslos hackte er seine 40 Zeilen über die geplante Entnahme des Heidewassers in den Rechner und legte sie im tagesaktuellen Ordner ab.

Gleich war Frühkonferenz. Charlotte sah mit ihren roten Stiefeln, den engen Jeans und der weißen Seidenbluse unter einem grobmaschigen Pullover wie auf dem Weg zu einem Fotoshooting aus. Jedoch als Model und nicht als Fotografin. Jan machte ihr freiwillig wieder Platz und zog sich auf den Heizkörper vor dem Fenster zurück. Besser als auf einer Schreibtischkante ließ es sich dort allemal sitzen.

Eine halbe Stunde wurden unter Petersens Leitung Themen besprochen und Termine vergeben. Jan blickte teilnahmslos aus dem Fenster. Das wahre Leben ist da draußen, es muss dort irgendwo sein, dachte er. Doch er wusste nicht, wo genau das sein sollte.

»Also, Fischer«, sagte Petersen in Jans Richtung. »Du kümmerst dich dann um Anna Horn.«

»Heidewitzka, das *Heideflittchen*«, kommentierte Schultheis und schob seine Brille ein Stück den Nasenrücken hinauf.

Jan wandte den Blick vom Fenster ab.

Er hatte keine Ahnung, warum Petersen ausgerechnet ihm die olle Kamelle aufdrücken wollte. Eine fünf Jahre alte Vermisstengeschichte? Was sollte Jan dazu schreiben, was nicht schon längst geschrieben worden war?

Petersen bemerkte offensichtlich Jans fehlende Begeisterung, ging aber nicht darauf ein. Der Chefredakteur trug einen Vollbart über einem schwammigen Körper. Das viele Sitzen hatte sein Äußeres zum Stereotyp eines Schreibtischtäters werden lassen.

»Wir haben eine Zeitung zu füllen«, sagte er mit ruhiger Stimme. »Fangen wir jetzt damit an.«

Jan eroberte sich seinen Stuhl von Charlotte zurück und kramte kurz in seinem Gedächtnis, dann im Internet. Das *Heideflittchen* wurde so genannt, weil es seine Karriere als

Heideblütenkönigin begonnen und dann für ein Boulevardblatt und ein Hochglanzmagazin blankgezogen hatte. Das recherchierte Jan innerhalb von fünf Minuten. Damals war das Mädchen gerade 18 Jahre alt. Mit ganzem Namen hieß sie Annemarie, wurde aber von allen nur Anna genannt. Annas Eltern fanden die Nacktfotos vermutlich furchtbar. Wie peinlich das in einem kleinen Ort mitten in der Lüneburger Heide sein musste, konnte Jan sich unschwer vorstellen. Die Bäckerin hingegen, in deren Laden Anna Lehrmädchen war, fand es laut eines alten Interviews gar nicht so schlimm. So viele Brötchen waren schon lange nicht mehr über den Tresen gegangen. Viele Dorfbewohner und Leute aus den Nachbarorten wollten das nackte Lehrmädchen in natura sehen. Alle waren an ihrem Körper interessiert. Niemand an dem, was sie dachte oder sagte. Es sei denn, es war frivol und ließ sich irgendwie mit Sex in Verbindung bringen.

Jan begriff das, während er Zeitungsberichte aus dieser Zeit durchstöberte. Alles wie erwartet.

Das Verrückte an der Sache war dann jedoch, dass Anna eine Stimme hatte. Sie konnte singen. Auch ohne Halleffekte und andere Schummelei. Irgendein Schlauberger hatte es bei der Produktion eines Musikvideos festgestellt, bei dem sie eigentlich nur schmückendes Beiwerk sein sollte. Er ließ sie Probeaufnahmen machen und vermittelte sie gleichzeitig an eine Daily Soap im Fernsehen. Das war der Anfang ihrer Karriere.

Anna war gut. Die Serie nicht. Trotzdem musste sie bleiben. Zwar war es ihr erlaubt, weiterhin zu singen, doch in anderen TV-Shows durfte sie nicht auftreten. Der Vertrag fesselte sie vier Jahre. Danach stieg sie aus.

Endlich konnte sie die Fernsehfilme machen, zu denen sie offenbar mehr Lust hatte. Zwar auch nur Krimis oder Dramen vor dem Hintergrund historischer Ereignisse, doch mit viel höherem Budget und besserer Ausstattung. Stets spielte dabei die Liebe eine große Rolle.

Mit 25 war Anna hübscher denn je, und ein Sprung ins Kino schien unmittelbar bevorzustehen. Doch mit 26 begannen sich dann dunkle Schatten unter ihren Augen abzuzeichnen.

Die Schuld daran schob man ihrem neuen Freund zu. Max Schrader. Seines Zeichens ein drittklassiger Musikproduzent, der es irgendwie geschafft hatte, Annas Herz zu gewinnen.

Plötzlich häuften sich Skandale: Anna betrunken auf Partys oder offenbar zugekokst beim Konzertauftritt. Alkohol am Steuer. Führerschein weg. Foto ohne Slip beim Aussteigen aus einem Auto. Die Kollegen der Boulevardpresse hatten ihren Spaß daran. Sie führten Anna vor und warfen ihr gleichzeitig vor, dass sie sich vorführen ließ.

Jan wusste, wie so etwas funktionierte. Einerseits das Foto ohne Slip für moralisch verwerflich erklären und es gleichzeitig auf Seite eins drucken. So etwas steigerte die Auflage.

Dann war Anna auf einmal weg.

Es geschah kurz nach ihrem 27. Geburtstag. Sie war nach Zeugenaussagen mit dem Segelboot auf der Ostsee. Das Meer sollte unruhig, beinah stürmisch gewesen sein. Das Boot wurde am nächsten Tag gefunden. Es war abgetrieben und an der Küste auf Grund gelaufen. Im Boot fand man einen von Annas Segelschuhen und zwei leere Wodkaflaschen. Die Sache war damit für alle klar, auch wenn die Frau selbst verschwunden blieb.

Weil Anna mit 27 Jahren gestorben war, nahm der Boulevard sie in den *Klub der 27er* auf. Gegründet wurde dieser Klub Anfang der 1970er von Rockgrößen wie Jimi Hendrix, Janis Joplin und Jim Morrison, die alle eine Vorliebe für Alkohol und interessante Medikamentencocktails hatten und die alle mit 27 gestorben waren.

Sollte Jan diesen Aspekt in seinem Nachruf zu Annas Todestag aufnehmen? Er zog die Stirn in Falten. Okay, Anna hatte Musik gemacht und war mit 27 gestorben. Deshalb notierte er es sich.

Noch eine Notiz: Hatte Anna einen Bootsführerschein?

So einfach bekam man den nicht. Um ein Segelboot ausleihen zu können, brauchte es in der Regel den Sportbootführerschein Binnen, den offiziellen Führerschein, der zum Fahren eines Bootes bis 15 Meter berechtigte. Das bedeutete eine theoretische und praktische Prüfung. Und Anna als Heidepflanze hatte nicht gerade eine direkte Verbindung zum Wasser. Also, wann und wo hatte Anna ihren Segelschein gemacht?

Ging das schon zu weit? Jan sollte einen Artikel zu ihrem fünften Todestag schreiben. Eine Würdigung. Immerhin war sie hier in der Nähe aufgewachsen, war eine echte Norddeutsche.

Jan strich das mit dem Bootsführerschein durch und begann zu tippen. Das mit dem *27er-Klub* nahm er in den Artikel mit auf. Es hob das Ganze aus dem Provinziellen.

Für eine Lokalredaktion zu schreiben, war nicht selten ein Spagat. Nationale oder gar globale Themen mussten einen Bezug zur Region bekommen, sonst hatten sie in einem Lokalblatt nichts zu suchen. Bei Anna war das jedoch einfach. Hier der regionale Bezug durch das Elternhaus, da der Duft der weiten Welt durch die Musikkarriere.

Nach zwei Stunden war Jan mit dem Schreiben fertig. Zack, an Petersen geschickt. Feierabend.

So einfach hätte das Leben sein können. Konjunktiv.

Doch Petersen gefiel der Artikel nicht. Was Jan geschrieben hatte, sei alles alt und bekannt. Petersen wünschte sich einen anderen Ansatz, einen neuen Blickwinkel.

»Recherchier doch mal vor Ort«, meinte er, nachdem er Jan in sein Büro gerufen hatte.

»Vor Ort?«, wiederholte Jan skeptisch.

»Ist doch nicht so weit weg. Fahr mal hin und sprich mit den Eltern. Gab es da nicht auch eine jüngere Schwester? Nimm Charlotte mit. Wenn das Mädchen hübsch ist und was von Anna hat, macht ihr ein paar schöne Bilder mit ihr.«

»Von der kleinen Schwester?«

»So was kommt an. Glaub mir. Oder glaub mir nicht. Egal. Ich will jedenfalls was Neues haben.«

Peterson trug scheinbar immer dasselbe Jackett. Darunter ein meist hellblaues, manchmal ein weißes Hemd. Diesmal klebte ein Rest Salatsoße vom Mittagessen auf dem Kragen. Ein gelb-weißer Klecks auf hellblauem Grund. Jan wusste nicht, warum dieser Anblick ihn so sehr fesselte. Vielleicht, weil er interessanter schien als das, was Petersen gerade von ihm verlangte.

Fotos von Annas kleiner Schwester also. Na toll!

»Und wenn du nicht an die Familie rankommst, dann besuch doch mal die aktuelle Heideblütenkönigin. Frag sie, ob sie Anna gekannt hat und ob sie vielleicht ihr großes Vorbild war. So was in der Art. Das würde einen aktuellen Bezug schaffen.«

Großes Vorbild? Vermutlich meinte Petersen die Oberweite des Mädchens.

»Und dann schnappe ich mir Charlotte und lasse sie ein paar schöne Bilder von Frau Heideblütenkönigin machen ...«

»Ich sehe, wir verstehen uns.« Petersen deutete mit einer Pistole aus ausgestrecktem Zeigefinger und gehobenem Daumen auf Jan und drückte dann ab.

# 6

Das Licht im Zimmer war irgendwann einfach wieder ausgegangen. Sie hatte niemanden hinter der schweren Holztür gehört. Vielleicht wurde das Licht von einem Zeitschalter gesteuert. Was ihr nun noch blieb, war der spärliche Schein durch das Oberlicht der Tür, den sie schon kannte. Ein möglicher Fluchtweg. Auch wenn sie sich nicht durch das Oberlicht würde quetschen können, dafür war es zu schmal, gab es doch einen Grund zur Hoffnung und Anlass, über die damit verbundenen Möglichkeiten nachzudenken. Sie würde die Kette aus der Verankerung herausbekommen müssen. Zur Not mit roher Gewalt. Dann den Stuhl vor die Tür schieben und das Oberlicht einschlagen. Vielleicht würde sie die Tür dann von der anderen Seite aus öffnen können. Schwer vorstellbar, wie das gehen sollte, aber vielleicht war es trotzdem irgendwie möglich. Oder sie würde durch die Öffnung um Hilfe rufen.

Es wurde Zeit, etwas zu unternehmen. Sie rückte das Bett zur Seite, stellte sich breitbeinig über die Verankerung, schlang sich einen Teil der Kette um den Unterarm und zog. In die Hocke gehend zog sie weiter. Dann versuchte sie es mit ruckartigen Bewegungen. Doch als sie mit den Fingern prüfte, ob sich die Schrauben etwas gelöst hatten, wurde sie enttäuscht. Der Ring blieb von ihren Aktionen unbeeindruckt.

Verzweifelt trat sie gegen das Bett, ruckte noch einmal an der Kette und ließ sich dann zurück auf die dünne Matratze plumpsen.

Das Einzige, was sie erreicht hatte, war, dass ihr die Schulter wieder wehtat. Die verdammte Schulter. Kein Tag, an dem sie nicht schmerzte. Doktor Frommann sagte, sie sei ausgeheilt. Doch er hatte ja auch nicht ständig diese Schmerzen. Nur die Tabletten halfen, den Schmerz zu lindern.

Sie wollte ihre Tabletten. Was war das für ein Entführer, der nicht wusste, dass sie ohne Tabletten Schmerzen hatte?

»He!«, rief sie in das Dämmerlicht. »Komm endlich rein und sag, was du willst.«

Das war doch die entscheidende Frage.

Was wollte er von ihr? Wenn es kein Sex war, dann sicher …

»Wenn Sie Geld wollen«, sagte sie laut, »dann kann ich Ihnen das leichter besorgen als jeder andere. An meine Konten komme nur ich persönlich ran. Sonst keiner.«

Zum ersten Mal dachte sie an ihre Eltern. Wenn es sich um eine Entführung mit Lösegeldforderung handelte, dann waren sie sicherlich in fürchterlicher Sorge. Wenn nicht, würden sie ihre Tochter bestimmt noch nicht vermissen. Und sonst auch keiner. Zu abweisend war sie in den letzten Monaten zu ihrer Umwelt gewesen. Wenn jemand anrief, ging sie meistens nicht ran. Wenn jemand auf die Mailbox sprach, rief sie meistens nicht zurück. Sie beantwortete kaum Mails und so gut wie keine Kurzmitteilungen. Wer also sollte sie vermissen?

Klar, irgendwann würde man sich Sorgen um sie machen. Dann würde jemand zu ihrer Wohnung fahren und nach dem Rechten schauen. Wenn längere Zeit niemand aufmachte, käme irgendwann die Feuerwehr, um die Tür zu öffnen. Doch man würde sie nicht mit geöffneten Pulsadern in der Badewanne finden. Sie wäre nämlich nicht zu Hause. Weil sie hier war. In diesem Drecksloch.

»Bist du das, Volker? Hast du mir die K.-o.-Tropfen gegeben und mich eingesperrt? Was willst du? Eine Nummer schieben? Dann komm rein. Bringen wir es hinter uns.«

Sie lachte leise. Doch niemand antwortete.

Es würde bestimmt eine Woche dauern, bis man sie vermisste. Dann noch mal zwei Tage oder so, bis ihre Wohnung durchsucht wurde. Die Polizei würde anhand der Kontobewegungen schnell herausfinden, wann sie zum letzten Mal etwas gekauft hatte. Was war das noch gewesen? Den Eintritt in den Klub hatte Volker bezahlt. Und die Getränke auch.

Das Schwein.

Sie mit ein, zwei Drinks ins Bett bekommen. Das hatte er vorgehabt.

Ein Drink.

Der wäre jetzt nicht schlecht. Etwas mit Geschmack. Nicht nur so pissiges Wasser. Vor allem etwas mit Alkohol. Wenn schon kein Schmerzmittel für die Schulter, dann wenigstens einen Drink.

Sie rieb sich mit den Fingern über die Lippen. »Mensch, Leute«, sagte sie leise und merkte erst, dass sie dabei weinte, als sich Tränen an ihrem Kinn sammelten.

## 7

Petersen wollte eine Vor-Ort-Recherche zu Anna Horns fünften Todestag haben. Na gut, dann sollte er sie bekommen. Aber nur zu Jans Bedingungen. Annas Eltern wollte er nicht besuchen. Stattdessen hatte er sich ein anderes Ziel ausgesucht. Die letzten Tage ihres kurzen Lebens hatte Anna am Meer verbracht. Es erschien Jan sinnvoll, sich das Ostseebad anzusehen, aus dem sie verschwunden war. Er wollte Nähe zu Anna herstellen. Örtlich und zeitlich.

Jan fuhr über die A1 Richtung Lübecker Bucht. Immer wieder Baustellen. Langsam fahren. Nach der Baustelle wieder Gas geben. Beinah verpasste er die richtige Ausfahrt nach Grömitz und wäre in einem gedankenverlorenen Trott womöglich auf Fehmarn gelandet. Doch gerade noch rechtzeitig zog er den Wagen nach rechts. Ein Blick in den Rückspiegel sagte ihm, dass er mit der plötzlichen Aktion zum Glück keinen Unfall hinter sich verursacht hatte. Jan schüttelte mehrfach den Kopf schnell hin und her, öffnete das Fenster und schnappte nach Sauerstoff. Der kurvigen Küstenstraße folgend, auf der er sich nun befand, bildete er sich ein, das Meer schon zu riechen. Am Straßenrand gab es die ersten Fischlokale und Imbisse. Viele Schilder mit Blau und Weiß verhießen frische Ware und niedrige Preise. Andere Schilder priesen freie Ferienwohnungen an.

Die Straßen in den Küstendörfern schienen schmaler als anderswo. Die Leute auf den Bürgersteigen trugen Windjacken und Mützen. Das Navi führte Jan ohne Umwege zu dem Hotel, in dem Anna gewohnt hatte. Es lag direkt am Meer. Zu Fuß brauchte man nur über die Straße und über den Deich, schon war man am Strand. Jan parkte im eingeschränkten Halteverbot.

Im Hoteleingang lag eine dicke Fußmatte, daneben stand ein Schuhputzautomat. Vergebliche Versuche, den Sand aus dem Hotel zu halten. An der Rezeption fragte Jan nach einem Journalistenrabatt.

Das Mädchen hinter dem Tresen trug eine weiße Bluse unter einem eng geschnittenen Blazer. Ein Schild am Kragen verriet ihren Namen und dass sie noch Lehrling war. Folglich durfte sie Jans Anfrage nicht selbst entscheiden. Die Hausdame musste her.

Diese trug einen dunklen Hosenanzug. Ihre Haare waren toupiert und offensichtlich blondiert. Jan schätzte sie auf Anfang 50. Ihre Augenbrauen waren komplett gezupft und wurden von zwei dunklen Strichen imitiert.

Rabatt wollte die Hausdame nicht einräumen. Dafür sollte Jan ein Zimmer mit Meeresblick zum Preis für eines bekommen, das nach hinten raus ging. Jan stimmte zu. Es ging ihm sowieso nicht ums Feilschen. Den Zimmerpreis würde er mit Petersen abrechnen.

Beim Ausfüllen der Anmeldung fragte er nach Anna Horn. Das Lehrmädchen war nicht lange genug da, aber die Hausdame erinnerte sich an den Aufenthalt der Sängerin. Prominente Gäste seien keine Seltenheit, sagte sie. Allerdings würden die meisten irgendwann einfach wieder abreisen. Dass die Polizei nach Annas Verschwinden über zwei Tage im Hotel gewesen sei, die Gäste ausgefragt und das Zimmer erst durchsucht und dann für eine Woche versiegelt habe, sei nicht so schön gewesen.

»Natürlich hatten wir Verständnis«, sagte die Hausdame und kniff kurz die Nasenflügel zusammen, »aber es kommt ja auch auf das Wie an.«

Jan nickte.

»Fünf Jahre ist das schon her? So lange?«, stellte die Hausdame überrascht fest. »Kann man mal sehen.«

»Welchen Eindruck hat Anna Horn vor ihrem Verschwinden auf Sie gemacht?«, wollte Jan wissen. »Wirkte sie entspannt oder eher nervös?«

Die Hausdame schenkte dem Reporter mit ihren dunkelroten Lippen ein schmales Lächeln. »Über das Verhalten der Gäste maßen wir uns kein Urteil an. Das gehört zum Hauskodex. Aber ich weiß schon, worauf Sie hinauswollen. Ja, sie schien körperlich angeschlagen zu sein. Sie war recht still, aber trotzdem freundlich. Man muss nicht immer nur lächeln, um freundlich zu sein. Verstehen Sie, wie ich das meine?«

Jan glaubte, dies zu tun. »Hat die Polizei irgendetwas Auffälliges in ihrem Zimmer gefunden?«

Die Hausdame presste die Lippen zusammen, während das Lehrmädchen sie sehr genau beobachtete.

»Ich meine Dinge, die hier nicht hergehören, aber von Gästen trotzdem manchmal mitgebracht werden. Kokain würde zu solchen Dingen gehören«, konkretisierte Jan, weil er kein Rätselraten veranstalten wollte.

Die dunkelrot geschminkten Lippen auf der anderen Seite der Empfangstheke wurden noch schmaler.

»Alles klar«, sagte Jan und legte sich selbst einen Finger auf die Lippen.

Die Hausdame lächelte. »Ich freue mich, dass ich Ihnen helfen konnte und wünsche Ihnen einen angenehmen Aufenthalt in unserem Hause. Wenn wir etwas für Sie tun können, zögern Sie bitte nicht, danach zu fragen. Und nun entschuldigen Sie mich bitte. Frau Losch wird sich weiter um Sie kümmern.«

Die Hausdame verschwand durch eine Tür hinter der Rezeption und ließ Jan mit Frau Losch allein.

»Wissen Sie, welches Zimmer Anna Horn damals hatte?«

Jan war sich fast sicher, dass sie es wusste. So was sprach sich beim Personal garantiert rum, wurde wie ein Familiengeheimnis von Generation zu Generation weitergegeben. Wie oft verschwand schon ein Promi auf Nimmerwiedersehen, der bis dahin im Hotel gewohnt hatte?

»Wäre es möglich, dass ich dasselbe Zimmer bekomme?«, fragte Jan.

Frau Losch warf einen Blick auf den Bildschirm vor sich. Dann flitzten ihre Finger über die Tastatur. »Sagen Sie bitte nicht Frau Preuss, dass wir darüber gesprochen haben. Es könnte ja auch Zufall sein.«

Jan nickte verschwörerisch, während er die Schlüsselkarte entgegennahm.

»Für Zimmertür und Fahrstuhl«, sagte das Lehrmädchen. »Außerdem lässt sich mit der Karte auch die Schranke zu den Hotelparkplätzen öffnen. Ich wünsche Ihnen einen angenehmen Aufenthalt. Und wenn Sie etwas brauchen …«

»… werde ich nicht zögern, es zu sagen«, beendete Jan den Satz für sie. Frau Losch lächelte und sah dabei bezaubernd aus. Jan verstand sehr gut, warum Hotels so gerne mit jungem Personal arbeiteten.

Er schritt zum Aufzug und wurde hinauf zum vierten Stock gefahren. Der Flur, der sich vor ihm auftat, hatte keine Fenster. Ein blauer Teppich führte in die Dunkelheit.

Erst als Jan aus dem Fahrstuhl stieg, schaltete ein Bewegungsmelder die Deckenbeleuchtung ein. Bilder mit maritimen Motiven zierten die Wände: Segelschiffe und sturmgepeitschte See.

Jan folgte einem Hinweisschild mit aufsteigenden Zimmernummern. An der Tür zu seinem Zimmer benutzte er die Magnetkarte. Mit einem Klicken öffnete sich das Schloss. Das Zimmer wirkte auf den ersten Blick anonym und nichtssagend. Jan wusste nicht, was er erwartet hatte.

Anna hatte ein Superior-Zimmer gemietet. Das Doppelbett war etwas breiter und der Fernseher etwas größer als in den einfachen Zimmern. Badewanne statt Dusche. Es roch nach Reinigungsmitteln. Jan öffnete das Fenster, schaute eine Weile aufs Meer, lauschte Wind und Möwen.

Dann trat er zum Schreibtisch, öffnete die beiden Schubladen rechts, fand das übliche Schreibpapier des Hauses nebst der Preisliste für die Minibar. Jan nahm das Schreibpapier heraus. Er versuchte, sich vorzustellen, wie Anna hier gesessen hatte. Es gelang ihm nicht besonders gut. Anschließend öffnete er den kleinen Kühlschrank. Beim Anblick der hochprozentigen Minifläschchen wurde die Verbindung zu Anna gleich viel besser. Automatisch fragte er sich, ob sie Wodka oder Whisky bevorzugt hatte, oder ob ihr die Art des Alkohols, den sie trank, egal gewesen war.

Auf dem Nachttisch lag die Fernbedienung des Fernsehers. Beim Einschalten erschien zuerst ein Hotelfoto. Ein eingeblendeter Schriftzug begrüßte den Gast und wies auf einige Bezahlsender hin. Jan schaltete die kostenfreien Kanäle durch. Dann machte er den Fernseher wieder aus, verließ das Zimmer und fuhr nach unten.

Frau Losch stand noch immer hinter der Rezeption und blickte Jan freundlich entgegen. Es sah aus, als hätte sie sich die ganze Zeit nicht bewegt, hätte einfach nur dagestanden und auf ihn gewartet.

»Wissen Sie, wo man hier ein Segelboot mieten kann?«, fragte er.

»Sie meinen, wo Anna Horn ein Segelboot herbekommen hätte …«, erwiderte die junge Frau.

Jans rechte Hand vollführte ein Voilà. Frau Losch schob ein Prospekt über den Tresen. Boots- und Fahrradverleiher ließen sich in der Mitte finden.

»Moment«, sagte das Lehrmädchen und winkte einem Mann zu, der die Halle durchquerte. Er trug eine gestreifte Hose und ein schickes Hemd. Seine Haare waren mithilfe von etwa einem Kilo Gel streng nach hinten gekleistert. Auffällig tiefe Falten auf beiden Wangen ließen ihn einen Hauch verwegen wirken.

»Edgar ist unser Barmann«, sagte Frau Losch. »Der weiß vielleicht was.«

Edgar bemerkte, dass man ihm winkte, und steuerte lächelnd den Empfangstresen an. Jan schätzte, dass der Barmann mit seinem Aussehen und diesem Lächeln einen guten Eindruck auf die Gäste und die Lehrmädchen machte.

Frau Losch fragte ihn für Jan nach Anna Horn.

»Bei Piet«, sagte der sofort. »Da hat sie ihr Boot gemietet. *Piets Bootsverleih*. In der Fußgängerzone. Auf der rechten Seite. Ganz einfach zu finden. In der Saison hat er die Boote und Katamarane am Strand. Aber jetzt sind sie alle im Schuppen.«

Edgar zeigte auf die Ausgangstür, machte mit der ausgestreckten Hand das Zeichen für geradeaus und knickte die Finger dann nach links ab. Jan tippte sich dankend mit zwei Fingern an die Stirn.

»Vielen Dank, Edgar.«

»You are welcome.«

## 8

Piet trug einen Vollbart und einen blauen Strickpullover, dazu Jeans, die dereinst blau gewesen sein mussten. Doch so genau ließ sich das nicht mehr sagen. Jan traf den Seemann in seinem Büro an, einem schlichten, schmalen Raum mit einer Theke, einem Schreibtisch, einem Kalender vom Seenotrettungsdienst an der Wand hinter dem Bootsvermieter und einer tickenden Uhr an der Wand gegenüber. Piet strich sich über seinen Bart, als Jan sich vorstellte und ihn anschließend nach Anna fragte.

»Man hat Sie im Hotel empfohlen und mir gesagt, dass Frau Horn bei Ihnen das Boot gemietet hat, mit dem sie verschwunden ist. Können Sie mir etwas darüber erzählen? Wie war das an jenem Tag genau?«

»Von, nicht mit.«

»Von dem sie verschwunden ist«, verbesserte Jan, als er begriff, was Piet meinte.

»Wer hat mich empfohlen?«

»Der Barmann«, entgegnete Jan und versuchte, sich an den Namen des Mannes zu erinnern. »Edgar.«

Piet legte die Stirn in Falten. Sein Blick wanderte durch den Raum und blieb an der Wanduhr hängen.

»Es geht um einen Nachruf«, sagte Jan, weil er glaubte, bei dem alten Seemann mit Offenheit am weitesten zu kommen. »Wir sind eine kleine Zeitung aus der Nachbarschaft, ein Lokalblatt, und wollen zu ihrem fünften Todestag an Annas Leben erinnern. Dazu gehören natürlich Dinge, die sie gerne gemacht hat.«

Als Jan feststellte, dass der Mann ihm nicht richtig zuzuhören schien, folgte er dessen erneutem Blick zur Wanduhr.

»Stimmt was nicht?«

»Alles bestens«, erwiderte Piet. Dann holte er zwei Wassergläser von jenseits des Arbeitstresens und füllte beide zu einem Drittel mit einer braunen Flüssigkeit aus einer Rumflasche.

Als der lange Zeiger der Wanduhr auf die zwölf sprang und der kleine derweil auf der fünf stand, drückte er Jan eines der Gläser in die Hand. »Feierabend«, sagte er dem Anlass angemessen feierlich.

Die Gläser stießen aneinander. Wann sie zuletzt abgewaschen wurden, konnte Jan nicht erahnen. Doch der Rum würde sowieso alles abtöten, dessen war sich Jan sicher, als das Gebräu seine Mundschleimhäute wie ein Stoß aus einem Flammenwerfer berührte. Zu Piets offensichtlicher Freude verzog Jan angewidert das Gesicht.

»Gut«, presste Jan schließlich heraus, »aber gehört das nicht eigentlich in einen Motor?«

Piets Vollbart bewegte sich nach oben. Vermutlich sollte das ein Lächeln sein. »Ganz recht. Und jetzt kommen Sie mit. Ich zeige Ihnen mal das Boot, mit dem das Mädel draußen war.«

Ihr Weg führte über einen gepflasterten Hof an einer Reihe zugedeckter Schiffsrümpfe vorbei zu einer Bootshalle. Es gab ein großes Schiebetor, doch Piet führte seinen Besucher durch eine kleinere Seitentür.

An den Wänden der Halle hing Werkzeug. Aus einem Schrank quollen Rettungswesten in verschiedenen Größen. Auf einer langen Werkbank standen angebrochene Lackdosen. Es roch nach Farben und Ölen. Drei Boote waren in der Mitte der Halle aufgebockt. Piet schipperte mit seinem mächtigen Bauch am vordersten Boot vorbei, blieb bei dem in der Mitte stehen: »Da, die *Junge Liebe* war es. Mit der war sie damals draußen.«

Es war ein roter Einmaster mit winziger Kajüte.

»Eigentlich sollte man so was zu zweit segeln. Aber die Anna hatte Erfahrung. Die kannte sich aus. Da geht das auch allein.«

»Das hat ja einen Motor«, stellte Jan überrascht fest.

»Na sicher.« Piet ging am Boot entlang und strich mit der Hand über den Rumpf. »Anna Horn hat hier öfter Boote gemietet.«

»War der Motor kaputt?«, wollte Jan wissen. »Ich meine, kann man damit nicht sogar bei Sturm oder längerer Flaute jederzeit zurück an Land kommen?«

»Dafür ist das Ding ja da.« Piet schüttelte den Kopf. »Mit dem Motor war alles in Ordnung. Wir haben es zwar mit dem Anhänger vom Strand gesammelt. War einfacher, als es vom Sand wieder ins Wasser zu ziehen. Aber es hätte sonst auch problemlos von allein fahren können. Alles technisch einwandfrei. Habe es selbst mehrfach kontrolliert. Die Polizei hatte auch schon alles überprüft und Spuren gesichert. Als ob die *Junge Liebe* schuld an der Sache sei.«

»Dann war sie es nicht?«

»Nein, Junge, ganz bestimmt nicht.«

»Man sagt, es war stürmische See damals.« Jan blickte zur Reling. »Anna soll vielleicht über Bord gefallen sein. Glauben Sie das?«

Piet schnaufte verächtlich. »War vielleicht ein bisschen kabbelig da draußen. Aber doch nicht stürmisch. Das ist Tünkram.«

»Was ist mit Alkohol?«, fragte Jan. »War da etwa auch keine leere Wodkaflasche an Bord, als Sie das Schiff gefunden haben.«

»Mein Junge, die *Queen Mary* ist ein Schiff. Das hier ist ein Boot.

»Weiß ich doch«, wehrte Jan ab. »Was ist mit dem Wodka?«

»Die Wodkaflasche war da«, sagte Piet, »aber ich glaube nicht, dass sie die mitgenommen hat. Anna war nicht dumm. Ich kannte sie. Die war ja nicht das erste Mal bei uns. Alkohol auf dem Meer? Nee, so dumm war sie nicht.«

»Haben Sie sie vorher durchsucht?«

»Sind wir hier am Flughafen?«

»Dann können Sie auch nicht wissen, ob sie eine Flasche bei sich hatte.«

Piet schüttelte den Kopf. »Nee, kann ich nicht. Aber als das alles passiert war, habe ich lange darüber nachgedacht. Die hatte nur so einen kleinen Beutel bei sich. Ein paar Kekse und eine Wasserflasche. Das habe ich gesehen. Eine Plastikflasche mit Wasser. Keine Wodkaflasche? Nee, also da war nichts.«

Jan spitzte kurz die Lippen. »Könnte sie sie schon vorher auf dem Boot versteckt haben?«

»Ach was«, wehrte Piet ab. »Schon wieder Tün! Und unter ihrem Pullover hatte sie die bestimmt auch nicht. War ja auch gar kein Platz mehr.« Der Seemann zwinkerte dem Reporter zu. »Nix für ungut. Spaß muss sein.«

»Ja«, stimmte Jan leise zu. »Spaß muss sein.«

## 9

An der Hotelbar bestellte Jan ein Bier und bat um ein paar Nüsse, um den Geschmack des Gebräus, das Piet ihm verabreicht hatte, aus dem Mund zu bekommen. Edgar erfüllte beide Wünsche. Gemeinsam verfolgten sie, wie der Schaum im Glas leise knisternd in sich zusammensackte.

»Waren Sie erfolgreich? Was erzählt der alte Piet?«, fragte Edgar.

»Nicht viel«, antwortete Jan. »Aber ich weiß jetzt, dass er nett ist.«

»Ja, nett. Wusste er was über Anna Horn?«

Jan wunderte sich etwas über die vertauschten Rollen, war er es doch gewohnt, die Fragen über Anna zu stellen. Dann meinte er achselzuckend: »Nur, dass sie keinen Wodka an Bord hatte. Glauben Sie, das stimmt?«

Edgar griff nach einem Tuch, wischte damit über den blitzblanken Tresen. »Wodka? Keine Ahnung. Wodka Martini mochte sie schon, glaube ich.«

»Haben Sie ihr vielleicht mal eine Flasche für oben verkauft?«

Edgar überlegte und schüttelte langsam den Kopf. »Ich nicht. Vielleicht Frank. Mit ihm habe ich mir damals die Schichten geteilt.«

»Arbeitet Frank noch hier?«

Edgar schüttelte wieder den Kopf. Seine gegelten Haare blieben dabei tadellos liegen. »Er wollte als Barkeeper auf einem Kreuzfahrer anheuern. Das war sein großer Traum. Ob es geklappt hat, weiß ich gar nicht. Aber ich könnte seine Nummer rauskriegen. In unserer Branche kennt einer den anderen. Ist es denn wichtig?«

»Weiß ich auch nicht«, musste Jan gestehen.

Alkohol hätte Anna sich in jedem Supermarkt beschaffen können. Sie war zwar bekannt, und die Leute zerrissen sich gerne das Maul, aber mit Sonnenbrille und Kopftuch wäre sie nicht unbedingt von jedem erkannt worden. Ein Einkauf an der Hotelbar wäre trotzdem diskreter gewesen.

»Aber Ihr Kollege hat Wodka gesoffen. Das weiß ich noch«, stellte Edgar nach einer langen Pause fest »Und nicht zu wenig.«

Jan hob neugierig das Kinn, sah Edgar in die strahlenden Augen. »Ihr Kollege? Dann war sie gar nicht allein hier?«

»Nicht Frau Horns Kollege, sondern Ihrer. Sie sind doch von der Presse?«, meinte der Barkeeper.

»Sicher.«

»Na, und der andere auch. Der saß da Tag für Tag in der Lobby mit seiner Kamera und hat Wodka getrunken. Zuerst hat er nur Zeitung gelesen. Aber Frau Preuss, unsere Hausdame, hat ihm klargemacht, dass die Lobby nur für Gäste ist. Seitdem musste er sich mit Getränken von der Bar versorgen lassen. Frau Preuss hat ein Auge auf so was. Richtige Gäste sind für sie nur zahlende Gäste.«

Das konnte Jan sich vorstellen. Er drehte den Kopf. Auf halbem Weg zur Rezeption gab es eine Nische mit bequem aussehenden Ledersesseln. Ein Parkett aus Schiffsbohlen setzte den Bereich optisch von der gefliesten Eingangshalle ab. Ein kleiner Ofen sorgte ebenso wie ein gut bestücktes Bücherregal für Gemütlichkeit. An der Wand hing ein großer Fernseher. Weiter links gab eine Panoramascheibe den Blick auf den Deich frei.

»Mit Kamera, meinen Sie?«, fragte Jan und drehte sich wieder zur Bar. »Wie sah der Mann aus?«

Edgar schien sich Mühe zu geben, die Erinnerung wieder auferstehen zu lassen. »Nicht sehr groß«, meinte er schließlich. »Er hatte immer so einen dunklen Mantel an und hat gesagt, er sei Fotograf. Hat er jedenfalls behauptet. Will Fotos für die Zeitung gemacht haben.«

»Und auf was hat er da in der Lobby gewartet?«, setzte Jan nach.

»Auf Anna Horn natürlich. Immer, wenn sie das Hotel verlassen hat, ist er ihr nachgegangen. Und wenn sie zurückkam, tauchte er irgendwann auch wieder auf.«

»Interessant«, meinte Jan. »Weiß die Polizei davon?«

»Keine Ahnung. Mich haben sie nicht danach gefragt. Aber vielleicht Frau Preuss.«

Jan zog die Schale mit den Erdnüssen näher heran, warf ein paar in den Mund und zermalmte sie mit den Backenzähnen. »Interessant«, wiederholte er.

Den Abend verbrachte Jan damit, seine Notizen auf dem Notebook durchzusehen und zu ergänzen. Dann recherchierte er im Internet den Namen des Fotografen, der offenkundig die letzten Bilder von Anna Horn gemacht hatte. Paul Stein hieß der Mann.

Jan kannte das berühmte letzte Bild.

Es zeigte Anna in kurzen Jeans und mit dickem Pullover am Strand. Im Hintergrund war ein Segelboot zu erkennen. Die *Junge Liebe*, wie Jan nun wusste, obwohl der Schriftzug auf dem Foto nicht zu erkennen war.

Die See hatte Anna am selben Nachmittag verschluckt, als das Strandfoto entstanden war. Wenn es also jemanden gab, der Jan etwas Interessantes über Annas letzten Sunden erzählen konnte, dann war es dieser Fotograf.

Jan klappte das Notebook zu. Es war ein merkwürdiges Gefühl, in Annas Bett zu liegen. Er schloss die Augen und sah diese bildschöne Frau vor sich, während hinter dem halb geöffneten Fenster Lachmöwen, Austernfischer und Zwergseeschwalben fast unerträglich laut um die Wette schrien.

# 10

Die Schmerzen wurden schlimmer statt besser. Ihr Kopf dröhnte, der ganze Körper schmerzte. Es war nicht mehr nur die Schulter. In dieser Nacht fror sie. Verzweifelt versuchte sie, die dünne Matratze zusammenzurollen und sich damit ein wenig zu wärmen. Es gelang ihr nicht.

Als das Licht wieder anging, fühlte sie sich wie verprügelt. Zunächst bewegte sie sich kein Stück. Wozu auch? Wenn sie beobachtet wurde, wollte sie dem Entführer oder den Entführern nichts bieten, was sie interessieren konnte.

Komisch, dass sie jetzt erst darauf kam, dass es vielleicht auch mehrere Entführer waren. Wenn es um Geld ging, war dies nicht einmal unwahrscheinlich. Aber ging es denn um Geld?

Nach einer Weile hielt sie es nicht länger aus, warf die Matratze nach hinten und setzte sich aufrecht hin. Ihr Blick ging wieder durch den Raum. Sämtliche Wände und selbst die Decke waren mit billigem Fichtenholz getäfelt. Es gab keinen Hinweis auf Fenster. So baut man sonst nur Saunen oder Särge, dachte sie.

Nicht an Särge denken, maßregelte sie sich selbst und tat es doch.

An der Zimmerdecke hing eine einfache Neonröhre. Offenbar hatte ihr Entführer keine Angst, dass sie die Röhre zerschlagen und sich mit den Scherben verletzen könnte. Immerhin wäre das eine Möglichkeit, um ihren Gegner zu einer Reaktion zu zwingen.

Wenn sie in ihrem Gefängnis verblutete, war sie für Lösegeldforderungen tendenziell wertlos. Nach so langer Zeit würde jeder vernünftige Mensch ein Lebenszeichen des Entführungsopfers verlangen, bevor er Geld bezahlte. Und wenn es um etwas anderes ging, war es für den Entführer bestimmt auch nicht toll, sie hier drinnen in ihrem eigenen Blut liegen zu sehen.

Also gut. Das war eine Option. Aber eine, die noch Zeit hatte.

Teilnahmslos stellte sie bei einem Blick auf den Verpflegungskorb fest, dass dieser fast leer war. Sie hatte das Obst und die Brote aufgegessen. Auch in der Kekspackung waren nur noch einige traurige Reste.

Mag sowieso kein Vollkorn, dachte sie.

Sie blickte wieder hinauf zur Neonlampe. Mit einem farbigen Tuch darüber, vielleicht orange oder grün, hätte man dem Raum gleich etwas mehr Freundlichkeit geben können. Aber wer wollte das schon? Sie bestimmt nicht. Sie hatte nicht vor, es sich hier gemütlich zu machen.

Plötzlich war sie nicht mehr allein.

Ihre Sinne hatten sich in den vergangenen zwei Tagen extrem geschärft. Sie hatte zwar nichts gehört, weder Autos noch Stimmen oder sonst irgendetwas aus der Welt da draußen. Dafür hatte sie immer wieder leichte Erschütterungen des Bodens bemerkt. Erschütterungen, wie sie vorbeifahrende Lkws hervorriefen oder Busse oder vielleicht auch Züge. Aber das, was sie jetzt hörte, war nichts von alledem.

Jemand war im Raum jenseits der Tür mit dem Oberlicht.

Unwillkürlich richtete sie den Oberkörper auf und spannte die Muskeln. Wer immer da war, sollte sie nicht wie ein Häufchen Elend vorfinden. Sie war immer noch sie. Und sie hatte immer noch Stolz. Auch wenn ihr Kopf seit dem Aufwachen hämmerte, ihre Haare strähnig wurden und die Kopfhaut wie verrückt juckte.

Sie saß ganz still und wusste, dass sie beobachtet wurde. In genau diesem Moment.

Ihr Entführer wollte sehen, wie es ihr ging.

Vielleicht hatte er mit einer Überwachungskamera eine Aufzeichnung gemacht und schaute sich nebenbei die vergangenen beiden Tage im Schnelldurchlauf an. Wie sie erwacht war. Wie sie die Zelle im Dunkeln, später bei Licht erkundet hatte. Was sie aß. Wann sie schlief. Mit der richtigen Ausrüstung konnte es auch Aufnahmen aus der Nacht geben. Also das, was sie für die Nacht hielt, weil die Neonröhre dann aus war.

Es dauerte eine ganze Weile, bis die Anspannung in ihrem Körper nachließ. Jenseits der Tür war nichts weiter geschehen. Sie hatte nichts mehr gehört. War ihr Entführer wieder gegangen? Oder hatte sie sich alles nur eingebildet? War doch möglich, dass sie schon zu halluzinieren begann.

Sie faltete die Hände und steckte den Daumennagel der rechten Hand unter den der linken. Der stechende Schmerz, als sich der Nagel ins Fleisch bohrte, tat gut. Er lenkte von den Kopfschmerzen ab.

Dann wurde an der Tür hantiert. Ein Schlüssel wurde gedreht. Das Geräusch war eindeutig. Die Tür schwang ein Stück nach innen. Nicht weit. Etwa zehn Zentimeter.

»Gib den Korb her«, sagte eine Stimme. Sie war eindeutig männlich. Nicht mehr ganz jung.

»Was?«, erwiderte die Gefangene.

»Den Korb! Schieb ihn zur Tür.«

Ihr Blick fiel darauf. Die halb leere Kekspackung und die Brotdose lagen auf dem Tisch. Die Wasserflasche stand neben dem Bett.

Sie packte den Müll in den Korb. Nur die Plastikflasche behielt sie. Dann ging sie mit dem Korb so weit zur Tür, bis sich die Kette an ihrem Fuß wieder straffte.

»Ich komme nicht weiter«, sagte sie.

»Gibt es dafür eine Lösung?«, wurde ihr erwidert.

Eine Lösung? Eine Lösung? Klar. Ihr Entführer hatte es ja selbst gesagt.

*Schieb …*

*Schieb ihn zur Tür.*

Sie ging in die Knie, stellte den Korb auf den Boden und gab ihm einen Schubs. Es war noch immer nicht weit genug. Doch gerade als sie es sagen wollte, ging die Tür ein Stück weiter auf, ein Arm kam ins Zimmer und eine Hand griff nach dem Korb. Ein kratzendes Geräusch entstand, als er über den Boden gezogen wurde. Dann verschwand alles zusammen durch den Türspalt.

Sag was, dachte sie. Sag schnell was, bevor er dich wieder einsperrt.

Sie öffnete den Mund, doch ihre Stimme versagte. Schon war die Tür wieder zu. Sie lauschte. Der Schlüssel wurde nicht gedreht.

Würde er wieder gehen, ohne abzuschließen? Wäre ein Entführer so nachlässig?

Die Kopfschmerzen behinderten sie beim Denken.

Sie wollte nicht, dass der Entführer einfach wieder ging und sie vielleicht weitere drei Tage und drei Nächte allein ließ. Stimmt schon, er war ein Entführer und ein Schwein, trotzdem wollte sie nicht allein sein.

Wenn die Tür wieder aufging, musste sie ihn ansprechen. Er würde den Korb gleich wieder in den Raum schieben. Darauf musste sie vorbereitet sein.

Überleg dir eine Frage. Sag irgendwas.

Sie zuckte zusammen, als die Tür geöffnet wurde. Sie sah den Korb.

»Was wollen Sie?«, sagte sie so laut sie konnte. Sie versuchte, fest zu klingen, merkte aber, dass ihre Stimme schwankte.

»Ich will gar nichts«, bekam sie zur Antwort.

Dann war die Tür wieder zu. Diesmal wurde abgeschlossen. Sie wusste es schon, bevor der Schlüssel umgedreht wurde.

Er will nichts, dachte sie. Er will gar nichts.

Ihr Blick ging zum Korb. Es war sofort klar, dass er zu weit weg stand, um ihn mit der Hand zu erreichen. Sie versuchte es trotzdem, ging auf die Knie, dann auf alle viere und legte sich zum Schluss flach auf den Boden. Sie robbte ein Stück vorwärts, streckte den Arm aus. Doch der Korb war unerreichbar.

Ärgerlich richtete sie sich wieder auf. »He«, rief sie. »Das ist zu weit weg. Ich komme nicht ran.«

Eine Antwort bekam sie nicht.

Sie atmete tief durch, ging zurück zum Bett, ärgerte sich leise darüber, dass sie sich auf den Boden gelegt hatte. Eine Erniedrigung war das. Vermutlich hatte ihr Entführer sie voller Wonne dabei beobachtet. Ihr Blick ging wieder durch das Zimmer. Wo hatte er seine Kameras versteckt?

Das Holz der Täfelung hatte dunkle Maserungen und war voller Astlöcher. Er könnte sie von überall beobachten. Mit 1000 Augen. Schnell senkte sie den Blick.

# 11

Charlotte lächelte zufrieden. Alle Kartons waren ausgeräumt, die Schränke ihrer neuen Wohnung in Heimfeld bestückt, und einige ihrer schönsten Fotos hingen in Plakatgröße an den Wänden. Eines zeigte in Schwarz-Weiß einen Van Carrier vor Hafenkränen bei Sonnenaufgang. Ein anderes einen Saxofonspieler im Alten Elbtunnel. Hinter ihm verlief die runde Weströhre mit ihrer schmalen Fahrspur und den gelblich schimmernden Kacheln scheinbar in die Unendlichkeit, auch wenn der 1911 in Dienst gestellte Tunnel nur gut 125 Meter lang war. Noch immer galt er Pendlern, die von den Landungsbrücken auf die andere Elbseite gelangen wollten, als schnelle Alternative zu den Hafenfähren oder dem viel längeren Straßenverlauf durch den halben Hafen. Der Mann auf Charlottes Foto war ein Straßenmusiker, der seinen Saxofonkoffer für Münzen oder kleine Scheine offen neben sich auf den Fußweg gelegt hatte.

Charlotte trat einen Schritt vom Bild zurück, drückte das Kreuz durch und räumte dann das Werkzeug zusammen, das sie beim Aufhängen benutzt hatte. Ihr Einzug war nun komplett.

Die Dachgeschosswohnung des viergeschossigen Mehrfamilienhauses lag unweit der Technischen Universität Harburg. Von ihrem Balkon aus konnte sie das Unigelände zwar nicht sehen, doch war sie bereits ein paarmal darüber spaziert. Es gefiel ihr, sich in einem kleinen Campus-Café unter die Studenten zu mischen. Die vielen jungen Menschen machten den Stadtteil lebendig und erleichterten es ihr, nun südlich der Elbe zu wohnen. Aufgewachsen war sie in Hamburg-Bramfeld. Dort hatte sie auch noch nach dem Auszug aus dem Elternhaus den Großteil ihres Lebens verbracht. Ihre erste eigene Wohnung lag nur wenige 100 Meter von der Schule entfernt, an der sie ihr Abitur gemacht hatte. Doch mit dem neuen Job beim *Harburger Tageblatt* hatte Charlotte automatisch auch einen Wechsel des Wohnorts verbunden. Sie war auf der Suche nach neuen Herausforderungen. Eine neue Wohnung gehörte für sie dazu.

Charlotte rauchte zufrieden eine Zigarette auf dem schmalen Balkon, der zur Wohnung gehörte, und drückte den Stummel dann in einem leeren Blumentopf aus. Sie hüpfte die Treppen mit einem Einkaufsbeutel über der Schulter hinunter und steuerte im nächsten Supermarkt zielstrebig auf das Weinregal zu. Sie wollte das Leben und den Abend mit einer Flasche Prosecco auf ihrem Balkon feiern. Während ihr Blick über das Regal schweifte, bemerkte sie ein paar Schritte weiter eine Frau, die mehrere Flaschen Weißwein in einen Einkaufswagen legte. Die Frau drehte den Kopf ins Profil, und Charlotte erkannte Jutta Voss.

Für einen Moment nagte Charlotte an ihrer Unterlippe, während sie überlegte, dann ging sie kurzentschlossen auf die Ex-Verlobte von Martin Frey zu. »Hallo, Frau Voss«, sprach sie die Frau an und wartete, bis deren Gesichtsausdruck ebenfalls ein Erkennen zeigte. »Ich möchte mich noch für meinen Kollegen entschuldigen. Er war etwas mies drauf, als wir bei Ihnen waren. Normalerweise ist er nicht so.«

»Schon gut«, wehrte Jutta Voss ab. »Nicht so wild.«

»Haben Sie seinen Artikel gelesen?«

Die blonde Frau schüttelte den Kopf.

Auch nicht so schlimm, dachte Charlotte, der gerade klar wurde, dass der Text bestimmt nicht sehr erbaulich für die Ex des Toten war.

Charlotte versuchte, die Situation mit einem breiten Lächeln aufzuheitern, und hob dabei die Proseccoflasche in ihrer Hand. »Will meinen Einzug in die neue Wohnung feiern.«

»Ah«, erwiderte Jutta Voss nur, dann wanderten die Blicke beider auf den Einkaufswagen mit den Weinflaschen.

»Ich habe wohl auch etwas zu feiern«, stellte die blonde Frau fest, und beide begannen zu lachen.

»Ist doch schön«, meinte Charlotte. »Sollten wir vielleicht zusammen feiern.«

Die Worte waren Charlotte herausgerutscht. Jutta Voss sah überrascht aus.

»War nur so gesagt«, meinte Charlotte, bevor die Situation unangenehm werden konnte. Doch Jutta Voss öffnete beide Hände wie zu einer Willkommensgeste.

»Nein, schon gut«, sagte sie. »Sie sind neu in der Gegend und wollen das feiern. Das verstehe ich. Warum also nicht.«

Charlotte prüfte ihre Gefühle bei der unerwarteten Vorstellung, den Abend mit einer quasi fremden Frau zu verbringen. Wie hatte das passieren können? Egal, nun war es eben so. »Dann, äh, würde ich sagen, treffen wir uns gleich an der Kasse.«

Als sie zusammen aus dem Supermarkt spazierten, deutete Jutta Voss auf den Parkplatz. »Ich bin mit dem Auto da. Macht es Ihnen etwas aus, wenn wir zu mir fahren? Ich bin abends nicht mehr gerne draußen unterwegs.«

Charlotte hätte der Frau zwar gerne ihre neue Wohnung gezeigt, aber so wichtig war ihr das auch nicht. Also stieg sie mit in den Wagen. Die Fahrt dauerte keine fünf Minuten. Dann standen sie wieder vor dem Mietsblock, den Charlotte schon kannte. Ihre Gastgeberin kramte in der Tasche nach dem Schlüssel. Die Treppenstufen im Hausflur erinnerten mit ihrem weißen Marmor an einen Friedhof. Glasbausteine in der Außenwand ließen ein schales Überbleibsel von Tageslicht in den kühlen Flur. Jutta Voss drückte auf einen Lichtschalter, und eine Energiesparlampe machte den Flur scheinbar noch dunkler. Laut sprang eine tickende Zeitschaltuhr an.

Jutta Voss öffnete die Wohnungstür im fünften Stock, stellte ihre Tasche ab, zog den Mantel aus und führte ihren unerwarteten Besuch direkt ins Wohnzimmer. Dort ließ Charlotte den Blick wandern.

Eine Wand war mit mintgrünem Stoff bespannt, wo normale Leute Raufasertapeten hin klebten. Auf dem Boden lag Echtholzparkett anstelle von Laminat. Auch die Möbel sahen teuer aus.

»Was für eine schöne Wohnung.« Im Treppenhaus hatte Charlotte nicht mit so viel Stil gerechnet.

»Finden Sie? Na, dann kommen Sie! Ich zeige Ihnen alles«, schlug Jutta Voss vor. »Fangen wir in der Küche an.«

Wie eine Maklerin führte Jutta Voss Charlotte von Raum zu Raum, ließ sie ins Badezimmer und in die Küche gucken. Beides war hochwertig eingerichtet. Auch einen Blick ins Schlafzimmer bekam Charlotte geboten.

»Wunderschön«, meinte Charlotte erneut.

»Schon. Aber die Gegend ist das Problem«, entgegnete Jutta Voss. »Nicht die beste Lage eben. Und ein Stück die Straße runter haben sich vor einiger Zeit sogar Neonazis in einer ehemaligen Tankstelle eingenistet. Kein Bisschen verkaufsfördernd. Und deshalb kriege ich die Wohnung nicht zu dem Preis los, den sie wert ist. Sonst wäre ich schon lange weg.«

»Sie wollen verkaufen?«

»Martin und ich hielten es zuerst für eine gute Wertanlage, aber dann hat sich eben alles geändert.«

Jutta Voss trat kurz ans Fenster, doch ihr Blick nach draußen schien ziellos.

»Kann ich meine Sachen in den Kühlschrank tun?«, fragte Charlotte, die eigentlich damit gerechnet hatte, gleich wieder nach Hause zu gehen und deshalb auch Käse und Butter in ihrer Einkaufstasche trug. Außerdem wollte sie die plötzlich unangenehm drückende Stille in der Wohnung durchbrechen.

»Klar«, erwiderte Jutta Voss. »Stellen Sie den Prosecco in den Weinschrank daneben.«

Ein Weinkühlschrank, nicht schlecht, dachte Charlotte. Aber einfacher gesagt als getan. Denn dort lächelten ihr bereits volle Regale entgegen. Hier feiert aber jemand oft, schoss es Charlotte in den Sinn.

Jutta Voss war etwa fünf Jahre älter als Charlotte, mit schmalen Wangen und noch schmaleren Händen. Ein dunkler Strickpullover umschloss ihren zerbrechlich wirkenden Körper. »Wie wäre es mit Spaghetti?«, fragte sie. »Nudeln habe ich immer im Haus. Und eine Soße ist schnell gemacht.«

»Oder Sushi«, überlegt Charlotte laut. »Wir könnten es uns liefern lassen. Zur Feier des Tages.«

»Lieber nicht«, erwiderte Jutta kopfschüttelnd. »Ich lasse sonst niemanden ins Haus. Auch keinen Lieferservice. Man weiß ja nie, wen sie einem da schicken.«

Okay, dachte Charlotte. Die Frau scheint etwas schräg drauf, aber es ist ihre Wohnung.

»Dann Spaghetti. Passt ja auch gut zum Wein.«

»Genau. Und geht auch ganz schnell«, meinte Jutta. »Sie haben bestimmt Hunger nach der schweren Arbeit. Wohnung einrichten und so. Ich kenne das.«

Beide Frauen begannen zu lachen.

»Machen Sie uns etwas Musik an?«, meinte Jutta Voss dann.

Charlotte folgte der Bewegung, mit der ihre Gastgeberin auf eine Stereoanlage deutete, und sah eine Sammlung

Vinylplatten. Plattenliebhaber waren, soweit sie wusste, oft empfindlich, was Fingerabdrücke auf den Rillen betraf. Man musste die Scheiben ganz besonders anfassen, um das Rund unbeschadet aus der Hülle zu bekommen. Aber wie genau das ging, hatte sie als Kind der CD-Generation nie interessiert. Und dann noch diese Nadel am Tonarm. Das war ihr alles zu altmodisch.

»Damit kenne ich mich nicht so gut aus«, stellte sie deshalb fest.

»Trauen Sie sich einfach«, meinte Jutta und drehte sich wieder zur Küche. »Sie machen schon nichts kaputt.«

Charlotte trat zu der Musikanlage und musterte die vielen Knöpfe. Langsam begann sie eine Ahnung zu bekommen, schaltete das Netzteil ein und drehte einen Knopf von Phone auf Tuner. Das Radio begann zu spielen.

Zufrieden sah Charlotte zur Küche und tastete dann zur Belohnung nach ihren Zigaretten. Mit einigen schnellen Blicken suchte sie nach einem Aschenbecher. Als sie keinen fand, ging sie zur Balkontür und begann, an einem großen Sperrriegel rumzufummeln. Er saß quer vor der Tür und wirkte wie ein Fremdkörper zum Rest der Einrichtung.

»Lassen Sie das mal lieber«, bat Jutta und streckte ihren Kopf aus der Küchentür. »Die geht sowieso nicht auf. Hab den Schlüssel irgendwo verlegt.«

Charlotte zuckte leicht zusammen, als hätte Jutta Voss sie bei etwas Verbotenem erwischt. »Wollte nur eine rauchen. Geht aber auch mal ohne.«

Geht eigentlich nicht, dachte Charlotte und überlegte, kurz nach unten vor die Haustür zu gehen. Aber sie wollte nicht zugeben, solch ein Suchtknochen zu sein. Also verkniff sie sich die Zigarette, ging wieder zur Küche und sah Jutta Voss beim Hantieren mit den Töpfen zu.

»Kann ich was helfen?«, fragte Charlotte.

»Die Tomaten vielleicht abziehen, wenn die Haut aufgeplatzt ist«, erwiderte Jutta Voss und deutete auf eine Schüssel, in der sie eine Handvoll Nachtschattengewächse mit kochendem Wasser übergossen hatte. Selbst hackte sie Zwiebeln und Knoblauch mit einem scharfen Küchenmesser und warf die Würfel zu bereits erhitztem Olivenöl in einen Topf. Sofort breitete sich ein angenehmes Aroma in der Küche aus. Als die gehäuteten Tomaten mit Wasser, etwas Sojasoße, zwei Lorbeerblättern und einem Streifen Zitronenschale im Topf zu köcheln begannen, gab Jutta neben Salz und Pfeffer noch zwei Esslöffel Weißwein dazu. Dann deckte sie den Esstisch ein.

»Was macht der Prosecco?«, fragte sie und nahm zwei Sektgläser aus dem Schrank.

Charlotte holte die nur leicht heruntergekühlte Flasche aus dem Weinschrank, öffnete den Korken und schenkte ein. So hatte sie sich die Einweihungsfeier ihrer neuen Wohnung zwar nicht vorgestellt, aber lustig war es irgendwie trotzdem. Kristall klirrte an Kristall.

»Jutta«, sagte die einige Jahre ältere Frau und lächelte ihren Gast an.

»Charlotte«, erwiderte diese.

Jutta Voss trank ihr Glas zügig aus und schenkte sich sofort nach.

»Puh, hatte ich Durst«, stellte sie lachend fest. Dann holte sie einen Teller mit Parmesan und einer Reibe aus der Küche und stellte ihn auf die Mitte des Tisches.

»Wann guckst du dir meine Wohnung an?«, fragte Charlotte, als auch die Nudeln auf dem Tisch standen und sie den ersten Happen genommen hatte. Statt einer Antwort bekam sie eine Serviette zugeschoben. Grinsend benutzte Charlotte sie für die Mundwinkel. »Immer diese Soße. Ich weiß.«

»Bist du sicher, dass du mit dem Einrichten schon komplett fertig bist?«, fragte Jutta Voss. »Sei ehrlich! Kein halb voller Karton mehr in einer Ecke?«,

Charlotte lächelte triumphierend. »Alles fertig. Brauchst keine Angst zu haben. Ich schwöre.«

»Schade«, meinte Jutta Voss dann überraschend. »Hätten wir uns eher getroffen, hättest du hier einziehen können. Wir hätten einfach das Büro ausgeräumt. Ein Kinderzimmer wird es ja sowieso nicht mehr.«

Charlotte bemerkte, wie die Stimme von Jutta Voss beim letzten Satz leiser wurde. Ob getrennt oder nicht, Martin Frey schien ihr noch immer etwas zu bedeuten. Sein Tod musste sie unerwartet getroffen haben. Wer rechnet schon mit so etwas? »Dachtest du, er kommt irgendwann zurück zu dir?«

Jutta Voss schüttelte den Kopf. »Wir haben die Wohnung gemeinsam gekauft. Also er hat damals alles eingefädelt. Mit den besten Kreditkonditionen und so. Den Großteil hat er von seinen Provisionen bezahlt. Aber vor einem halben Jahr hat er alles an mich überschrieben. Einfach so. Obwohl wir da schon auseinander waren.«

»Dann hat er dich noch immer geliebt.«

Jutta Voss sah nicht so aus, als glaubte sie dies. »Er wollte die Wohnung vom Hals haben. Und mich damit auch.«

»Bestimmt nicht.«

»Wie auch immer. Jedenfalls ist das hier jetzt mein Gefängnis.«

Charlotte krauste die Stirn.

»Tilgung und Zins liegen so niedrig, dass ich fürs selbe Geld nirgendwo etwas anderes mieten kann. Verkaufen geht auch nicht, weil ich den Wert der Wohnung nicht ausgezahlt bekommen werde. Also bin ich hier gefangen.«

»Warum willst du hier überhaupt raus?«, wollte Charlotte wissen. Jutta senkte die Augen. »Zu viele Erinnerungen«, riet Charlotte.

Jutta Voss senkte kurz den Blick.

Charlotte überlegte zu fragen, ob Jutta jemanden hatte, der mit ihr zur Beerdigung von Martin Frey ging. Aber sie hatte keine Lust, bei einem Nein einzuspringen. So gut kannten sie sich auch wieder nicht. Außerdem mochte Charlotte keine Beerdigungen. Ihr Blick ging auf der Suche nach einem anderen Thema durch den Raum. »Wahnsinns Plattensammlung. Ich habe nicht eine einzige.«

»Gehören auch alle ihm«, erwiderte Jutta und verbesserte sich dann. »Gehörten.«

## 12

Paul Stein wohnte in Wilhelmsburg. Der Stadtteil gehörte nicht zu den schönsten Ecken Hamburgs. Alte Einfamilienhäuser aus der Zeit direkt nach dem Zweiten Weltkrieg standen neben fünfstöckigen Mehrfamilienhäusern. Bei der großen Sturmflut 1962 wurde Wilhelmsburg, das von Norder- und Süderelbe eingeschlossen auf einer Insel lag, weitestgehend überflutet. 222 Menschen starben. Seit den 1970er-

Jahren wurde es dann wie Harburg und Bergedorf von den betuchteren Bürgern der Stadt als Immigrantenviertel stigmatisiert. Gastarbeiter, die nicht wieder nach Hause gingen und so ein Teil der Bevölkerung wurden, bildeten auch in Wilhelmsburg eine ghettoähnliche Gemeinschaft. Für viele Hamburger wurde der Stadtteil damit als Wohnort uninteressant. Doch durch die lokale Nähe zur HafenCity mutierte das Viertel seit den 2010er-Jahren allmählich wieder zum Spekulationsobjekt. Die Grundstückspreise und Mieten stiegen. Noch hatten die meisten Wilhelmsburger Ecken und Straßenzüge den rustikalen Charme des Arbeitermilieus. Aber wie lange dies so bleiben würde, ließ sich nicht sagen.

Jan ging eine Batterie Reihenhäuser entlang und suchte die Klingelschilder ab. An Türen klingeln gehörte zum Job. Wenn man direkt vor der Tür stand, wimmelten einen die Leute nicht so schnell wie am Telefon ab.

An einem schäbigen Hauseingang wurde Jan fündig und drückte die Klingel. Von der Dachrinne tropfte es. Das Fallrohr musste verstopft sein und niemand sich genötigt sehen, etwas dagegen zu unternehmen. Jan sah auf den Briefkasten mit einem von der Sonne ausgeblichenen Namensschild und ließ den Blick tiefer auf einen durchsichtigen Müllbeutel wandern, der auf seinem Weg zum Müllcontainer irgendwie aufgehalten worden war. Als er für ein zweites Klingeln vortreten wollte, wurde die Tür doch noch geöffnet. Vor ihm stand eine gehetzt wirkende Gestalt. Der Mann reichte ihm etwa bis zum Kinn und trug ein weißes T-Shirt zu schwarzen Jeans. Unterhalb der T-Shirt-Ärmel spannten sich beachtliche Bizeps. Auf der Nase saß eine verschmierte Brille.

»Sind Sie Paul Stein?«

»Sorry, ich hab's eilig. Dachte, Sie sind wer anders«, erwiderte der Mann mit den nach hinten gekämmten Haaren. Er griff sich an den Gürtel und zog ihn ein Loch enger.

»Sie haben die letzten Fotos von Anna Horn gemacht«, ließ Jan sich nicht abwimmeln. »Kurz bevor sie verschwand.«

Der Mann hob das Kinn und musterte Jan. »He, wir kennen uns doch«, stellte er dann fest.

»Ach ja?«

»Na klar. Moment, Moment … Hier, sag schnell … Landgericht oder Amtsgericht.«

Jan bekam eine Ahnung, was Paul Stein meinte, und nickte. Auf den Fluren der Hamburger Gerichte trieben sich allerlei Pressevertreter herum. Schreiberlinge wie Jan, Leute vom Fernsehen und Fotografen. Einige Gesichter tauchten immer wieder auf. Mit dem einen unterhielt man sich, dem anderen nickte man nur kollegial zu. Die verschmierte Brille auf Steins Nase öffnete bei Jan ein Hinterstübchen. Stein gehörte zu den Kollegen, denen Jan zunickte, deren Existenz ihn aber bisher nicht weiter interessiert hatte. Auf der Straße hätte er Paul Stein nicht wiedererkannt. Das war ihm ja nicht einmal sofort geglückt, als er an dessen Tür geklingelt hatte.

»Du willst was über Anna Horn wissen?« Paul Stein verschränkte die Arme vor der Brust und schien es nicht mehr ganz so eilig zu haben.

»Ja, nächsten Monat jährt sich ihr Todestag.«

»Du meinst, der Tag ihres Verschwindens. Soweit ich weiß, wurde sie nie gefunden. Oder gibt's da was Neues?«

»Nee, nee …«, wiegelte Jan ab. Nur keine schlafenden Bluthunde wecken, dachte er. Wenn Stein glaubte, Jan wüsste etwas über Annas Verbleib, würde er bestimmt die nächste Zeit mit der Kamera auf dem Beifahrersitz vor Jans Wohnung stehen und darauf warten, dass dieser ihn zu Exklusivbildern führte. »Das letzte Foto vom Strand ist doch von dir … Gibt es da noch mehr?«

Dem Fotografen war der Stolz anzusehen. »Was für ein Schnappschuss, was? Weißt du, prinzipiell würde ich dir gerne alles zeigen, aber im Moment habe ich was vor. Und überhaupt, ihr von den Lokalblättchen zahlt so schlecht.«

»Aber lange würde es nicht dauern. Sind doch sicher sortiert. Um die Fotos zu machen, hast du garantiert länger gebraucht.«

Da war es wieder, das Du unter Kollegen. Paul Stein hatte damit angefangen, also tat Jan es ihm gleich. Außerdem ließ sich die Bitte so leichter vermitteln.

»Zugegeben ...« Paul kratzte sich das unrasierte Kinn und musterte Jan ein zweites Mal. Die folgende Frage passte nicht zum bisherigen Gespräch und überraschte Jan deshalb. »Wann hast du das letzte Mal was völlig Verrücktes gemacht?«

»Wer – ich?« Natürlich er. Jan fragte das nur, um etwas Zeit zum Nachdenken zu gewinnen. »Wieso?«

»Los. Sag schon!«

»Weiß nicht? Was Verrücktes? Letzte Woche vielleicht.«

»Was?«

»Wie was?«

»Was hast du Verrücktes gemacht?«

»Ich ... ich«, stotterte Jan, »ich hab mein Telefon aus dem Autofenster geworfen ...«

Paul Stein sah beeindruckt aus. »Nicht schlecht. Aber vielleicht können wir das noch toppen.«

»Toppen?«

»Bist du mit dem Auto da?«

»Ja, warum?«

»Hab mal wieder die Zeit verpennt und bin viel zu spät dran. Also kannst du mich fahren. Dafür erzähl ich dir unterwegs was über Anna Horn. Und wenn du Bock hast, zeige ich dir dann noch etwas ganz anderes. Wie klingt das?«

# 13

Jan fuhr über die Stadtautobahn Richtung Harburg. Zwei Kilometer stockender Verkehr lag vor ihnen.

»Tolle Frau«, sagte Paul Stein, der nun Jans unerwarteter Beifahrer war, über Anna. »Habe die besten Fotos meiner Karriere mit ihr gemacht und gutes Geld durch sie verdient. Das muss ich sagen.«

»Sieht aus, als wäre Anna Horn nirgendwo sicher vor dir gewesen«, bemerkte Jan und merkte erst danach, dass seine Worte wie ein Vorwurf aufgenommen werden konnten. Schnell fügte er deshalb hinzu: »Die Bilder vom Strand ... wirklich große Klasse.«

Paul lächelte. Jan konnte es aus den Augenwinkeln sehen.

»Ihr macht also einen Artikel zu ihrem fünfjährigen Verschwinden? Finde ich gut. Hat sie verdient. Man weiß immer erst, was man an den Leuten hat, wenn sie nicht mehr da sind. Anna wurde total unterschätzt. Trotz ihrer Erfolge. Die meisten gönnten ihr das doch gar nicht. Und als sie dann nicht mehr so gut drauf war, haben alle gemeint: Siehste, habe ich doch gleich gesagt. Die hat's nicht drauf.«

Ein dunkler Geländewagen vor ihnen wechselte abrupt die Spur, ohne den Blinker zu setzen. Jan musste scharf abbremsen und blickte in den Rückspiegel.

»Hup doch!«, verlangte Paul. Jan sah ihm an, dass er am liebsten selbst auf die Hupe gehauen hätte. »Ich kann diese Großkotze nicht ausstehen.«

»Ich werde es mir merken.«

Paul grinste. »Bist ein defensiver Fahrer, was? Merkt man gleich.«

»Knallprotz, Sprücheklopfer, Windmacher, Großmaul!«, sagte Jan.

»Was?«

»Das sind alles Synonyme für Großkotz«, erklärte Jan. »Wollte nur zeigen, dass ich auch fluchen kann.«

Paul machte mit dem Zeigefinger ein Du-Du-Du. Offenbar gefiel ihm, was er hörte. Jan verließ die Stadtautobahn und fuhr, Pauls Anweisungen folgend, über die B73 zur Autobahn.

»Wo fahren wir eigentlich hin?«

»Wieso? Hast du heute noch was Besseres vor?«

An Waltershof vorbei ging es durch den Elbtunnel. Links flog kurz darauf das HSV-Stadion an ihnen vorbei. Schon rutschten sie durch den nächsten Tunnel.

Jahrelang hatte die A7 die Stadtteile Bahrenfeld und Stellingen wie mit einem Tranchiermesser sauber durchschnitten. Dann hatte der Senat beschlossen, an mehreren Stellen Deckel auf die Autobahn zu legen. Das Projekt benötigte vom Beschluss bis zur Fertigstellung gut 20 Jahre. Doch nun rauschte der Verkehrsstrom wie gewünscht unter neu angelegten Parks und Parzellengrundstücken dahin. An der Raststätte Holmmoor durfte Jan endlich abfahren. Viel weiter hätte er sowieso nicht mehr den Chauffeur gespielt. Die paar Informationen, die er von Paul über Anna Horn bekommen hatte, schienen größeren Aufwand nicht wert.

»Weiter rechts. Ja, da. Genau da.«

Jan lenkte auf eine Pkw-Parkzone zu. Tankstelle und Lkw-Stellplätze lagen daneben. Paul deutete auf drei Männer, die neben einem in die Jahre gekommenen BMW standen.

»Das sind Thomas, Erich und Felix. Felix ist der Lange.«

Jan hielt neben den dreien, hatte aber nicht vor auszusteigen. Paul machte ihm klar, dass er es doch tun sollte. »Ist wichtig«, fügte er geheimnisvoll hinzu.

»Thomas, Erich und Felix«, sagte er noch einmal, nachdem er die drei mit Handschlag und Schulterklopfen begrüßt hatte. Dann deutete er auf Jan. »Das ist Jan.«

»Hat dich deine Klapperkiste wieder im Stich gelassen?« Erich grinste frech.

»War etwas spät dran …«

»Wie immer«, kommentierte Thomas trocken.

Der lange Felix, er überragte seine Kumpel einen ganzen Kopf und war sogar noch größer als Jan, sah nervös auf sein Smartphone.

»Keine Panik«, meinte Paul. »Wir nehmen seinen Wagen hier als Ersatz. Fällt auch nicht so auf wie mein Bulli.«

Jan sah überrascht in Pauls Richtung.

»Lass mal den Schlüssel rüberwachsen …«

»Was?«

»Erich nimmt deine Kiste. Du kommst im BMW mit.«

»Was?«, wiederholte Jan.

»Hast du ihm etwa alles erzählt?«, wollte Thomas wissen und schien mit der Entwicklung nicht glücklich. Damit stand er Jan in nichts nach. Jan würde seinen Wagenschlüssel auf keinen Fall aus der Hand geben und ihn schon gar nicht einem Fremden überlassen. Das wäre ja noch schöner.

*Wann hast du das letzte Mal was völlig Verrücktes gemacht?*

Pauls Worte von vorhin klangen ihm wieder im Ohr.

»Was habt ihr eigentlich vor?«, wollte Jan nun wissen.

»Hab ich doch gesagt. Wir brauchen zwei Autos. Alles andere siehst du dann.«

»Etwas genauer wäre ganz nützlich.« Jan konnte nicht fassen, dass er mit diesen Worten nun doch so etwas wie Zustimmung signalisierte.

»Dafür reicht die Zeit nicht mehr«, sagte Paul und streckte seine Hand aus.

»Phillip muss gleich kommen«, stimmte Felix zu und starrte wieder auf sein Smartphone. »Wir müssen uns jetzt bereit machen. Oder wir lassen es ganz. Das geht natürlich auch.«

»Ist er jetzt dabei oder nicht?« Das war wieder Thomas. »Kacke, Mann. Du hättest mit deiner eigenen Karre kommen sollen.«

Paul starrte Jan an. Die Frage von zuvor in seinen Augen.

*Hast du heute noch was Besseres vor?*

Langsam wanderte Jans Blick von Pauls Gesicht zu dessen ausgestreckter Hand und zurück. Ohne zu wissen, wieso, drehte er sich schließlich ein Stück zur Seite und warf Erich seinen Schlüssel zu.

»Der Rückwärtsgang hakt etwas.«

Grinsend fing Erich den Schlüssel auf. »Hab ganz bestimmt nicht vor, auf der Autobahn rückwärts zu fahren.«

Jan sah mit ungutem Gefühl, wie Erich den Sitz in seinem Volvo zurechtrückte und den Rückspiegel einstellte, während er selbst auf die Rückbank des BMWs kletterte. Noch konnte er die Aktion beenden. Schon heulte der Motor auf. Der Wagen gehörte Thomas, doch Paul hatte sich hinters Lenkrad gesetzt. Felix nahm wegen seiner langen Beine auf dem Beifahrersitz Platz. Thomas setzte sich neben Jan und nickte verheißungsvoll mit dem Kopf. Als Jan zum Sicherheitsgurt griff, begann Thomas zu grinsen.

»Was?«, fragte Jan.

Thomas zuckte nur mit den Schultern. Er hatte einen strubbeligen Vollbart. Eine Delle in der Nase zeugte von einem alten Bruch, dem niemand beim Heilungsprozess die gebührende Aufmerksamkeit gezollt hatte.

Auf dem Boden vor den Rücksitzen lag ein blauer Müllbeutel. Als Paul mit eingeschlagener Lenkung aus der Parklücke fuhr, gab es im Müllsack ein metallisches Klirren. Jan blickte Thomas an. Der grinste nur breit.

Hintereinander rollten die beiden Fahrzeuge über den Rastplatz. Es schien, als käme Erich mit dem Volvo nicht ganz zurecht. Denn er hielt kurz vor der Beschleunigungsspur auf einem Lkw-Stellplatz. Paul stoppte direkt dahinter, machte aber keine Anstalten auszusteigen. Stattdessen sah er Felix auffordernd an. Der hatte schon wieder sein Smartphone in der Hand und drückte es sich nun ans Ohr.

»Ja, ich bin's. Moment, ich mach mal auf laut.«

»Sind wir zu spät?«, fragte Erich gerade.

Felix sah Paul an.

»Entspannt euch, Leute.«

»Wir hätten jemanden am Lager postieren können«, meinte Felix, »dann wüssten wir es jetzt genau.«

»Und wen? Der verpasst hier ja dann den ganzen Spaß.«

»Ich hätte es gemacht«, entgegnete Felix.

»Weil du 'n Schisser bist …«, warf Thomas von hinten ei

»Quatsch. Zu besseren Kontrolle natürlich.«

»Natürlich. Und wer sichert mich dann.«

»Na, er.« Paul nickte in Jans Richtung.

Thomas schüttelte den Kopf. »Obwohl vielleicht die beste Idee des Tages.«

»Ich glaub …«, kam es aus Felix' Smartphone.

»Jip«, stimmte Paul zu, ohne dass Erich den Satz beenden musste. »Das ist er. Ich sehe ihn auch. Also los, Erich. Schnappen wir ihn uns.«

# 14

Jan sah nach links. Auf dem Rastplatz konnte er nichts entdecken. Dafür zogen ein weißer Kleinlaster mit roter Werbeaufschrift für einen Elektronikmarkt, ein blauer Toyota und ein roter Pkw vorbei, dessen Marke Jan nicht gleich erkannte.

Erich ließ den Volvo ein Stück nach vorn springen und würgte den Motor ab. Ein gut vernehmbares Fluchen kam aus dem Smartphone. Ein Anlasser kreischte auf. Das Getriebe auch, als Erich mit dem Schaltknüppel darin herumrührte. Schmerzgepeinigt verzog Jan das Gesicht bei diesen Geräuschen.

Thomas lachte laut. Sonst niemand. Aber Jan glaubte, Paul grinsen zu sehen.

Der Volvo verließ die Parkbucht und nahm auf dem Beschleunigungsstreifen Geschwindigkeit auf. Paul drückte das Gaspedal ebenfalls nach unten. Aber nicht zu sehr. Die Motorkraft des BMW 135 war mit seinen 420 PS erheblich komfortabler als die von Jans Volvo. Daran konnte auch der Altersunterschied nichts ändern. Die bayerische Karosse war noch immer in der Lage, ihren Motor brüllen zu lassen, wenn sie wollte.

Ohne Probleme fädelten sich beide Wagen auf der Autobahn ein. Der Vorsprung des Lieferwagens schrumpfte schnell. Die beiden anderen Autos waren dafür bereits fast außer Sichtweite.

»So kann's meinetwegen bleiben«, sagte Paul.

»Soll ich jetzt schon?«, fragte Erichs Stimme aus dem Smartphone.

»Erst hinter Kaltenkirchen.«

»Die Gelegenheit ist günstig.«

»Sehe ich auch so. Aber ich will erst an der Autobahnauffahrt vorbei sein. Wenn's dann noch passt, legen wir los. Ist zu viel Verkehr, fahren wir bis Bad Bramstedt weiter. Nach der Auffahrt da gibt es noch eine Chance.«

»Alter, mir geht die Düse.«

Thomas lachte auf und sagte an Jan gewandt: »Fast so' n Schisser wie unser Felix.«

Blaue Autobahnschilder flogen an ihnen vorüber. Endlich wurde Kaltenkirchen angezeigt. 500 Meter. Dann noch 300. Ein riesiges Werbeschild wies auf ein Möbelhaus hin.

Jan sah, wie ein Sattelschlepper vom Beschleunigungsstreifen auf die Autobahn fuhr. Der Minilaster des Elektronikmarkts setzte links den Blinker und machte Platz.

»Na toll. Den haben wir jetzt 'ne Weile im Nacken«, meinte Felix, während Erich und Paul mit ihren Autos ebenfalls Platz machten. Gleichzeitig tauchten zwei Pkws im Rückspiegel auf.

»Nur nicht nervös werden«, sagte Paul. »Wir haben noch genug Strecke vor uns.«

Der Sattelschlepper wurde hinter ihnen kleiner. Die beiden Pkws überholten den Kleinlaster und verschwanden am Horizont.

»Jetzt?«, wollte Erich wissen.

»Wie schnell fährt er?«

»Genau 80. Hält sich exakt an die Geschwindigkeitsbegrenzung.«

Paul und Thomas grinsten. Auch der Tacho des BMW zeigte 80 Stundenkilometer.

»Was ist mit dem Sattelschlepper?«

»Der liegt weit genug hinten, um nichts mitzukriegen.«

»Dann ziehen wir es jetzt durch.«

»Ich hab also grünes Licht?«, fragte Erich.

»Grünes Licht. Gib Gummi«, stimmte Paul zu.

Jan begriff nicht, was sich hier abspielte, aber er merkte, wie sich seine Hände verkrampften. Derweil beugte Thomas sich nach unten und holte ein Klettergeschirr aus dem Müllbeutel zu ihren Füßen. Trotz der Enge im Wagen rutschte er problemlos hinein und hakte die Verschlüsse ein.

Erich scherte mit dem Volvo auf die mittlere Fahrspur aus und setzte zum Überholmanöver an.

»Ist doch gut, dass wir nicht den Bulli dabeihaben. Der wäre viel auffälliger.«

»Hoffentlich klappt das.«

»Natürlich klappt das«, wehrte Paul Felix' Bedenken ab.

»Haben wir denn noch genug Zeit?«

Paul schüttelte den Kopf. »Wir ziehen es trotzdem durch. Es war von Anfang an klar, dass wir etwas Glück brauchen.«

Der Volvo verschwand aus ihrem Sichtfeld, als er nach dem Überholen zurück auf die rechte Spur fuhr und sich somit vor den Kleinlaster setzte.

»In Position«, krächzte Erich durch das Telefon.

»Position halten!«, brüllte Paul zurück und gab gleichzeitig mehr Gas.

»Voll die Profis.« Thomas sah Jan spöttisch an. Dann grinste er. »Aber die Knochen darf mal wieder ich riskieren.«

»Los jetzt, Arschloch.« Paul griff nach oben und drückte den Knopf fürs Schiebedach. Die Mechanik fuhr das Stück Blech nach oben, und mit einem lauten Rauschen wurde es nach hinten geschoben.

Jan schien zu ahnen, was nun kommen würde. Doch der Sinn hinter der Aktion erschloss sich ihm noch immer nicht.

Wie befürchtet kletterte Thomas mit den Füßen auf die Rücksitzbank und zwängte sich zwischen den Vordersitzen hindurch. Dann steckte er Kopf und Oberkörper in die Dachöffnung.

»Alles klar«, rief er gegen den Fahrtwind zu Jan hinunter. »Halt das Sicherungsseil gut fest.«

Jan starrte das Seil an, das mit einem Karabinerhaken am Klettergeschirr hing.

»Wer – ich?«

»Wer sonst?«, gab Thomas zurück. »Felix vielleicht?«

»Ja. Felix soll das machen.«

»War doch auch so abgesprochen«, bemerkte Felix offenbar leicht beleidigt.

Doch Thomas wollte es anders. Auch Paul nickte.

»Mach schon, Jan. Du hast da hinten die bessere Position als Felix.«

Thomas setzte den linken Fuß auf die Rückenlehne des Fahrers und damit direkt neben Pauls Kopf. Dann stemmte er sich weiter aus dem Dach hinaus.

»Ich will mit dem Scheiß nichts zu tun haben! Was, wenn er einen Abflug macht?« Doch Jan blieb trotz Protest nichts anderes übrig, als zuzugreifen, wenn er Thomas nicht ungesichert aus dem Dach klettern lassen wollte. Erst mit nur einer Hand. Dann, als er sich von seinem Sicherheitsgurt befreit hatte, mit beiden Händen.

»Komm wieder rein!«

Über die Windschutzscheibe ließ Thomas sich auf die Motorraumhaube gleiten. So vorsichtig wie möglich schloss Paul die Lücke zwischen dem BMW und dem vorausfahrenden Kleinlaster. Wieder pendelte sich die Tachonadel auf 80 ein.

Thomas stand jetzt mit beiden Füßen auf der Motorraumhaube. Und ohne es zu wollen, hatte Jan sich mit dem Oberkörper ebenfalls aus dem Schiebedach gehievt. Felix machte sich so dünn er konnte, weil Jan mit dem rechten Fuß auf dem Beifahrersitz stand und mit dem linken auf der Rücksitzbank.

Das Seilende schlang sich um die Kopfstütze des Beifahrersitzes. Felix hielt den unteren Teil umklammert. Falls Thomas stürzte, würden ihn beide zusammen vor dem Abschmieren bewahren müssen.

»Ich sitz kaum 30 Meter vor ihm«, plärrte Erichs Stimme.

»So halten.« Paul brüllte gegen den Lärm an, den das offene Schiebefenster machte. »Bloß nicht langsamer. Er soll zwar nicht schneller werden können, aber auch nicht auf die Idee kommen, dich zu überholen.«

»Was?«

»NICHT – LANGSAMER – WERDEN.«

»Langsamer?«

»NEIN. NEIN. Genau so weiter.«

Kurze Stille. Paul warf einen Blick auf das Telefon in Felix' Hand.

»Immer weiter so«, brüllte Felix sein Smartphone an.

Nach einer weiteren Pause sagte Erich: »Verstehe zwar kein Wort, aber ich halte weiter den abgesprochenen Abstand. Thomas kann anfangen.«

»Guter Mann«, stieß Paul aus, während Thomas mit ausgestrecktem Arm auf den Laster deutete und etwas rief.

»Ein Vorhängeschloss«, sagte Jan und blickte an sich hinunter ins Fahrzeug. »Thomas sagt was von Seitenschneider.«

»Seitenschneider«, wiederholte Felix, schlängelte mit dem Arm um Jans Bein herum und holte ein entsprechendes Werkzeug mit einem 50 Zentimeter langen Griff aus dem blauen Müllbeutel. Mehrfach nickend reichte er es, wie ein OP-Assistent ein chirurgisches Besteckstück, durch die Luke nach oben.

»Seitenschneider«, sagte er.

Das ist jetzt wirklich verrückt, dachte Jan. Und ich mach doch nicht echt dabei mit? Dann reichte er das Werkzeug an Thomas weiter.

In Pauls Richtung brüllte er: »Rauben wir gerade den Laster aus?«

»Quatsch«, rief der zurück. »Das ist ein einfacher Einbruch, kein Raub.«

Das Vorhängeschloss leistete nur wenig Widerstand. Kaum hatte Thomas den Papageienschnabelkopf des Seitenschneiders richtig platziert, spannte er die Muskeln und setzte damit die Hebelwirkung der langen Griffe ein. Der Metallbügel knirschte und gab nach. Schon fiel das Schloss zwischen Laster und BMW auf die ruhig unter ihnen dahinfließende Autobahn.

Thomas öffnete die Türverriegelung und zog den rechten Flügel auf. Die Unterkante schwang etwas mehr als zwei Zentimeter über die Motorraumhaube des BMW. Hätten sie einen SUV benutzt, wäre die Tür vermutlich an der höheren Front hängen geblieben.

»Mehr Seil!«, forderte Thomas, während er einen großen Schritt auf die Lkw-Ladefläche machte. Jan gab den Befehl wie ein Leutnant aus dem Turm eines U-Boots nach unten weiter. Und Felix ließ das Seil ein Stück weiter um die Kopfstütze laufen.

Mit drei kleinen Paketen tauchte Thomas wieder auf und wollte sie mit ausgestrecktem Arm an Jan weiterreichen. Der schüttelte den Kopf.

Bis jetzt war alles Spaß. Aber wenn er die Pakete annahm, dann machte er sich am Diebstahl mitschuldig.

»Gib sie her!«, brüllte Paul von unten.

Jan schüttelte den Kopf.

»Abfahrt Bad Bramstedt voraus ...« Das war Erichs Stimme über das Telefon. »Mit Pech sind wir gleich nicht mehr allein.«

»Gib mir die Päckchen!«, brüllte Paul noch einmal nach oben. Bis jetzt hatten sie es mit einer leeren Autobahn hinter sich zu tun. Doch was nach der nächsten Auffahrt sein würde, wusste niemand.

Wenn jemand hinter ihnen auf die Autobahn fuhr und alles sah, wären sie geliefert. Womöglich machte ein Autoinsasse sogar ein Handyvideo, oder es war eine Dashcam an der Frontscheibe installiert. Alles denkbar. Alles scheiße.

Paul sah, wie sich Thomas' Mund bewegte. Er redete auf Jan ein. Dann brüllte Paul in Felix' Smartphone, dass Erich sich mit dem Volvo zurückfallen lassen solle.

»Ich will dich auf der Mittelspur hier direkt neben mir haben!«

»Wie? Das ist aber gegen den Plan.«

»Komm nach hinten. Ich brauch dich hier als Sichtschutz.«

Erich schien zu begreifen. Denn er sagte nur knapp: »Okay. Bin unterwegs.«

Thomas stand schon wieder mit einem Fuß auf der Motorraumhaube und drückte das erste Paket gegen Jans Hand. Noch immer mit dem Kopf schüttelnd griff er nach dem Päckchen und ließ es durch das Schiebedach nach unten fallen. Dann auch die anderen beiden.

Paul jubelte. »Reicht!«, rief er. »Thomas soll zurückkommen.«

Doch Thomas schwang sich stattdessen wieder auf die Ladefläche.

»Idiot!«, brüllte Paul. »Komm zurück. Sofort!«

Jan wiederholte die Worte automatisch. Ohne Erfolg.

Dann tauchte Thomas mit einem wesentlich größeren Karton wieder auf.

»Was soll das?«, fragte Paul, ohne eine Antwort zu erwarten. »Der passt doch gar nicht durchs Dach. Was ist das, 'ne Playstation?«

»Besser als ein Flachbildschirm«, kommentierte Felix.

Jan blieb nichts anderes übrig, als auch den größeren Karton entgegenzunehmen. Er versuchte, ihn an seiner Hüfte vorbei nach unten zu stopfen, doch das unhandliche Paket passte nicht.

Thomas warf die Tür des Lieferwagens zu und legte die Verriegelung um. Gleich danach turnte er über die Motorraumhaube zurück zum Schiebedach.

»Lass los und verzieh dich nach unten. Ich habe ihn im Griff«, meinte er zu Jan. Doch das stimmte nicht ganz.

Vielleicht war es eine Unebenheit auf der Straße, die von den Stoßdämpfern des alten BMW nicht ganz aufgefangen wurde. Jedenfalls segelte der Karton plötzlich davon, beinahe so elegant wie ein Blatt im Wind, bevor er merkte, dass mit der Schwerkraft nicht zu spaßen war und kurz darauf mit der Kante auf den Standstreifen donnerte. Pappe, Styropor und das elektronische Spielzeug schlitterten von dort weiter ins Grüne. Alle Köpfe im BMW drehten sich zur selben Seite. Doch schon war die Playstation außer Sicht.

Paul schien es egal zu sein. Er versuchte, den Wagen weiterhin im Windschatten des Kleinlasters zu halten, während Jan zurück auf den Rücksitz glitt und auch Thomas wieder ins Auto kletterte.

Erich befand sich mittlerweile mit Jans Volvo auf gleicher Höhe. Er reckte den Daumen nach oben, und seine Stimme kam triumphierend durchs Telefon.

Im Rückspiegel war die Autobahn noch immer frei.

Paul nahm den Fuß ein wenig vom Gaspedal, schon gewann der Kleinlaster vor ihnen ein Stück Vorsprung. Nun entspannte sich auch Pauls Gesicht. Gerade noch war Erichs Stimme übers Telefon die einzig hörbare, dann brach auch im BMW Jubel aus.

»Kinderspiel!«, brüllte Paul. »Das reinste Kinderspiel! Habe ich doch die ganze Zeit gesagt.«

# 15

Ihre Stammkneipe lag in er Nähe des Harburger Marktplatzes. Das *Bierdorf.* Dunkle Glasscheiben hielten das meiste Tageslicht ab. Neben der Eingangstür hing ein dicker Stoffvorhang. Vermutlich, um im Winter die Kälte auszusperren, vielleicht aber auch, um Spelunke und Gäste vor noch mehr Licht zu schützen. Ein langer Tresen lud zum Feierabendbier ein, auch wenn noch lange nicht Feierabend war. Jan brauchte die ganze Rückfahrt, um mit den Ereignissen auf der Autobahn klarzukommen. Doch selbst in der Kneipe konnte er noch nicht ganz begreifen, was da passiert war und wie er mit hineingeraten konnte. Ein großes Bier stand vor seiner Nase, dessen Schaumkrone unberührt in sich zusammengefallen war.

Paul, Thomas, Erich und Felix waren hingegen bestens gelaunt. Die erbeuteten Smartphone-Verpackungen lagen übereinander auf dem Tisch neben ihren Gläsern. Dann ging die Tür wie im Western auf. Straßengeräusche wehten herein. Schnelle Schritte kamen durch den Wirtsraum.

»Seid ihr denn total durchgeknallt?«

Ein Kerl in abgewetzter Lederjacke, Jeans und ausgetretenen Halbschuhen baute sich vor dem Tisch auf.

»Her mit dem Zeug!«

Paul, Thomas und Erich sahen sich stumm an, dann konnten sie ihr Lachen nicht länger unterdrücken. Felix schaute schuldbewusst zur Seite.

Der Mann mit der Lederjacke schüttelte den Kopf, trat auf den Tisch zu und zog den Smartphone-Stapel zu sich heran.

»Wahnsinnig witzig. Wo ist die Playstation?«

Thomas bückte sich zur Seite und beförderte einen sichtlich mitgenommenen Karton auf den Tisch. »Alles noch drin«, meinte er nickend.

»Ihr spinnt wohl! Das Ding ist ja nur noch Schrott.«

»Vom Laster gefallen«, erwiderte Thomas und zuckte mit den Schultern.

Paul verschluckte sich am Bier, und selbst Felix musste grinsen.

Allmählich begriff auch Jan, dass er sich doch nicht an einem echten Einbruch beteiligt hatte. Paul und seine Freunde kannten den Fahrer des Kleinlasters. Und die Wette, dass ihn niemand unbemerkt während der Fahrt ausplündern konnte, hatte er offenkundig verloren. Denn darum ging es bei dem waghalsigen Spektakel auf der A7.

Eine osteuropäische Bande sollte es sich auf den einsamen Autobahnen Mecklenburg-Vorpommerns zur Spezialität gemacht haben, fahrende Lkws um wertvolle Frachtstücke zu erleichtern. Als Lieferwagenfahrer für einen Elektronikmarkt hatte Phillip, so hieß der Mann in der Lederjacke, die Möglichkeit eines solchen Tatgeschehens gänzlich abgestritten. Jeder Fahrer würde merken, wenn sich jemand von hinten an die Stoßstange hänge. Ihm jedenfalls könne so etwas niemals passieren, hatte er absolut überzeugt kundgetan, wie Jan später erfuhr. Paul hatte das Gegenteil behauptet. Schon hatte die Wette im Raum gestanden.

»Das mit dem Vorhängeschloss war clever«, meinte Thomas mit gespielter Anerkennung. »Aber nicht clever genug.«

»Und was mach ich jetzt mit dem Schrott?« Verärgert schob Phillip den Playstation-Karton über den Tisch. Thomas griff nach seinem Bier, damit es nicht hinunterfiel. »Was für eine Kackidee. Wisst ihr, wie blöd ich vorhin ausgesehen habe?«

»Ich dachte, du und der Typ aus dem Lager seid so dicke.«

»Trotzdem muss ich doch wohl abliefern, was auf dem Lieferschein steht. Die neuesten Telefone und Spielekonsolen fallen nicht einfach vom Laster.«

»Eben doch.« Thomas sah mehr als zufrieden aus.

»Fuck!«

»Gib einfach zu, dass du verloren hast und dass wir recht hatten.«

»Die Playstation ist hin. Ich hab dem Kollegen versichert, dass ich die Sachen morgen früh nachliefere. Muss ich ja. Aber wie soll das jetzt gehen? Was habt ihr damit nur angestellt?«

»Ist wirklich vom Laster gefallen«, erklärte Paul. »Wir mussten die Strecke noch mal abfahren, um den Karton einzusammeln. War gar nicht so leicht zu finden.«

»Toll. Soll ich jetzt etwa noch gratulieren?«

Ein Blick auf Paul, Thomas und Erich sagte Jan, dass sie das gar nicht verkehrt gefunden hätten.

»Ich kaufe Ersatz«, stieß er schließlich hervor. »Aus dem Laden hier in Harburg. Er kann dann einen heilen Karton abgeben.«

Phillip schien Jan erst jetzt zu bemerken.

»Wer ist das denn?«, begann er und schüttelte den Kopf. »Die Geräte haben Seriennummern. Ich muss das richtige Teil da abliefern.«

Jan zog kurz die Stirn in Falten. Er wollte unbedingt, dass der Einbruch in den Kleinlaster kein Nachspiel hatte. Für niemanden. »Aber die machen den Karton doch nicht gleich auf. Dann reicht es bestimmt, wenn wir die Aufkleber mit den Seriennummern auf den Kartons austauschen.«

Phillips Blick schien die Decke nach Erleuchtung abzusuchen. »Könnte gehen«, erwiderte er dann nachdenklich.

»Und das willst du wirklich bezahlen?« Paul sah Jan fragend an.

»Das sind wir ihm doch schuldig.«

»Wieso das denn?«, wehrte Thomas ab. »Phillip hat die Wette verloren. Soll er es bezahlen.«

»Klingt logisch«, stimmte Erich zu.

»Kommt schon«, flehte Jan fast darum, einen Teil seines Monatslohns in eine Spielekonsole zu stecken, mit der er nie würde spielen können. »Er bezahlt das Bier. Ich bezahle die Playstation. Alles wieder gut.«

Paul zuckte mit den Schultern. Phillip fand die Idee plötzlich gut. Und den anderen war es dann auch egal. Hauptsache, das Bier war an diesem Abend umsonst.

Die fünf Männer stießen zusammen an. Danach schlug Erich Jan grinsend auf die Schulter. Felix ließ zwei Finger über den linken Handrücken tapsen und spielte damit Thomas nach, wie er über die Motorraumhaube balancierte. Paul lachte, während Thomas skeptisch die rechte Augenbraue hob.

»Ich war weitaus eleganter als deine Wurstfinger«, stellte er fest.

»Hätte dich Kopf und Kragen kosten können«, tadelte Phillip, der noch immer sauer war, dass seine Freunde ihn überrumpelt hatten. »Ich hätte ja auch plötzlich beschleunigen können ...«

Paul klatschte vor Begeisterung in die Hände.

»Was?«, wollte Phillip wissen.

»Du und beschleunigen? Über die zulässige Höchstgeschwindigkeit? Niemals«, stellte Paul fest.

»Never ever«, stimmte Thomas zu. »Bist doch unser Mister Hundertprozent.«

»Arschloch!«, kommentierte Phillip trocken. »Ist ja dein Leben.«

»Ganz genau«, stimmte Thomas zu. »Mein Leben. Außerdem hat er hier mich gesichert ...«

Unwillkürlich nickte Jan. Er konnte das Seil noch in seinen Händen spüren.

Paul besorgte ein Tablett mit Kurzen, um die Stimmung aufzulockern.

»Ich muss noch fahren«, versuchte Jan abzuwehren. Es blieb erneut beim Versuch. Beim nächsten Bier griff Jan dann von allein zu. In dieser Gruppe von Kerlen, von denen er zu Beginn des Tages noch nicht einen einzigen gekannt hatte, fühlte er sich plötzlich so wohl wie schon lange nicht mehr.

Er bewunderte ihre Fähigkeit zur Freude und den Mut, mit dem sie eine scheinbar sinnlose Sache durchgezogen hatten. Nach einer Weile fand er sich an der Seite von Felix wieder. Sie saßen nebeneinander auf zwei Barhockern.

Im Sitzen überragte Felix die anderen nicht so sehr wie im Stehen. Das Längste an ihm waren seine Beine. Über einem stoppeligen Vollbart und einer etwas zu breiten Nase leuchteten Jan ungewöhnlich helle blaue Augen an. Trotz seiner Größe wirkte Felix vertrauenswürdig und harmlos. Freundlich wirkten viele, harmlos nicht. Ohne viel nachzudenken, begann Jan wohl deshalb, dem Riesen sein Herz auszuschütten. Es plätscherte einfach so aus ihm hinaus, wie das Bier in die andere Richtung lief.

Jan erzählte Felix, er müsse machen, was Petersen von ihm erwarte. »Immer dieselben Geschichten. Langweilig, verstehst du? Lang-wei-lig. Dabei habe ich Jura studiert. Nur eben nicht abgeschlossen. Hab die letzte Prüfung versemmelt. Kann ich aber nachholen. Kein Problem. Aber will ich das auch?«

Jan sah Felix direkt an. »Mein Vater hatte 'ne Kanzlei. In Soltau. Da komme ich her. Deshalb Jura. Mein Onkel leitet die jetzt. Aber das alte Büro von meinem Vater wartet noch auf mich. Ich muss nur diesen Scheißabschluss machen. Ich will aber nicht. Und den Kack, den Petersen haben will, will ich auch nicht schreiben. Aber ich muss. Mutters Junge darf kein Verlierer sein. Ich bin zwar durchs Examen gefallen und habe das Studium hingeschmissen, aber ein Verlierer darf ich offiziell nicht sein.«

Das wiederum verpflichte ihn bei Petersen, was folgende Kausalkette ergab: Jan müsse gut schreiben, um ein guter Journalist zu sein, um ein guter Sohn zu sein.

»Für meinen Vater wäre ich ein guter Sohn geworden, wenn ich seine verfluchte Kanzlei übernommen hätte. Als Nachfolger. Als Thronerbe. 80 Stunden die Woche schuften und den guten Namen erhalten. Marcel nicht. Mein geliebter großer Bruder. Nein, ich. Marcel ist ja Handwerker. Goldener Boden. Blablabla.«

Natürlich war sein Vater schon seit zwei Jahren tot, aber dennoch wusste Jan, was sich sein alter Herr gewünscht hatte. Alle wussten es. Seine Mutter, sein Bruder Marcel, Onkel Walter, die Nachbarn, sogar die Putzfrau wusste es.

Felix hörte zu und nickte schweigend, während Paul unbemerkt hinter beide trat. Mitfühlend legte er Jan irgendwann beide Hände auf die Schulter, richtiggehende Pranken waren das. Leise sagte er dann: »Du armer, armer Mensch.«

Als Jan den Kopf drehte, grinste Paul ihm frech ins Gesicht.

Schon kam Thomas mit einem weiteren Tablett Kurzer an den Tisch. Alle griffen zu.

»Nehme ich eben ein Taxi«, sagte Jan mit dem Schnapsglas an den Lippen.

»Warum ein Taxi?«, fragte Paul.

»Weil betrunken fahren verboten ist?«

»Das sind nur erlernte Regeln und Konventionen«, erwiderte Paul. »Mach dich frei davon, mein Junge. Was würdest du am liebsten tun, wenn du machen kannst, was du willst?«

»Weiß nicht«, sagte Jan und grinste ein wenig verlegen.

»Klar weißt du das. Jedenfalls hast du es mal gewusst. Überleg mal. Als du 18 warst. Was für Träume hattest du da?«

Paul hob sein Glas, blickte der Reihe nach zu Erich, Phillip und Thomas. Als die ihre Gläser hoben, nickte Paul Felix zu. Jan spürte ihre Blicke auf sich. Dann tranken sie.

Jan brauchte nicht länger zu überlegen. Während die Flüssigkeit in seiner Kehle kratzte und gleich darauf den Magen erwärmte, erfolgte ein Direktzugriff auf einen Teil seines Gehirns, den er seit Jahren für verschollen gehalten hatte. Unmittelbar war alles wieder da.

Was Jan wollte, als er jung war?

Etwas Großes schaffen. Etwas Bleibendes.

Aber was konnte das sein? Was würde Bestand haben?

Filme aus Jans Jugend sahen mittlerweile fürchterlich aus: verblasste Farben, grobkörnig, unscharf. Mal abgesehen von den Frisuren und Klamotten jener Jahre, die darin zur Schau gestellt wurden.

Texten erging es nicht viel besser. Auch sie verblassten mit den Jahren. Was dereinst in den Medien für einen Aufreger gut war, interessierte bald keinen Menschen mehr. Was Jan für die Zeitung schrieb, war morgen gelesen und übermorgen dem Vergessen überantwortet. Allein schon diese Überlegung hinderte Jan daran, etwas Großes zu vollbringen. Das war ihm klar. Aber mit 18 hätte er nicht so lange überlegt, sondern einfach gehandelt.

Was Jan mit 18 wollte: nicht weniger, als das Rad neu zu erfinden oder etwas ähnlich Wichtiges. Und den Ruhm dafür ernten. Anerkennung. Und Reichtümer. Jan wollte die große Liebe finden und mit möglichst vielen Frauen schlafen. Ein Widerspruch in sich, das wusste er. Aber damals gehörte das für ihn alles zusammen.

Zwischenzeitlich war er noch in Kathrin verschossen gewesen. Kathrin Schneider. Sie studierten zusammen. Eine Zeit lang beherrschte Kathrin seine Gedanken, wenn es um Frauen ging. Vielleicht sogar etwas zu sehr. Doch das hörte irgendwann wieder auf.

»Ich wollte viel Sex mit schönen Frauen«, sagte er zu Paul. »Und machen können, wozu ich Lust habe. Nicht arbeiten, weil ich damit Geld verdienen muss, sondern weil es Spaß macht.«

»Dann mach das doch einfach«, erwiderte Paul.

# 16

Über Nacht hatte sie trotzig auf dem Bett gelegen und versucht, den Korb an der Tür zu ignorieren. Seit das Licht aus war, hatte sie ihn wenigstens nicht mehr sehen müssen. Doch ihr Magen erinnerte sie immer wieder daran, dass bei der Tür, nur ein paar Zentimeter außer Reichweite, ein Korb mit Lebensmitteln stand. Wollte ihr Entführer sie foltern, oder was sollte dieses Spiel?

Da gab es einen Korb voller Lebensmittel. Sie hatte Hunger. Aber sie kam nicht an den Korb heran. Das war doch Folter, oder?

In ihrem Kopf hämmerte es noch immer. Und obwohl das Licht aus war, schmerzten ihre Augen. Auch ihre Schulter schmerzte. Wusste der Idiot denn nicht, dass sie Medikamente gegen die Schmerzen brauchte? Ohne die Medikamente konnte sie nicht schlafen. Jeden Morgen beim Aufstehen schmerzte ihre Schulter. Und jeden Abend hielt die Schulter sie vom Einschlafen ab. Ohne Schmerzmittel war das nicht zum Aushalten. Ohne Medikamente ging gar nichts.

Dieser Scheißkerl, dachte sie. Von wegen, er will nichts von mir. Er will sehen, wie ich leide. Das will er.

Sie versuchte, sich ein Bild von ihrem Entführer zu machen.

Die Stimme hatte nicht alt geklungen, aber auch nicht mehr sehr jung. Er war vielleicht 30 oder 40 oder 50. Älter nicht. Nein, älter nicht. Und unter 30 auch nicht. Verdammter Mistkerl.

Ob er schlank war oder fett? Zumindest stöhnte er nicht beim Sprechen. Sie dachte, dass man den Leuten schon beim Atmen anhören konnte, ob sie dick oder dünn waren. Stoßweises Atmen verriet nach ihrer Erfahrung Übergewichtige.

Ihr Entführer war also nicht dick.

Sie grinste. Wenn sie hier raus war, würde sie der Polizei eine ziemlich gute Beschreibung geben können. Und bei einer möglichen Gegenüberstellung würde sie den Bastard garantiert an der Stimme erkennen. Ganz sicher. Das würde dann ihre Rache sein. Ihre große Stunde.

Während sie das dachte, verschwand das Grinsen aus ihrem Gesicht. Wieso hatte er sie seine Stimme hören lassen? Seine echte Stimme. Er hätte sich doch einen Verzerrer an den Kehlkopf halten können. So ein Gerät, wie es Kettenraucher benutzten, nachdem ihnen der Krebs den Hals zerfressen hatte. Dann hätten sie miteinander reden können, ohne dass sie ihn später an seiner Stimme wiedererkennen konnte. Das wäre auch viel gruseliger gewesen. Als Entführer hätte sie sich eines solchen Stimmverzerrers bedient.

Es sei denn, er brauchte nicht zu befürchten, dass sie ihn später identifizieren konnte. Das bedeutete dann wohl, dass er nicht vorhatte, sie jemals wieder frei zu lassen. Die Erkenntnis ließ ihre Hände zittern.

Was hatte er noch mal gesagt?

Er wolle nichts von ihr.

Gar nichts?

Stimmte das etwa?

Wenn es um Lösegeld ginge, hätte er das doch zugeben können. Das würde jedes Entführungsopfer vorübergehend gefügig machen. Dann gäbe es ja die Hoffnung, dass jemand bezahlen und man nach einigen Tagen wieder frei sein würde. Aber wenn jemand gar nichts von einem wollte und einen trotzdem gefangen hielt, was sollte das dann bedeuten?

Sex konnte es nicht sein. Eine entsprechende Attacke wäre sicherlich längst passiert.

Sie schnupperte an sich. Ihr Körper begann zu riechen. Ihre Haare wurden allmählich fettig. Nur ein Perverser hätte daran sein Vergnügen haben können.

Natürlich, das war doch die Erklärung. Es musste ein Perverser sein. Wer sonst würde einen in dieses Loch stecken?

Wenn das stimmte, war sie verloren. Er würde sie nicht wieder hinaus lassen. Nie wieder. Nicht, nachdem sie nun seine echte Stimme kannte.

# 17

Am Morgen nach dem Gelage im *Bierdorf* fand Jan sich in seiner Wohnung wieder. Der Türschlüssel steckte von innen. Ob er ihn dorthin gesteckt hatte, wusste er nicht mehr. Auch nicht, wie sein Auto vor das Haus gekommen war. Als Paul gegen 9 Uhr bei Jan klingelte, grinste ihn dieser frech an.

»Alter, du siehst vielleicht scheiße aus«, stellte er fest und gab ihm ein Glas mit einer aufgelösten Kopfschmerztablette. Dann schob er Jan aus der Wohnung.

Phillip wartete bereits im Untergeschoss des *Phoenix-Centers*, der Ladenmeile, in der sich der Elektronikmarkt einquartiert hatte, für den dieser die Waren transportierte. In der Hand hielt Pauls Kumpel ein Franzbrötchen vom Bäcker aus dem Stockwerk darüber. Übelkeit stieg in Jan auf, als er den Zimt roch und dem Mann beim Kauen zusah. Endlich wurden die Glasschiebetüren zur Verkaufsfläche geöffnet. Jan löste sein Versprechen ein und kaufte Ersatz für die beschädigte Spielekonsole. Sobald das Gerät zusammen mit den drei Smartphones in der Filiale des Elektronikmarkts von Neumünster auf der Inventarliste erscheinen würde, wäre Jan definitiv an keinem Diebstahl mehr beteiligt gewesen. Höchstens groben Unfug würde man ihm und den anderen dann noch unterstellen können. Erleichtert atmete Jan durch, als Phillip mit dem Karton unterm Arm zur Rolltreppe nach oben verschwand und mit ihm der penetrante Zimtgeruch.

Paul schien Jans Gedanken zu erraten. »Kaffee?«

Der Backshop oben hatte noch echten Filterkaffee im Angebot, ohne jedes Schickimicki. Zufrieden schloss Jan seine Finger um den weißen Keramikbecher. Dampf wärmte sein

Gesicht. Da er die Redaktionskonferenz sowieso verpasst hatte, plante Jan beim Trinken eine direkte Rückkehr ins Bett. Doch Paul hatte andere Pläne mit ihm.

»So. Heute beginnt dein neues Leben.« Paul nahm Jan den Becher ab und stellte ihn zusammen mit seinem auf einen Küchenwagen mit schmutzigem Geschirr. Gemeinsam verließen sie das Einkaufszentrum und gingen durch eine Unterführung des Bahnhofs zur Harburger Fußgängerzone. Paul wusste offensichtlich genau, wo er hinwollte.

Eine Türglocke kreischte auf, als sie einen Laden für Berufsbekleidung betraten. Das Geräusch schmerzte Jan fast körperlich. Er fragte sich, was sie hier wollten, während er Bauarbeiterjacken mit reflektierenden Streifen auf Brust und Rücken bewunderte. Sicherheitsschuhe in verschiedenen Ausführungen standen in den Regalen. Neongelbe Mützen stapelten sich auf einem Grabbeltisch.

Paul ging durch die Reihen, schüttelte mit zusammengepressten Lippen den Kopf, bis er an einem Ständer mit braunen Overalls vorbeikam, wie sie gelegentlich von Kurierfahrern getragen wurden.

Jan begriff nicht, wieso er einen der Arbeitsanzüge anprobieren sollte, war aber zu verkatert, um sich gegen die Idee wehren zu können. Für ihn sah das Spiegelbild an einer Säule gegenüber dann wie ein Riesenkondom mit Reißverschluss aus. War es der Restalkohol oder die Farbe des Anzugs, was Jan sauer aufstoßen ließ?

»Das Ding passt überhaupt nicht zu mir. Was soll ich damit anfangen?«

»Das Ding ist perfekt. Los, bezahl es!«, bestimmte Paul.

Als Nächstes verpasste er Jan in einem Kostümladen schräg gegenüber einen künstlichen Schnurrbart und setzte ihm eine Schlägermütze auf. Da Jan den Kurierfahreranzug anbehalten hatte, blickte ihm samt der aufgeklebten Oberlippenbehaarung plötzlich ein völlig fremder Mensch aus einem weiteren Wandspiegel entgegen.

Jan bezahlte Schnurrbart und Mütze mit seiner Plastikkarte. Schon waren sie wieder auf der Straße.

Zuerst schritten sie nebeneinander her, dann ließ Paul Jan ein Stück vorausgehen. Es war unglaublich. Jan Fischer war nicht mehr Jan Fischer. Er war nun ein anonymer Paketdienstmitarbeiter.

»Frag mal einen, wie spät es ist«, forderte Paul von hinten.

Als Jan sich umsah, stand Paul an einem Zeitschriftenständer und tat so, als würde er sich nur für die Magazine interessieren. Mit den Achseln zuckend ging Jan auf einen Mann zu und fragte mit leicht verstellter Stimme nach der Uhrzeit.

Der Mann antwortete.

Es gab kein Zögern und keinen misstrauischen Blick. Er akzeptierte Jans Auftreten, als habe dieser schon immer so ausgesehen.

Plötzlich stand Paul wieder hinter Jan. »So einfach wird man zu einem anderen Menschen«, sagte er. Dann reichte er Jan eine Tube Haarfärbemittel und Gel.

»Was soll ich damit?«

»Für heute Abend. Den Overall lässt du zu Hause. Dafür ziehst du deinen besten Anzug an. Und vergiss den Schnurrbart nicht.«

»Heute Abend? Wo gehen wir denn hin?«

»Wirst du schon sehen.«

Jan zuckte mit den Schultern. »Ich habe sowieso nur einen Anzug.«

# 18

Paul wollte offenbar einen Gigolo aus Jan machen. Warum nicht? Der Erfolg mit der Maskerade am Vormittag hatte Jan motiviert. Es war das Beste, was ihm seit Monaten passiert war. Jan färbte sich die Haare schwarz und kämmte sie nach dem Trocknen mit reichlich Gel streng nach hinten. Dann griff er nach seinem neuen Anzug. Er hatte ihn noch schnell am Nachmittag gekauft und dadurch an diesem Tag so viel Geld für Kleidung ausgegeben wie sonst im ganzen Jahr nicht. Ein Blick in den Badezimmerspiegel ließ ihn grinsen. Mit dem künstlichen Schnurrbart erkannte er sich selbst kaum. Und das war ihm sehr recht. Während sich seine Augen in die des Spiegelbildes bohrten und er dabei verschiedene Gesichtsausdrücke probte, gestand er sich selbst ein, dass Paul bei ihm genau den richtigen Moment erwischt hatte. Vor genau einer Woche hatte Jan sein Smartphone im Fluss versenkt. Der Job in der Lokalredaktion langweilte ihn, manchmal kotzte er ihn sogar regelrecht an. Dagegen machte der Quatsch, den Paul sich ausdachte, einfach nur Spaß. Oder warum sonst machte er dabei ohne nachzudenken mit, fragte Jan sich, schüttelte kurz den Kopf und grinste dann noch einmal den fremden Kerl im Spiegel an.

Jan sammelte Paul mit dem Auto in Wilhelmsburg vor dessen Wohnhaus auf.

»Wohin darf's gehen?«

»Staatsoper«, erwiderte Paul.

Sie nahmen die Stadtautobahn in die City und überquerten hierbei beide Seitenarme der Elbe. Die Stadt war voll. Es brauchte daher eine Zeit, um am Hauptbahnhof vorbeizukommen. Selbst am Parkhaus mussten sie Schlange stehen, da unweit der Staatsoper auch ein *Multiplex*-Kino fußläufig zu erreichen war. Ihre Schritte hallten im Parkhaus von den Wänden wider. Dann standen die beiden Männer vor dem rechteckigen Glaskasten, in dem die Staatsoper zu Hause war. Pauls Anzug sah nicht neu aus und saß zudem schlecht. Damit verblasste er regelrecht neben einem herausgeputzten Kavalier mit schmalem Oberlippenbärtchen.

»Was machen wir hier?«, fragte Jan. »Du willst da doch nicht wirklich rein? Weißt du, wie langweilig das werden kann?«

Paul schubste Jan zum Eingang und suchte an der Abendkasse zwei Plätze aus. Jan musste bezahlen.

Die Besucher im Foyer sahen tipptopp aus. Die Frauen steckten vielfach in schwarzen Kleidchen, trugen dazu schwarze Nylonstrümpfe und hatten ihre Haare hochgesteckt. Tiefroter Lippenstift war die vorherrschende Farbe in ihren Gesichtern. Die Herren trugen Anzug und Krawatte oder Jeans und Oberhemd. Die Vorhalle duftete nach Parfüm und Aftershave.

Den Zuschauerraum betraten Jan und Paul durch zwei hohe Türen. Er war erfüllt von erwartungsvollem Raunen und Rascheln. Einige Besucher saßen bereits, andere suchten noch nach ihren Plätzen. Ein Platzanweiser deutete nach einem Blick auf Jans Karte nach vorne links. Paul hatte Plätze im Parkett ausgesucht. Die Balkone über ihnen sprangen wabenähnlich aus den Wänden hervor und gaben Jan das Gefühl, sich im Inneren eines Bienenstocks zu befinden. Er bahnte sich einen Weg durch eine der mittleren Reihen und entschuldigte sich dafür bei einem älteren Mann, der mühsam aufstehen musste, um ihn und Paul durchzulassen.

»Ich kenne mich mit Opern nicht aus«, gestand Jan, als sie sich setzten. »Klassik okay. Und beim Ballett war ich auch schon, aber Oper …«

»Es ist ein Erlebnis«, erwiderte Paul. »Wirst sehen.«

Jan runzelte die Stirn, doch bevor er etwas antworten konnte, setzte Paul sich gerade auf und richtete den Blick nach vorn, denn es fing an.

Erst setzte Orchestermusik zur Ouvertüre an, danach öffnete sich der Vorhang. Eine Sängerin fiel Jan auf Anhieb besonders auf. Ihre Haare schimmerten rot. Dabei war sie nicht so ein explodierter Lockenkopf wie die Covermodelle auf Irlandprospekten. Sommersprossen sah Jan auch keine. Aber ihre roten Haare gefielen ihm trotzdem außerordentlich gut. Die Sängerin würde den Abend über seine Favoritin im Ensemble sein. Das wusste Jan schon jetzt. Der Abend schien ihm damit einigermaßen gerettet zu sein.

Paul schien seinen Geschmack zu teilen. Denn als die rothaarige Schönheit mitten in einem Solo war, flüsterte er Jan zu, er solle Bravo rufen, wenn sie damit fertig sei. Bisher hatte es nur höflichen Beifall in den kurzen Pausen zwischen den Teilen des Stückes gegeben.

»Kann ich doch nicht einfach«, raunte Jan zurück.

»Mach ihr die Freude.«

Jan atmete tief ein. Die Vorstellung, als Einziger loszurufen, erschien ihm peinlich.

Paul sah das anders und stieß Jan den Ellenbogen in die Seite, als das Solo endete. Statt eines Schmerzensschreis quetschte Jan ein »Bravo« hervor.

»Lauter!«, forderte Paul. »Geniere dich nicht. Kein Mensch kennt dich hier.«

»Bravoo!«, stieß Jan aus, und seine Stimme hallte über den Applaus hinweg. Einige Köpfe drehten sich in seine Richtung. Sie befanden sich hier nicht in Mailand, sondern in Hamburg. Bei der hanseatischen Vornehmheit waren Zwischenrufe ungewöhnlich.

Jan klatschte in die Hände und schrie gleich noch mal sein »Bravo« heraus. Die Sängerin versuchte, sich nichts anmerken zu lassen, doch Jan glaubte zu sehen, wie sie sich über den lauten Zuspruch freute.

In der Pause stellten sich die beiden Männer an der Sektbar an, obwohl Jan bereits einen Cocktail aus Endorphinen im Gehirn und Adrenalin im Blut hatte. Seine Bravorufe hatten nicht nur die Sängerin mit Glück erfüllt. Jan stellte Blickkontakt mit einer Blondine aus der Warteschlange neben sich her und lächelte sie an. Sie trug ein kurzes Kleid. Um ihren Hals lag ein dünnes Kettchen. Mit dem Finger strich Jan sich über den falschen Schnurrbart. Die Frau schlug die Augen nieder, nur um Jan gleich darauf wieder anzusehen.

Jan fühlte sich so gut wie schon lange nicht mehr. Während er an die Reihe kam und zwei Bier bestellte, war er sich sicher, dass die meisten Opernbesucher nicht nur über die Aufführung sprachen, sondern auch über die vorlauten Bravorufe eines einzelnen Herrn.

Er fragte sich, was die Blondine wohl in ihm sah, die nun ein Sektglas in der Hand hielt und, obwohl im Gespräch mit einem anderen Mann, noch immer den Kopf gelegentlich in seine Richtung drehte.

Schlanker, großer Bursche. Sehr gepflegt. Tiefschwarzes Haar. Frecher Schnurrbart. Teurer Anzug. Bestimmt erfolgreich im Job. Zur Brutpflege nicht zu gebrauchen. Dafür verwegen und erfinderisch im Bett.

»Was hältst du von der Blonden da?«, fragte Jan, an Paul gewandt. Der folgte dessen Blick, während Jan provokant hinzufügte: »Wenn ich will, überrede ich sie vor dem Ende der Pause für einen Quickie aufs Klo.«

Noch während er es aussprach, war Jan diese Bemerkung bereits peinlich. Aber Paul spielte einfach mit.

»Dritter Akt, erste Szene der besonderen Art«, entgegnete er grinsend. »Publikum hättet ihr auch. Brauchst dir nur die Schlange vor den Toiletten anzusehen.«

Jan lachte kurz auf. »War ja nur eine Idee«, meinte er dann abwehrend. Doch sein Blick konnte sich kaum noch von der Frau lösen.

Ein Gong läutete das Ende der Pause ein, und die Operngäste strömten zurück in den Saal. Jan und Paul folgten ihnen. Der Journalist genoss seine Rolle als Gigolo, denn seine Verkleidung machte den echten Jan quasi unsichtbar. Hier wusste kein Mensch, wer er war. Und keiner würde ihn nach diesem Abend wiedererkennen. Zufrieden sah Jan sich von seinem Platz aus um. Kaum zu glauben, er freute sich auf den zweiten Teil der Oper. Und als die rothaarige Sängerin mit einem weiteren Solo fertig war, wollte Jan wieder Bravo rufen. Das hatte sich vorhin so befreiend angefühlt, dass er dieses Empfinden unbedingt wieder haben wollte. Aber Paul legte kurz eine Hand auf Jans Arm und raunte ihm zu: »Diesmal buhst du sie aus!«

»Was?«, erwiderte Jan erschrocken. Er musste Paul falsch verstanden haben.

»Mach sie nieder!«, zischte Paul zwischen den Zähnen hindurch.

Jan wich die Farbe aus dem Gesicht. Dann war der Moment bereits vorbei, um sich bemerkbar zu machen. Die Musik begann erneut zu spielen.

Schweigend saßen Paul und Jan nebeneinander. Natürlich sollte man während einer Oper nicht miteinander reden. Aber dieses Schweigen zwischen den beiden Männern war von besonderer Qualität. Schließlich lehnte Paul sich leicht zu Jan hinüber.

»Du musst Grenzen überschreiten. Nur so kannst du das Leben spüren, wie es wirklich ist. Mach dich frei von allen Zwängen. Also, buh gefälligst die rote Zicke aus. Bin gespannt, was du dabei fühlst.«

»Aber ich habe nichts gegen sie.«

Jemand hinter ihnen raunte, sie sollten leiser sein.

»Tu es. Und lebe endlich …«

Jan musste an Petersen denken und daran, was sein Chefredakteur von ihm erwartete. Er dachte an die Erwartungen seiner Mutter, an die seines Vaters, die Jan noch über dessen Tod hinaus verfolgten, und er dachte an die Anwaltskanzlei die er schon vor einigen Jahren hätte übernehmen sollen. Alle wollten etwas von ihm. Alle.

Aber war er denn nur dazu da, um es anderen recht zu machen?

*Lebe endlich.*

Jan rutschte auf seinem Sessel hin und her. Dann kam die nächste Möglichkeit. Die rothaarige Schöne trällerte eine Ariette. Jan kratzte sich an der Wange und presste ein leises »Buh«, hinaus.

Es war von verhaltener Lautstärke, die trainierte Stimme der Sängerin übertönte es bei Weitem, dennoch hatte Jan ein Zeichen gesetzt. Köpfe drehten sich. Jan machte sich klein auf seinem Platz.

*Lebe endlich.*

»Wie war das Gefühl?«, fragte Paul nach einer Weile.

»Scheiße«, antwortete Jan. »Ich fühle mich mies.«

»Weil du es nicht richtig gemacht hast. Du musst zu dem stehen, was du tust.«

Das Drama näherte sich dem Ende, indem sich ein großes Finale auf der Bühne austobte. Der Vorhang schloss sich abschließend. Dann ging er wieder auf.

Die Darsteller betraten einzeln die Bühne und verneigten sich. Als die Rothaarige dran war, stand Jan auf und begann zu buhen.

Die Diva blickte überrascht. Das Publikum links und rechts, vorn und hinten drehte sich in Jans Richtung. Frauen und Männer rundherum reagierten mit Verständnislosigkeit. Sie klatschten gegen Jans Buhrufe an. War der Applaus eben noch piano, verlagerte sich der Akzent nun auf ein forte. Köpfe wurden geschüttelt. Paul legte, selbst noch immer sitzend, die Hände zu einem Trichter an den Mund: »Pfui. Ganz miese Vorstellung.«

»Frechheit!«, hörte Jan eine Stimme hinter sich. Dann weitere ein Stück weiter vorn: »Unverschämtheit!«

Der halbe Saal schien sich gegen Jan zu stellen, und die hanseatische Zurückhaltung war dahin.

Plötzlich stand Paul neben Jan und buhte mit. Egal wer jetzt noch auf die Bühne kam, um sich zu verbeugen, Jan und Paul buhten sie gnadenlos aus.

»Dilettanten! Alles Dilettanten!«

Jan schrie, so laut er konnte. Erst als sich der Vorhang erneut schloss, hielt er inne und merkte, dass Paul schweigend neben ihm stand. Die letzten zwei, drei Minuten hatte Jan wieder allein geschrien.

Die Plätze in ihrer Reihe waren schon alle leer. Niemand aus dem Publikum wollte aus Versehen zu ihm gezählt werden.

»Wie fühlst du dich jetzt?«, fragte Paul auf dem Weg zur Garderobe.

»Das Bravorufen zu Anfang war toll«, sprudelte es aus Jan heraus. »Aber das Ausbuhen …«

Paul blickte erwartungsvoll.

»Es war … unbeschreiblich. Hast du gesehen, wie sie blass geworden ist, die Rothaarige? Trotz der ganzen Schminke konnte ich den Schock in ihrem Gesicht sehen. Das war … ich weiß nicht. Echt gemein, aber auch ein unglaubliches Gefühl.«

Paul wirkte zufrieden. »Das war Energieklau vom Feinsten«, sagte er dann. »Die Kleine hat sich den ganzen Abend die Kehle rausgesungen und dafür eine Belohnung erwartet.

Applaus und Bravorufe. Dafür lebt sie. Das hat Power. Das gibt ihr Kraft. Aber du hast ihr diese Energie geklaut. Die sitzt jetzt in der Garderobe und heult. Verstehst du? Selbst wenn ihre Kollegen zu ihr gehen und sagen, was für ein Arschloch du doch bist, dass sie alles richtig gemacht und so gut wie immer gesungen hat. Trotzdem. Deine Buhrufe sind bei ihr angekommen. Sie wird noch beim Einschlafen daran denken. Und vor der nächsten Aufführung. Und die anderen auch. Irgendwas bleibt immer hängen.«

»Das ist ja noch gemeiner, als ich dachte«, meinte Jan.

Paul nickte. »Und wie … Aber auch wahnsinnig geil. Und du hast es erlebt, Alter. Du weißt jetzt, wie der Hase läuft.«

## 19

Finde eine Lösung. Das hatte der Mistkerl am Vortag gesagt, als sie den leeren Fresskorb nicht direkt an die Tür stellen konnte und ihn deshalb mit einem Stoß über den Boden schieben musste. Das hatte funktioniert. Und die Lösung, um ihn von der Tür zurück in den Raum zu holen, war der Stuhl.

Sie war noch im Dunkeln auf die Idee gekommen und hatte nur darauf gewartet, dass die Neonröhre wieder anging, um ihren Plan in die Tat umzusetzen. Im Halbdunkel des Oberlichts hatte sie sich nicht getraut, nach dem Korb zu angeln. Sie konnte seine Umrisse zwar vom Bett aus erkennen. Doch die Gefahr, ihn umzustoßen, war ihr in der Finsternis zu groß. Bevor sich der Inhalt des Korbs möglicherweise über den Boden verteilte und einige Sachen dadurch unerreichbar wurden, wartete sie lieber.

Kaum war das Licht an, stand sie auf, griff den Stuhl an der Rückenlehne und begann mit den Stuhlbeinen nach dem Korb zu angeln. Es gelang nicht beim ersten Versuch. Aber sie hatte Zeit.

Es gab wieder Obst und Brote für sie. Ihr Körper sehnte sich nach etwas Warmem. Einer Suppe, einem Eintopf oder einer Thermoskanne Kaffee. Doch so etwas gab es nicht. Dafür fand sie wieder zwei Wasserflaschen und eine Zeitung neben den Nahrungsmitteln.

Sie verschlang die erste Stulle, ohne viel zu kauen. Als sie jedoch nach dem zweiten Brot greifen wollte, zögerte sie.

Wann würde sie wieder etwas Essbares bekommen?

Sie musste sich die Portionen einteilen. Vielleicht würde es wieder drei Tage dauern, bis ihr Entführer neue Lebensmittel brachte.

Eine halbe Stunde hielt sie es aus. Dann verschlang sie auch das zweite Brot. Den Korb stellte sie anschließend neben das Bett.

Das Bett war jetzt ihr Zuhause, ihre Zuflucht.

Sie nahm die Zeitung, setzte sich auf den Stuhl und las.

Wie freundlich von ihrem Entführer, ihr eine Zeitung zu geben. Er schien doch sonst nicht um ihr Wohlergehen oder gar an ihrer Unterhaltung interessiert zu sein. Dann dämmerte ihr, warum er es getan hatte: Es stand nichts über ihr Verschwinden darin.

Keine Zeile.

Schnell blätterte sie alles noch einmal durch. Die Seitenzahlen waren vollständig. Trotzdem kein Wort über ihre Entführung.

Kein Mensch vermisst mich, dachte sie. Kein Mensch sucht nach mir.

Sie wusste, dass das ganz allein ihre Schuld war und dass es mit der Art zusammenhing, wie sie ihre Mitmenschen behandelt hatte. Ihren Manager. Ihre Eltern. Ihre Freunde.

Alles nahm nun seinen Lauf auch ohne sie. Niemand scherte sich einen Dreck darum, ob sie da war oder nicht. Die Welt da draußen brauchte sie nicht.

Sie warf die Zeitung voller Wut und Enttäuschung auf den Boden.

Nach einer Weile hob sie die auseinandergeflogenen Blätter jedoch wieder auf und sah die Zeitung noch einmal durch.

Einen Artikel jetzt, dachte sie. Einen später. Und einen am Abend. Dann hätte sie den ganzen Tag etwas, womit sich ihr Verstand beschäftigen konnte. Eine Vorratshaltung geistiger Nahrung. Genau wie man es sonst mit Lebensmitteln machte.

Das Essen …

Es wäre gut, sich auch davon einen geheimen Vorrat anzulegen. Einen Vorrat, von dem der Entführer nichts wissen durfte. Aber wo?

Im Toilettenraum vielleicht?

Keine gute Idee.

Sie war sich sicher, dass der Perverse sie dort am ehesten beobachtete. Es konnte überall Kameras geben, also auch in dem winzigen Badezimmer. Ganz bestimmt sogar dort. Bestückten nicht alle Perversen am liebsten Waschräume und Toiletten mit Kameras?

Sie dachte über eine Alternative nach.

Gab es irgendwo im Zimmer einen toten Winkel? Einen Ort, an dem ihr Entführer sie nicht sehen konnte?

Sie rollte einen Apfel in ein Stück Zeitung ein. Das sah eindeutig zu ordentlich aus. Schnell packte sie ihn wieder aus und ärgerte sich im nächsten Moment darüber, dass sie ihre Idee so offensichtlich zur Schau gestellt hatte.

Wenn es dunkel würde, wollte sie eine Zeitungsseite zerknüllen und irgendwo völlig harmlos wirkend auf den Boden legen. Vielleicht in der Nähe der Tür. Der Entführer würde denken, dass sie die Seite aus irgendeinem Grund zerknüllt und weggeworfen hatte. Vielleicht aus Zorn darüber, weil nichts über ihr Verschwinden darinstand. Das wäre sogar logisch.

Sehr gut, ja, sehr gut.

Aber wäre nur eine Papierkugel nicht zu auffällig? Wie wäre es, wenn sie die ganze Zeitung benutzte? Sie würde sie zerknüllen, einen Apfel hineinlegen und beides zusammen auf dem Fußboden deponieren. Für alle Augen und alle Kameras gut sichtbar.

Wetten, dass der Mistkerl nicht draufkam, dass dies ein geheimes Vorratslager war?

Eine Getränkeflasche zu verstecken, war auch keine schlechte Idee. Falls er irgendwann das Wasser im Nachbarraum abstellen sollte.

Sie blickte die Zeitung an. Wenn sie diese zerknüllen und als gut sichtbares Geheimversteck benutzen wollte, dann konnte sie sie vorher auch noch lesen. Alle Artikel.

Sie war hungrig auf Neuigkeiten, auf alles, was außerhalb dieses Raumes geschehen mochte. Außerdem würde es ihr das Warten bis zum Dunkelwerden verkürzen. Froh, doch noch einen Grund zum Lesen gefunden zu haben, griff sie nach der Zeitung. Was gab es denn heute Abend im Fernsehen? Was lief im Kino? Und was spielten sie in der Oper?

Der kleine Triumph, den sie immer dann empfunden hatte, wenn sie auf die zerknüllte Zeitung mit dem versteckten

Apfel und der Wasserflasche guckte, war mit der Zeit verflogen. Ihre Schulter schmerzte mittlerweile mehr als der Kopf. Und den Dreck am eigenen Körper konnte sie fast nicht mehr ertragen. Sie versuchte, sich im kleinen Waschbecken des Toilettenraums die Haare zu waschen, bekam den Kopf aber nicht richtig unter den Hahn.

In der Nacht darauf zog sie ihre Unterwäsche aus und wusch sie, so gut es ging, im kalten Wasser. Anschließend hängte sie Hose und Unterhemd auf dem Lattenrost zum Trocknen auf.

Sie hatte die Nacht zum Waschen gewählt, damit *der Perverse*, wie sie ihren Entführer in Gedanken fast nur noch nannte, sich nicht daran aufgeilen konnte. Selbst wenn er eine Nachtsichtkamera in dem kleinen Raum installiert hatte, würden ihn die grünstichigen Bilder, die sie nackt zeigten, bestimmt nicht besonders befriedigen.

Der Erfolg des Waschtages war trotzdem nur mäßig. Die Unterwäsche brauchte ewig zum Trocknen. Und besonders gut roch sie danach trotzdem nicht.

Was sie brauchte, waren Duschgel, Haarwaschmittel, Buntwaschmittel und heißes Wasser. Dann noch eine Haarkur, Feuchtigkeitscreme, Deo und unbedingt eine Zahnbürste und Zahncreme.

Als die Tür das nächste Mal aufging und sie aufgefordert wurde, den Korb hinüberzuschieben, schrie sie ihren Frust hinaus.

»Ich brauche Wechselwäsche! Wenn du mich schon gefangen hältst, dann gib mir wenigstens frische Sachen. Ich bin doch kein Tier.«

Gebannt starrte sie auf den offenen Türspalt.

»Schieb den Korb rüber«, sagte die Stimme. Offenbar war der Perverse von ihren Worten wenig beeindruckt.

»Krieg ich Wechselwäsche?«

Es gab keine Antwort. Nach einer Weile des Schweigens bat sie dann um Waschmittel. »Außerdem brauche ich Duschgel.«

»Sonst noch was?«, fragte die Stimme.

»Ich brauche Medikamente. Meine Schulter ist verletzt. Ich brauche Schmerzmittel.«

»Ist das alles?«

»Zahnbürste und Zahncreme«, sagte sie schnell. »Und eine Decke. Es ist nachts kalt.«

»Es ist nicht kalt. 21 Grad Raumtemperatur. Das ist völlig ausreichend.«

»Kriege ich die Sachen?«

»So was muss man sich verdienen«, sagte die Stimme. »Und jetzt schieb den Korb rüber. Sonst mache ich die Tür zu und behalte das Essen hier.«

Darauf wollte sie es nicht ankommen lassen. Schnell schob sie den Korb zur Tür. Diesmal gab es ein ganzes Weißbrot und eine lange luftgetrocknete Mettwurst. Gierig biss sie in die Wurst, riss sich dazu ein Stück vom Brot ab. Im Korb lagen eine Gurke, Möhren und Weintrauben. Die Trauben waren nicht richtig reif. Falsche Jahreszeit. Trotzdem genoss sie den Geschmack der Früchte und den Saft im Mund.

In der folgenden Nacht zog sie die getrocknete Unterwäsche wieder an. Auf dem Bett liegend hatte sie genügend Zeit, sich über ihr schnelles Einknicken bei der Kleiderfrage zu ärgern. Er hatte noch gar nicht abgelehnt, da hatte sie schon alternativ um Waschmittel gebeten. So was Blödes. Saublöd war das.

Sie versuchte, sich selbst zu trösten, indem sie sich sagte, dass sie nicht wusste, ob sie überhaupt etwas von den genannten Sachen bekommen würde.

Was für ein mieser Trost.

*So was muss man sich verdienen.*

Das hatte der Perverse gesagt.

Und wie, fragte sie sich. Soll ich für ihn strippen? Soll ich mich ausziehen und an mir rumspielen? Genau das hätte er wohl gerne. Der Perverse.

Aber das gibt's nicht. Nicht mit mir. Nicht freiwillig. Der Perverse wird sich noch wundern.

Sie sprang auf, rückte das Bett zur Seite und begann, an der Verankerung der Kette zu zerren. Ihre Schulter dankte es ihr mit stechenden Schmerzen. Aber das war egal. Sie würde hier rauskommen. Sie würde es schaffen. Erst die Kette und dann …

Erschöpft hielt sie inne.

… und dann musste sie darauf warten, dass er die Tür wieder öffnete. Mit all der Wut, die sie in sich hatte, würde sie den Kerl glatt umhauen. Den Perversen. Aber dafür brauchte sie Kraft. Sehr viel Kraft.

Das Essen war nicht sehr ausgewogen, aber ausreichend. Genug jedenfalls, um zu trainieren. Ja, sie würde wieder trainieren.

Sie ließ die Kette los und begann augenblicklich mit Kniebeugen. Erst zehn, dann noch mal zehn. Schon war sie außer Atem.

Verdammter Mist.

Früher hatte sie 100 mit Gewichten gemacht. Regelmäßig. Und jetzt war sie schon nach 20 aus der Puste. Was für ein Armutszeugnis.

Als die Luft zurückkam, legte sie sich auf den Boden und begann mit Liegestützen. Nicht zu schnell. Ganz sauber.

Ein sauberer Liegestütz ist mehr wert als zehn geschummelte.

Sie wusste, wie man richtig trainierte. Wenigstens das wusste sie. Der Perverse würde sich noch wundern.

# 20

Jan schickte Petersen eine Mail, um ihm mitzuteilen, dass er mit Recherchen im Fall Anna Horn beschäftigt sei und deshalb die Frühkonferenz verpassen würde. Dann schaltete er das Notebook aus, bevor Petersen antworten konnte. Der Gedanke an Petersens Gesicht beim Lesen der Nachricht gefiel Jan außerordentlich. Weniger gut fand er, dass Paul ihn anschließend fast eine Stunde in der Harburger Innenstadt warten ließ, obwohl sie dort um 9 Uhr verabredet gewesen waren. Jan stand am Harburger Ring beim Abgang zur S-Bahn. In unregelmäßigen Abständen ratterte die Rolltreppe.

Jan sah den Leuten beim Spazierenführen ihrer Hunde zu. Teenies liefen an ihm vorbei, ohne ihn zu beachten. Ein Kurierdienstmitarbeiter klapperte die Straße ab. Er verschwand beim Juwelier gegenüber, kam mit Paketen wieder heraus. Jan lächelte leise über den braunen Overall des Kuriers. Na, Kollege, dachte Jan in Gedenken an den Overall, der seit Kurzem in seinem eigenen Schrank hing.

Als er auf die große Uhr über dem Juwelierladen blickte, kam der Ärger über das lange Warten zurück, und er überlegte, ohne Paul zu gehen. Aber wie das eben so war: Wartete man schon eine Weile, hängte man meistens noch zehn Minuten dran, damit man die Zeit davor nicht umsonst vergeudet hatte. Und dann noch mal zehn Minuten. Jan war in der Phase Noch-eine-allerletzte-Minute, als Paul am Ende der Gasse auftauchte. Er winkte Jan zu sich.

»Schon was gefrühstückt?«

Der Angesprochene schüttelte missmutig den Kopf.

Paul führte Jan durch die Harburger Innenstadt. Wie in den Tagen zuvor trug Paul einen alten Parka. Das Olivgrün mit Tendenz ins Braune schluckte jeden Schmutz. Jan vermutete, dass die Jacke seit Jahren nicht gewaschen worden war. Auch die Hornbrille, die wie ein Relikt aus den 1970ern wirkte, war verschmiert wie immer. Einen merkwürdigen Freund hatte Jan da aufgetan. Das war ihm durchaus bewusst.

Sie gingen durch eine schmale Hofeinfahrt an einem Schuhgeschäft vorbei. Die Einfahrt war gerade breit genug für ein Auto. Auf der Rückseite des Geschäftsgebäudes führte eine Außentreppe in den ersten Stock. Durch eine Stahltür gelangten sie in eine gut versteckte Fitnesshalle.

Paul bestellte an der Theke, die den Eingangsbereich mit den Umkleideräumen von der Halle mit den Sportgeräten trennte, zwei Espresso und je einen Powerriegel. Das sollte also das gemeinsame Frühstück sein.

Danach bat Paul die Frau am Tresen, die auch für das Einchecken der Klubmitglieder verantwortlich war, um Turnhose und Turnschuhe für Jan. Als Gast durfte Jan gegen Bares an die Geräte des Fitnessklubs.

Sie fuhren eine Weile auf dem Rad und ruderten fünf Kilometer, ohne jeweils von der Stelle zu kommen. Jan empfand dies als eine unbefriedigende Art der Fortbewegung. Er fühlte sich nach nur einer halben Stunde Training sehr viel schlechter als zuvor. Paul lachte und schlug Jan auf die Schulter, als dieser ihm sein Wehleiden mitteilte. Sie reinigten die Sitze mit Desinfektionsspray und Papiertüchern, bevor sie das Gerät wechselten. Klubregel. Der Geruch des Desinfektionsmittels erleichterte Jan den Tag auch nicht.

An der Theke gab es Eiweißshakes in verschiedenen Farben. Weiß, braun und rot. Ein Glück, dass er das Smartphone los war, dachte Jan. Petersen versuchte bestimmt ununterbrochen, ihn zu erreichen.

»Wieso grinst du?«, fragte Paul.

Jan erzählte Paul noch einmal vom Telefon, das er in die Seeve geworfen hatte.

»Ich sag ja, du bist verrückter, als du aussiehst. Sonst hätte ich dich auch nicht mit zum Lasterausräumen genommen.«

Jan drehte die Augen zur Decke. An die Aktion auf der Autobahn dachte er lieber nicht mehr.

»Aber warum hast du das mit dem Handy gemacht?«, wollte Paul wissen. »Erzähl mal.«

Jan erzählte alles genau so, wie er es in Erinnerung hatte. »Mir war in diesem Moment alles zu viel. Deshalb musste ich das Telefon loswerden. Ich war selbst ganz überrascht, als das Ding durch die Nacht segelte. Kurz darauf hatte ich Panik und wollte es wieder rausholen. Aber mittlerweile fühle ich mich irgendwie nur noch befreit.«

»Genial. Das hast du genau richtig gemacht. Und wo war das?«

»Irgendwo im Nichts.«

»Das Nichts ist groß.«

»Ja klar. Bei Lüllau. So hieß das nächste Kaff, durch das ich danach gefahren bin.« Jan nickte zufrieden, als er sich an den Namen erinnerte und trank dann den Rest des Shakes.

»Dann lass uns mal weitermachen«, sagte Paul auffordernd.

»Wie jetzt? Sind wir noch nicht fertig?«

Paul grinste zur Antwort nur. Dann führte er den überrumpelten Jan in die hinteren Räume des Fitness-Centers und dort zu einem Art *Dojo*. Der Boden war weich und konnte für verschiedene Sportarten genutzt werden.

»Judo ist die Kunst der sanften Selbstverteidigung«, dozierte Paul, während er das Licht anschaltete. Er zeigte Jan, wie der ausgeliehene Anzug angezogen und der Gürtel geknotet wurde.

»Und es ist ein Kräftemessen. Der Gegner soll besiegt, aber nicht verletzt werden. Nicht wie beim gewöhnlichen in die Fresse schlagen oder in die Eier treten.«

Paul packte Jan am Jackenkragen, warf ihn über die Schulter auf den federnden Mattenboden. Dann lag er über Jan, nahm ihn in den Schwitzkasten und grinste.

Ohne Brille sah Paul ganz verändert aus. Aus der halb geöffneten Judojacke quoll dichte Brustbehaarung. Jan überlegte, an welchen Schauspieler Paul ihn mit seinem unrasierten Kinn erinnerte.

»Wenn du aufgibst, musst du bei mir mit einer Hand zweimal abklopfen«, sagte Paul.

»Ich dachte schon«, presste Jan unter Atemnot heraus, »du hast was gegen Regeln.«

»Habe ich auch. Aber nicht, wenn sie Sinn ergeben. Ich halte nur nichts davon, wenn einem Regeln die Luft abschneiden.«

Paul verstärkte seinen Griff. Blut schoss Jan in den Schädel. »Klingt einleuchtend«, presste dieser hervor und klatschte mit der Hand zweimal auf Pauls Arm.

Paul ließ los und war unglaublich flink wieder auf den Beinen. Jan blieb liegen, spürte erst jetzt richtig, mit welchen Körperteilen er zuerst auf der Matte aufgeschlagen war.

»Wir sind umgeben von einem Geflecht aus Regeln und Einschränkungen«, sagte Paul, während er neben Jan hin und her tigerte. »Viele in der frühesten Kindheit erlernt. Wir wurden programmiert und dressiert. Wir lernen artig Bitte und Danke zu sagen. Wir lernen, nicht in die Hose zu machen. Wir sollen keinen Sand essen.«

»Wir sollen nicht begehren unseres Nächsten Weib«, setzte Jan die Aufzählung fort und fragte sich im Stillen, welchen Knopf er bei Paul gedrückt hatte, um diesen Vortrag zu bekommen.

Paul nickte eifrig. »Nicht stehlen, nicht töten, nicht ehebrechen. Schön gelernt und nie hinterfragt.«

»Na ja«, erwiderte Jan und streckte Paul eine Hand entgegen, um sich aufhelfen zu lassen. »Ich habe davon schon einiges hinterfragt.«

»Vielleicht. Aber grundsätzlich richtest du dich danach.«

»So funktioniert ein Gemeinwesen. Alles andere wäre Chaos.«

»Wirklich?«, fragte Paul. »Meinst du nicht, dass es zu einem großen Teil einfach nur dein Leben einschränkt? Du läufst den ganzen Tag an unsichtbaren Mauern entlang. Du baust Hemmungen auf. Du lässt dich kastrieren.«

Jans ungerührtes Grinsen gefiel Paul offenbar nicht. »Na klar«, sagte Paul deshalb mit Inbrunst. »Warum bitte schön soll man nicht mit der Frau des Nachbarn vögeln? Weil es die Ehe bricht? Glaubst du, die Ehe ist ein Naturgesetz? Nein, sie wurde von Menschen erfunden. Sie ist ein Instrument der Sozialdisziplinierung. Schlag mal unter Sozialdisziplinierung nach, dann verstehst du, was ich meine.«

Paul packte Jan erneut am Jackenkragen und setzte ein Bein schräg hinter dessen Kniekehle, um ihn umzuwerfen. Doch dieser konnte ausweichen und seinen Gegner auf eine Armlänge Abstand bringen.

Jan hatte Paul beim ersten Anblick des *Dojos* mit Absicht nicht verraten, dass er als Kind in Judo trainiert wurde. Sein Vater hatte dies für nötig befunden, damit Jan Selbstvertrauen aufbauen und den bösen Buben aus der Straße auch mal ein Bein stellen konnte. Nun holte sein Instinkt aus einem verborgenen Teil seines Gedächtnisses heraus, was sein Kopf längst vergessen zu haben glaubte.

Paul versuchte, Jan zu werfen. Der ließ sich aber nicht umwerfen.

Paul versuchte, Jan auszuhebeln. Doch der wich erneut aus und konterte sogar.

Weil Jan die längeren Gliedmaßen hatte, gelang ihm das recht gut. Schweißgeruch breitete sich aus.

Auch das kannte Jan von früher.

Paul war kleiner als er, aber zäh. Als Jan so leichtsinnig wurde, selbst einen Beinwurf anzusetzen, nutzte Paul die Gelegenheit und warf seinen Gegner um. In Sekunden hatte er Jans Arm gepackt, bog ihn in eine dafür nicht vorgesehene Richtung und erzeugte so einen stechenden Schmerz.

»Bist du bescheuert?«, schrie Jan.

»Gibst du auf?«

Wütend schlug Jan mit der freien Hand zweimal auf Pauls Bein.

»Der Ellenbogenhebel ist beim Judo erlaubt«, sagte Paul, sichtlich erfreut über seinen erneuten Sieg und sprang auf die Beine. »Luftabschnüren auch. Obwohl ich nicht genau weiß, warum. Von sanfter Selbstverteidigung könnte man etwas anderes erwarten, wie? Aber so sind Regeln eben. Nicht alle ergeben einen Sinn. Vielleicht sollte man sie mal hinterfragen.«

»Du hast mir fast den Arm gebrochen«, protestierte Jan, während er sich noch immer liegend das Gelenk rieb.

»Genau das meine ich.«

# 21

Ihre Schulter schrie unter der Last der ersten 100 Liegestütze. Dann ließ der Schmerz langsam nach. Aufgewärmt fühlte sich jede Bewegung besser an. Auch die Kniebeugen und Sit-ups fielen ihr nun leichter. Für die Kniebeugen nahm sie bald den Stuhl auf die Schultern. Er war als Gewicht eigentlich zu unhandlich und zu leicht, aber trotzdem besser geeignet als der Tisch oder das Bett. Und etwas anderes stand ihr als Trainingsgerät nicht zur Verfügung. Das Bett konnte sie zum Bankdrücken benutzen. Dazu legte sie sich darunter, fasste unter das Kopfende und stemmte das Bett hoch. Auch hier wurde der Erfolg weniger durch das Gewicht erreicht, als durch die Zahl sauberer Wiederholungen.

Heimlich hatte sie sich einen Kalender angelegt. Mit ihrer Gürtelschnalle ritzte sie im Waschraum kleine Kerben in die Täfelung. Dieser spezielle Kalender sollte ihr nicht zeigen, wie lange sie schon eingesperrt war, sondern wann es Zeit für ihren Ausbruch wurde. Zwei Monate Training wären für einen ausreichenden Muskelaufbau mindestens nötig. Drei Monate wären besser. Warum also nicht 100 Tage? 99 wären genauso gut. Oder 101. Egal, sie würde schon wissen, wann es soweit war. Erst mal musste die Kette aus der Verankerung, und zwar unauffällig. Und dann musste die Tür aufgehen.

Wenn die Tür erst offen wäre, würde der Perverse sie nicht mehr halten können. Und wenn er sie an der Kette festhalten wollte, würde sie ihn damit höchst persönlich erwürgen.

Das war eine gute Idee.

Jede Nacht zerrte sie zwischen ihren Übungen an der Kette. Ruckhafte Bewegungen waren Gift für ihre Schulter.

Aber nur so erschien es ihr sinnvoll. Entweder ihre Schulter würde nachgeben oder die Schrauben an der Verankerung. Der Schulter jedenfalls schien es von Tag zu Tag besser zu gehen.

## 22

Jan schwänzte erneut die Frühkonferenz, um sich mit Paul zu treffen. Und wieder ließ dieser ihn bei den Rolltreppen zur S-Bahn-Station Harburg-Rathaus warten. Wieder wurde Jan langsam sauer, während ihm eine Geruchskombination aus Gummi und Urin entgegenstieg. Zur Ablenkung sah er sich die Auslagen des Juweliers nebenan an. Als von Paul noch immer nichts zu sehen war, betrat er den Laden.

Die Glasvitrinen waren effektiv ausgeleuchtet, der Holzboden frisch abgeschliffen und mit transparentem Lack versiegelt. Ein Mann mit Weste und grauem Bart sowie eine Frau in einem klassischen Kostüm standen Jan für eine Beratung zur Verfügung.

»Ich gucke nur«, sagte Jan und deutete auf eine Auslage. Seine Mutter hatte bald Geburtstag. Und wie immer würde Jan nicht wissen, was er ihr schenken sollte.

Ein Kurierfahrer kam herein, um einige Päckchen abzugeben. Jan sah Paul durch den Türspalt, nickte der Verkäuferin zu und trat hinaus auf die Straße.

»Alter, wo steckst du denn?«, maulte Paul draußen.

»Wie bitte? Wo *ich* stecke? *Du* bist doch eine Stunde zu spät dran. Schon wieder. Was machst du nur immer so Wichtiges, um mich derart warten zu lassen?«

»Keine Geschichten. Komm schon, ich habe noch nicht gefrühstückt.«

Paul schleppte den noch immer verstimmten Jan in ein Café, bestellte zwei Becher Kaffee und zwei Mettbrötchen. Der Tisch stand an einem großen Panoramafenster, sodass sie die Menschen in der Fußgängerzone beobachten konnten. Jan fühlte sich an ein riesiges Aquarium erinnert, bei dem etwas Glas eine Welt von einer ganz anderen trennte. Ein Pärchen blieb hinter der Scheibe stehen und bewegte lautlos seine Münder.

Blub, blub, dachte Jan. Auf seiner Seite der Glaswand erschien eine Kellnerin. Jan sah zuerst nur ihr Spiegelbild und drehte dann den Kopf. Die junge Frau stellte zwei Teller und zwei Becher auf den Tisch. Jan und Paul sahen ihr wortlos zu. Sie hatte blonde schulterlange Haare, einen Teil davon hinter die Ohren gesteckt. Ihre Hände waren feingliedrig. Um das rechte Handgelenk baumelte ein dünnes Silberkettchen.

»Ich hätte gerne etwas Pfeffer«, sagte Paul. Die Mettbrötchen lächelten rosig. Auf ihnen lagen frische Zwiebelringe. Die Kellnerin deutete auf zwei auf dem Tisch stehende Fässchen. Eines mit Salz, eines mit Pfeffer.

»Ich hätte gerne frisch gemahlenen Pfeffer«, präzisierte Paul. »Haben Sie eine Pfeffermühle?«

Mit deutlich niederländischem Akzent sagte die Kellnerin, dass Paul in einem Kuchen-Café sei und nicht in einem

Steakhouse. Sie habe daher keine Pfeffermühle. Er müsse mit dem Fässchen aus der Tischmitte Vorlieb nehmen.

»Die wäre was für dich«, sagte Paul, als sich die Frau mit einem freundlichen Lächeln umgedreht hatte und wieder zum Kuchentresen ging. Jan machte mit der flachen Hand ein Zeichen, damit Paul leiser sprach, doch der dachte augenscheinlich gar nicht daran.

»Ganz im Ernst. Die ist doch süß, oder?«

»Na und?«, erwiderte Jan.

»Verabrede dich mit ihr. Du wolltest doch Sex mit vielen Frauen.«

»Wann soll ich das gesagt haben?«

»Im *Bierdorf*. Nach unserem kleinen Lasterüberfall.«

»Du bist noch immer zu laut«, flüsterte Jan mit einem schielenden Seitenblick. Er wollte nicht an die Geschichte auf der Autobahn erinnert werden. Zum Glück war die Sache glimpflich verlaufen. Das Loch, das der Neukauf der Spielekonsole in seinem Portemonnaie hinterlassen hatte, konnte er gut verkraften. Besser jedenfalls, als den Diebstahl einer solchen auf einer Polizeistation erklären zu müssen.

Paul grinste breit. Offenbar genoss er es, Jan zappeln zu sehen. »Dann sprichst du sie also an?«

»Ja klar, sie steht bestimmt drauf, von einem blöden Kunden angemacht zu werden. Da bin ich ganz bestimmt der Erste.«

Paul entleerte das halbe Pfefferfässchen auf dem Mettbrötchen, bis es unter dem Schwarz kaum noch rot schimmerte. »Also überlässt du die Sache lieber ihr?«

»Welche Sache?«

»Du sprichst sie nicht an, weil *sie* vielleicht von keinem Kunden angesprochen werden will. Aber was ist mit dir? Du hast doch auch einen Willen. Warum lässt du also andere Leute über dein Leben entscheiden?«

»Tu ich doch gar nicht«, erwiderte Jan kopfschüttelnd.

Die junge Frau beförderte hinter dem Tresen Tortenstücke auf zwei Teller. Die Teller stellte sie auf ein Tablett zu einem Teeglas und einem Milchkaffee. Jede Bewegung war präzise. Jan sah ihr gerne dabei zu, wie sie das Tablett anschließend durch den Raum balancierte.

Paul verputzte die Reste des Brötchens, griff dann zu einem Zahnstocher, der in einem kleinen Becher steckte, fummelte das angespitzte Hölzchen aus einem Papiertütchen und begann, seine Zahnzwischenräume zu säubern. »Wir sollten noch über Geld sprechen«, sagte er schließlich.

»Schon gut, ich zahle«, entgegnete Jan, ohne den Blick von der Kellnerin zu wenden.

»Du darfst dich vom Geld nicht gefangen nehmen lassen«, sagte Paul.

»Hallo, ich habe doch gesagt, ich zahle.«

»Nicht nur für ein Auto schuften, eine Wohnung, tolle Klamotten. Das sind doch alles nur Statussymbole. Sie wurden erfunden, um die Menschen zu knechten.« Sklaven und Leibeigene, sagte Paul, habe man früher zur Arbeit gezwungen. Die meisten Leute würden sich heute jedoch freiwillig versklaven. »Sie sind jetzt Dienstboten des Geldes und des Konsums. Weißt du, was meine Wohnung kostet?«, fragte Paul und lieferte die Antwort gleich hinterher. »Fast nichts. Und was kostet deine?«

»Natürlich zu viel«, stimmte Jan zu, denn wie hätte er bei diesem Thema widersprechen können?

»Glaubst du, ich wohne da, weil die Gegend so toll ist? Oder weil ich alte Reihenhäuser mit bröckelnden Dachpfannen nostalgisch finde?«, sprach Paul weiter. »Die Wohnung ist billig. So sieht es aus. Und mein Essen koche ich mir immer selbst. Weißt du, das ist doch noch der Witz überhaupt. Die Leute arbeiten wie verrückt für ihr Geld. Und wenn sie dann endlich nach Hause kommen, haben sie keine Zeit mehr, um sich was zu kochen. Stattdessen kaufen sie den absolut überteuerten Kram aus den Fertigregalen. Und das jeden Tag. Was das kostet! Weißt du es?«

»Was soll ich wissen?«, entgegnete Jan halbherzig. »Keine Ahnung, was du meinst.«

»Es kostet ihre Lebenszeit«, stellte Paul fest. Aber seine nicht, fügte er hinzu. Er arbeite nur das Nötigste. Ausgaben gering halten. Und vom Ersparten einen Lebenstraum erfüllen.

»Was du mir da erzählst, ist banal«, erwiderte Jan.

»Vielleicht. Trotzdem kann man es nicht oft genug aussprechen.«

Jan rieb sich die Stoppeln im Gesicht. »Du hast also einen Lebenstraum?«, fragte er dann grinsend. »Und welchen?«

»Warum soll ich ausgerechnet dir davon erzählen?«, fragte Paul provokant, fasste sich an die Hornbrille und sagte dann: »Ich will die Welt umsegeln. Wenn ich genug Geld habe, kaufe ich mir ein Boot und weg bin ich.«

Jan dachte daran, dass er Paul früher auf einigen Gerichtsfluren begegnet war, ohne ihn damals recht beachtet zu haben. Wie anders manche Menschen werden konnten, wenn man sie nur etwas besser kennenlernte.

»Machst du noch immer Prozessfotos?«, wollte Jan wissen. Konnte Paul damit genug Geld für eine Weltreise verdienen?

»Prozesse«, stimmte Paul zu. »Wetterbilder. Unwettergeschichten. Hochwasserbilder von der Elbe. Früher hatte ich ein kleines Fotoatelier. Aber das hat sich irgendwann nicht mehr gelohnt.«

»Wo das denn?«

»War in einer Seitenstraße von der Fußgängerzone. Hier in der Nähe. Als alles noch belebter war. Bevor das *Phoenix*-

*Center* aufgemacht hat. Schade drum. Aber, na ja, so richtig gelohnt hat sich der Laden sowieso nie. Besser nur so Fotos machen. Seitdem habe ich kaum noch Fixkosten, was gleichbedeutend mit viel weniger Sorgen ist. Ich bin seitdem viel unabhängiger.«

»Dann ist dein Auto dein Büro, was?«

Jan dachte bei der Nachfrage an Charlotte. Ihr kleiner Renault war auch alles, was sie an geschäftlichen Fixkosten hatte. Das hatte sie ihm bei einer ihrer ersten Fahrten in dem Auto erzählt.

»Meine Kiste ist Teil des Handwerkzeugs«, bestätigte Paul. »Fast so wichtig wie die Kamera.«

»Was ist mit Papparazzo-Sachen? Die bringen doch bestimmt am meisten ein.«

»Mache ich kaum noch. Na gut, manchmal noch. Wenn jemand Bekanntes in der Stadt ist. Dann lungere ich nachts schon mal vor Klubs und Hotels rum. Du musst nämlich den besonderen Moment erwischen, weißt du? Am besten, wenn die anderen Fotografen schlafen, und wenn der Promi glaubt, dass ihn keiner sieht. Ja, das kann ich ganz gut.«

»Also genau wie bei Anna«, stellte Jan fest.

»Ja, wie bei Anna.« Paul senkte den Blick, und es war ihm schwer anzusehen, ob er gerne an jene Tage zurückdachte, bevor Anna Horn verschwunden war.

»Das Bild von ihr ohne Slip war bestimmt eine Menge wert«, überlegte Jan laut. »Als sie damals bei dieser einen Gala vor dem Haupteingang betrunken aus der Limousine gestiegen ist, meine ich. Ungepixelt war da doch alles zu sehen. Jedes Blatt und jedes Magazin hat das Bild am nächsten Tag in irgendeiner Form gezeigt. Das muss richtig Kohle gebracht haben.«

»Kann gut sein«, stimmte Paul zu. »Aber weil ich es nicht geschossen habe, weiß ich es nicht genau.«

»Das war nicht von dir? Echt nicht? Das ist aber schade.« Jan sah Paul genau an. Gespannt auf dessen Reaktion.

»Man kann auch anders an Geld kommen«, entgegnete Paul vielsagend. »Ich muss Frauen nicht unter den Rock fotografieren, um abzukassieren.«

»Ach ja? Weltreisen sind teuer«, meinte Jan. »War das mit dem Laster etwa nur ein Probelauf? Oder willst du vielleicht mit gezogener Knarre eine Bank überfallen?«

Paul grinste plötzlich. »So viel Kohle brauche ich gar nicht. Außerdem reicht es manchmal, nur sein Köpfchen zu benutzen. Dein Verstand ist nämlich gefährlicher als jede Schusswaffe.«

»Und man darf sich natürlich nicht erwischen lassen«, fügte Jan hinzu.

»Ganz genau. Das ist das Wichtigste. Sich niemals erwischen lassen.« Paul legte den benutzten Zahnstocher auf den Teller vor sich. »So, ich lass euch zwei Turteltauben dann mal allein.«

Mit einem Kopfnicken deutete er auf die Kellnerin.

»Witzig«, erwiderte Jan.

Paul erhob sich vom Stuhl. »Du hörst mir sowieso nicht richtig zu. Mal sehen, ob du wenigstens das hier gebacken bekommst.«

»Natürlich höre ich zu. Ich bin ein Sklave des Konsums. Genau wie alle anderen. Stimmt's?«

Paul sah ihn durch seine dicken Brillengläser an.

»Wo willst du eigentlich plötzlich so schnell hin? Lass mich doch kurz bezahlen, und dann gehen wir zusammen.«

»Ich habe auch noch ein eigenes Leben«, entgegnete Paul und stand auf, ohne auf Jan zu warten. Dann war er weg.

So kann man auch günstig durchs Leben kommen, dachte Jan, der über Pauls überstürzten Aufbruch überrascht und irgendwie auch verärgert war.

Was nun? Doch noch in die Redaktion? Petersen würde ihn wegen der verpassten Konferenz zur Schnecke machen. Dann dachte Jan über Anna Horn nach. Der Artikel zu ihrem fünfjährigen Verschwinden erschien ihm mittlerweile ziemlich rund. Er musste nur noch getippt werden. Also winkte Jan die Kellnerin zu sich und bat um die Rechnung.

Während die junge Frau in ihrem Portemonnaie nach Wechselgeld suchte, betrachtete Jan ihre Gesichtszüge. Einige Poren auf ihrer Nase waren vielleicht etwas groß. Mehr konnte er an dieser Frau beim besten Willen nicht bemängeln. »Ich finde Sie wunderschön. Und ich würde gerne mit Ihnen schlafen.«

Moment? Hatte er das etwa gerade laut gesagt? Nein, das konnte nicht sein.

Die junge Frau hielt in der Bewegung inne und sah Jan direkt in die Augen.

»Aber das hören Sie bestimmt öfter«, fügte er hinzu und geriet vollends darüber ins Schleudern, was er gedacht und was er ausgesprochen hatte.

»Trotzdem nett«, erwiderte die junge Frau.

»Was ist eigentlich richtig? Niederlande oder Holland?« Jan entspannte sich langsam. Denn nun wusste er wieder, dass er der Frau ein Kompliment über ihren sympathischen Akzent gemacht hatte. Das unverblümte Angebot zum Sex hatte hingegen nur in seiner Vorstellung stattgefunden.

»Nederland«, erwiderte die Kellnerin und reichte Jan das Wechselgeld. »Holland war ein große Provinz. So wie hier ein Bundesland. Jetzt gibt es Nord- und Süd-Holland. Du kennst Den Haag?«

Jan nickte.

»Das ist Süd-Holland. Aber ganzes Land heißt Nederland.«

»Also kein Plural? Keine Niederlande?«

Die Frau schüttelte den Kopf mit einem Lächeln. »Einfach Nederland.«

»Das ist ja … unglaublich faszinierend«, sagte Jan, dem nichts Besseres einfiel. »Darüber würde ich gerne mehr erfahren. Wann haben Sie Feierabend?«

Statt zu antworten, begann die Kellnerin, den Tisch abzuräumen.

»Oder ist das ein Geheimnis? Geben Sie mir vielleicht einen Tipp?«

Die junge Frau gab Jan keinen Tipp bezüglich ihres Feierabends. Dafür lächelte sie ihn einen Moment an, bevor sie sich umdrehte und in Richtung Küche verschwand. Immerhin ein Lächeln, dachte er und verzog amüsiert die Mundwinkel.

## 23

Jan fuhr nach Hause und verbrachte ein paar Stunden am Schreibtisch, ohne besonders produktiv zu sein. Der Artikel über Anna Horn ließ sich doch nicht so einfach wie gedacht schreiben. Außerdem war er es gewohnt, in der Redaktion zu arbeiten. Die eigenen vier Wände lenkten ihn ab. Am Ende hatte Jan ein sperriges Vehikel runtergetippt, das sich kaum Zeitungsartikel nennen durfte und das er lieber löschen als speichern wollte. Vielleicht würde es morgen besser klappen. Heute war er einfach nicht richtig bei der Sache. Wieso eigentlich? Am frühen Abend stand Jan dann wieder vorm Café. Weitere 20 Minuten verstrichen. Dann sah er die Kellnerin vom Vormittag aus einer Seitentür treten. »Kein Eingang« stand auf einem kleinen Schild hinter ihr.

Mit erhöhtem Pulsschlag schritt Jan auf die Frau zu und hob defensiv beide Hände. »Ich muss mich bei Ihnen entschuldigen«, sagte er. »Sie haben mich abblitzen lassen, und nun bin ich trotzdem wieder da. Das ist wirklich ungezogen von mir.«

»Ungezogen?«, wiederholte die junge Frau fragend.

»Frech«, fügte Jan hinzu. »Ungezogen ist frech.«

»Sehr frech«, bestätigte sie und lächelte dann wieder.

»Ich bin Jan.«

»Marje«, entgegnete die junge Frau.

»Das klingt schön«, fand Jan. »Und auch irgendwie ungewöhnlich.«

»Zu Hause ist Marje nicht ungewöhnlich.«

»Ach so.«

»Ja.«

»Wollen wir ein Stück bummeln?«, fragte Jan.

»Bummeln ist ein schönes deutsches Wort.«

»Finde ich auch«, entgegnete Jan, der noch nie darüber nachgedacht hatte.

»Aber meine Beine sind müde.«

»Ah, natürlich. Verstehe.«

Jan empfand den Hinweis auf die Müdigkeit als weitere Abfuhr und wollte diese schon akzeptieren, als Marje hinzufügte: »Wollen wir was trinken?«

»Aber klar«, erwiderte Jan. »Ich weiß auch, wo.«

Jan hatte eine Bar in der Nähe im Sinn. Da sie mit After-Work-Preisen lockte, war dort auch am frühen Abend meist schon etwas los.

»Na dann«, meinte Marje, womit sie seinem Vorschlag zustimmte.

»Na dann«, wiederholte er. »Also hier entlang.« Jan zeigte geradeaus und setzte sich in Bewegung. Ein kurzes Stück ging Marje neben ihm, dann hakte sie sich einfach bei ihm unter.

Auf dem Weg zur Bar kamen sie am *Bierdorf* vorbei. Jan folgte einem plötzlichen Impuls, als er die hübsche Frau durch die Tür hinter dem schweren Vorhang zog, um vor Paul mit ihr anzugeben. Die Chance, ihn hier zu treffen, war gering, aber vorhanden. Stattdessen sah er Thomas und Phillip an einem Tisch sitzen. Jan trat zu ihnen und fragte nach Paul.

»Ist nicht hier, wie man sieht. Wieso?«, entgegnete Thomas.

»Nur so. Nicht so wichtig«, sagte Jan und führte Marje wieder zum Ausgang.

Vor der Kneipe blieb die junge Frau stehen und sah Jan prüfend an. »Was war das? Wurde ich da eben vorgeführt?«

»Was?«, wehrte Jan ab. »Nein. Quatsch. Ich wollte Paul nur etwas sagen. Paul ist der, mit dem ich vorhin im Café war. Aber er ist offenbar unterwegs. Das war alles.«

Marje rümpfte die Nase.

»Ehrlich«, beteuerte Jan. »Komm. Die Bar ist gleich da drüben.«

Marje schien zu zweifeln, doch dann nickte sie nur.

Sie betraten die Bar und setzten sich an einen Tisch mit Barhockern. Lautsprecher beschallten den Raum mit Nachdruck. Das machte die Verständigung etwas mühsam, war aber vorteilhaft, wenn man sich gerade mal nichts zu sagen hatte. Auf diese Weise entstanden kaum peinliche Gesprächspausen. Vermutlich ein Erfolgsrezept des Hauses.

Jan sah, wie Marje ihre Schuhe auszog. Ihre Augen lächelten, während die Cocktails kamen. Marje machte sich sofort über die Dekoration aus Früchten her und schlürfte das Glas dann durch zwei dicke Strohhalme fast in einem Zug leer. Offenbar hatte sie Durst. Jan trank seinen *Caipi* langsamer und versuchte etwas Small Talk. Dazu rief er sinnloses Wissen von seiner internen Festplatte ab und erzählte, über den Tisch lächelnd, dass *Caipirinha* in Brasilien ursprünglich das Getränk der Landeier gewesen sei.

»Landeier?«, wiederholte Marje und machte Jan mit ihrem netten Akzent ganz wahnsinnig.

»Ja, Landeier. Leute vom Dorf.« Jan grinste und fragte: »Noch einen?«

Marjes Augenlieder schlossen sich halb. Jan sah eine um ihren Hals liegende Kette funkeln. Sie passte zum Kettchen an ihrem Handgelenk.

»Ich will dich nicht betrunken machen«, schob er hinterher. »Wenn du willst, bestelle ich dir auch ein Wasser.«

Sie schüttelte den Kopf und deutete auf das leere Glas vor sich. »Für mich noch einen hiervon.«

Als Jan von der Bar zurückkam, rückte er mit dem Hocker etwas näher an Marje heran. So mussten sie nicht so laut schreien, um sich zu verstehen.

Jan erzählte, dass er für eine Zeitung schreibe, und gab damit ein bisschen an. Marje fand das interessant, wollte wissen, ob man beim Schreiben nicht irgendwann immer dieselben Formulierungen benutzen würde und ob es auf Dauer nicht schwer sei, originell zu bleiben.

Jan antwortete bereitwillig. Dann stellte er Fragen zu ihrem Zuhause. Er wollte wissen, seit wann sie in Deutschland war und ob sie ihre Familie nicht vermisse.

Marje war einem Freund zulieb nach Hamburg gekommen, erzählte sie. Der hatte im Hafen bei einer Logistikfirma einen Arbeitsplatz gefunden. Eine Weile hätten sie zusammen gewohnt, dann sei es mit ihnen auseinandergegangen. Aber statt zurück in die Heimat zu gehen, habe Marje sich eine eigene Wohnung gemietet. Den Job im Café hatte sie schon vorher. Fürs Erste wolle sie nicht zurück. »Später vielleicht«, sagte sie. »Vielleicht aber auch nicht. Kommt darauf an.«

»Worauf?«, fragte Jan.

»Auf vieles.« Sie sah ihm direkt in die Augen. Dieser hielt stand, solange er konnte.

Zwei Cocktails später und somit genau zweieinhalb Stunden nach Marjes Feierabend im Café sagte sie, dass sie nun nach Hause wolle. Jan bezahlte die Rechnung und bot an, sie auf dem Heimweg zu begleiten. Das gehöre sich schließlich so.

»Tut es das?«, fragte sie.

»Natürlich. Du hast einen leichten Schwips. Da muss jemand aufpassen, dass dir nichts passiert.«

»Was soll mir passieren?«

Jan zuckte mit den Achseln.

»Dann musst du mich also nach Hause bringen?«

»Ganz genau.«

Marjes Wohnung lag im Phoenix-Viertel. Ehedem ein Arbeiterviertel, das von einer Gummifabrik geprägt wurde, sich seit einigen Jahren jedoch zu einer Einkaufsmeile mit Shopping-Center gewandelt hatte. Um dorthin zu gelangen, überquerten sie den Platz vor dem Harburger Rathaus und wählten dann den Weg durch die Fußgängerzone. Ein kleiner Umweg, dafür ersparten sie sich den Lärm des Harburger Rings. Wieder fiel Jan auf, wie sehr sich die Auswahl der Geschäfte verändert hatte, seitdem das neue Einkaufszentrum der Fußgängerzone das Wasser abgegraben hatte. Hier, in einer der Seitenstraßen, musste Pauls Fotoatelier gewesen sein, von dem er Jan im Café kurz erzählt hatte.

Marje hatte sich wieder bei ihm untergehakt, und das ergab diesmal Sinn. Während der Arbeit esse sie nichts, hatte er unlängst von ihr erfahren. Bei dem Kuchenangebot im Café hätte sie als Fortbewegungsart sonst bereits vom Gehen ins Rollen wechseln müssen. Jan hatte über den Scherz gegrinst, konnte er sich eine übergewichtige Marje doch nur kaum vorstellen. Nun zeigte sich, dass der schlanken Frau eine Grundlage für die Cocktails gefehlt hatte. Sie brauchte Jans Arm, um sich abzustützen.

Weiter vorn drang Musik aus einem der Häuser und die Geräusche von Skateboard-Akrobatik hallten von den Mauern wider. Es waren die typischen Laufgeräusche von den Rollen, unterbrochen von kurzer Stille, wenn das Sportgerät in der Luft schwebte, und dann wieder das Geräusch beim Aufsetzen auf Beton oder Asphalt. Plötzlich mischte sich ein Schmerzensschrei darunter, gefolgt von leisem Jammern.

Jan und Marje sahen sich an.

»Lass uns lieber mal gucken«, meinte Marje.

Sie fanden einen Teenager mit aufgeschlagenem Knie neben einer Reihe Fahrradständer. Offenbar hatte ein waghalsiger Stunt erfordert, die Metallkonstruktionen möglichst elegant zu überspringen. Dabei mussten die Berechnungen und der tatsächliche Verlauf der Flugbahn jedoch gewisse Diskrepanzen aufgewiesen haben. Na ja, dafür waren Praxistests ja da. Die *NASA* verfuhr ja auch nicht viel anders, wenn Jan richtig informiert war.

»Hast du Schmerzen?«, fragte Marje den Jungen, der noch immer auf dem Boden saß und ungläubig seine aufgeschürften Handballen anstarrte. Sie ging in die Hocke und legte dem Jungen eine Hand auf den Rücken.

»Geht schon«, erwiderter dieser. Der Schock durch den Sturz war offenbar nicht stärker als sein Stolz. Denn langsam richtete er sich nun wieder auf. Sein Blick suchte dabei nach dem davongerollten Skateboard. »Aber für heute mache ich Schluss.«

»Kluge Entscheidung«, kommentierte Jan und war selbst überrascht, wo er diesen väterlichen Spruch hergeholt hatte. Dann fügte er hinzu: »Morgen ist ja auch noch ein Tag.«

Wortlos sammelte der Junge sein Skateboard auf und klemmte es sich unter den Arm. Während er davonhumpelte, sah er sich nicht einmal mehr um.

»Tapferes Kerlchen«, stellte Jan fest. »Wetten, dass er morgen wieder hier ist und es versucht? Und irgendwann schafft er es dann auch.«

Marje griff wieder nach Jans Arm. »So sind Jungs«, sagte sie. »Die großen und die kleinen.«

Jan führte Marje am ehemaligen *Gloria-Kino* vorbei. Der Schriftzug des Kinos prangte noch immer in großen Lettern an der Außenfassade, obwohl die letzte Vorstellung schon über 20 Jahre zurücklag. Das *Multiplex-Kino* auf der gegenüberliegenden Straßenseite hatte die Lücke gefüllt. Irgendjemand hatte das Jan erzählt. Denn das war alles geschehen, bevor er beim *Harburger Tageblatt* angefangen hatte.

Jan und Marje gingen eine Treppe hinauf, warteten an einer Fußgängerampel auf Grün und standen kurz darauf vor einem Mehrfamilienhaus. Marje zog einen Schlüsselbund aus ihrer kleinen Tasche. Jan guckte ihr dabei zu und überlegte, wann der richtige Augenblick für den Abschied gekommen war.

»Kannst du mir helfen«, fragte sie in diesem Moment. »Der passt nicht mehr.«

Jan versuchte es für sie, und bei ihm passte der Schlüssel.

»Komisch«, sagte sie lachend.

Marjes Wohnung lag im dritten Stock. Sie gingen durch das Treppenhaus rechts am Kellerabgang vorbei. Wieder musste Jan mit dem Schlüssel helfen. Im schmalen Wohnungsflur war es dunkel. Nur durch halb geöffnete Türen drang Licht herein.

Links führte eine Tür zur Küche und rechts eine zum Gäste-WC. Danach kam die Badezimmertür. Bevor Jan einen Blick ins Schlafzimmer werfen konnte, hatte Marje die Tür zugezogen. Sie war also noch nüchtern genug, um Jan keinen Blick auf ihr ungemachtes Bett werfen zu lassen. Weiter geradeaus ging es ins Wohnzimmer. Eine große Fensterfront mit Balkontür schien das Prunkstück der Wohnung zu sein.

Marje machte eine einladende Geste. Ihre Bewegungen wirkten dabei fast tänzerisch. »Setz dich. Oder mach Musik an. Bin gleich wieder da.« Damit verschwand sie in Richtung Badezimmer.

Jan sah der jungen Frau hinterher. Wie lange kannten sie sich jetzt? Acht Stunden? Oder neun?

Jan überlegte, dass ein Kaffee für beide nicht schlecht wäre. Deshalb ging er durch den Flur zurück zur Küche und durchsuchte die Regale nach einer Kaffeedose. Als er den Wasserkocher füllte, hörte er die Badezimmertür aufgehen.

»Bin in der Küche«, rief er. Einsetzende Musik verriet, dass Marje zurück ins Wohnzimmer gegangen war.

Jan suchte nach zwei sauberen Bechern, fand im Hängeschrank aber nur einen. Im Spülbecken bettelten einige Teller und Gläser um Aufmerksamkeit. Jan schüttete den Inhalt eines halb vollen Bechers in den Ausguss und spülte ihn unter fließendem Wasser ab. Weil er keinen Kaffeefilter fand, gab er nach skandinavischem Vorbild in jeden Becher zwei Löffel Kaffeepulver und füllte sie mit kochendem Wasser auf. Als er damit ins Wohnzimmer kam, hatte sich Marje im Schneidersitz auf dem Sofa niedergelassen. Sie hatte Jeans und Socken im Badezimmer gelassen. Mit beiden Händen bearbeitete sie einen ihrer Füße. Dazu benutzte sie eine kokosölhaltige Creme, wie eine Dose verriet, die auf einen niedrigen Beistelltisch stand.

»Das brauchen meine Füße abends«, sagte sie erklärend. »Sonst würde ich wohl sterben.«

»Und das will natürlich keiner«, sagte Jan verständnisvoll. Er dachte an ihren Job im Café und an die vielen Stunden auf den Beinen. Als überwiegender Schreibtischtäter konnte er sich aber kaum vorstellen, was das bedeutete. »Wenn du willst, mache ich das für dich.«

»Würdest du?«

Er zuckte mit den Achseln und stellte beide Kaffeebecher ab. »Leg die Füße einfach hoch und entspanne dich.«

»Du bist lieb«, erwiderte Marje. Dann streckte sie die Beine auf dem Sofa aus und legte den Kopf gegen die Armlehne. Jan schnappte sich die Cremedose und setzte sich ans andere Ende des Sofas. Vorsichtig trug er etwas Creme auf Marjes linken Fußrücken auf, strich an der Seite entlang über die Ferse und gelangte zur Sohle. Es war nicht der erste Frauenfuß, den er massierte. Marje durfte dies ruhig merken, dachte er, während er ihren linken Fuß bearbeitete. Danach widmete er sich dem rechten.

Sein Blick wanderte die Beine hinauf und über den ganzen Körper. Marje hatte den Kopf leicht angehoben, blickte ihn genauso direkt wie vorhin in der Bar an.

»Entspann dich«, wiederholte er.

Sie nickte leicht, legte den Kopf dann wieder zurück auf die Lehne. »Mache nur ganz kurz die Augen zu. Bin gleich wieder fit.«

»Na klar«, sagte er, obwohl er wusste, was gleich passieren würde.

»Auch ein schönes deutsches Wort«, stellte sie nach einer Weile leise fest.

»Was?«, fragte er.

»Schwips. Das Wort gefällt mir. Schwip, schwap, Schwips.«

»Stimmt«, erwiderte Jan grinsend. »Dann hätten wir jetzt also *bummeln*, *Landei* und *Schwips*. Keine schlechte Ausbeute für einen Tag.«

Marjes Atem wurde mit der Zeit immer ruhiger, dann verrieten leise Geräusche aus ihrem Mund, dass sie eingeschlafen war. Jan massierte weiter, bis beide Füße gleichermaßen bedacht worden waren. Eine Weile beobachtete er, wie sich ihre Brust langsam hob und senkte. Die tiefen Atemzüge verrieten, dass sie nicht gleich wieder aufwachen würde. Also nahm er eine Wolldecke und breitete sie über Marje aus.

Jan stand auf, trat ans Fenster und hörte der Musik zu. Jenseits eines schmalen Balkons konnte er auf eine Buche im Hinterhof gucken. Die Wohnung war allemal schöner als seine eigene. Dann wanderte sein Blick wieder zum Sofa. Wenn er heute noch Spaß haben wollte, musste er Marje wecken. Das war klar. Doch er brachte es nicht fertig, drehte stattdessen die Musik leiser und schlich sich aus dem Wohnzimmer. Kurz überlegte er, seine Visitenkarte auf die Arbeitsfläche in der Küche zu legen. Doch selbst das kam ihm in diesem Augenblick irgendwie aufdringlich vor. An der Wohnungstür blickte er noch einmal zurück, dann zog er sie von außen leise ins Schloss. Jan war sehr bewusst, dass er sich in diesem Moment wie ein wahrer Gentleman verhielt. Und wie ein echter Trottel, dachte er, als er kurz darauf auf der Straße stand und sich wieder einmal allein auf den Weg nach Hause machte.

# 24

Es war überraschend, aber die Schulter hielt. Um genau zu sein, fühlte sie sich besser an denn je. Drei Operationen hatten sie verzweifeln lassen. Der Arzt hatte gesagt, sie könne wieder trainieren, aber ob sie auch wieder professionell spielen könne, wisse niemand. Die Zeit werde es zeigen. Sie solle nicht übertreiben. Ihr Trainer hatte einen langsamen Aufbau der Muskulatur geplant, doch sie glaubte nicht daran. Denn was keiner von ihnen wusste: Die Schmerzen waren nie wirklich verschwunden. Ihr Trainer wurde wütend, machte ihr Vorwürfe. Sie setze nicht um, was er ihr sage. Das stimmte. Denn sie wollte es nicht. Sie war müde gewesen. So müde wie ihre Schulter.

Das ewige Training, das ewige Fliegen, die vielen Hotelzimmer. Sie war 24 Jahre alt, konnte sich aber nicht erinnern, je 17 gewesen zu sein.

Das Partyleben holte sie nach ihrem abrupten Karriereende nach. Doch glücklich hatte es sie auch nicht gemacht. Sie hatte sich Freunde erhofft. Aber da waren keine. Vielleicht hätte sie sich an der Uni einschreiben sollen. Aber was dann? In ein Studentenwohnheim ziehen, um mit Gleichaltrigen in Kontakt zu kommen? Jeder hätte gefragt, warum sie mit ihrem vielen Geld in ein Wohnheim zöge. Der Boulevard hätte ihr bestimmt vorgeworfen, dass sie einem anderen Studenten den Platz im Wohnheim weggenommen hätte. Jemandem, der nicht genug Geld hatte, um sich etwas anderes leisten zu können.

Hirngespinste.

Sie war in ihrem Luxusappartement in Pinneberg geblieben, hatte das Training eingestellt, war auf Partys gegangen und langsam fett geworden. Sprichwörtlich. Denn richtig fett sah selbstverständlich anders aus.

Schweiß rann ihr über die Schläfe, als sie mit ihren Situps fertig war. Zufrieden blickte sie auf ihren Bauch. Es tat gut, nicht nur zu wissen, wo die Muskeln saßen, sondern sie auch zu spüren.

In den vergangenen Tagen hatte sie mehr zu essen bekommen. Ganz so, als honoriere ihr Entführer das Training. Vielleicht war er ein verdrehter Fan und fand es toll, ihr bei den Übungen zuzusehen. Wenn er gewusst hätte, wofür sie trainierte, wäre er sicher nicht so begeistert gewesen.

Sie hatte immer noch das Bild im Kopf, wie sie durch die halb geöffnete Tür stürzte, ihren Peiniger über den Haufen rannte und ihm dann die Kette, die sie hinter sich herzog, um den Hals legte. Sie würde zuziehen, bis er mit den Beinen strampelte. Und noch immer nicht loslassen, während die Beine sich schon nicht mehr bewegten. Das war eine Vorstellung, für die sich das Training lohnte.

Nachts zerrte sie weiter an der Verankerung für die Kette. Mittlerweile konnte sie die Fingernägel unter die Schrauben schieben. Das schien nicht viel, aber es war ein Anfang. Wenn die Schrauben erst mal locker würden, wäre der Rest sicher schnell geschafft.

Am nächsten Tag lagen im Fresskorb ein Duschgel und ein winziges Handtuch. Das Gel hatte einen Männerduft, war aber für Körper und Haare geeignet. Sie empfand beinah so etwas wie Glück, als sie mit beidem zum Waschbecken ging. Während sie den Kopf über das Becken hielt und sich das Gel in die Haare rieb, merkte sie, wie das laufende Wasser allmählich warm wurde. Sie hob den Kopf und hielt die Hand unter den Strahl.

Kein Zweifel, das Wasser war warm. Schnell drehte sie den blauen Hahn zu. Der Strahl wurde schwächer, dafür aber immer wärmer. Sie blickte über die Schulter und konnte das Geschenk kaum fassen.

Schnell drehte sie den roten Hahn weiter auf, um sich die Haare auszuspülen. Dann zog sie sich aus und wusch den ganzen Körper. Es war ihr egal, ob der Perverse sie dabei beobachtete oder nicht. Sollte er doch. Sie war eine nackte Frau. Mehr nicht.

Das winzig kleine Handtuch reichte kaum, um sich ganz damit abzutrocknen. Trotzdem war sie froh, es zu haben. Ihre Haare blieben feucht, würden mit der Zeit aber von allein trocknen.

Bevor der Perverse das warme Wasser wieder ausstellen konnte, stopfte sie ihre Unterwäsche in das Becken und wusch sie mit dem Duschgel. Sie spülte die Wäsche, wrang sie aus und roch zufrieden daran. Für einen Moment überlegte sie, was sie mit ihrer restlichen Kleidung machen sollte. Dann stopfte sie nacheinander Hose und Bluse auch in das Becken, wusch alles hingebungsvoll.

Als sie fertig war, stand sie nackt vor dem Waschbecken und konnte sich kaum dazu durchringen, das Warmwasser zuzudrehen. Aber sie musste. Wenn sie es nicht tat und das warme Wasser immer weiter liefe, würde der Perverse bestimmt den Haupthahn wieder verschließen. Mit Sicherheit sogar. Wenn sie den Hahn aber vorher zudrehte, dann vergaß er es vielleicht. Und dann würde sie auch morgen wieder warmes Wasser haben.

Es wurde eine furchtbar ungemütliche Nacht. Am Abend hatte sie ihre Übungen nicht gemacht. Sie wollte dem Perversen nackt keine Vorstellung liefern. Und ihre gesamte Kleidung war noch immer so klamm, dass sie sie zum Schlafen nicht anziehen konnte. Eingerollt wie eine Katze klappte sie die dünne Matratze über sich.

Frierend wachte sie auf, noch bevor das Licht wieder

anging. Im Halbdunkel tastete sie sich in die Toilette und öffnete den linken Wasserhahn. Er funktionierte. Herrlich warmes Wasser lief ihr über die Hände. Sie genoss es minutenlang, wärmte ihre Hände, dann die Füße. Schließlich begann sie noch im Dunkeln mit ihrem Training. Auch das wärmte sie auf.

Dankbarkeit für das Duschgel, das Handtuch und das warme Wasser empfand sie nicht. Ihre Art der Dankbarkeit würde sie zeigen, wenn sie ihrem Entführer die Kette um den Hals legte.

Kurz vor Mittag machte sie ihren zweiten Satz Übungen. Ihr Ziel war ihr nun wieder wichtiger als die Angst, dabei beobachtet zu werden. Hinterher wusch sie sich, trocknete sich ab und zog die noch leicht feuchten Kleidungsstücke an. Die Bluse war am besten getrocknet. Die Hose am schlechtesten. Nach fünf Minuten zog sie die Hose wieder aus. Ohne sie war sie besser dran.

Überrascht hörte sie Geräusche hinter der Tür. Es war nicht üblich, dass der Perverse an zwei Tagen hintereinander kam. Auch war der Fresskorb noch gut gefüllt.

Die Tür wurde einen Spalt breit geöffnet.

»Dreh dich mit dem Gesicht zur Wand!«, sagte die Stimme. »Und mach die Augen zu. Ich werde jetzt reinkommen.«

Der Schreck fuhr ihr wie glühende Messer in die Kniekehlen. Der Perverse wollte zu ihr ins Zimmer kommen. Aber das durchkreuzte ihre Pläne. Sie war noch nicht soweit. Sie wusste nicht, ob sie schon die Kraft hatte, es mit ihm aufzunehmen. Doch, sie wusste es. Sie hatte sie nicht: die Kraft.

Käme jetzt doch noch das, was sie von Anfang an vermutet hatte. Würde er sie jetzt vergewaltigen, nachdem sie sich für ihn gewaschen und schön gemacht hatte? Bis gestern war sie zweifellos ein unappetitlicher Anblick gewesen. Im Krieg, hatte sie gehört, sollten Frauen sich mit Hundekot eingerieben haben, damit Vergewaltigern die Lust auf sie verging. Eine simple Methode und dazu effektiv.

Doch was hatte sie hingegen gemacht, kaum, dass der Perverse ihr Duschgel und warmes Wasser gegeben hatte? Sie hatte sich wie eine Braut vor der Hochzeitsnacht herausgeputzt. Wie dumm nur. Wie dumm.

»Dreh dich zur Wand«, sagte die Stimme wieder.

Sie drehte sich langsam um. Es machte keinen Unterschied, ob sie ihn hereinkommen sah, oder nicht. Er würde mit ihr machen können, was er wollte.

Sie glaubte zu merken, wie die Tür weiter geöffnet wurde.

»Augen zu!«, herrschte er sie an.

Erschrocken zuckte sie zusammen und schloss schnell die Augen.

Es gab Geräusche beim Tisch. Schritte im Zimmer. Die ersten fremden Geräusche, die es in diesem Raum gab, seit sie hier war. Dann wurde die Tür wieder geschlossen.

Vor Angst hatte sie nicht mitbekommen, ob der Perverse wieder hinausgegangen war oder ob er die Tür von innen geschlossen hatte. Mit zitternden Händen drehte sie sich langsam um, darauf gefasst, dass er sie gleich wieder anbrüllen würde. Aber da war niemand, der dies hätte tun können. Niemand, der sie anstarrte oder anfasste. Stattdessen stand ein Tablett mit einem kleinen Topf auf dem Tisch. Neben dem Topf lag ein Löffel.

Sie blickte zur Tür, dann wieder zum Tisch. Langsam ging sie darauf zu. Sie streckte die Hand aus und hob den Deckel an. Zum Mittag gab es Nudeln mit Tomatensoße. Es handelte sich eindeutig um den Inhalt einer Fertigpackung. Spagetti mit Tomatensoße und Kräutern aus einem Tütchen. Oben drauf billiger Reibekäse. Kein Gourmetessen. Aber heiß. Und wie. Es dampfte nur so.

Schnell setzte sie sich an den Tisch und zog sich gierig den Topf heran. Nicht schlingen, sagte sie zu sich selbst. Genieße es. Aber die Freude über das warme Essen war zu groß. Es machte auch keinen Sinn, sparsam damit zu sein. Denn heiß waren die Nudeln nur jetzt.

Mit einer Gabel zum Löffel wäre das Essen einfacher gewesen. Doch die hatte der Entführer ihr nicht gönnen wollen. Aus Angst vor was auch immer. So aß sie die Nudeln nur mit dem Löffel. Nicht sehr elegant. Die Tomatensoße verteilte sich rund um ihren Mund. Doch es schmeckte herrlich. In weniger als zehn Minuten hatte sie alles verzehrt. Genießerisch kratzte sie den letzten Rest Soße aus dem Topf, während ihr Blick auf einen Gegenstand fiel, der neben der Tür auf dem Fußboden lag.

Langsam zog sie den Löffel aus dem Mund. Auf dem Boden vor ihr lag eine Wolldecke. Offenbar hatte sie in den vergangenen Tagen etwas richtig gemacht.

## 25

Jan bekam Marje den ganzen Abend nicht aus dem Kopf. Er dachte vor dem Einschlafen und gleich am nächsten Morgen beim Aufwachen wieder an sie. Auch in der Redaktion hörte sie nicht auf, in seinen Gedanken herumzuspuken. Zum Glück brauchte dann der Volontär, Christian Freitag, ein aufgeweckter Junge in meist ungebügelten Oberhemden, der eine gute Schreibe hatte, nur mit den Recherchen immer etwas langsam war, seine Hilfe. Das lenkte Jan eine Weile ab. Danach hatte wieder nur ein hübsches Gesicht, das von blonden Haaren umrahmt wurde, Platz in seinem Kopf.

Jan vermutete, dass Marje zur selben Zeit wie am Vortag Feierabend haben würde. Wenn sie sich noch einmal auf ihn einließe, wollte er diesmal weder Gentleman noch Trottel sein. Er wollte sie in ihrer Wohnung aus der Bluse pulen und auf dem Sofa mit ihr schlafen. Anschließend stellte er sich eine gemeinsame Dusche vor und ein zweites Mal Sex auf dem Sofa. Oder drittes Mal, wenn es unter der Dusche gut zwischen ihnen gelaufen war. So sah der Plan aus.

»Was ist los mit dir?«, fragte eine Stimme von der Seite. Jan hatte zwar aus den Augenwinkeln bemerkt, dass Charlotte in die Redaktion gekommen war, ihr aber wegen seiner Tagträume keine Aufmerksamkeit geschenkt. »Soll ich einen Arzt rufen? Du sitzt da ja völlig versteinert.«

Jan winkte ab und stand auf. »Ich muss los.«

Wieder las Jan das Schild »Kein Eingang« auf der rückseitigen Tür des Cafés. Zur erwarteten Zeit kam Marje dann endlich heraus. Jan ging auf die junge Frau zu, blieb jedoch abrupt stehen, als er sah, wie ein muskulöser Blondschopf aus der anderen Richtung kam und die hübsche Niederländerin zur Begrüßung auf den Mund küsste. Er nahm Marjes Hand. Irgendetwas erzählte sie ihm. Er lachte. Dann schritten sie nebeneinander davon. Nach einigen Metern warf Marje einen Blick über die Schulter. Es sah so aus, als habe sie eine Haarsträhne, die ihr in die Augen hing, nach hinten geworfen und somit einfach nur diese für viele Frauen typische Kopfbewegung gemacht, aber Jan wusste, dass es anders war. Marje hatte den Kopf gedreht, um zu gucken, ob er da war. Ihr Blick traf ganz kurz den seinen. Oder doch nicht? Sein Hirn arbeitete in diesem Moment in Zeitlupe, und er wusste nicht, was die angemessene Reaktion auf ihren Blick war, schon verschwand Marje mit dem anderen Kerl um eine Hausecke.

Jan fühlte sich wie ein Segelschiff bei Flaute. Eben war noch ein Ausflug mit knatternden Segeln und straffen Leinen geplant gewesen, und nun bewegte sich gefühlt überhaupt nichts mehr. Erst ließ Jan das Kinn sinken. Dann stapfte er mit den Händen in den Hosentaschen durch die Harburger Innenstadt. Nach Hause, um sich dort einer gepflegten Depression hinzugeben, wollte er nicht. Deshalb betrat er wie am Abend zuvor das *Bierdorf*. Sein Blick suchte die Tische ab. Doch Paul und die Jungs waren nicht da. Und das war Jan ganz recht. Er bestellte ein Bier und schrieb Marje nach dem ersten Schluck endgültig ab. Sie und der blonde Hüne waren bei der Begrüßung so vertraut gewesen, dass Jan annahm, dass sie schon länger miteinander zu tun hatten. Vermutlich war er ihr fester Freund oder Ex-Freund oder sonst was. Wieso sie gestern Abend mit Jan unterwegs gewesen war, konnte er nur raten. Es war Jan auch egal. Er bestellte noch ein Bier.

Er und Frauen. Die einzige, von der er sich so richtig verstanden gefühlt hatte, war nach all den Jahren noch immer Kathrin. Jan bewunderte, wie sich das Licht eines Deckenstrahlers auf der Oberfläche seines Bierglases brach. Kathrin Schneider. Von Zeit zu Zeit musste er einfach an sie denken, auch wenn er sie seit dem Rechtsreferendariat, das sie in unterschiedlichen Kanzleien absolvierten, kaum noch gesehen hatte. Nach seinem verkorksten Anlauf bei der zweiten Staatsprüfung schrieben sie sich noch ein paar SMS. Dann hatte er als Gerichtsreporter angefangen und rief sie nur noch ein paarmal an. Wieso hatten sie sich damals aus den Augen verloren? Ganz genau wusste Jan es nicht mehr. Vielleicht, weil sie nach der zweiten Staatsprüfung Volljuristin war und er so gar nichts mehr mit Jura zu tun haben wollte?

Das wäre eine Erklärung.

Ein guter Grund war es nicht.

Was wohl wirklich aus ihr geworden war, dachte Jan und leerte das Glas bis zur Hälfte. Richtigen Durst hatte er keinen mehr. Kurz darauf bezahlte er mit einem neuen Gedanken im Kopf. Statt nach Hause zu fahren, ging Jan noch einmal in die Redaktion und meldete sich beim Computer an. Mit der Schlagwortsuche fand er Kathrin auf Anhieb. Er brauchte nur den Namen einzugeben, schon breitete sich ihr halbes Leben vor ihm aus.

Kathrin Schneider war Rechtsanwältin geworden. Ihre Kanzlei lag in Lüneburg. Eine Sozietät. Also teilte sie sich die Räumlichkeiten und vermutlich auch eine Anwaltsgehilfin mit dem grauhaarigen Mann, der auf einem Team-Foto neben ihr stand.

Jan rieb sich die Stirn, während er an die Vergangenheit dachte. Dann spielte ein Lächeln über sein Gesicht. Was würde Kathrin denken, wenn er sie anriefe? Einfach so. Was waren schon zehn Jahre?

Doch dann befand er die Idee für nicht gut. Am Telefon konnte man zu leicht ins Stocken geraten, oder einfach abgewiesen werden. Vielleicht war es dieser Gedanke, der Jan dazu brachte, direkt zu Kathrin zu fahren. Und zwar gleich jetzt.

# 26

Kathrins Privatadresse ließ sich über die Seite eines örtlichen Sportvereins herausfinden. Sie wohnte in einem Heidedorf vor den Toren Lüneburgs. Das Navi half Jan, den Weg zu finden. Leichter Bodennebel lag über der Heide, und Wacholderbüsche sahen aus wie verirrte Wanderer. Gestalten, die vielleicht vor Hunderten von Jahren auf den weiten Ebenen verlorengegangen waren und heute noch immer den Weg nach Hause suchten. Jan musste vorsichtig fahren. Viel später als erwartet fand er sich vor dem Haus wieder, das zu Kathrins Adresse gehörte. Es war ein Walmdachbungalow mit einem auf der linken Seite angeklatschten Carport. Sträucher versperrten den Blick auf Haustür und Fenster. Dafür sah Jan im Doppelcarport einen Audi und ein Golf Cabrio stehen. Auf dem Nummernschild des Cabrios standen die Buchstaben KS, denen im Ziffernblock Kathrins Geburtsjahr folgte. Das kannte Jan noch auswendig. Er war hier also richtig. Allerdings war es viel zu spät, um jetzt noch zu klingeln. Nur ein Notfall hätte das gerechtfertigt. Doch wie hätte der aussehen sollen? Vielleicht etwa: Hallo Kathrin, ich habe vorhin an dich gedacht und musste deshalb sofort herkommen?

Jan wusste selbst, dass er zurzeit etwas neben der Spur war, aber derart dann doch nicht.

Er wechselte auf den Beifahrerplatz, wo es mehr Beinfreiheit gab, kippte den Sitz nach hinten und griff zu der Decke, die er für solche Fälle immer auf der Rücksitzbank liegen hatte. Der Motor knackte leise, während er abkühlte. Irgendwann schlief Jan ein und erwachte erst wieder bei Tageslicht.

Der Nacken tat ihm weh. Keine Thermoskanne mit heißem Kaffee wartete auf ihn. Für eine Observation war er schlecht vorbereitet.

Wann war es nicht mehr zu früh, um bei Kathrin zu klingeln? War es eine Uhrzeit, auf die Jan wartete, oder darauf, dass der Audi aus dem Carport verschwand und den Golf allein zurückließ?

Doch was dann? Wollte er überhaupt noch mit Kathrin reden?

Bevor Jan sich die Fragen selbst beantworten konnte, geschah das gedachte Szenario andersherum. Kathrin erschien in einer Nebeneingangstür des Bungalows und stieg in den Golf. Auf die Entfernung konnte Jan sie nicht gut erkennen. War das seine Kathrin? Selbst wenn es hier nur eine Distanz von 20 Metern war, so waren es gleichzeitig auch zehn Jahre, die sie trennten. Das schien die weit größere Entfernung zwischen Kathrin und ihm.

Jan krabbelte zurück auf den Fahrersitz und merkte erst jetzt, wie dämlich er geparkt hatte. Kathrin setzte rückwärts aus der Einfahrt und musste aufpassen, dass sie seinen Wagen nicht in der Seite erwischte. Wenn sie sich über das fremde Auto in ihrer Straße wunderte, dann nur kurz. Vermutlich lief das Radio. Die Bremsen fluteten Jans Gesicht mit rotem Licht. Dann brauste Kathrin los.

Er folgte dem Auto mit angemessenem Abstand. Da Jan sich im Dorf nicht auskannte, durfte er den Sichtkontakt nicht ganz abbrechen lassen. Dann sah er die Reklame vom Supermarkt und konnte sich denken, wo Kathrin so früh hinwollte.

Noch immer wusste Jan nicht genau, was er zu Kathrin sagen sollte. Es war schon etwas merkwürdig, hier einfach im Supermarkt aufzutauchen. Nach all den Jahren.

Im Eingangsbereich gab es den üblichen Backshop. Kaffee, dachte Jan. Die aktuelle Ausgabe des *Harburger Tageblatts* bekam er an der Supermarktkasse.

Jan stellte sich an einen wackeligen Tisch, schlürfte vom Kaffee und warf einen Blick zu den Kassen, während er wartete. Kathrin war zwischen den Regalen verschwunden. Da es nur einen Ausgang gab, konnte Jan sie nicht verpassen. Er nahm das *HT*, las einen Artikel von Schultheis und fand diesen fürchterlich. Schultheis schrieb für Jans Geschmack leblos. Viel zu viele Substantive. Stumm schüttelte Jan den Kopf, dann grinste er. Es war immer wieder schön, die eigenen Vorurteile bestätigt zu finden. Selbst, wenn es nur beim Schreibstil eines Kollegen war.

»Jan?«

Er hob den Blick.

Die Frau, die vor Jan stand, reichte ihm nur bis zum Kinn, strahlte aber eine Aura aus, die locker einer wesentlich größeren Person gehören konnte. Ihre langen Haare waren mit einer Spange hochgesteckt. Kleine Falten zeichneten sich an den Augenwinkeln ab. Die waren neu. Trotzdem bestand nun kein Zweifel mehr. Sie war es: seine Kathrin.

»Was machst du denn hier?«

Jan zuckte unwillkürlich mit den Schultern.

»Warst du das mit dem Auto vor unserer Einfahrt?«

Offenbar war Kathrin hellwach. Wacher als Jan jedenfalls.

»Ich wollte dich besuchen«, sagte er geradeheraus. Was blieb ihm anderes übrig, als die Wahrheit zu sagen? Sonst hätten sie ein paar belanglose Worte miteinander getauscht. Dann: Schön, dich mal gesehen zu haben. Dann ein Tschüs. Aber das reichte Jan nicht.

»Mich besuchen?« Kathrin stockte. Jan konnte ihre Gedanken fast hören. Sie rasten hin und her.

*Jan Fischer.*

Nach zehn Jahren. Einfach so. Was wollte er von ihr? Bestimmt wäre es ihr lieber, wenn er wieder ginge und sie in Ruhe ließe. Das waren mit ziemlicher Sicherheit ihre Gedanken. Jedenfalls war es das, was Jan sich vorstellte. Was sie dann sagte, klang irgendwie anders.

»Wir haben noch nicht gefrühstückt. Möchtest du mitkommen? Ich glaube, du kennst Dietmar noch gar nicht. Kennst du Dietmar?«

Jan schüttelte Dietmar die Hand. Kathrin war seit sieben Jahren mit ihm verheiratet. Er war Dozent an der Uni in Lüneburg. Zum Professor hatte er es noch nicht gebracht. Aber er hatte bundesweit die Stellenausschreibungen der Institute im Blick. Dietmar trug ein tadellos sitzendes Hemd, als er Jan im Esszimmer begrüßte. Die blauen und weißen Karos auf seinem Hemd waren so klein, dass sie vor Jans Augen flimmerten. Er trug einen braunen Gürtel zu Jeans und braune spitz zulaufende Halbschuhe.

Kathrin bereitete frisch gemahlenen Kaffee in einem sehr teuren Kaffeeautomaten zu. Sie setzten sich ins Esszimmer. Sonnenlicht flutete durch die hohen Fenster. Man tauschte die üblichen Kennzahlen aus: Was machst du, wo wohnst du, hast du Kinder? Plötzlich erzählte Jan von Freiheit und Selbsterfüllung, von Lebensidealen, von Ideen, die er von Paul übernommen hatte.

Dietmar hörte Jan interessiert zu, kaute Brötchen und nickte immer wieder. Jan erzählte von selbst auferlegten Grenzen und Regeln. Dann von der Möglichkeit, aus allem auszubrechen, Neues zu probieren und, dass jeder für sein Glück selbst verantwortlich sei.

»Das erinnert an selbsterfüllende Prophezeiungen«, stellte Dietmar fest und zog so den Gesprächsfaden an sich. »Sie kennen das Prinzip? Wir formulieren ein Postulat und lassen unser Unterbewusstsein solange daran arbeiten, bis das Gesagte in Erfüllung geht.« Dietmar begann zu dozieren und grinste gewinnend während seines Vortrags über bewusst eingesetzte, laxe Formulierungen. Ein Trick, den er offenbar regelmäßig bei seinen Studenten anwendete, um deren Aufmerksamkeit zu gewinnen. Jan wäre jede Wette eingegangen, dass Dietmar sich für sehr beliebt hielt. Vermutlich war er es sogar.

»Dein Mann ist pfiffig«, sagte Jan irgendwann zu Kathrin.

»Ja, ich weiß«, erwiderte sie. Vermutlich hörte sie Dietmar oft und viel reden. Auch der Themenkomplex der selbsterfüllenden Prophezeiung dürfte ihr das ein oder andere Mal untergekommen sein. Beim Rotwein mit den Tennisfreunden oder bei ähnlichen Gelegenheiten.

Dietmar erhob sich vom Tisch, wobei er auf seine hübsche Armbanduhr deutete. Es sei nett gewesen, mit Jan zu reden. Er hoffe, sie würden das Gespräch bei Gelegenheit fortsetzen. Dann küsste er Kathrin kurz auf die Haare und verschwand zur Haustür hinaus. Wenig später fuhr der Audi vom Hof. Jan begann, Kathrin beim Tischabräumen zu helfen.

»Also keine Kinder?«, sagte Jan unvermittelt in der Küche. Da er die Antwort schon kannte, war es keine echte Frage.

Kathrin schüttelte den Kopf.

»Er oder du?«

Sie hielt mit dem Besteck in der Hand inne, die Spülmaschine stand offen. Warmes Sonnenlicht spielte über Kathrins Gesicht. Die kleinen Falten in ihren Augenwinkeln gefielen Jan. Kathrin war jetzt 34 Jahre alt.

»Ich war einmal schwanger«, sagte sie mit tonloser Stimme. »Der Abgang war in der achten Woche. Danach nichts mehr, obwohl wir immer ein Zimmer dafür freigehalten haben. Dietmar hat sein Arbeitszimmer beim Wintergarten. Ich benutze das Büro neben dem Schlafzimmer. Wir brauchen das Kinderzimmer also nicht. Ohne Kinder brauchen wir nicht einmal so ein großes Haus.«

An der Art, wie Kathrin sprach, merkte Jan, dass sie sich mit der Sache arrangiert hatte. Er merkte aber auch, dass der Stachel noch in ihrem Fleisch steckte. Als er fragte, ob sie alle Möglichkeiten probiert hätten, oft liege fehlende Fruchtbarkeit ja auch am Mann, begann Kathrin wieder damit, das Geschirr in die Spülmaschine einzuräumen.

Jan stellte den Brötchenkorb auf den Küchentisch. Die Blumen, die dort in einer alten Milchkanne standen, waren blassrosa und weiß. Eine Tulpe hatte einige Blätter verloren. Sie lagen wie drapiert neben der Kanne.

»Wir arbeiten beide viel. Er an der Uni. Ich in der Kanzlei. Wir reden schon lange nicht mehr darüber. Aber wenn irgendwann eine Studentin von ihm schwanger ist, werden wir es wissen«, sagte Kathrin scheinbar emotionslos. »Wenn du willst, schreibe ich dir dann eine Karte.«

»Tut mir leid. So meinte ich es nicht.«

»Verflucht, Jan«, fuhr Kathrin ihn plötzlich an. »Was willst du hier? Was willst du von mir?«

Es hatte einst einen Moment gegeben, an dem sie ein Paar hätten werden können. Es war eine Möglichkeit gewesen. Wie eine Gaswolke im Weltall, der jedoch die Masse fehlte, um daraus einen eigenen Planeten bilden zu können. Oder zwei Planeten, die sich fortan gegenseitig umkreisten. Etwas mehr Materie hätte schon gereicht. Vielleicht ein Trümmerteil aus dem Asteroidengürtel als Katalysator. Als Jan die zweite Staatsprüfung vermasselt hatte, trennten sich ihre Wege dann ganz. Kathrin schien schon vorher das Interesse an ihm verloren zu haben. Jan gestand sich damals ein, dass er es verdient hatte. Ein paarmal stand er damals heimlich vor ihrem Wohnblock, ohne jedoch je zu klingeln. Und ab und zu rief er sogar bei ihr an, sagte aber nie etwas, wenn sie abhob. Er wollte nur ihre Stimme hören. Das hatte ihm gereicht.

Dann hatte er damit aufgehört.

Im Nachhinein erschien ihm das alles reichlich verkorkst. Und nun standen sie sich in der Küche ihres Hauses gegenüber. Zehn Jahre später. Kathrin blickte Jan direkt an. Aber es hätte einer Gedankenübertragung bedurft, um ihr all das, was er in dieser Sekunde empfand, mitteilen zu können. Nach einem Moment des Zögerns trat er zu ihr und nahm ihre Hände.

»Ich bin dabei, mein Leben zu ändern. Davon wollte ich dir erzählen.«

»Ach so«, sagte sie. »Deshalb bist du hier.«

Weiter kam er nicht. Sie entzog ihm ihre Hände, sagte, dass sie um 13 Uhr einen Termin habe. Vorher müsse sie noch in die Kanzlei und ein paar Dinge regeln.

Sie wollte nicht hören, was er dachte, was ihn bewegte, welche Pläne er hatte. Das war allzu deutlich. Sie wollte Jan nur noch aus dem Haus haben. Also ging er.

# 27

Ein letzter heftiger Ruck. Die letzte Schraube gab nach, und der Ring, an dem die Kette um ihre Fußfessel befestigt war, schleuderte durch den Raum. Nicht ihre Schulter hatte nachgegeben, sondern dieses verfluchte Stück Metall. Vor Begeisterung schrie sie laut auf und schlug sich sofort eine Hand vor den Mund, um sich nicht zu verraten.

Geschafft.

Sie hatte es geschafft.

Das war sein Todesurteil und für sie die Freiheit. Oder umgekehrt. Eine andere Möglichkeit gab es nicht.

Sie würde ihn durch einen Vorwand in den Raum locken, sich totstellen oder Schmerzen simulieren. Unterleibsschmerzen. Vielleicht eine Blinddarmentzündung. Er würde zu ihr hereinkommen. Und bevor er wusste, was geschah, würde sie ihm die Kette um den Hals legen und zuziehen. Sie würde nicht eher loslassen, bis er ganz sicher tot war. Mausetot.

Er würde nicht die Chance bekommen, noch einmal aufzustehen, um sie von hinten am Arm oder am Fuß zu erwischen. Auf einen Trick dieser Art würde sie nicht hereinfallen. Sie würde ihn töten. Fertig. Und erst danach würde sie nach draußen gehen.

Ihr Körper vibrierte vor Aufregung. Schnell legte sie die Verankerung an die ursprüngliche Stelle und schob das Bett darüber. Nun brauchte sie nur noch zu warten. Während sie die Fäuste ballte, merkte sie, wie sich ihre Fingernägel in die Innenflächen der Hände bohrten.

Mit Entsetzen stellte sie dann mitten in der Nacht fest, dass ihr Plan nicht gelingen konnte. Sie schwang die Beine zur Seite und rang nach Atem. Die Panikattacke hatte sie völlig unerwartet aus der Dunkelheit angesprungen, während ihr Verstand das geplante Szenario immer und immer wieder durchgespielt hatte.

Dabei stellte sich heraus, dass sie weder wusste, wie schwer und wie stark ihr Gegner war, noch ob es tatsächlich nur einer war. Und selbst wenn, dann traute sie sich nicht wirklich zu, ihn umzubringen. Denn sie hatte noch nie jemanden getötet. Und darauf lief es ja hinaus.

Es war eine schöne Vorstellung, ihn mit eben jener Kette zu erdrosseln, die er ihr um den Fuß gelegt hatte. In absoluter Stille sollte er sein Leben aushauchen. Aber es war eben nur eine Vorstellung. Mehr nicht. Die Realität würde ganz anders aussehen. Sie würde ihn spüren, ihn riechen, ihn röcheln hören. Er würde zappeln und sich wehren. Sie würde ihn schlagen müssen. Vielleicht pisste er sich sogar ein und begann zu jammern.

Was würde sie dann tun?

Natürlich loslassen.

Einen Menschen zu erwürgen, dauerte lang. Das war klar. Denn Erwürgen war kein Messerstich ins Herz oder eine Kugel aus einem Präzisionsgewehr, die noch in über 1.000 Metern Entfernung ihr Ziel finden und die Aufgabe für den Schützen so sauber wie eine klinische Operation erledigen konnte.

Was nun?

Einen Ersatzplan hatte sie nicht. Laut hörte sie das Blut in den Ohren rauschen. Nach der Panik streckte Verzweiflung ihre kalte Hand nach ihr aus.

Hör auf damit, dachte sie. Denk an etwas anderes.

Es gelang ihr nicht.

Als das Licht wieder anging, hatte sie kaum geschlafen. Sie spürte die Müdigkeit hinter den Augen. Ihr Mund war trocken. Auf die allmorgendlichen Übungen verzichtete sie. Dafür begann sie, noch einmal ihre Zelle und den angrenzenden Waschraum zu untersuchen. Da die Kette sie nicht mehr in ihrem Bewegungsspielraum einschränkte, entdeckte sie, dass Nut und Feder der Holzvertäflung nicht überall exakt ineinandergriffen. Entweder hatte ihr Entführer beim Innenausbau nicht sorgfältig gearbeitet, oder die Fehler waren der Architektur des Raumes geschuldet. Wenn er nicht ganz gerade gebaut war, mussten an einigen Stellen Längenunterschiede ausgeglichen werden. Das ging am einfachsten, wenn mit dem Platz, den die Nut der Feder ließ, kreativ umgegangen wurde.

Sie steckte ein paar Finger in die Ritze und begann zu ziehen. Das dünne Holz bewegte sich leicht. Neue Hoffnung keimte auf.

Schnell ließ sie das Holz los und tat so, als interessiere sie sich nicht weiter für die Stelle an der Wand. Sie ging zurück zum Bett und setzte sich. Ihr Blick ging hinüber zur Tür des Waschraums. Wieder fiel ihr auf, dass Tür und Rahmen aus einem ganz anderen Holz zu bestehen schien als die Tür, durch die der Perverse das Essen brachte. Jene schien alt und aus sehr massivem Holz, während der Türrahmen beim Waschraum aus lackiertem Sperrholz zu sein schien. Ein Billigprodukt aus dem Baumarkt. Der Übergang des Fußbodens vom Zimmer in den Toilettenraum war aus grauem Beton. Zimmer und Toilette selbst mit winzigen Steinchen gefliest.

Sie hatte das alles schon so oft angesehen, doch erst jetzt kam ihr die Erkenntnis, was dies bedeutete. Der Durchbruch zum Toilettenraum war relativ neu. Zarge und Türblatt passten nicht zu der anderen. Auch deutete der Aufbau des kleineren Raums darauf hin, dass die Eingangstür einmal woanders gewesen war. Und zwar direkt gegenüber vom Toilettenbecken und nicht rechts davon, wie es jetzt der Fall war. Vermutlich war man ehedem gerade in den Raum gegangen und direkt auf die Toilette zugetreten. Dabei musste man das Waschbecken an der Wand passieren.

Sie stand auf und ging in den kleinen Raum, drehte sich nach links und blickte auf die kurze Wand. Hinter dieser Holzwand musste es eine weitere Tür geben. Eine Tür, die sie vielleicht öffnen konnte.

Sie trat an die Wand. Auch hier fand sie bei der Täfelung eine Stelle, in der Nut und Feder nicht richtig ineinander fassten. Sie griff mit beiden Händen zu und begann zu zerren. Das Holz bewegte sich, selbst wenn die Arbeit daran schnell anstrengend wurde. Doch durch das Hantieren an der Verankerung der Fußkette wusste sie, dass sich Beharrlichkeit auszahlte.

Anstelle der Verzweiflung trat eine neue Idee. Mit Glück würde der Perverse heute nicht mehr kommen. Er war ja erst gestern hier gewesen. Es war also genau der richtige Moment, um mit der Arbeit an der Wand zu beginnen.

Ihr fiel ein, dass der Topf von gestern noch auf dem Tisch stand. Es hatte Königsberger Klopse gegeben. Dazu Reis.

Der Topf interessierte sie nicht. Sie lief in den Raum und schnappte sich den Löffel. Im Toilettenraum steckte sie den Stiel in die kleine Ritze zwischen die Holzbretter und begann zu hebeln.

Der Löffel war nicht hochwertig und begann, sich bei größerer Kraftanwendung zu verbiegen. Trotzdem funktionierte die Arbeit besser als mit den bloßen Fingern. Ein Brett splitterte genug, um eine größere Lücke zu bekommen.

Dasselbe Prinzip wandte sie ein Stück höher an, sodass sie bald zwei Löcher hatte, die groß genug waren, um je eine Hand hineinzustecken.

Sie stemmte sich mit dem Knie gegen die Wand und begann, am Brett zu ruckeln. Die kurzen Nägel widerstanden nicht lange. Mit einem Krachen und Knirschen löste sich das Holz von der Wand. Dann krachte es erneut, und das Brett löste sich bis zur Zimmerdecke.

Sie konnte einen erneuten Jubelschrei nicht unterdrücken und wollte es auch gar nicht. Dann machte sie weiter. Und weiter. Und immer weiter.

Kurz darauf lag der Raum voller zersplitterter Holzbretter. Hinter den Brettern kam Pappe zum Vorschein. Eierpappen. Lauter Eierpappen.

Jetzt wusste sie, warum bisher niemand ihre Schreie gehört hatte, und weshalb sie selbst so wenig Geräusche von draußen mitbekam. Die Eierpappen mit ihren Einbuchtungen und Pyramidenspitzen waren eine effektive Schallisolierung.

Sie griff nach der Pappe. Direkt dahinter musste die andere Tür sein. Sie war nur noch wenige Zentimeter von der Freiheit entfernt. Wie dick mochte so eine Tür sein? Doch nicht mehr als fünf oder sechs Zentimeter. Wenn überhaupt. Das würde sie auch noch schaffen. Irgendwie. Und sei es mit Fußtritten.

Doch als sie die Eierpappen zur Seite gerissen hatte, knickten ihre Kniegelenke ein und sie sackte inmitten des Bauschutts zusammen. Vor ihr war keine Tür, sondern eine Wand aus weißen Steinen. Wenn dort jemals eine Tür gewesen war, dann hatte man sie zugemauert.

Sie spürte, wie ihr lautlos Tränen über das Gesicht liefen. Für einen Augenblick war sie nur leer. Leer und müde. Dann wurde ihr klar, dass es kein Zurück mehr gab. Der Perverse würde den Schaden bemerken. Er würde feststellen, dass sie die Kette aus dem Boden gerissen hatte. Und dann würde alles nur noch sehr viel schlimmer werden. Es sei denn, es gab hier gar keine Kameras. Dann würde sie zu ihrem ursprünglichen Plan zurückkehren. Es gab keine andere Möglichkeit mehr.

Einer von uns beiden wird morgen sterben. Du oder ich, dachte sie.

## 28

Irgendwo hinter dem Lüneburger Landgericht fand Jan einen Parkplatz. Er ging an der alten, mit Efeu bewachsenen Stadtmauer entlang und dann durch eine schmale Gasse am Untersuchungsgefängnis vorbei zum Wochenmarkt. Kathrins Kanzlei lag vis-à-vis zum Landgericht. Die Adresse war leicht zu finden. Doch als Jan vor dem Gebäude mit dem Kanzleischild stand, entschied er sich, Kathrin nicht bei der Arbeit zu stören. Es war mehr als wahrscheinlich, dass sie gegen Mittag das Büro verließ, um frische Luft zu schnappen. Wie zur Bekräftigung dieser Annahme kam in diesem Moment die Sonne heraus und schien Jan ins Gesicht. Außerdem war es bald 12 Uhr. Falls Kathrin doch nicht von allein auftauchen sollte, konnte er noch immer die Kanzlei aufsuchen, obwohl ihm der Gedanke nicht recht gefiel. Ein Rauswurf von Kathrin hatte ihm gereicht.

Jan drehte sich wieder zum Marktplatz, kaufte sich einen Becher Kaffee nebst Rosinenbrötchen an einem Bäckerstand und setzte sich damit auf eine Bank neben einem Springbrunnen. Die ersten Marktbeschicker begannen gegen 12:30 Uhr abzubauen. Vom Blumenstand lief ein Wasserrinnsal in den Gully. Jan stand auf, ging zum Blumenhändler und zeigte auf einen kleinen Strauß, der auf dem Boden stand. Er war nichts Besonderes, aber die bunten Tulpen gefielen Jan. Sie waren, obwohl noch halb geschlossen, hübsche Farbtupfer und verhießen damit irgendwie den Beginn des Frühsommers.

Am Abend zuvor hatte Jan mit Paul über Kathrin geredet. Und das auch nur, um vom Thema Marje abzulenken. Thomas oder Phillip mussten Paul von der blonden Frau erzählt haben, mit der Jan im *Bierdorf* aufgetaucht war. Natürlich hatte er mit Marje vor Paul angeben wollen, doch nach dem, was ihm am Nachmittag darauf passiert war, verzichtete er lieber, auf Einzelheiten seines Treffens mit der Kellnerin einzugehen. Also erzählter er Paul stattdessen von Kathrin. Was sie ihm früher bedeutet hatte. Und wie ungeschickt er sich am Tag zuvor bei ihr angestellt hatte. Ihre Kinderlosigkeit zum Gesprächsthema zu machen, war wirklich das Dümmste, was er hatte tun können. Doch Paul überzeugte Jan anschließend davon, dass dies kein Grund sei, sie gleich wieder fallenzulassen. Wenn Kathrin ihm wirklich etwas bedeute, müsse er ihr noch eine Chance geben. Ganz offenkundig sei Kathrin ein unglücklicher Mensch. Und Jan habe den Schlüssel, um ihr Leben besser zu machen. Deshalb stand Jan nun auf dem Lüneburger Marktplatz vor dem Stand des Blumenhändlers.

Jan suchte in der Hosentasche nach einem Geldschein. Der Mann wollte das Wechselgeld herausgeben. Doch Jan winkte ab und ging mit dem Strauß zurück zu der Sitzbank beim Springbrunnen.

Die Sonne stand nun hoch über dem Marktplatz. Deshalb legte Jan eine Hand gegen die Stirn und betrachtete das Rathaus mit dem hohen Turm und der großen Uhr mit den römischen Ziffern. Mit den Blumen neben sich fühlte er sich wie ein Heranwachsender, der auf seine Liebste wartete. Wenn Jan sich recht erinnerte, hatte er Kathrin noch nie Blumen gekauft.

Nach etwa einer Stunde war der Kaffeerest am Boden des Pappbechers kalt, und Jan überlegte, ob Kathrin an diesem Tag gar nicht in der Kanzlei war. Vielleicht blieb ihm doch nichts anderes übrig, als dies vor Ort zu prüfen. Er bewegte den Becher in der Hand, schwenkte die restliche Pfütze nachdenklich im Kreis, als könne er daraus eine Antwort auf seine Frage lesen. In diesem Moment sah er Kathrin aus dem Eingang zum Gebäude kommen, in dem die Kanzlei untergebracht war. Sie schritt auf die Mitte des Marktplatzes zu und kam damit direkt auf Jan zu. Automatisch straffte sich sein Körper.

Kathrin trug einen dunklen Rock und einen figurbetonten Blazer. Ihre Haare waren wieder zusammengesteckt. In der Hand hielt sie eine schwarze Dokumententasche. Jan stand auf, doch sie bemerkte ihn erst, als sie beim Springbrunnen ankam. Überrascht blieb sie stehen, während Jan es mit einem offenen Lächeln versuchte.

»Jan«, sagte sie fast tonlos, dann fiel ihr Blick auf die Blumen, und sie legte den Kopf leicht schief. Noch hatte er nicht gewonnen, aber er nahm die Geste als gutes Zeichen.

»Ich muss mich bei dir entschuldigen, Kathrin«, sagte er. »Wegen vorgestern. Ich war dumm. Erst der Überfall im Supermarkt und dann lauter dumme Fragen. Es tut mir leid.« Zum Abschluss seiner kurzen Rede streckte er die Blumen nach vorn. »Habe ich für dich gepflückt.«

»Du musst dich nicht entschuldigen. Ich war auch

etwas …«, sie zuckte mit den Schultern. »Ich war blöd zu dir. Tut mir genauso leid. Die Blumen hast du also frisch vom Feld?«

Jan nickte, während beide dem Wagen des Blumenhändlers hinterherguckten, der langsam vom Marktplatz rollte. Grinsend nahm Kathrin den Strauß entgegen.

»Lust auf einen Kaffee? Oder wollen wir irgendwo einen Happen essen?«, nutzte Jan die Gunst des Augenblicks.

»Gerne«, erwiderte Kathrin. »Ich wollte sowieso gleich Mittag machen. Muss nur noch kurz was beim Gericht abgeben.«

Jan sah zu der Aktentasche in Kathrins Hand.

»Hast du so viel Zeit?«

»Klar«, entgegnete Jan.

Kathrin führte ihn auf ein elegantes Gebäude mit weißer Fassade zu, dessen Front den Marktplatz auf einer Seite begrenzte. Es handelte sich ursprünglich um das Schloss des Herzogs von Celle, das dieser um 1700 errichteten ließ. Erst seit 1925 wurde es als Gericht genutzt. Die Lüneburger hatten es weit besser als andere verstanden, stellte Jan in Gedanken fest, den historischen Charakter ihrer Stadt zu erhalten. Einen schönen Platz zum Arbeiten hatte Kathrin sich ausgesucht.

Jan bekam den Blumenstrauß wieder in die Hände gedrückt, während Kathrin das ehemalige Schloss betrat. Doch es dauerte keine fünf Minuten, bis sich die schweren Holztüren erneut öffneten und Kathrin lächelnd ins Sonnenlicht trat. Anschließend schritten sie nebeneinander durch die Straßen zur Ilmenau hinunter. Beim *Stintfang* standen mehrere Tische draußen. Die beiden suchten sich einen Platz. Die Sonne verschwand kurz hinter einer Wolke. Dann kam sie wieder heraus und spiegelte sich auf dem Wasser.

»Wenn dir kalt ist, können wir auch reingehen«, schlug Jan

vor. Denn trotz der wärmenden Sonnenstrahlen bescherte ein leichtes Lüftchen Kathrin Gänsehaut auf den Armen. Kathrin schüttelte den Kopf.

»Es ist hier draußen so schön nach dem langen Winter.«

»Das stimmt allerdings.«

»Da bist du also wieder«, stellte Kathrin fest, als sie beim Kellner bestellt hatten.

»Da bin ich wieder.«

Sie bekam einen Cappuccino serviert und Jan ein Alsterwasser. Der Kellner brachte auch ein großes Bierglas mit Leitungswasser. Kathrin bedankte sich und stellte die Tulpen hinein. Mit einem Lächeln sah sie Jan an. »Ich glaube, wir haben vorgestern nur über mich geredet. Wie lief es denn die letzten Jahre bei dir? Du willst dein Leben ändern, hast du gesagt …«

Jan ließ einen Laut hören, der von Missmut bis Erschöpfung alles bedeuten konnte. »Ich hab' das Examen vermasselt. Weißt du ja noch. Aber den zweiten Versuch habe ich mir noch immer aufbewahrt. Als eine letzte Möglichkeit. Weißt du, nach dem Motto: Ich kann ja noch immer, wenn ich will. Meine Mama glaubt noch immer, dass ich den Abschluss doch noch mache und die Kanzlei vom Alten übernehme. Sein Büro wartet noch immer auf mich, samt Schreibtisch und Aktenschränken. Einem Mausoleum gleich.«

»Aber für Wiederholungsprüfungen gibt es Fristen. Die sind doch längst abgelaufen.«

Jan zuckte mit den Schultern. »Wenn ich will, dann krieg ich das irgendwie hin. Es gibt immer einen Weg.«

»Aber du willst in Wirklichkeit gar nicht?«

»Weiß nicht«, sagte Jan und blickte zum Fleet. Ein Boot wiegte sich auf dem Wasser unentschlossen von einer Seite auf die andere. »Mein jetziger Job nervt mich langsam. Es ist nur noch Routine. Auch wenn es zuerst ganz nett war.«

»Du schreibst für die Zeitung?«

»Ja. Woher weißt du das?«

Kathrin hob kurz die Augenbrauen. »Das war leicht. Wir haben hier auch schon Internet.«

»Vielleicht erinnerst du dich noch an Jochen Bremer?«, führte Jan weiter aus, nachdem er über Kathrins Scherz kurz gegrinst hatte. »Er war auch ein Kommilitone von uns.«

»Klar kenne ich Jochen.«

»Der hat mir nach meiner versemmelten Prüfung von einem Job erzählt. Für eine Tageszeitung. Das *Harburger Tageblatt*. Die haben damals jemanden für Gerichtsreportagen gesucht. Also nichts Großes, meinte Jochen. Nur so für Zwischendurch, bis ich bereit für den zweiten Anlauf sei.«

Jan sollte sich in Verhandlungen setzen, den Ausführungen von Betroffenen, Anwälten und Richtern lauschen und darüber Texte in den Computer hacken. Nach acht Semestern Rechtswissenschaft war das eine leichte Aufgabe für ihn. Als freier Mitarbeiter wurde er nach der Anzahl der gedruckten Zeilen bezahlt. Das war nicht viel. Aber durch das Studentenleben war Jan finanziell nicht verwöhnt und kam mit dem Geld gut zurecht.

Nach einer Weile köderte Petersen ihn dann mit einem Volontariat. Zwei Jahre durch einige Redaktionen gereicht werden, ein paar Wochen auf der Journalistenschule verbringen und sich anschließend Redakteur nennen dürfen. Warum nicht? Sollte ja nur vorübergehend sein. Außerdem machte es Jan von zu Hause unabhängig, und der Gedanke, seinem Vater zu beweisen, dass man auch mit anderen Dingen Geld verdienen konnte, gefiel ihm damals.

»Das *Tageblatt* besteht hauptsächlich aus Familienanzeigen und Werbebeilagen. Die Texte dazwischen stören eher etwas«, stellte Jan grinsend fest. Denn genauso schätzte er seine Arbeit im Moment ein. »Ich schreibe querbeet über

Regionalpolitik, Vereinstreffen, Gerichtstermine, Polizeigeschichten, Jubiläen und Volksfeste. Lauter so wichtige Dinge.«

Kathrin nickte, um zu zeigen, dass sie die Zeitung kannte. »Klingt doch gut«, meinte sie.

»Ja, aber weißt du, was mich erschreckt hat? Dass ich das jetzt schon zehn Jahre mache. Zehn Jahre. Das kann einem Angst machen. Und da wurde mir klar, dass es noch mehr geben muss.«

Kathrin trank von ihrem Kaffee und sah Jan an. Also redete er weiter. Als der Salat kam, redete er noch immer. Sie aß und blickte dabei immer wieder zu ihrem Gegenüber auf. Nun redete Jan von persönlicher Freiheit, davon zu leben, nicht nur zu funktionieren. Er erzählte von Paul und was sie zusammen erlebten. Irgendwann hörte Jan auf zu reden und trank vom Alsterwasser.

»Und du meinst wirklich, es gibt einem persönliche Freiheit, wenn man in der Oper eine Sängerin ausbuht?«, fasste Kathrin das Gehörte in einer Frage zusammen. Natürlich wollte sie Jan damit provozieren, doch das störte ihn nicht.

»Das klingt komisch«, gab Jan zu. »Aber es geht dabei nicht um die Sängerin. Es geht darum, Grenzen zu überschreiten. Verstehst du nicht? Wir sind Gefangene des Alltags. Also ich jedenfalls war es bis jetzt. Immer nur Erwartungen erfüllen. Immer nur das machen, was man von dir will. Oder das, was du glaubst, was man von dir will. Ich weiß nicht, wie ich es besser sagen soll. Man muss nur mal was Verrücktes tun, um zu sehen, dass das auch geht. Man kann gegen Konventionen verstoßen und stirbt trotzdem nicht gleich. Aber du verstehst das nicht, stimmt's?«, endete Jan, als er in Kathrins Augen sah. Ihr Blick sprach für sich.

»Na, nenne mir doch einfach mal ein konkretes Beispiel für mich. Was soll ich deiner Meinung nach Verrücktes tun?

Also ich persönlich. Soll ich meinen Job hinschmeißen und mich scheiden lassen?«

»Das sage ich doch gar nicht. Irgendwas Kleines. Es nur mal probieren. Vielleicht bei Rot über die Ampel fahren.«

Kathrin begann zu grinsen.

»Klingt doof. Ich weiß«, gab Jan zu. »Aber versuche dir das mal vorzustellen. Wie oft stehst du an einer Kreuzung und fährst nicht, nur weil da ein rotes Lämpchen in einem Kasten am Straßenrand leuchtet. Links ist frei. Rechts auch. Und von geradeaus kommt auch keiner. Aber du fährst trotzdem nicht. Das ist doch das wirklich Verrückte. Du fährst nicht, weil man es dir so eingeimpft hat. Aber nun, weil du es weißt, weil du dir diesen Wahnsinn bewusst gemacht hast, wer weiß … Vielleicht fährst du beim nächsten Mal, wenn du an einer einsamen Kreuzung mit einer roten Ampel stehst, doch einfach mal los. Was kann dir passieren?«

»Ein Punkt in Flensburg. Und 90 Euro Bußgeld«, entgegnete Kathrin spontan. »Ohne Gefährdung anderer. Sonst wird's schnell mehr.«

Jan hob den Zeigefinger und bewegte ihn tadelnd hin und her. »Da spricht Frau Anwältin aus dir.«

»Natürlich«, stimmte Kathrin zu. »Im Gegensatz zu dir gefällt mir mein Beruf.«

Jan wusste, dass sie log. Sie musste lügen. Sie konnte nicht glücklich sein. Er sah es ihr an. Wie konnte er ihr nur klarmachen, dass es noch ein anderes Leben gab. Ein Leben jenseits des Gewohnten.

»Paul sagt …«, begann Jan erneut, doch Kathrin ließ ihn nicht ausreden.

»Paul? So heißt er?«

»Ja. Paul Stein.«

»Und das ist dein Guru?«

»Wieso Guru?«

»Weil du so von ihm und seinen Lehren redest.«

»Tu ich doch gar nicht.«

»Wie lange kennt ihr euch?«

Jan zuckte mit den Achseln. »Nicht lange. Etwas mehr als eine Woche.«

»Dann ist er gut in dem, was er macht.«

»Er ist Fotograf.«

Kathrin grinste, und Jan musste sich eingestehen, dass ihn das etwas ärgerte.

»Du glaubst also, er sei ein Guru.«

»Jedenfalls verkündet er dir seine Heilsbotschaft.«

»Das ist unfair.«

»Nicht mehr, als eine Sängerin auszubuhen«, entgegnete Kathrin unversöhnlich und sah auf ihre Uhr am Handgelenk.

Sie bezahlten getrennt. Kathrin bestand darauf. Das Gespräch stand nun zwischen ihnen. Das war nicht gut, hinterließ es bei Jan doch den Eindruck, etwas falsch gemacht zu haben, ohne sagen zu können, was das war. Aber wenn Kathrin so empfindlich auf ein paar Worte reagierte, sprach das dann nicht noch eher dafür, dass er etwas Richtiges zu ihr gesagt hatte? Etwas, das in ihr eine Saite berührt hatte, die nun noch immer leise nachschwang?

*Soll ich meinen Job hinschmeißen und mich scheiden lassen?*

Das waren ihre Worte gewesen. Nicht seine.

Vielleicht hatte sie ausgesprochen, was sie selbst seit Langem dachte. Und nun schob sie Jan ihre eigenen Gedanken in die Schuhe.

Wollte sie vielleicht wirklich Dietmar loswerden, den Mann, der die Kinderlosigkeit ihrer Ehe offenbar ihr anlastete?

Jan bekam mit, dass Kathrin schnell zurück in die Kanzlei wollte, schaffte es aber trotzdem, sie noch zu einem kleinen Spaziergang die Ilmenau entlang zu überreden. Es war kein großer Umweg zurück zum Marktplatz. Das letzte Stück gingen sie an der alten Stadtmauer entlang. Ein Teil des Weges führte durch einen Park. Eine große Trauerweide breitete über den beiden ihre Arme aus. Weil Jan plötzlich stehen blieb, blieb auch Kathrin stehen. Sie sah ihn an. Jan wollte am liebsten ihre Hände nehmen. Weil sie aber die Dokumententasche und die Tulpen trug, trat er nur ganz dicht an sie heran.

Die Jahre, die seit der Studienzeit vergangen waren, trennten sie für diesen kurzen Moment nicht mehr. Kathrin wirkte viel jünger. Der Schatten der Zweige hatte die Falten in ihren Augenwinkeln weggezaubert. Vor Jan stand wieder die Kathrin, mit der er aus unerfindlichen Gründen nie die Nacht verbracht hatte, obwohl dies für die beiden irgendwie vorbestimmt gewesen zu sein schien. Was, wenn sie es getan hätten? Wie anders würde die Welt dann heute für beide aussehen? Wenn es damals eine Chance für sie beide gegeben hatte, gab es sie dann vielleicht noch immer, fragte Jan sich.

Und das veranlasste ihn zu einem gewaltigen Fehler.

Im Nachhinein wusste er auch nicht, wie das passieren konnte. Sein Handeln kam wie aus dem Nichts. Mit keiner Geste, keinem Wort hatte Kathrin ihn dazu ermutigt. Wieso also tat er es dann trotzdem?

Jan beugte sich langsam vor, und sein Gesicht näherte sich ihrem. Die Berührung ihrer Lippen schien unausweichlich, während sie ihm direkt in die Augen sah. Doch bevor er sie wirklich küssen konnte, drehte Kathrin den Kopf langsam zur Seite und machte einen Schritt nach hinten.

# 29

Nach dem Treffen in Lüneburg fühlte Jan sich wie ein Betrunkener, dessen Kopf in eiskaltes Wasser getaucht worden war. Erst Marjes spöttischer Blick vor zwei Tagen, als sie sich, von ihrem Freund umarmt, vor dem Café nach Jan umgedreht hatte, und nun die alles in den Schatten stellende Abfuhr von Kathrin. Er war ihr vom Park bis zum Marktplatz hinterhergelaufen, während sie sich offenkundig auf der Flucht vor ihm befand. Immer wieder hatte er dabei ihren Namen gesagt und um Verzeihung gebeten. Er habe sie nicht überrumpeln wollen. »Komm nicht wieder«, hatte sie auf dem Marktplatz erwidert. »Und die hier brauche ich nicht!«

Kathrin hatte Jan die Tulpen vor die Füße geworfen, sich umgedreht und war gegangen. Ihr weiter zu folgen, ergab keinen Sinn. Das musste Jan einsehen. Und auch, dass er es richtig vermasselt hatte.

Jan taumelte zum Auto. Einen Strafzettel für überschrittene Parkzeit ließ er unbeachtet am Scheibenwischer klemmen. Er hatte nicht einmal mehr die Kraft, sich darüber zu ärgern. Jan verpasste den richtigen Weg zur Autobahn und fuhr ziellos durch die fremde Stadt. Auf die Idee, das Navigationsgerät einzuschalten, kam er nicht. Und so fuhr er einfach Richtung Norden. Nur weg. Nur raus aus der Stadt.

Auf irgendeinem Parkplatz inmitten der Lüneburger Heide hielt er an, stieg aus und lief in Richtung einer Baumgruppe, weil er das Gefühl hatte, sich übergeben zu müssen. Auf dem Boden unter ihm krabbelten Käfer und Gewürm. Jan war kalt, obwohl er schwitzte. Er schloss die Augen und atmete durch die Nase.

Was für ein Trottel er war.

Statt einfach nur etwas mit Kathrin zu trinken und zu plaudern, hatte er sie schon wieder bekehren wollen. Nun hielt sie Paul für einen Guru und Jan für dessen verblendeten Jünger. Was völliger Quatsch war. Oder etwa nicht?

Jan musste mit Paul reden. Sofort. Der Typ hatte ihm den Verstand umgekrempelt. Hier stimmte doch etwas nicht.

Automatisch suchte Jan nach seinem Telefon. Es war nicht an der gewohnten Stelle.

Wieso nur hatte er sein Smartphone weggeschmissen?

Um frei zu sein, frei von Petersen, frei von allem.

Doch plötzlich fühlte Jan sich nicht mehr frei, sondern von den anderen abgeschnitten und ausgestoßen. Die Welt existierte auch ohne ihn weiter, ob ihm das passte oder nicht. Jan wollte sein Telefon wiederhaben, weil es ihm hier und jetzt wie ein verlorener Kompass vorkam. Seit er es aus dem Autofenster geworfen hatte, war er orientierungslos durch die Gegend gelaufen. Und die Gespräche mit Paul hatten es nicht besser gemacht.

Jan lief zurück zum Wagen. Das Display des Navis half ihm, etwas Überblick zurückzubekommen. Offenbar war er einer Straße von Lüneburg nach Salzhausen gefolgt. Der Parkplatz befand sich in der Nähe des *Wildparks Lüneburger Heide*. Nicht weit weg gab es eine Autobahn, die ihn zurück in die Zivilisation führen konnte. Doch dort wollte Jan gar nicht hin. Sein Ziel war ein anderes.

Nach etwa einer halben Stunde fand Jan die Brücke, auf der alles begonnen zu haben schien. Er parkte das Auto und ging zum Ufer der Seeve. Dabei versuchte er, sich zu erinnern, auf welcher Seite der Brücke er sein Smartphone ins Wasser geworfen hatte.

Jan zog Schuhe und Strümpfe aus, krempelte die Hose hoch. Das Gras unter seinen Füßen war nass. Vorsichtig streckte er einen Fuß ins Wasser. Die Kälte schnitt ihm wie eine Glasscherbe ins Fleisch. Aber das war ihm ganz recht. Er watete bis zur Flussmitte, spürte Steine und Sand zwischen den Zehen.

Die Elektronik des Geräts war vermutlich kaputt, aber die SIM-Karte vielleicht noch zu gebrauchen. In einem Elektronikmarkt oder Telefonshop brauchte er dann nur ein neues Smartphone zu kaufen, schon wäre er wieder im Spiel.

Natürlich fand Jan das Telefon nicht. Vielleicht hatte es jemand anderer im Wasser liegen gesehen und herausgeholt. Klang zwar unwahrscheinlich, war aber möglich. Wahrscheinlicher war, dass das blöde Teil von der Strömung mitgerissen wurde und schon den halben Weg zur Elbe hinter sich gebracht hatte.

## 30

Die Wendeltreppe hinauf zur Redaktion schien am nächsten Morgen besonders laut zu knarren. Jan blickte durch den Raum. Die Kollegen, die schon da waren, blätterten in den Konkurrenzblättern, rührten lautstark in ihren Kaffeebechern, tratschten, lachten, lebten ihr normales Leben. Ein

Leben, von dem auch Jan vor Kurzem noch ein Teil gewesen war. Dann entdeckte Petersen ihn. Mit einer Kopfbewegung wies er auf sein Büro.

»Schließ die Tür.«

Jan horchte auf. Petersens Bürotür wurde nur selten geschlossen.

»Was ist in deinen Haaren?«

»Das ist Gel«, erwiderte Jan. »Man benutzt es, um die Haare in Form zu bringen.«

»Sehe ich so aus, als würde mich das interessieren?«

»Du hast gefragt.«

»Wieso kann man dich nicht mehr erreichen?«

»Telefon verloren. Habe aber schon ein Neues bestellt.«

»Deine letzten Artikel waren grottig. Langweilig. Uninspiriert. Was ist mit der Anna-Horn-Geschichte?«

»Kommt voran.«

»Heißt?«

»Ich habe mit dem Vermieter des Segelboots geredet, von dem Anna verschwunden ist. Es ging mir um eine Rekonstruktion ihrer letzten Stunden. Dafür bin ich extra nach Grömitz gefahren.«

»Ich weiß. Die Hotelrechnung liegt hier.« Petersen deutete auf einen Papierstapel. »Was ist dabei herausgekommen?«

Jan ließ sich auf der Sofalehne nieder. Das Möbelstück stand dem Schreibtisch gegenüber an der Wand. »Der Mann kann sich an keinen Sturm erinnern. Jedenfalls nicht an dem Tag, als Anna mit dem Boot raus ist.«

»Soll heißen?«

»Nichts. Ich erwähne es nur. Offenbar konnte sie gut segeln, hat er jedenfalls gesagt.«

»Wo führt uns das hin?«

»Nirgendwo.«

»Ganz genau, Fischer. Das führt uns nirgendwo hin. Nur, dass ich hier eine verdammte Hotelrechnung liegen habe. Weißt du eigentlich, wie viele Zeitungen wir für diese Rechnung verkaufen müssen.«

»Komm mir nicht schon wieder so.«

»Aber es stimmt, verdammte Kacke. Wir schlittern in die roten Zahlen, und der Herr übernachtet in einem Luxushotel an der Ostsee. Das ist Bockmist. Ich wollte etwas Persönliches über das Mädchen haben. Kannst du mir das jetzt liefern oder nicht?«

»Was denn Persönliches?«

»Warst du bei ihren Eltern?«

Jan senkte den Blick.

»Mensch, Fischer. Es soll eine Erinnerung an Anna Horn werden. Unsere Ex-Heideblütenkönigin. Etwas Herzschmerz. Ein bittersüßes Gedenken an sie. Das kann doch nicht so schwer sein. Du fährst jetzt in ihr Heimatdorf und bringst mir, was wir brauchen. Und nimm Charlotte mit. Ich will nicht nur schwarze Tinte, sondern auch Bilder.«

»Ich habe Charlotte heute noch nicht gesehen.«

»Dann ruf sie an.«

»Ich habe doch mein Telefon verloren. Da sind alle Nummern drin.«

»Fischer, mach mich nicht wild.«

Charlotte stand mit ihrem Wagen quer vor beiden Redaktionsparkplätzen, als Jan das Verlagsgebäude verließ. Petersen duldete dieses Verhalten bei den Fotografen. Seit Charlotte beim *Tageblatt* arbeitete, brachte sie, genau wie ihr Kollege Olaf, häufig nur ein paar Aufnahmen in die Redaktion und verschwand dann sofort wieder; nicht selten bereits auf dem Weg zum nächsten Termin. Die Digitaltechnik machte es zwar möglich, dass die Fotografen auch von unterwegs ihre Bilder absetzen konnten, vorausgesetzt die Mobilverbindung war schnell genug. Aber wenn die Termine in der Nähe waren, im Harburger Amtsgericht oder im Bezirksamt, dann schoben die beiden den Inhalt ihre Speicherkarten gerne direkt auf den Redaktionsserver und gönnten sich einen Kaffee unter Kollegen.

Jan stieg ein und öffnete das Fenster. Eine Zigarette steckte in Charlottes Mundwinkel. Sie hatte wie üblich nicht gefragt, ob es Jan störe. Es war ihr Auto. Also konnte sie entscheiden, ob darin geraucht wurde oder nicht. Aber irgendwie hatte Jan den Eindruck, sie hätte auch dann nicht gefragt, wenn es Jans Auto gewesen wäre.

»Adresse?«

Charlotte erschien Jan heute mal wieder so hart wie ein Stück gepresste Kohle. Die grünen Augen blitzten hinter einer eckigen Brille. Ihre Ohrringe waren fast handflächengroß. Es überraschte Jan jedes Mal, wenn er die Dinger sah, dass sie ihr noch nicht die Ohrläppchen abgerissen hatten.

»Ich kenne die genaue Adresse nicht. Wir müssen uns vor Ort durchfragen.«

»Na toll.«

Meistens fuhren Reporter und Fotograf getrennt zu Terminen. Dann brauchten sie nicht die ganze Zeit zusammenzubleiben, und wer noch einen Folgetermin hatte, konnte ohne den anderen weiterziehen. Aber an diesem Tag gab es keinen anderen Termin mehr auf der Liste. Natürlich konnte auch ein Reporter Fotos knipsen, aber der Unterschied in der Qualität war dann oft sehr deutlich. Für eine Zeitung, die ihre Leser stark über Bilder generierte, zu deutlich. Charlottes Fotos waren jedenfalls nicht mit dem zu vergleichen, was Jan mit dem Smartphone zustande brachte. Sie verdichtete Personen und Situationen zu aussagekräftigen Bildern. Jan bewunderte das.

»Ist es nicht die Aufgabe eines Reporters, eine Adresse rauszufinden, bevor wir losfahren?«, fragte Charlotte von der Seite.

»Wenn du es sagst.«

Die Frau in seiner Kollegin konnte Jan nicht richtig einschätzen. Sie bewegten sich auf unterschiedlichen Tonlagen. Jan war eher leise, während bei Charlotte eine Spur Aggressivität in jeder ihrer Handlungen und Aussagen mitzuschwingen schien.

»Warum grinst du plötzlich?«

»Grinse ich?«

»Und ob. Stimmt was nicht mit meiner Fahrweise?«

»Doch, doch.«

»Kannst sonst auch den Bus nehmen. Und wir treffen uns vor Ort.«

»Schon gut«, wehrte Jan ab. »Alles cool.«

Charlotte fuhr aus der Stadt hinaus. Die Mehrfamilienhausbebauung am Straßenrand ging abrupt über in rechteckige Ackerflächen. Straßenbäume warfen wie Latten an einem Zaun immer wieder Schatten auf den kleinen Renault. An der Einfallstraße zu Anna Horns Heimatgemeinde stellte Jan fest, dass er im Begriff war, genau das zu tun, was er die ganze Zeit zu vermeiden versucht hatte. Er würde die Verwandten einer jungen Frau aufsuchen, die vor fünf Jahren erst als vermisst gemeldet und später für tot erklärt worden war. Wie gut diese Menschen mit dem Verlust ihrer Tochter, Nichte, Schwester oder Enkeltochter zurechtkamen, wusste Jan nicht. Auch nicht, ob sie ihn freundlich empfangen oder die Tür vor der Nase zuschlagen würden. Trauer war eine Sache, die jeder Mensch auf seine eigene Weise verarbeiten musste. Folglich gelang es dem einen besser als dem anderen. Jan dachte an Jutta Voss, die Ex-Verlobte des Mannes, der im Harburger Hafen vom

Kran gefallen und ertrunken war. Sie hatte fast emotionslos Auskunft über den Verunglückten gegeben. So hätte Jan es auch diesmal am liebsten.

Der blaue Renault rollte an einem Supermarkt vorbei.

»Siehst du die Tanke da? Die nehmen wir.«

Charlotte setzte den Blinker.

»Kommst du mit hinein?«, fragte Jan.

»Das mach mal schön allein.«

Beim Aussteigen blickte Jan hinauf zu den Überwachungskameras. Dann betrat er den Verkaufsshop, nahm eine Packung Kaugummi aus dem Regal und bestellte vor dem Bezahlen noch einen Kaffee.

Der Tankwart hatte ihn vom Betreten des Shops an nicht aus den Augen gelassen. Durch eine Halbglatze wirkte der Mann in seiner Latzhose wie ein übergroßes Baby mit schweren Knochen. Im Nachbarraum sah Jan eine alte Frau herumlaufen. Aus einer gewissen Ähnlichkeit schloss Jan darauf, dass es sich um die Mutter des Riesenbabys handeln könnte.

»Nicht viel los heute«, stellte Jan fest, während er den Kaffee entgegennahm und sein Plastikgeld gegen ein Lesegerät hielt.

»Mir reicht's«, erwiderte sein Gegenüber. »Milch und Zucker sind da drüben.«

Jan folgte der Handbewegung des Mannes mit dem Blick zu einem Stehtisch neben einem Getränkekühlschrank.

»Ich arbeite fürs *Harburger Tageblatt*«, sagte Jan. Am Eingang hatte er von der Zeitung mehrere Exemplare in einem Drehständer gesehen. Vielleicht stimmte dies den Tankwart positiv. Immerhin brachte ihm die Zeitung Umsatz ein. »Wir planen einen Bericht über Anna Horn. Das wohl bekannteste Gesicht aus ihrem Ort. Die ist hier ja aufgewachsen, die Anna.«

Weder bejahte noch verneinte der Mann die versteckte Frage.

»Die Ex-Miss Heideblüte. Die dann beim Segeln verunglückt ist«, fügte Jan deshalb hinzu. »Das ist jetzt fast fünf Jahre her. Deshalb der Bericht. Wissen Sie vielleicht, wo die Eltern wohnen? Ich möchte gerne kurz mit ihnen reden.«

Jan nahm einen Schluck aus dem Kaffeebecher und ließ dem Mann Zeit zum Überlegen. Diese Gelegenheit nutzte die alte Frau, um aus dem Kabuff hinter den Verkaufstresen zu treten und Jan unverhohlen von oben bis unten zu mustern. Sie musste das einseitige Gespräch zwischen ihm und ihrem mutmaßlichen Sohn verfolgt haben. Jedenfalls stieg sie gleich an der richtigen Stelle ein.

»Ja, ja, die Anna. Die hat allen gefallen.« Langsam verzog die alte Frau ihr faltiges Gesicht bei diesen Worten zu einem Lächeln, da sie Jan offenbar in die Aussage mit einbezog. »Was wollen Sie denn wissen?«

Die Musterung hätte auch anders ausgehen können. Aber offensichtlich mochte die Frau Jan und begann nun freimütig zu erzählen. Sie sagte ohne weiteres Zutun von Jan, dass sie Anna schon als kleines Mädchen gekannt habe. Sonntags sei diese immer mit dem Fahrrad gekommen, um für ihren Papa die Wochenendzeitung zu kaufen. Der Familie gehe es gut. Annas Eltern lebten noch immer im selben Haus in der Schulstraße. Ivonne, die jüngere Schwester, habe vor zwei Jahren den maroden *Clausenhoff* übernommen und einen Reiterhof daraus gemacht. Außerdem habe sie maßgeblich zur Finanzierung des Vereinshauses vom Sportverein beigetragen. Was doch hoch anständig sei.

»Das ist ein wirklich schönes Vereinshaus geworden, müssen Sie wissen«, erzählte die alte Frau weiter. »Oben gibt es einen kleinen Saal für Sitzungen und Feiern, unten ist eine Mehrzweckhalle für Tanzkurse, Tischtennis und Mutter-Kind-Turnen.«

Jan notierte sich in Gedanken, dass Annas Erbe vermutlich zu großen Teilen an die kleine Schwester gegangen war, und fragte die alte Frau, ob die Schwestern auch schon vor Annas Tod ein gutes Verhältnis gehabt hätten. Erst als er es ausgesprochen hatte, wurde ihm der Widerspruch in der Formulierung bewusst. Wann sonst hätten die Schwestern ein gutes Verhältnis haben sollen, wenn nicht *vor* Annas Tod? Petersen hätte Jan so etwas in einem Artikel um die Ohren gehauen. Aber die alte Frau verstand die Frage auch ohne Verbesserung.

»Ach, die Lütte«, sagte sie. »Auch eine ganz Niedliche. Doch, doch, die Mädchen mochten sich. Bei fünf Jahren Abstand zwischen den beiden gab es natürlich verschiedene Interessen. Aber das ist ja normal. Und später hat Ivonne dann auch immer die Sonntagszeitung und Brötchen von uns geholt. Auch mit dem Fahrrad. Genau wie Anna früher.«

Jan nickte und notierte sich fünf Jahre Altersunterschied im Kopf. Mit dieser kleinen Schwester wollte er gerne sprechen. Ivonne, notierte er sich ebenfalls im Kopf. Dann fragte er nach dem Weg zum Reiterhof. Die Eltern konnte er später noch immer besuchen, wenn das dann noch nötig sein sollte.

Der Tankwart und seine Mama beschrieben Jan im Duett, wie er zum alten *Clausenhoff* kommen würde. Erst geradeaus bis zum Friseur, dann rechts, der lang gestreckten Kurve folgen und wieder immer geradeaus. Gar nicht zu verfehlen.

Der Informationsgewinn durch den Tankstellenbesuch war größer als erhofft, dachte Jan, als er anschließend wieder zu Charlotte in den Renault stieg. Er warf ihr die Kaugummis zu und erntete einen überraschten Blick.

»Gegen schlechten Atem.«

»Alter …«, erwiderte diese offensichtlich wenig amüsiert.

»Wieso? Ich dachte, ihr Raucher macht das so.«

»Sehr subtil.« Charlotte schüttelte den Kopf. Dann wiederholte Jan die Wegbeschreibung. Etwa einen Kilometer hinter dem Ortsschild drehte Charlotte den Kopf zur Seite.

»Hier etwa?«

»Nee. Da stimmt wohl was nicht.«

Die Reifen des Renault schleuderten etwas Sand und Gras beim Wenden auf, dann waren sie zurück in der kleinen Ortschaft.

Das gelbe Leuchten eines Postautos eröffnete Jan die nächste Möglichkeit, um an eine Auskunft über die Dorfbewohner zu gelangen. Charlotte hielt neben dem Wagen, und Jan ließ sein Fenster hinunter. Als der Postbote zackigen Schrittes aus dem Vorgarten eines Einfamilienhauses marschierte, sprach Jan ihn auf den *Clausenhoff* an und ließ sich zur Sicherheit bestätigen, dass dort die jüngere Schwester von Anna Horn lebte. Bereitwillig gab der gesprächsfreudige Mann von der Post Auskunft über die Familie Horn und anschließend eine komplett andere Wegbeschreibung. Diese Anleitung stellte sich nach knapp einem Kilometer jedoch als genauso wertlos wie die vorherige heraus. Erst ein paar Pferde jenseits eines Ortsausgangsschildes brachten Jan und Charlotte auf die richtige Fährte.

# 31

Die Reifen des Wagens wechselten von einem festgefahrenen Sandweg auf Kopfsteinpflaster, als Charlotte in die Hofeinfahrt bog. Dieses Pflaster schien das einzig Alte auf dem *Clausenhoff* zu sein. Alles andere erweckte den Eindruck, gerade erst renoviert worden zu sein. Das Hauptgebäude hatte neue Fenster und Türen bekommen, das Dach war mit hellem Reet neu eingedeckt. Die ehemalige Scheune hatte ein großes Holztor bekommen und diente nun als Pferdestall. Jan konnte die sauberen Boxen im Halbschatten des Gebäudes sehen. Pferde waren gerade keine darin. Die meisten standen vermutlich auf den Koppeln.

Jan stieg aus dem Auto, stopfte die Hände in die Hosentaschen und ließ den Blick wandern, während Charlotte ihre Kameratasche aus dem Kofferraum holte. In einem Round-Pen vor ihm führte eine Frau mit Reiterhosen, Steppjacke und Baseballmütze ein braunes Pferd an der Longe. Unter der Mütze guckte ein dunkler Zopf heraus. Obwohl die Autoreifen genug Lärm auf dem Kopfsteinpflaster gemacht haben mussten, schien die Frau den Besuch nicht bemerkt zu haben.

»Ivonne?«, fragte Jan deshalb laut. »Ivonne Horn?«

»Ja«, antwortete eine Stimme hinter ihm.

Jan drehte den Kopf. Neben Charlotte stand plötzlich eine weitere Frau. Sie steckte in engen Jeans und trug eine Weste über einem dünnen Pullover. Ihr Gesicht wirkte so ernst, als habe sie an einer halben Zitrone geleckt. Dazu zeichneten sich mehrere Querfalten auf ihrer Stirn ab wie Notenlinien in einem Musikheft. Doch zwei Grübchen in den Wangen verrieten, dass sich hinter dieser abweisenden Fassade vermutlich ein freundlicher Mensch verbarg.

Zuerst dachte Jan, dass es Anna sei. Die Anna, die er von Fotos und aus Videoclips kannte. Denn die Ähnlichkeit war verblüffend. Doch dann begriff Jan, dass er es ja mit der jüngeren Schwester zu tun hatte.

»Was ist«, fragte die junge Frau. »Noch nie einen Geist gesehen?«

Erst jetzt wurde Jan bewusst, dass er die Frau mit halb geöffnetem Mund anstarrte. Dann schüttelte er den Kopf. »Entschuldigung. Es ist nur …«

»Ich weiß«, entgegnete sie, ohne ihn aussprechen zu lassen. »Ich bin jetzt so alt wie sie damals. Aber wenn sie genau hinsehen, werden sie ein paar Unterschiede bemerken.«

Vermutlich meinte Ivonne Horn ihre etwas spitzere Nase, doch ohne es zu wollen, blickte Jan auf die Oberweite der Frau.

»Da auch«, hörte er sie sagen.

Schnell hob Jan den Blick wieder und landete damit direkt in Ivonnes Augen. Er empfand den Impuls, sich erneut zu entschuldigen, wusste aber nicht recht, wie, ohne die Sache noch peinlicher zu machen.

»Dafür ist bei mir alles echt«, sagte Ivonne mit einer leicht heiseren Stimme. »Anna hat sich mit 18 Implantate einsetzen lassen. Wussten Sie das?«

Jan wusste es nicht. Charlotte auch nicht.

»Verrückt, nicht? Andere sparen auf den Führerschein oder ein Auto, wenn sie volljährig werden. Anna nicht. Sie hat für Brustimplantate gespart.«

Jan war überrascht von dieser Direktheit. Doch nicht alle Besucher wurden so auf dem *Clausenhoff* begrüßt. Wie sich schnell herausstellte, hatte Ivonne ihn bereits erwartet und war darüber informiert, dass er für eine Zeitung schrieb. Die Mutter des Tankwarts hatte Jan und Charlotte telefonisch angekündigt, erzählte die junge Frau freimütig. »Wir sind eben auf dem Dörpen.«

Vorgewarnt trifft die Sache besser, dachte Jan. Vermutlich hatte er deshalb von der Alten sogar mit Absicht die falsche Wegbeschreibung bekommen. Das hatte ihr mehr Zeit für das Telefongespräch gebracht.

»Ist das mit den Implantaten eine Information, die Ihnen bei Ihrem Artikel nützlich sein kann?«, fragte Ivonne mit einem prüfenden Blick von Jan zu Charlotte.

Jan zuckte mit den Schultern. »Weiß man's? Vielleicht fällt mir ja noch etwas anderes ein, worüber ich schreiben kann. Und der Platz ist auch nur begrenzt. Wie nützlich war denn Annas Geld beim Aufbau von all dem hier, würde mich zum Beispiel interessieren.«

Nun machte er eine ausholende Bewegung mit dem rechten Arm.

Ivonne begann zu lächeln. »Guter Konter«, stellte sie fest. »Also raus mit Ihren Fragen über Anna. Sie schreiben den Artikel über sie ja so oder so. Da kann ein bisschen Wahrheit zwischen all den Legenden nicht verkehrt sein.«

Die junge Frau betonte das Wort »Legenden« so, dass es sich ohne Schwierigkeiten gegen »Lügen« tauschen ließ.

Jan öffnete symbolisch die Hände. »Keine Messer, keine Pistolen«, sagte er dabei.

»Wie beruhigend.«

Nun war es an ihm zu lächeln. »Bereit für meine erste richtige Frage?«

»Wenn das hier noch keine war … dann ja.«

Gleichfalls guter Konter, dachte er. Dann fragte er: »Mochte Anna Pferde?«

»Sorry«, unterbrach Charlotte in diesem Moment. »Was dagegen, wenn ich schon mal ein paar Fotos mache?«

»Von mir und dem Hof kein Problem«, entgegnete Ivonne. »Aber nicht von anderen Personen. Die müssen Sie dann vorher schon selbst fragen.«

Charlotte nickte zustimmend und machte einen Schnappschuss von der Frau in den engen Jeans.

»Also«, wiederholte Jan dann seine Frage, »wie war das mit den Pferden?«

»Klar mochte Anna Pferde. Und wie«, antwortete Ivonne, und Jan glaubte zu merken, dass sie es ehrlich meinte. »Wenn sie nicht mit dem Singen und Schauspielern angefangen hätte, wäre sie bestimmt Reitlehrerin geworden.«

Der Reiterhof sei somit auch Annas geistiges Erbe, versuchte Ivonne ihrem Besucher beizubringen. Sie habe Annas finanzielle Hinterlassenschaft daher so genutzt, wie diese es sicherlich gerne gesehen hätte.

An dieser Stelle dachte Jan jedoch bereits, dass alles sehr routiniert vorgetragen klang. Offenbar spulte Ivonne eine Rede ab, die sie schon öfter gehalten hatte. Denn natürlich war er nicht der Erste, der Ivonne nach ihrer berühmten Schwester ausfragte. Abgesehen von immer mal wieder auftauchenden Journalisten hörten die Gäste des Reiterhofes diese Geschichte bestimmt auch gerne.

»Stört es Sie, wenn ich mir ein paar Notizen mache?«, fragte Jan.

»Bitte«, stimmte Ivonne zu und blieb kurz stehen, während Jan seinen kleinen Block herausholte und etwas aufschrieb. Anschließend gingen sie weiter nebeneinander über den Hof.

»Trägt sich das Projekt hier finanziell von selbst?«

»Wir sind bald soweit.«

Ivonne erzählte, dass Annas Erbe fast vollständig für den Umbau des Resthofs aufgebraucht worden war. Der gute Zustand der Stallungen habe sich aber mittlerweile herumgesprochen. Und für den Reitunterricht gebe es Anmeldungen von Kindern aus immer größerer Entfernung. Auch die Boxen ließen sich gut vermieten. Grundsätzlich sei es aber nicht von Nachteil, dass die Erträge aus Annas Musik noch immer beachtlich seien und den Unterhalt der Anlage mit ermöglichten. Ihre Hits hätten hohe Downloadraten. Und im Radio würde Anna auch noch jeden Tag gespielt. Allein der Klingelton von *Boytoy*, Annas erstem Hitsingle, sei mehrere zehntausendmal heruntergeladen worden.

»Kleinvieh macht auch Mist«, sagte Jan und erlaubte sich damit eine Anspielung auf den Haufen Pferdeäpfel, der vor ihnen auf dem Pflaster lag.

»Durchaus«, stimmte Ivonne zu. Sie sah Jan länger an, als es ihm lieb war. Dann legte sie den Kopf schief. »Sind wir fertig, oder haben Sie noch mehr Fragen? Dann müsste ich Sie und Ihre Kollegin nämlich mit hineinbitten. Wir essen hier früh, damit alles fertig ist, wenn die Reitkinder kommen.«

»Soll das eine Einladung sein?«, erwiderte Jan überrascht.

»Wenn Sie Pferdewurst mögen …«

»Sie veralbern mich.«

»Natürlich«, gab Ivonne Horn grinsend zurück. »Melanie, kommst du auch?«, rief sie der Frau auf der Koppel zu und ging dann voraus zum Haupthaus. Charlotte sah Jan fragend an. Der zuckte mit den Schultern.

»Mittag«, sagte er dann.

# 32

Statt Pferdewurst hatte Ivonne ein großes Blech Kartoffeltorte mit viel Knoblauch und grünem Lauch in den Ofen geschoben. Dazu gab es dünne kalte Scheiben vom Wildschwein und ein Getränk aus Johannisbeersaft, das mit eiskaltem Brunnenwasser verdünnt worden war. Ein massiver Kirschholztisch bot allem reichlich Platz. Selbst eine kleine Vase mit Wiesenblumen hatte es darauf geschafft. Der Esstisch stand vor einer breiten Fensterfront. Und Sonnensegel auf der Terrasse spendeten Schatten im Inneren.

Raimund, Stallbursche und Mann für alles auf dem Hof, setzte sich Jan gegenüber an den Tisch. Seinen Kinnbart hatte er nach Art der Wikinger geflochten. Charlotte setzte sich neben Jan. Als Letzte gesellte sich Melanie zu den anderen.

»Meine Cousine«, stellte Ivonne die Frau vor, die auf dem Longierzirkel das Pferd im Kreis geführt hatte. Als diese die Schirmmütze abnahm, kamen glatte dunkle Haare zum Vorschein. Ihr Gesicht wirkte hager. Trotzdem ließ sich nicht leugnen, dass sie zur Familie gehörte.

Ivonne nahm neben dem Wikinger Platz, nachdem sie das Ofenblech auf den Tisch gestellt hatte. Offenbar war das Kochen neben der Reiterei ihre zweite Leidenschaft.

»Gibt es noch mehr Reitlehrer?«, fragte Jan, während Raimund erst ihn und dann Charlotte ausgiebig musterte.

»Natürlich«, erwiderte Ivonne. »Neben Melanie und mir haben wir noch drei angestellte Reitlehrerinnen. Aber in der Regel geht es hier erst am Nachmittag los. Dann karren die Eltern ihre Kinder mit den Autos ran. Bleiben Sie nach dem

Essen ruhig noch ein, zwei Stunden. Dann werden Sie es sehen.«

Jan nickte vielsagend und nahm sich vom Wildschwein. Alle aßen mit Appetit. Zum einen war die Kartoffeltorte hervorragend, zum anderen waren hier auf dem Hof alle körperlich tätig und konnten eine kräftige Mahlzeit gut gebrauchen. Ganz anders als in der Redaktion, wo sich in jeder zweiten Schublade Süßigkeiten versteckten und darauf warteten, noch am Schreibtisch in Hüftgold umgewandelt zu werden. Man musste sich also schon etwas Besonderes einfallen lassen, um den Leuten am Tisch die Laune zu verderben. Jan hatte hierfür plötzlich die richtige Idee.

»Was macht eigentlich Max Schrader?«, fragte er. »Noch mal was von ihm gehört?«

Ivonne blickte Jan stumm und vorwurfsvoll an, und auch Charlotte schien nicht zu verstehen, worauf er hinauswollte. Cousine Melanie ließ die Gabel, die sie gerade zum Mund führen wollte, wortlos sinken. Nur der Stallbursche schien nicht zu wissen, dass Max Schrader zuerst Annas Musikproduzent geworden und dann der Grund für ihren schnellen Abstieg in der Branche gewesen war. Er aß deshalb ungerührt weiter.

»Herr Schrader ist uns hier nicht willkommen«, stellte Ivonne nun mit fester Stimme fest. »Selbst sein Name gehört nicht mehr an diesen Tisch. Der Mann ist Abschaum, wie Sie sicherlich wissen. Letztes Jahr war er noch einmal hier, um zu sehen, ob er nicht noch etwas Geld bei mir abstauben kann. Aber ich habe ihn achtkantig rausgeschmissen. Die letzten paar Verträge von Anna hatte er sogar so gedeichselt, dass alle Einnahmen auf sein Konto flossen. Aber es kam nicht so viel dabei heraus, wie er gehofft hatte. Ihre alten Hits liefen noch immer viel besser. Und als Anna für tot erklärt wurde, konnte er sie nicht weiter melken. Bei mir hat er es, wie gesagt, auch versucht. Nun hat er Haus- und Hofverbot.«

»Sie mögen sich also nicht«, fasste Jan zusammen. Und Ivonne hob für die Untertreibung des Jahres kurz die Augenbrauen.

»Gelinde ausgedrückt«, erwiderte sie dann.

»Wenn die beiden geheiratet hätten«, legte Jan nach, »wäre er jetzt Ihr Schwager. Und er wäre erbberechtigt.«

»Na und?«

Jan zuckte mit den Schultern. »Wird man nicht erst nach zehn Jahren für tot erklärt? Wie sind Sie da an Annas Geld gekommen?«

»Ich ...«, erwiderte Ivonne zögernd. »Das geht Sie eigentlich nichts an.«

»Nein. Eigentlich. Aber wissen würde ich es trotzdem gerne. Muss ja nicht in den Artikel kommen. Aber es ist immer gut, wenn man Missverständnisse aufklären kann, bevor sie entstehen.«

Ivonne nahm einen Schluck aus ihrem Glas. »Ich habe eine Vollmacht über Annas sämtliche Konten. Schon immer. Sie hat gesagt, Schwesterchen, wenn mal etwas ist, dann hab du ein Auge drauf. Dir vertraue ich.«

»Verstehe. Könnte das auch etwas mit Max Schrader zu tun haben? Wusste sie vielleicht, dass er ihr nicht guttat?«

»Natürlich wusste sie es.« Ivonne stöhnte kurz auf, als leide sie bei der Vorstellung an Max Schrader körperliche Schmerzen. »Wissen Sie«, stellte sie dann trocken und mit vollkommen ernster Miene fest, »es sterben so viele Menschen bei Autounfällen. Warum trifft es nicht ab und zu mal die richtigen?«

»Ivonne ...«, protestierte Cousine Melanie. Es war das Erste, was sie seit einem kurzen Hallo zur Begrüßung und einem Danke für ein Stück Kartoffeltorte von sich gegeben hatte.

»Was denn?«, konterte Ivonne. »Habe ich nicht etwa recht?

Max Schrader hat sich bei Anna wie ein Schwein benommen. Er ist noch immer ein Schwein und wird es immer bleiben. Bis ihn irgendjemand oder irgendetwas eines Tages erlöst. Und uns von ihm.«

Melanie erwiderte nichts weiter, auch wenn eindeutig schien, dass sie anderer Meinung war. Interessiert verfolgte Jan ein kurzes Blickduell zwischen den Cousinen, bis Melanie nachgab und sich wieder dem Essen zuwandte.

»Fun Fact«, stellte Jan nach einem Moment des Schweigens fest. »Melanin ist ein Pigment, das beim Menschen Haut und Haare dunkel färbt. Der Name Melanie passt also wunderbar zu Ihren schwarzen Haaren.«

»Aha«, erwiderte Melanie emotionslos.

»Können Sie mir etwas über Ihre ältere Cousine erzählen?«, fragte Jan, nun, da die Frau neben ihm schon beinah ins Plaudern gekommen war.

»Nein.«

»Waren Sie beide enge Freundinnen?«

»Geht Sie nichts an.«

Jan wollte erwidern, dass die Leser seiner Zeitung an unterschiedlichen Perspektiven auf Annas Leben interessiert seien, doch Ivonne gab ihm zu verstehen, dass die Einladung zum Essen nicht auch eine zum Kreuzverhör für ihre Cousine gewesen sei. Jan zuckte mit den Schultern, obwohl er es schade fand. Gleich nach dem Essen setzte Melanie die Mütze wieder auf und verschwand noch vor Raimund nach draußen. Jan sah beiden hinterher.

»Ich schließe mich an«, sagte Charlotte und griff nach dem Fotoapparat, den sie auf einem etwa 100 Jahre alten Buffetschrank abgelegt hatte. Jan nickte und wartete, bis sie auch draußen war.

»Habe ich was Falsches gesagt?«, wollte er dann von Ivonne wissen. »Dann entschuldige ich mich dafür.«

»Nichts Falsches. Aber Melanie kannte Anna kaum. Sie war früher nur ab und zu auf Besuch bei uns. Was soll sie also wissen, was ich nicht erzählen kann?«

Durch die Fenster konnte Jan sehen, dass zwei Kinder mit Reiterhelmen auf den Hof stürmten. Melanie empfing jedes mit einer kurzen Umarmung. Dann verschwanden alle drei im Stall, und die Kinder kamen mit Halfter und Stricken zurück.

»Die Ponys stehen auf der oberen Koppel«, sagte Ivonne, die Jans Blick gefolgt war. »Die Kinder dürfen sie allein holen und fertig machen. Geritten wird aber nur unter Aufsicht.«

Jan sah, wie Charlotte den Kindern folgte. Dann half er Ivonne beim Tischabräumen. Kochen konnte er nicht besonders gut, aber wo dreckiges Geschirr hingehörte, wusste er. Er fragte mit einem Stapel Teller in den Händen, ob Anna eine Erlaubnis zum Führen von Sportbooten gehabt habe.

»Na klar«, bestätigte Ivonne. Anna habe gewusst, wie man sich auf dem Wasser verhalte, und sie habe auch die erforderlichen Papiere dafür gehabt. Das war somit auch geklärt, und Jan konnte die Frage von seiner Liste streichen.

»Ich habe mir vor Kurzem noch einmal die letzten Bilder von Anna angeguckt. Die vom Strand. Deshalb bin ich auf den Segelschein gekommen. Außerdem war ich vor Ort und habe mir alles genau angesehen.«

Das Meer wirkt an manchen Tagen so harmlos, dachte er, ohne es auszusprechen. Und an anderen konnte es so tödlich sein.

Ivonne deckte die Reste vom kalten Wildschwein mit einem Deckel zu und stellte den Teller in den Kühlschrank. Die Küche war genauso hell und sauber wie das Esszimmer.

»Schon etwas unheimlich diese letzten Bilder«, meinte Jan, der sich in Gedanken noch immer am Meer befand. »So kurz vor ihrem Segelunfall. Was für ein Zufall, dass gerade da noch jemand Fotos von ihr gemacht hat.«

Ivonne drehte sich zu Jan um. »Das war doch kein Zufall. Der saß ihr Tag und Nacht auf der Pelle.«

Jan nickte, als er an die Geschichte dachte, die der Barkeeper im Hotel erzählt hatte. Die Geschichte vom Paparazzo, der während Annas Aufenthalt Tag und Nacht auf sie gelauert haben sollte.

Ivonne drehte die Augen zur Decke. »Noch so ein Arschloch.«

Jan schluckte unwillkürlich. Denn er wusste, wen Ivonne meinte. »Paul Stein«, sagte er dann.

Ivonne ließ die Schultern sinken. »Der Gedanke an diesen Kerl macht mich noch immer wütend. Fast noch mehr als der an Max Schrader.«

»Aber wieso?«, wollte Jan nun wissen. »Paul Stein ist Fotograf. Der macht eben Fotos von Prominenten. Das ist sein Beruf.«

Ivonne atmete tief durch. »Und genau das war das Problem. Weisen Sie einem Kerl mit Presseausweis mal nach, dass er ein Stalker ist. Jedenfalls, wenn er sich an bekannte Persönlichkeiten ranmacht.«

Stalker?

Paul?

Wollte Ivonne damit sagen, dass Paul mehr als berufliches Interesse an Anna gehabt hatte?

Das war eine Überlegung wert, wenn es Jan auch gänzlich unwahrscheinlich erschien. Er schwieg einen Moment, um die Neuigkeit zu verarbeiten.

»Fühlte Anna sich von ihm verfolgt?«

»Aber ja.«

»Seit wann?«

Ivonne richtete sich auf und sah Jan an. Dann schüttelte sie den Kopf. »Wenn ich das jetzt erzähle, kann ich das nächste Woche alles in Ihrer Zeitung lesen. Und alle anderen auch. Aber was würde das bringen?«

Jan zog die Stirn in Falten.

»Eben«, sagte Ivonne, und begann wieder, Gläser in die Geschirrspülmaschine zu stellen.

»Er war doch bestimmt kein abgedrehter Fan«, hakte Jan trotzdem nach, da er dies unbedingt genauer wissen wollte. »Wenn Anna sich belästigt gefühlt hat, dann muss er ihr doch schon öfter aufgelauert haben. Nicht erst am Strand. Wann hat das angefangen? Wann haben sie sich zum ersten Mal getroffen? Wissen Sie das? Vielleicht bei einer Presseveranstaltung oder einer Filmpremiere?«

Ivonne schnaufte nun verächtlich durch die Nase.

»Kommen Sie schon«, sagte Jan. »Sie können mir nicht solch einen Brocken hinwerfen und dann denken, dass ich einfach wieder gehe.«

»Warum nicht?«, entgegnete Ivonne.

Weil Paul mein Freund ist, dachte Jan.

»Weil ich es jetzt sowieso irgendwie rausfinden werde. Das ist doch wohl klar. Und ich glaube auch, dass Sie wollen, dass ich es herausfinde. Das mit dem ›Stalker‹ war kein einfacher Versprecher. Sie wollten das sagen.«

»So? Wollte ich das?«

Jan nickte langsam. »Es ist besser, ich erfahre alles von Ihnen, als wenn es andere erzählen und irgendwie verdrehen.«

Wieder blickte Ivonne hinauf zur Zimmerdecke, so als suche sie dort etwas Bestimmtes. Dann wischte sie sich die Handflächen an der Hose ab und drehte sich zur Tür.

»Warten Sie hier«, sagte sie. »Ich werde Ihnen etwas zeigen.«

Jans Pulsschlag erhöhte sich. Er merkte, dass das hier irgendwie von Bedeutung war. Dann kam Ivonne mit einem großen Karton zurück in die Küche. Sie stellte ihn auf einen Tisch und hob langsam den Deckel ab. Nach kurzem Suchen zog sie einige Fotos heraus.

Es waren Hochglanzabzüge professioneller Fotoarbeiten.

»Das sind ihre ersten Aktfotos. Da war sie 18. Kurz nach der Brust-OP. Sie wollte die Bilder für eine Fotomappe.«

Auf einem Foto hockte Anna nur mit High Heels bekleidet und mit geöffneten Beinen an eine Mauer gelehnt. Lediglich die nach unten gestreckten Arme bedeckten dabei die Brüste und den Schambereich, während sie offen in die Kamera lachte. Vielleicht hatte man ihr gerade etwas Lustiges erzählt. Auf jeden Fall hatte der Betrachter des Bildes den Eindruck, mehr Haut zu sehen, als ihm wirklich geboten wurde.

Jan hätte die Bilder gerne selbst durchgeblättert, denn die Fenster warfen immer wieder reflektierendes Licht auf die Hochglanzbeschichtung. Doch Ivonne behielt die Fotos bei sich, zeigte Jan eines nach dem anderen und steckte sie dann wieder in den Kasten.

Auch auf dem nächsten Bild trug Anna nur ihre High Heels. Sie warf die Haare mit einer Kopfbewegung zurück und schien mit ihrem Blick einen Mann jenseits ihres Sichtfeldes zu suchen. Dieser verbarg sich, völlig in Schwarz gekleidet, hinter ihrem nackten Körper. Sein Kopf steckte unter einer schwarzen Maske. Dabei umfasste sein linker Arm Annas Oberkörper so, dass ein schwarzer Handschuh die eine Brust bedeckte und der schwarze Ärmel des Unterarms die zweite. Der andere Arm des Mannes verlief herabgestreckt über Annas Unterleib, und die zweite Hand griff ihr, ebenfalls in einem schwarzen Handschuh steckend, so in den Schritt, dass auch hier nichts anderes zu sehen war.

Und wenn doch, dann nur, weil es sich im Kopf des Betrachters abspielte.

»Ästhetisch«, stellte Jan vorsichtig fest. »Jedenfalls keine Pornografie.«

»Das ist nicht das Problem gewesen.« Ivonne zeigte Jan noch mehr Bilder. Auf diesen war Anna in Kleidern oder Sportmode zu sehen. »Das Problem wurde anschließend der Fotograf.«

Ivonne erzählte, dass Anna sich nicht in einem Fotostudio aus der Nachbarschaft ausziehen und lieber einen Profi aus der Stadt für die Bilder in ihrer Mappe haben wollte. Das nächste Fotostudio, das infrage zu kommen schien, hatte sie in Harburg ausfindig gemacht. »Wissen Sie, Harburg klingt für ein Mädchen aus der Heide schon sehr nach Großstadt.«

»Darf ich kurz«, fragte Jan und ließ sich nun doch ein Bild geben, auf dem Anna weiße Segelschuhe, kurze Jeans und einen blau-weiß gestreiften Pullover trug. Das perfekte Segler-Outfit. Nun konnte er auch Annas Gesicht besser betrachten. Obwohl Anna geschminkt war, sah er ihr an, dass sie noch sehr jung war. Die Unschuld vom Lande. Das Mädchen aus der Heide. Er drehte das Foto um. Auf einem Aufkleber stand: »Fotoatelier P. Stein«.

»Mit diesen Bildern bewarb sie sich, um in einem bekannten Boulevardblatt das ›Girl des Tages‹ zu werden«, sagte Ivonne. »Hat sofort geklappt.«

»Glaube ich gerne«, erwiderte Jan.

»Doch damit fing alles an.« Ivonne nahm Jan das Foto wieder aus der Hand und steckte es zurück in die Schachtel. »Später hat der Fotograf dann behauptet, dass diese Fotos Anna erst erschaffen hätten. Erst durch seine Fotos hätte überhaupt etwas aus ihr werden können. Ohne diese Fotos hätte die Welt sie nie bemerkt. Originalton von diesem Spinner. Ich habe auch ein paar Mal mit ihm telefoniert. Ich weiß, wovon ich spreche. Der Typ hat nicht lockergelassen. Und das, obwohl sie schon im Jahr davor Heideblütenkönigin geworden ist. Also von wegen seine Schöpfung. Aber er war eben davon überzeugt.«

Annas kleine Schwester schüttelte den Kopf.

»Seit Anna mit den Bildern in der Zeitung war, ist der Typ ihr überall hin gefolgt. Tagelang hat er mit dem Auto vor unserem Elternhaus gestanden. Immer die Kamera im Anschlag. Aber weil er nur Fotos gemacht hat, konnten wir ihn nicht loswerden. *Nur Fotos.*« Die letzten beiden Worte spuckte Ivonne verächtlich aus.

Jan verstand das Problem. Als Anna bekannter wurde, galt sie plötzlich als *Person öffentlichen Interesses*. Der Begriff war Jan sowohl aus seinem Jurastudium als auch durch den Job bei der Zeitung geläufig. Ivonne sprach vom *Recht am eigenen Bild*, das Anna durch ihre neue Prominenz größtenteils verloren habe.

»Das stimmt«, stellte Jan fest. »Jedenfalls im öffentlichen Raum.«

»Der Kerl hat das mit dem Presserecht einfach ausgenutzt. Zuerst haben meine Eltern noch die Polizei gerufen. Aber Herr Stein hatte ja einen gültigen Presseausweis. Sie haben gesagt, da können sie nichts machen.«

Jan sah, wie Ivonne die Hand schloss und unwillkürlich zur Faust ballte. »Das war auch für mich nicht so einfach«, erzählte sie weiter. »Er hatte es zwar nicht auf mich abgesehen, aber unheimlich war es trotzdem. Meine Eltern wollten mich schon nicht mehr allein mit dem Fahrrad losfahren lassen. Sie wussten ja nicht, wozu dieser Mensch imstande war. Und dann gab es ewig Streit zu Hause. Wenn Anna nichts so eigensinnig gewesen wäre. Wenn Anna diese Fotos nicht gemacht hätte. Wenn, wenn, wenn. Schuld an allem hatte plötzlich sie. Das ging so, bis Anna ihre Lehre geschmissen hat und bei uns ausgezogen ist. Dann war bei uns Ruhe. Aber für Anna nicht. Auch danach hat der Typ einfach nicht aufgehört. Er hat ihre neue Adresse rausgefunden. Er ist zu ihren Konzerten gefahren. Er ist bei den Dreharbeiten aufgetaucht. Er war wie ein sehr, sehr dunkler Schatten, der Annas Leben seit ihrem Besuch im Fotoatelier begleitete. Natürlich gab es manchmal Pausen. Vermutlich musste der Kerl gelegentlich wirklich Geld verdienen. Da konnte er Anna nicht auflauern. Aber kurz vor dem Unfall mit dem Segelboot war es wieder besonders schlimm. Sie wissen ja, dass ich Max Schrader nicht mag, den alten Schleimscheißer ...«

Da es wie eine Frage klang, nickte Jan zustimmend.

»Weil er auch ein Arschloch ist«, fügte Ivonne hinzu. »Aber einmal ist er auf Stein losgegangen. Da wollte er ihm echt eine reinhauen. Anna hatte mir das erzählt. Ich wünschte, er hätte es wirklich getan. Nur einmal hätte er damit etwas Gutes für sie tun können.«

Ivonne drehte den Kopf, um Jan anzusehen. »Meinetwegen schreiben Sie darüber. Jetzt endlich. Nach all der Zeit. Das ist eine Geschichte, die die Welt noch nicht über meine Schwester kennt. Und nennen Sie bitte seinen Namen. Die Leute sollen wissen, mit wem sie es bei Paul Stein zu tun haben. Wäre kein Bisschen schade, wenn ihm dadurch auch mal etwas Aufmerksamkeit beschert wird. Aber solche, die ihm nicht gefällt, verstehen Sie?«

Jan senkte den Blick und rieb sich kurz über den Nasenrücken. Dann sagt er: »Das ist eine üble Sache. Besonders, dass Sie sich eine Weile selbst nicht aus dem Haus getraut haben.« Jans Finger glitten höher und rieben nun die Stirn. »Wissen Sie, ich muss zugeben: Ich kenne diesen Paul Stein.« Nun hob er wieder den Blick und sah Ivonne an. »Seien Sie mir nicht böse, wenn ich das frage, aber sind Sie sich sicher, dass das alles wirklich so war, wie Sie es erzählt haben? Soweit ich weiß, ist Paul Stein nämlich eigentlich ganz nett.«

Ivonne legte den Deckel zurück auf die Schachtel mit den Fotos und kontrollierte übertrieben genau, ob er auch richtig passte. »Dann sind Sie ein Freund von Paul Stein?«

»So weit würde ich nicht gehen. Arbeitskollege trifft es besser. Wir kennen uns von den Gerichtsfluren. Ich schreibe für die Zeitung, er macht Prozessfotos. Da trifft man sich schon mal.« Jan merkte, wie schwer ihm die Worte fielen. Denn er wusste in diesem Moment nicht, was schlimmer war: dass er Ivonne belog oder dass er gerade seine Freundschaft zu Paul verriet.

## 33

Jan winkte Charlotte zum Auto. Er selbst setzte sich bereits auf den Beifahrersitz und krallte die Fingernägel in die Handflächen, während er auf sie wartete. Dann schlug er sich mit beiden Händen auf die Oberschenkel. Jan war sauer: auf sich, auf Paul, auf Petersen und auf die ganze Welt. Am meisten auf sich. Nein, am meisten auf Paul. Jan wusste, dass er Ivonnes Angaben verifizieren sollte. Er musste zur örtlichen Polizei fahren und um Akteneinsicht bitten. Wenn die Vorfälle so häufig gewesen waren, wie Ivonne es behauptet hatte, musste es Unterlagen darüber geben. So etwas ließ sich überprüfen. Aber Jan wusste instinktiv, dass alles der Wahrheit entsprach. Paul hatte Anna belauert und belästigt. Sein neuer Freund hatte sich aufgeführt wie ein Stalker. Jan wusste nur nicht, wieso Paul das getan hatte. Dann wurde ihm klar, dass er sowieso so gut wie nichts über Paul Stein wusste.

Die Rückfahrt wurde für Jan zur Qual. Charlotte wollte reden. Er nicht. Endlich erreichten sie den Redaktionsparkplatz. Jan bat Charlotte darum, Petersen vom Besuch auf dem Pferdehof zu erzählen. Er selbst wolle direkt nach Hause fahren, um dort seine Notizen durchzusehen und alles für den geplanten Artikel zu ordnen. In Wirklichkeit raste er in seinem eigenen Wagen nach Wilhelmsburg. Paul öffnete nach dem zweiten Klingeln und ließ Jan herein. Es blieb ihm auch gar nichts anderes übrig. Vergangene Woche hatte er Jan an der Türschwelle abgefertigt. Diesmal war Jan in Pauls Flur vorgedrungen, bevor der ihn zurückhalten konnte.

»Zeig mir alle Fotos, die du von Anna hast!«, befahl Jan. »Alle!«

Paul wusste sofort Bescheid. »Du hast mit ihrer Familie gesprochen.«

»Verdammt richtig.«

»Willst du einen Kaffee?«

»Nein! Ich will keinen Kaffee.«

Paul nickte, bevor er sich zwischen Jan und einer dunklen Kommode hindurchdrängelte und in die Küche verschwand. Stumm folgte Jan ihm und verstand, wieso er beim letzten Mal nicht hereingebeten worden war. Die Spüle war vollgestellt mit dreckigem Geschirr. Auf dem Fußboden standen

Plastiktüten mit leeren Glas- und Plastikflaschen. Jan war erschrocken über die Unordnung, und stellte erneut fest, wie wenig er über Paul wusste.

Paul zwängte sich auf eine kleine Holzbank hinter einen schmalen Küchentisch. Hierzu musste er über einen flachen Stapel Zeitungen rutschen, der einen Teil der Bank einnahm. Auf dem Tisch standen ein Toaster, eine fleckige Thermoskanne und ein Notebook. Ein Stromkabel schlängelte sich an der Kanne vorbei unter den Tisch. Pauls Zeigefinger wanderte über das Mousepad des Notebooks. Er öffnete einen Ordner mit Fotos. Im Vorschaufenster waren lauter winzige Annas zu sehen. Paul klickte ein bestimmtes Bild an. Es zeigte Anna am Strand. Sie steckte in Dreivierteljeans und einem blauen Wollpullover, wirkte mager und blass. Es war die letzte bekannte Aufnahme von Anna. Das berühmte Bild, kurz vor ihrem Tod. Paul musste damit viel Geld verdient haben.

Jan zog einen Stuhl mit einem grünen zerschlissenen Polsterbezug vom Tisch ab und setzte sich neben Paul. Der klickte rückwärts und zeigte Jan noch mehr Bilder vom Strand. Sie waren offenbar aus einiger Entfernung aufgenommen worden. Dann war Anna an einem Hoteleingang zu sehen. Dann derselbe Hoteleingang vermutlich am Tag davor.

»Du bist ein Stalker«, sagte Jan leise.

»Ich bin kein Stalker. Das ist mein Job.«

»Unsinn«, meinte Jan. »Nenn mir noch eine andere Person, von der du so viele Bilder gemacht hast. Nur eine. Das müssen doch Tausende Fotos sein.«

Paul saß völlig unbeweglich da. »Sie war mein Lieblingsmotiv, das gebe ich zu. Okay, vielleicht war ich auch ein bisschen vernarrt in sie. Ist das denn so schlimm?«

Jan zog das Notebook an sich und klickte wahllos in unterschiedliche Ordner. Immer wieder schüttelte er den Kopf.

Was er sah, war ein Schrein. Bisher hatte er gedacht, dass es hierfür einer Wand mit Bildern und Kerzen oder Räucherstäbchen bedurfte. Doch nun wurde er eines Besseren belehrt. Denn dieses Notebook bot eine eigene Definition des Wortes Schrein.

Was Jan sah, reichte ihm. Und was er nicht sah, konnte er sich vorstellen. Vermutlich gab es in dem Wust an Bildern auch Sexfotos von Anna. Vielleicht heimlich durch eine halb offene Jalousie fotografiert. Oder andere intime Bilder, an die man nur gelangen konnte, wenn man jegliche Privatsphäre missachtete und sich unerlaubt auf fremde Grundstücke schlich. Vielleicht hatte Paul diese Bilder auf verschlüsselten Festplattenpartitionen versteckt. Doch existieren würden sie mit ziemlicher Sicherheit.

Wortlos stand Jan vom Stuhl auf. Er blickte sich im Raum um. Alles war hier so kümmerlich, so klein und dreckig. Sein Blick fiel auf Paul. Auch dieser kam ihm plötzlich klein und dreckig vor. Jan verließ die Küche, ohne sich noch einmal umzudrehen, und zog kurz darauf die Tür des Reihenhauses hinter sich in Schloss.

# 34

Jan duschte lange, legte sich nackt aufs Bett und starrte die Decke an. Sofort begann er wieder zu schwitzen. Noch immer nackt klappte er sein Notebook auf, öffnete ein leeres Textdokument, und der Rest passierte von ganz allein.

Petersen wollte etwas Neues zum Jahrestag von Annas Verschwinden. Genau das konnte er von Jan bekommen.

Anna Horn war von einem Stalker verfolgt worden. Jan beschrieb den Reiterhof und zitierte Annas Schwester. »Paul S. (Nachname der Redaktion bekannt) saß Anna Tag und Nacht auf der Pelle.« Mit einer Kamera bewaffnet habe der zwielichtige Fotograf die schöne Sängerin und Schauspielerin keinen Augenblick in Ruhe gelassen. Stundenlang, manchmal tagelang habe er vor ihrem Haus gelauert. Die Polizei habe seine Papiere kontrolliert, konnte ihn jedoch nicht des Platzes verweisen, da er in Besitz eines Presseausweises gewesen sei und vorgegeben habe, für eine Zeitung zu arbeiten. Paul S. habe Anna bis in den Urlaub verfolgt. In ihrem Strandhotel habe er tagelang im Foyer gesessen und darauf gewartet, dass die Schauspielerin und Sängerin den Schutz ihres Zimmers verließ. Dann habe er ihr nachgestellt und unzählige Fotos gemacht.

Anna Horn beim Shoppen, beim Eisessen, am Strand. Wenn möglich in anzüglichen Positionen. So gut wie keines der Bilder sei wie behauptet auf den Tischen von Zeitungsredaktionen gelandet. Paul S. habe die Aufnahmen fast ausschließlich für sein Privatvergnügen produziert.

»Durch persönliche Anschauung ist dem Autor dieses Artikels bekannt«, schrieb Jan, »dass sich Tausende Bilder von Anna Horn im Besitz von Paul S. befinden. Einem

Schrein gleich hortet er diese noch heute auf geheimen Festplatten und Speicherkarten. Auch am Tage ihres Verschwindens hat Paul S. sich in Annas Nähe aufgehalten.

Von ihm stammen die letzten veröffentlichten Fotos der beliebten Sängerin. Niemandem ist bekannt, wie es zu dem Unfall auf der Ostsee vor Grömitz kam und wie genau Anna Horns Leben endete. Anna war eine erfahrene Seglerin, bekunden gleichermaßen ihre Schwester und der Verleiher, von dem sie ihr Boot, die *Junge Liebe*, gemietet hatte.

Die neuesten Ergebnisse unserer Recherchen lassen die Frage berechtigt erscheinen, ob es sich wirklich um einen Unfall oder möglicherweise um einen Freitod handelte. Anna Horn befand sich in den letzten Wochen ihres kurzen Lebens gesundheitlich nicht im besten Zustand. Ihr Privatleben und die berufliche Karriere standen seit einiger Zeit unter keinem guten Stern. Wie viel Kraft kann eine junge Frau in dieser Situation aufbringen, um dem Terror eines Stalkers standzuhalten? Der psychische Druck muss gewaltig auf ihr gelastet haben.«

Jans Artikel gipfelte in der Frage, ob Paul S. mit seinem Verhalten mittelbar oder gar maßgeblich an Annas Tod beteiligt war. Dies solle jeder Leser für sich selbst entscheiden. Juristisch sei Paul S. durch die vorliegenden Aussagen und Beweise auch heute nicht beizukommen. Doch moralisch würde er eindeutig eine große Verantwortung tragen.

Fünf Jahre nach ihrem Tod würden dieser Tage Freunde, Verwandte und Fans der Sängerin Anna Horns gedenken. Dass Paul S. sich vermutlich zur selben Zeit an seiner Beute von Tausenden Fotos heimlich ergötze, erscheine in diesem Zusammenhang als widerwärtig.

Schweiß stand Jan auf der Oberlippe, während er im Text nach oben scrollte und den Erguss befriedigt durchlas. Genau vor diesem Artikel, war Jan überzeugt, hatte Paul

Angst gehabt. Deshalb hatte er ihn die vergangene Woche in seine obskuren Aktivitäten und Gedanken hineingezogen. Er hatte den Reporter von seinen Recherchen über Anna Horn abhalten wollen. Er wollte seine Rolle in der Tragödie weiterhin verheimlichen. Anfangs war ihm das gelungen. Doch nun war Jan ihm auf die Schliche gekommen.

## 35

Das Haus, in dem Marje Verbeek wohnte, lag etwas oberhalb der alten Gummifabrik, die dem Phoenix-Viertel seinen Namen gegeben hatte. Eine schmale Seitenstraße schlängelte sich einen flachen Anstieg bis zur Hausnummer 216 hinauf. Die Fassade passte sich den anderen Häusern des Straßenzugs an. Auf der Rückseite des Wohnblocks gab es eine Grünfläche mit einer großen Buche. Dieser Baum streckte einen seiner Äste bis fast zu Marjes Wohnung im dritten Stock. Kater Kimba nutzte diesen Weg gerne, um auf Marjes Balkon zu kommen. Dann mauzte er herzzerreißend, bis Marje ihm die Tür öffnete. Eine Katzenklappe wäre praktisch gewesen, nur hätte Marje die Tür bei ihrem Auszug dann durch eine neue ersetzen müssen.

An diesem Abend kam Marje dem etwas zu dicken Vierbeiner zuvor. Sie füllte sein Fressen in eine kleine Schale, stellte diese an den üblichen Platz in der Küche und öffnete die Balkontür ein Stück. Durch den Türspalt drangen Luft und halblaute Stimmen in die Wohnung.

Marjes Blick fiel auf das Wohnzimmersofa. Kurz dachte sie an diesen Jan, der sie im Café angesprochen und später zu ein paar Drinks eingeladen hatte. Anschließend hatte er sie nach Hause begleitet, und sie war auf dem Sofa eingeschlafen, während er ihr die Füße massierte. Wieso nur war er dann so schnell verschwunden? Sie hatte ihm doch gesagt, dass sie nur kurz die Augen zumachen wollte.

Ein komischer Typ.

Sie glaubte, ihn am nächsten Tag noch einmal beim Café gesehen zu haben. Aber da konnte sie sich auch irren. Na ja, vielleicht tauchte er irgendwann wieder auf.

Die junge Niederländerin ging vom Wohnzimmer zur Küche. Ein Lichtkegel fiel von dort in den Flur, als sie die Lampe einschaltete. Besteck klapperte auf Geschirr. Im Café gab es eine Geschirrspülmaschine. Zu Hause machte Marje den Abwasch mit der Hand. Wasser rauschte. Sie ließ das Geschirr immer erst eine Weile im Spülbecken einweichen.

Im Wohnzimmer öffnete sich derweil hinter dem zugezogenen Vorhang leise die Balkontür. Das musste Kimba sein. Es war so seine Zeit. Ein Windzug blähte den Vorhang ein bisschen auf. Doch statt einer Katzenpfote kam ein schwarzer Schuh unter dem Stoff zum Vorschein. Als Marje von der Küche zurück ins Wohnzimmer ging, zuckte das bläuliche Licht des eingeschalteten Fernsehers nervös über ihr Gesicht.

Marje stieß einen leisen Schrei aus, und der Schreck fuhr durch ihren Körper, als Kimba an ihren Beinen vorbeihuschte. Dann lachte sie erleichtert auf. »Du Verbrecher«, schimpfte sie ihm liebevoll hinterher. »Hast mich erschreckt.«

# 36

Jan erwachte mit trockenem Hals. Er musste fürchterlich geschnarcht haben. Ein Blick auf die Uhr sagte ihm, dass es noch früh genug war, um als Erster in der Redaktion zu sein. Er dachte an den Artikel, den er in der Nacht geschrieben hatte. Wenn er sich beeilte, konnte er ihn ausdrucken und Petersen auf den Schreibtisch legen, noch bevor dieser in die Redaktion kam. Das machte weitaus mehr Eindruck als eine E-Mail mit pdf-Anhang.

Im nächsten Moment musste er an Paul denken und was der Artikel für dessen Leben bedeuten würde. Aber das war nicht Jans Schuld. Das hatte Paul sich selbst zuzuschreiben. Jan fühlte sich von Paul eingeseift. Doch das war nun vorbei. Er wollte nichts mehr mit ihm zu tun haben.

Jan putzte sich die Zähne, ohne etwas gegessen zu haben. Er zog ein frisches Hemd an und sah in den Spiegel. Nachdenklich strich er sich über das stoppelige Kinn. Der Bart musste heute ab.

Als er auf den Parkplatz hinter dem Verlagshaus fuhr, stand Petersens Wagen schon da. Das Rasieren war schuld. Wenigstens war Schultheis noch nicht da, der den Parkplatz neben Petersen gern als seinen eigenen betrachtete. Mit Wonne ließ Jan den Motor ersterben und stellte sich Schultheis' Gesicht vor, wenn er Jans Wagen entdeckte. In der Redaktion schloss Jan sein Notebook ans Netzwerk an und druckte den Artikel über Anna Horn und Paul Stein aus.

Die Tür zu Petersens Büro stand halb offen. Jan konnte den Chefredakteur an seinem Schreibtisch sitzen sehen. Er setzte einen Kaffee auf, holte dann die Blätter aus dem Drucker und brachte sie feierlich zu Petersen ins Büro. Der überflog den Text in zwei Minuten, blickte Jan kurz an und begann noch einmal von vorn zu lesen.

»Auch einen Kaffee?«, fragte Jan. Ein angenehmer Geruch erfüllte mittlerweile die Redaktion.

»Ja«, brummte Petersen. »Fünf Stückchen Zucker und einen Fingerbreit Milch.«

Jan nickte und sonnte sich innerlich im Triumph seines Artikels. Er präsentierte Petersen eine brisante Exklusiv-Story. Und das fünf Jahre nach Annas Tod. Keine andere Zeitung war Paul zuvor auf die Schliche gekommen. Petersen musste einfach begeistert sein. Dass er den Artikel gleich noch einmal las, war ein gutes Zeichen. Jan kam zurück ins Büro des Chefredakteurs und stellte einen Becher mit der nahezu gesättigten Kaffee-Milch-Zucker-Lösung vor seinem Boss ab.

»Ist das alles, was du in zwei Wochen rausgefunden hast?«, fragte Petersen, ohne den Blick zu heben.

Jan machte eine ungeschickte Bewegung. Heißer Kaffee lief ihm über die Finger. Schnell stellte er auch seinen Becher ab. »Es waren nur anderthalb Wochen«, verbesserte Jan dann. »Keine zwei.«

Petersen brummte leise vor sich hin. »Die Story ist interessant«, sagte er nach einer Weile mit einem Blick über den Rand seiner Lesebrille hinweg. »Dein Schreibstil war aber schon besser.«

»Du kannst es redigieren. Ein paar Sätze umbauen, wenn du willst. Aber bitte lass nicht Schultheis ran. Der würde alles verhunzen.«

Petersen begann bereits zu schlürfen, während er den Kaffeebecher zum Mund führte.

»Der Stil ist nicht das Problem«, sagte er und nahm einen Schluck. »Wenn ich recht verstehe, ist dieser Paul S-Punkt ein Kollege. Er ist Pressefotograf.«

Jan konnte nicht widersprechen. Petersen runzelte die Stirn. »Eine Person öffentlich als Stalker zu bezeichnen, ist grundsätzlich eine gewagte Sache. Da kann schnell üble Nachrede draus werden. Ich nehme an, die Fakten sind wasserdicht?«

»Durch zwei unabhängige Quellen bestätigt. Alles sauber recherchiert. Vor Ort. Genau wie du es haben wolltest.«

Petersen kraulte sich den Bart und schüttelte den Kopf. »Trotzdem. Ich habe keine Lust auf eine Gegendarstellung. Wenn dieser Paul Stein sich einen Anwalt nimmt, werden wir Probleme bekommen.«

»Das glaube ich nicht«, widersprach Jan. »Er kann die Fakten ja nicht abstreiten.«

Petersen drehte sich mit seinem Stuhl langsam nach links und rechts und wieder zurück. »Fakten. Fakten. Fakten. Du weißt selbst, dass Fakten nicht alles bedeuten. Auf den Kontext kommt es an. Auf die Zusammenhänge. Wenn er sagt, dass er Fotoreporter ist und auch bei Anna Horn nur auf das richtige Bild gewartet hat, dann können wir ihm schwer das Gegenteil beweisen. Nein … Je länger ich darüber nachdenke … so können wir die Nummer nicht bringen.«

»Aber Boss …«

»Stopp, Fischer. Komm mir nicht so. Ich bin verantwortlich für dieses Blatt. Und das hier drucken wir nicht.«

»Das kann nicht dein Ernst sein.« Jan schüttelte den Kopf. »Dann lassen wir ihn einfach damit durchkommen? Nur weil er ein Kollege ist?«

Jan überlegte, wie er Petersen doch noch umstimmen könnte, aber das war schwierig. Er konnte ihm schließlich nicht erzählen, was er noch alles über Paul wusste.

Paul Stein war nicht nur ein einfacher Stalker. Der Mann stellte seine eigenen Lebensregeln auf. »Wenn du jenseits der Normen stehst, kannst du dir nehmen, was du willst«, hatte er vergangene Woche zu Jan gesagt. »Alles.«

Es sich nehmen. Ohne zu fragen. Es einfach tun.

Was genau hatte Paul damit eigentlich gemeint? Jan begriff in diesem Augenblick, dass er bis jetzt gar nichts begriffen hatte. Wenn Paul »alles« sagte, dann meinte er es auch.

»Und was ist, wenn Paul Stein Anna Horn so sehr gewollt hat, dass er sie sich einfach irgendwann genommen hat? Vielleicht war das Stalken nur der Anfang.«

»Wie bitte?«, entgegnete Petersen.

Jan verschränkte die Arme vor der Brust und atmete tief durch. »Was, wenn Paul sie auf dem Boot vergewaltigt und dann über Bord geworfen hat? Überleg doch mal. Dann hätte er sie besessen. Dieses eine Mal. Und nach ihm sollte es dann nie wieder ein anderer können. Also hat er sie danach ins Wasser geworfen. Vielleicht auch einfach nur, damit sie ihn nicht verraten kann. Dann wäre es eine klassische Vertuschungstat.«

Petersen setzte seine Brille ab und rieb sich die Nasenwurzel. »Jan, jetzt hör mir mal zu …«

»Nein«, wehrte Jan ab. »Du hörst mir zu. Das Meer war an jenem Tag gar nicht so unruhig, wie es in den Meldungen immer hieß. Piet, der Bootsverleiher, hat es mir erzählt. Das Wasser war etwas kabbelig. Aber es hatte nicht gestürmt. Paul war dort. Die ganzen Tage, während Anna im Hotel gewohnt hat. Und als Anna verschwunden ist, war auch er plötzlich verschwunden.«

Verschwunden, wiederholte Jan in Gedanken.

Annas Leiche wurde nie gefunden.

Was, wenn Paul sie gar nicht getötet hatte? Wenn sie noch immer lebte? Als seine Gefangene? Seit fünf Jahren?

Der Gedanke in Jans Kopf begann sich zu verselbstständigen.

Hatte das Reihenhaus, in dem Paul wohnte, einen Keller? Kann man einen Keller mitten in einem Wohngebiet schalldicht isolieren? Wie aufwendig wäre ein solcher Umbau? Würden die Nachbarn etwas bemerken? Wie lange wohnte Paul schon in diesem Haus?

Jan drehte sich zur Tür. »Ich muss los«, sagte er nur. Ihm war klar, dass Petersen ihn nicht verstehen würde, egal was er jetzt noch sagte. Sein Chefredakteur brauchte Beweise und keine Gedankenexperimente. Also würde Jan ihm diese Beweise bringen.

## 37

Charlotte hob die Hand, als sie mit ihrem kleinen Renault auf den Redaktionsparkplatz einbog und Jan ihr mit seinem Volvo entgegenkam. Doch der schien sie gar nicht zu bemerken. Schade, dass sie sich verpasst hatten, dachte sie, denn sie hätte ihm gerne die Fotos vom Pferdehof gezeigt. Waren ein paar schöne Aufnahmen dabei. Achselzuckend setzte sie ihren Wagen in die Parklücke, die Jan freigemacht hatte. Sekunden später ertönte ein lautes Signalhorn hinter ihr, und eine Lichthupe leuchtete mehrfach in ihrem Rückspiegel auf. Kurz überlegte sie, was sie falsch gemacht haben könnte. Dann erkannte sie Schultheis im anderen Fahrzeug.

Charlotte stieg aus ihrem Renault und trat an das hinuntergelassene Fahrerfenster ihres Kollegen.

»Das ist meiner«, sagte Schultheis knapp. An seinem blauen Hemd stand der obere Kragenknopf offen. Buschiges Brusthaar quoll daraus hervor.

»Nee, Quatsch«, erwiderte Charlotte. »Habe extra vorher gefragt. Die Plätze sind nicht fest vergeben.«

»Aber ich muss hier den ganzen Tag parken, und ihr Fotografen huscht immer nur mal rein und wieder raus.«

»Ach so, verstehe«, sagte Charlotte.

Schultheis nickte wichtig. Doch statt wieder zu ihrem Renault zu gehen, schlenderte Charlotte weiter zum Hintereingang des Zeitungsgebäudes.

»He«, rief Schultheis ihr hinterher. »Was soll denn das jetzt werden? Ich dachte, ich hätte mich klar ausgedrückt.«

»Hast du auch. Aber es ist doch gut, wenn da jemand steht, der nur mal rein- und raushuscht. Dann ist immer mal ein Parkplatz frei, wenn es jemand eilig hat. Scheint mir viel sinnvoller, als wenn nur ein Auto den Platz den ganzen Tag blockiert.« Charlotte fühlte sich noch erfrischt von ihren morgendlichen Bahnen im Schwimmbad. Diesen Schwung nahm sie mit in die kleine Konfrontation hier auf dem Parkplatz. Wenn Schultheis freundlicher gefragt hätte, ja, dann hätte sie den Stellplatz vielleicht geräumt und sich anschließend quer hinter seinen und Petersens Wagen gestellt. Aber so …

»He, Charlotte, komm schon, mach den Platz frei!«

»Der Ton macht die Musik, Herr Kollege«, rief sie zurück. »Aber ich bin ja vermutlich sowieso bald wieder weg. Dann kannst du dein Auto da gerne hinstellen.«

»Verdammt, Kollegin Sander. Das ist nicht witzig.«

Charlotte ging weiter und verschwand im Gebäude. War auch kein Witz, dachte sie. Dann rief sie ein fröhliches »Hallo« zu Monika Mai in die Anzeigenannahme, bekam ein ebenso fröhliches Winken zurück und hüpfte die Wendeltreppe hinauf. Charlotte wollte sich wieder Jans Stuhl für die Morgenkonferenz krallen. Dann sah sie einen nachdenklich wirkenden Petersen in seinem Büro. Der Chefredakteur entdeckte sie auch und winkte Charlotte zu sich.

»Was war da gestern auf dem Reiterhof los?«, fragte er. »Gab es Probleme? Wie lief es mit den Fotos?«

»Alles prima«, erwiderte Charlotte. »Habe ich doch gestern schon erzählt. Die kleine Schwester leitet den Hof. Die war voll okay. Sie hat uns sogar zum Mittagessen eingeladen. Warum?«

»Weil ...«, meinte Petersen. »Ach, ist auch egal. Ich will jedenfalls, dass Matthias jetzt die Sache übernimmt.«

Verdammt, ausgerechnet Schultheis, dachte Charlotte und folgte Petersens Blick zu einem Stapel Papier. Sie konnte nur vermuten, dass es Jans Artikel zu Anna Horn war. »Stimmt was nicht damit?«

»Gar nichts stimmt damit«, sagte Petersen.

Quietschende Treppenstufen verrieten einen Neuankömmling in der Redaktion. Charlotte ahnte bereits, wer das war.

»Zeig bitte Matthias deine Fotos und erkläre ihm, wer darauf wer ist. Und erzähle ihm auch, was du sonst so mitbekommen hast.«

Charlotte presste die Lippen aufeinander und zog die Augenbrauen nach oben. Es war ihr mehr als deutlich anzusehen, was sie von der Idee hielt.

»Ein Glück, dass ich dich mitgeschickt habe«, sagte Petersen, ohne sich von Charlottes Mienenspiel beeindrucken zu lassen.

»Soll ich das auch mitnehmen?«, fragte Charlotte und wollte nach Jans Artikelentwurf greifen. Doch Petersen war schneller und legte seine Hand darauf.

In der Morgenkonferenz wurde das Thema Anna Horn nicht erwähnt. Petersen hatte seine Vorstellung von einem Artikel zu ihrem fünfjährigen Todestag schon vorher mit Schultheis direkt besprochen. Der schien zwar zunächst nicht begeistert, Jans angefangene Arbeit zu erben, doch dann ging ihm wohl auf, dass der Kollege vom Nachbartisch seinen Artikel offenbar vermasselt hatte. Ein sehr guter Grund, um sich nun selbst damit zu beschäftigen. Charlotte wies Schultheis nach der Konferenz in die Fotoserie ein und erledigte dann einen neuen Fotoauftrag, bei dem es um eine von der Stadt finanzierte Wohnunterkunft für Jugendliche unter 18 Jahren ging, die nicht mehr bei ihren Eltern leben konnten oder wollten. Das Wohnheim lag ein Stück hinter dem Bahnhof. Harburg war nicht schön, stellte sie auf der Hinfahrt wieder fest. Aber auch nicht hässlicher als Billstedt, der Stadtteil, in dem sie ihre Kindheit und Jugend verbracht hatte. Fußgängerzone, Einkaufszentrum, alles hier wie da. Mit den Postkartenmotiven von Hamburg hatten beide Stadtteile nichts zu tun. Auf ihrem Beifahrersitz hatte Christian Freitag Platz genommen, einer von zwei Volontären beim *Harburger Tageblatt*. Modisch gekleidet und umgeben von einem schnuckeligen Herrenparfüm. Optisch war Christian kaum älter als die Jugendlichen, die in dem Wohnheim lebten, doch er hatte bereits ein abgeschlossenes Wirtschaftsstudium vorzuweisen und stellte offenbar die richtigen Fragen bei den jungen Leuten und den Betreuern.

Als Charlotte und Christian zurück zur Redaktion kamen, stand Schultheis' Wagen wieder neben Petersens. Charlotte grinste amüsiert und parkte quer hinter beiden Fahrzeugen. Sie schob ihre Fotos aus der Kamera auf den Redaktionsserver und hörte zu, wie Schultheis auf seiner Tastatur herumhackte. Dann machte er plötzlich Pause.

»Holla, die Waldfee!«, rief Schultheis aus und hob den

Blick. »Wie sieht's aus, Charlotte. Lust auf eine Vergewaltigung?«

Kurz kehrte Stille in der Redaktion ein.

»Nein«, antwortete Charlotte dann. »Definitiv nicht, wenn ich so gefragt werde.«

Ein breites Lächeln auf Schultheis' Gesicht verriet, dass er sich der Zweideutigkeit seiner Worte durchaus bewusst war. »Chef«, brüllte er dann durch den Raum, »halt die Druckerpressen an, wir haben vielleicht einen neuen Aufmacher.«

Zu viel amerikanische Filme, dachte Charlotte, war nun aber selbst neugierig darauf, was so sensationell sein sollte. Petersen erschien in der Tür.

»Gab eine Vergewaltigung im Phoenix-Viertel«, sagte Schultheis. Die Aufmerksamkeit der restlichen Mannschaft im Raum hatte er sowieso schon. »Stundenlanges Martyrium hier bei uns mitten in Harburg. Ist das nichts?«

»Wie alt ist die Info?«, fragte Petersen.

»Keine fünf Minuten. Kam eben als Pol-Meldung rein.«

»Lass sehen!«

Petersen stellte sich hinter Schultheis und überflog die Pressemitteilung der Polizei. »Hm. Brutaler Überfall. Dritter Stock. Wer hat verdächtige Person zwischen 21 Uhr abends und 6 Uhr morgens gesehen? Das sind neun Stunden. Da scheint sich jemand seiner Sache aber sehr sicher gewesen zu sein.«

»Und mitten in Harburg«, wiederholte Schultheis.

»Ja, ja. Mitten in Harburg.«

Petersen presste die Lippen aufeinander. »Okay, du und Charlotte fahrt da sofort hin und grabt ein bisschen vor Ort. Die Hausnummer fehlt, aber das werdet ihr wohl auch so finden.«

Mit ausgestrecktem Zeigefinger deutete Petersen auf Christian Freitag. »Du arbeitest ihnen von hier zu. Ruf bei der Pressestelle an und versuch, noch ein bisschen mehr rauszubekommen. Schaffst du das?«

»Sicher«, erwiderte der Volontär.

Schultheis schob seinen Stuhl zur Seite und blickte Charlotte an. »Dann zur Sache, Schätzchen!«

Kopfschüttelnd stellte Charlotte ihren Tee auf Jans Schreibtisch ab. Na toll, dachte sie. Ich hatte doch Nein gesagt.

## 38

Was in Petersens Büro als unausgegorener Gedanke begonnen hatte, manifestierte sich in Jans Kopf immer mehr. Anna Horn war vielleicht gar nicht tot. Ihre Leiche wurde nie gefunden. Warum nicht? Die Ostsee war nicht der Atlantik. Früher oder später wurden die Leichen eigentlich am Strand angespült. Ob sie nun von allein von Bord eines Schiffes fielen oder gestoßen wurden. Anna Horn nicht. Petersen wollte einen Artikel zu Annas fünftem Todestag, weil die Welt davon ausging, dass sie tot war. Jan hingegen war plötzlich davon überzeugt, dass sie noch lebte. Und er war davon überzeugt, dass Paul Stein sie gefangen hielt. In diesem Reihenhaus, das dort so unschuldig im Schein der Vormittagssonne stand. Vermutlich hatte Paul sie im Keller versteckt. Und das schon seit fünf Jahren.

Jan starrte durch die Windschutzscheibe seines Wagens auf das zweigeschossige Gebäude. Es wäre klug, das Haus noch länger zu beobachten. Wenn Paul wegging, konnte Jan gefahrlos hinein und alles untersuchen. Im Moment wusste er nicht einmal, ob Paul im Haus war. Die Küchengardine zur Straße hatte sich nicht bewegt, seit Jan das Haus beobachtete. Aber es war keine Zeit, um klug zu sein. Denn Jan hatte Paul als Lügner entlarvt und leider auch mit seinem Wissen konfrontiert. Nun war Paul vorgewarnt. Es war gut möglich, dass es ihn zu einer Tat veranlasste, die er sonst nicht begangen hätte. Jan dachte an das Beseitigen von Spuren. Typisches Täterverhalten, wenn sie aufzufliegen drohten. In diesem Fall hieß das konkret: das Beseitigen von Anna.

Jan musste jetzt in das Haus. Wenn er nicht jetzt ging, würde Paul Anna vielleicht innerhalb der nächsten halben Stunde umbringen, dann zersägen und ihre Einzelteile in einem Säurebad zersetzen.

Jan musste handeln. Er war Annas letzte Chance.

Jan ging um den Block herum und entdeckte einen schmalen Weg, der hinter Pauls Häuserreihe zu den Eingängen eines weiteren Reihenhausblocks führte. Links von Jan lagen die rückseitigen Gärten von Pauls Häuserreihe. Hohe Sichtschutzzäune trennten die einzelnen Parzellen. Jans Blick fiel auf ein achtlos hingeworfenes Kinderfahrrad, sah sich kurz um und benutzte die alte Gartenpforte zu Pauls Grundstück so selbstverständlich, wie er es nur spielen konnte.

Der Garten war ungepflegt. Büsche wuchsen wild durcheinander, streckten ihre Dornen nach Jan aus, und er hörte ein leises Ratschen, noch bevor er den Widerstand an der

Jacke spürte. Aber das war in Ordnung, denn das Gestrüpp gab ihm Sichtschutz vor neugierigen Blicken aus den anderen Häusern.

Die Frage, was er getan hätte, wenn das eine Wohnzimmerfenster nicht gekippt wäre, stellte sich nicht. Jan steckte einen Arm hindurch und bekam den Griff des Nachbarfensters zu fassen. Eine halbe Drehung reichte. Das Holz war leicht verzogen. Erst als Jan von außen auf den Rahmen drückte, öffnete sich das Fenster ein Stück.

Zum Glück hielt Paul nichts von Topfpflanzen auf der Fensterbank. Dafür lag ein Bücherstapel im Weg. Jan versuchte, den Arm so weit wie möglich durch den Spalt zu schieben und die Bücher festzuhalten. Doch das ging nicht.

Er zögerte einen Augenblick, ging dann das Risiko ein. Langsam drückte Jan den Flügel weiter auf. Die Bücher fielen von der Fensterbank. Erst das oberste, dann der Rest des Stapels.

Es war unglaublich laut. So schien es jedenfalls, wenn man als Einbrecher für den Krach verantwortlich war. Doch außer Jan schien es niemanden zu stören. Er begann wieder zu atmen und schwang das rechte Bein ins Haus.

Der Abgang zum Keller musste im Hausflur sein. Leise ging er durch das unaufgeräumte Wohnzimmer. Offenbar hatte Paul das Interesse an allen bürgerlichen Werten verloren. Denn nicht nur Flur und Küche waren ein Müllhaufen, wie sich nun herausstellte.

Aber wo war Paul?

Ein Blick in die Küche sagte Jan, dass er dort jedenfalls nicht beim Mittagessen saß. Leise bewegte Jan sich zurück zu einer Tür, die sich seitlich unter der Treppe befand, die nach oben führte. Das musste die Kellertür sein. Jan drückte die Klinke.

Die Tür ließ sich nicht öffnen.

Natürlich nicht. Wenn man jemanden in einem Keller gefangen halten wollte, musste man die Tür abschließen. Sonst wäre derjenige ja nicht gefangen.

Jan drehte den Schlüssel. Lässt man einen Schlüssel stecken, wenn man einen Menschen im Keller gefangen hält?, fragte er sich.

Vielleicht.

Wenn man sicher war, keinen Besuch zu bekommen. Wenn man so gut wie niemanden in sein Haus ließ. Wenn man der Einzige war, der regelmäßig in den Keller ging. Und damit der Abgang unauffällig blieb, selbst wenn doch mal jemand kam. Jemand wie Jan.

Er öffnete die Tür, suchte nach einem Schalter. Das Kellerlicht war oberhalb der Treppe angebracht und leuchtete gerade mal diese aus. Im Keller selbst sah Jan kein Licht.

»Anna?«, rief er leise hinunter.

Der Klang der eigenen Stimme erschreckte Jan.

Er blickte zur Decke, wartete auf Geräusche aus dem ersten Stock. Dann sah er wieder die Treppe hinunter. Er sollte besser nicht in den Keller gehen, bevor er nicht ganz sicher war, allein im Haus zu sein. Jan war zwar ein Anfänger im Befreien entführter Frauen. Aber so einfach wollte er es Paul trotzdem nicht machen.

Leise ging Jan den Flur Richtung Haustür und blickte dabei die ganze Zeit nach oben. Er fasste nach dem Treppengeländer. Die Teile der lackierten Holzstufen benutzte Paul als Bücherregal. Jan sah Lexika, Sachbücher und Romane darauf liegen. Viele Schutzumschläge waren eingerissen, die meisten Bücher hatten gar keine.

Eine Stufe knarrte. Jan hielt den Atem an und wartete kurz.

An der Außenwand rechts von ihm hingen Fotos in rahmenlosen Bildträgern. Ein Foto zeigte den Hamburger Hafen. 1965 stand rechts unten. Das nächste eine Frau beim Kartoffelschälen. Sie saß auf einer Holzbank vor einem Haus. Ein Mann stand daneben, guckte direkt in die Kamera. Das Bild sah auch alt aus.

Jan nahm die letzten Stufen ins Obergeschoss. Ein rascher Blick in die beiden Schlafzimmer und in ein kleines Badezimmer oben reichten ihm. Paul war wirklich nicht da.

Schnell war Jan wieder im Erdgeschoss und zurück bei der Kellertür. Er zog den Schlüssel aus dem Schloss und steckte ihn in die Hosentasche. Die steile Treppe glich einer Hühnerleiter. Die Stufenkanten waren abgewetzt. Auf der letzten stand eine Taschenlampe. Offenbar war Paul sogar zu faul, die ausgebrannten Leuchtmittel im Keller auszutauschen. Oder die Elektrik hier unten war nicht in Ordnung. Oder Paul wollte, dass es hier dunkel war und man nicht alles sehen konnte. Jan schnappte sich die Lampe, ließ ihren Lichtkegel über Boden und Wände wandern. Es roch feucht.

Jan fand eine Tür zu einem zweiten Kellerraum und versuchte, sie zu öffnen. Dahinter blockierte etwas. Jan drückte fester. Auf dem Boden hinter der Tür standen Kartons und leere Farbeimer. In Regalen sah er alte Schuhe, leere Flaschen und Lebensmitteldosen.

Nur zwei Räume.

Der Grundriss des Hauses sah größer aus, überlegte Jan. Es handelte sich offenbar um einen Halbkeller, bei dem nur ein Teil des Hauses unterbaut war, oder, überlegte er weiter, der Zugang zu weiteren Räumen war versteckt.

»Anna?«, sagte er mit lauterer Stimme als beabsichtigt. Nervös sah Jan über die Schulter. Dann klopfte er mit den Fingerknöcheln gegen die Wand neben einem Regal. »Anna Horn?«

Niemand antwortete.

Mit der Lampe leuchtete er den Raum nach verborgenen

Türen ab, nach Ritzen, nach Anomalien im Mauerwerk. Im ersten Kellerraum hatte er eine Werkzeugkiste gesehen.

Jan ging zurück, nahm einen kleinen Hammer heraus, klopfte alle Wände ab.

Es klang alles gleich.

Mit einem Meißel kratzte er über den Putz. Verdächtige Fugen konnte er nicht entdecken. Selbst die Regale schob er so gut wie möglich zur Seite. Mit einem Ohr lauschte er immer die Treppe hinauf, hörte oft mitten in der Bewegung inne, hörte auf mögliche Schritte im Erdgeschoss.

Wenn Paul ein Entführer war, der sein Opfer seit fünf Jahren fern allen Sonnenlichts und aller Frischluft in einem Loch gefangen hielt, dann musste er zu allem bereit sein. Folglich, stellte Jan fest, schwebte auch er in Lebensgefahr. Es war nicht besonders warm im Keller, trotzdem spürte Jan Schweiß auf seinem Gesicht.

Im Schein der Taschenlampe huschte eine Kellerassel über den Boden. Wenigstens etwas Lebendiges.

Eine Weile beobachtete er die Assel, um zu sehen, ob sie vielleicht in einer Ritze verschwand und ihm auf diese Weise den Weg in einen weiteren Raum zeigen konnte. Aber sie schien sich in der Fuge, in die sie sich vor dem Licht verkrochen hatte, wohl zu fühlen.

Schließlich gab Jan auf. Hier unten war nichts. Jedenfalls keine Tür oder sonst ein Zugang zu weiteren Räumen.

Wenn es sich um einen Vollkeller handelte, waren die Türen zu den anderen Räumen irgendwann aufwendig zugemauert und verputzt worden. Das ließ zwei Möglichkeiten zu: Entweder befand sich hinter einer der Mauern Annas Grab oder es gab einen anderen Zugang zum versteckten Kellerteil. Vielleicht von oben.

Schnell war Jan wieder die Treppe hinauf. Die beiden Kellerräume, die er durchsucht hatte, mussten unter dem Flur und der Küche liegen. Jan sah sich im Wohnzimmer um. Wo keine schweren Gegenstände wie Schrank oder Couch standen, hob er den Teppich an. Auch den Teppich im Esszimmer untersuchte er. Staub und Dreck, mehr fand er darunter nicht.

Blieb noch ein möglicher Zugang von außen. Einen Abgang vom Garten hatte Jan nicht gesehen, aber er hatte auch nicht danach gesucht.

Er überlegte gerade, die Hauswand von außen abzusuchen, als er an der Haustür Geräusche hörte. Kein Zweifel, das klang nach einem Schlüssel, der im Schloss gedreht wurde. Jan stolperte zum Fenster.

Die Kellertür. Hatte er sie wieder zugemacht?

Ja.

Und das Licht am Abgang. War das aus?

Jan wusste es nicht mehr genau. Aber die Zeit, es zu kontrollieren, blieb ihm nicht.

Schon saß er auf dem Fensterbrett, schwang die Beine hinaus. Etwas Schweres wurde im Flur abgestellt. Vielleicht eine Einkaufstasche. Jan griff nach dem Fensterrahmen, zog ihn mit Schwung zu sich heran. Der Flügel blieb im verzogenen Rahmen stehen. Das Fenster sah fast verschlossen aus. Jan schob den Arm durch das gekippte Nachbarfenster, versuchte den Griff in umgekehrte Richtung wie vorhin zu drehen. Es funktionierte nicht.

Das Fenster war nicht in der richtigen Position. Kein Wunder. Es hatte ja schon beim Öffnen geklemmt. Jan versuchte es noch einmal. Aber es ging noch immer nicht. Leise fluchend zog der Einbrecher den Arm zurück. Das musste so reichen, entschied er und verschwand aus dem Garten, bevor er entdeckt werden konnte. Auf dem Gehweg steckte er wie ein harmloser Spaziergänger beide Hände in die Hosentaschen. Als er die rechte wieder herauszog, lag Pauls Kellerschlüssel auf der Handfläche. »Verdammt«, stieß Jan leise aus.

# 39

Charlotte schoss Bilder von dem Mehrfamilienhaus, in dem der Überfall auf die Frau aus der Pressemitteilung der Polizei stattgefunden haben musste. Ein Streifenwagen am Straßenrand und zwei Zivilfahrzeuge mit Behördennummern hatten ihr und Schultheis die Suche leicht gemacht. Ein rot-weißes Flatterband sperrte einen Gartenbereich im Hinterhof ab. Wegen der Nähe zur Redaktion waren sie als erste Journalisten vor Ort. Einige Anwohner standen ebenfalls im Garten, sahen zu den Balkonen hinauf. Im dritten Stock bewegte sich ein Mann in einem weißen Schutzanzug. Schultheis tippte Charlotte an die Schulter, als hätte sie den Mann von der Spurensicherung nicht bereits selbst entdeckt. Ihre Kamera klickte. Schultheis sprach einen Mann mit dunkler Hautfarbe und tiefbraunen Augen an. Er erfuhr, dass die Polizei am frühen Morgen vor dem Haus aufgetaucht war. Erst zwei Streifenwagen und ein Rettungswagen. Alle mit Blaulicht. Eine Frau wurde in den Rettungswagen geschoben. Derweil waren noch mehr Streifenwagen im Viertel unterwegs gewesen. Eine Weile kreiste auch der »Libelle« genannte Polizeihubschrauber über der Gegend. In der Wohnung, zu der der Balkon gehörte, sollte ein holländisches Mädchen leben.

»Ganz blond ist sie. Und immer nett im Hausflur. Wenn so eine junge Frau allein wohnt, muss das ja irgendwann passieren. Sie sollte lieber heiraten. Dann passt ihr Mann auf sie auf.«

»Dass sie Holländerin ist, ist sicher?«

Der Mann nickte.

»Oder könnte sie auch Dänin sein?«

»Nein. Aus Holland. Hat sie mir selber gesagt.«

Dann trudelten nach und nach die Kollegen von den anderen Zeitungen, von den Nachrichtenagenturen und vom Fernsehen ein. Spätestens als die Fernsehkameras ausgepackt wurden, verloren die Aussagen der Nachbarn an Genauigkeit. Sie begannen ihre Geschichten mehrfach zu erzählen und auf Wunsch auszuschmücken. Die Anwohner tauschten ihre Geschichten untereinander aus. Gleichzeitig quetschten sie Fakten aus den Reportern heraus, die diese aus dem Pressebericht der Polizei parat hatten, und bauten sie dann in ihre Geschichten ein. Es war eine Art *Stille Post*. Am Ende kamen für den Boulevard taugliche Interviews von den stets erschütterten Nachbarn und vermeintlich engsten Freunden des Opfers heraus. Neue Informationen gab es hingegen kaum noch.

Als dieser Zustand erreicht war, klingelte bei Schultheis das Handy. Petersen fragte, wie weit sie seien, ob sie schon abrücken könnten, um zu Doktor Schmidt-Rettich zu fahren.

Doktor Schmidt-Rettich war quasi der Hauspsychologe der Zeitung und musste immer herhalten, wenn ein Artikel durch die Expertise eines Experten bereichert werden sollte. Das machte beim Leser erfahrungsgemäß Eindruck und brachte zusätzliche Zeilen.

Schultheis gab Charlotte ein Zeichen, und sie gingen zurück zum Wagen. Der Reporter tippte den ersten Teil des Artikels in ein *BlackBerry*, während Charlotte das Auto lenkte. Auf der kleinen Tastatur brach Schultheis sich fast die Finger. Charlotte suchte nach einem Feuerzeug in der Mittelkonsole.

»Kannst du nicht erst rauchen, wenn wir da sind?«, fragte Schultheis.

Charlotte klemmte sich die Zigarette in den Mundwinkel. »Kannst den Kopf aus dem Fenster strecken, wenn du willst«, entgegnete sie durch die Zähne. »Oder den Bus nehmen. Wir treffen uns dann bei Schmidt-Rettich.«

»Du weißt doch gar nicht, wo seine Praxis ist.«

»Navi«, sagte Charlotte. »Tolle Erfindung. Macht Beifahrer überflüssig.«

Schultheis mahlte schweigend mit den Kieferknochen, während Charlotte zweimal schnell die Augenbrauen hob. Jan Fischer war vor ein paar Tagen mit einer ähnlichen Zurechtweisung wesentlich souveräner umgegangen, dachte sie. Vielleicht sollte sie eine Fahrt in ihrem Wagen für alle Kollegen zum allgemeinen Charaktertest machen. Was Doktor Schmidt-Rettich wohl von der Idee halten würde?

## 40

Jan saß wieder in seinem Auto und sah die Straße entlang, in der Paul wohnte. Lag er so verkehrt mit der Idee, dass Anna noch lebte? Dass Paul sie gefangen hielt? Der Gedanke an zugemauerte Kellerräume kam ihm plötzlich verrückt vor. Andererseits durfte man den Ideenreichtum von Entführern nicht unterschätzen. Besonders wenn sie ihre Tat vorher akribisch geplant hatten. Dafür gab es reichlich Beispiele. Von geheimen Zugängen aus Werkstattgruben in Garagen oder hinter scheinbar unbeweglichen Waschmaschinen bis hin zu Verstecken in vergessenen Atomschutzbunkern im Garten. Kranke Männer, die darin Frauen gefangen hielten. Manchmal für Jahre oder Jahrzehnte. Die mit ihnen sogar Kinder zeugten, die niemals eine andere Welt kennenlernen sollten. Das hatte es alles schon gegeben. Bis den Frauen doch die Flucht gelang, bis die besten Verstecke aufflogen … oder eben auch nicht. Denn natürlich hatte man nur von den Gefängnissen gehört, die irgendwann gefunden worden waren. Das Entsetzen in den Medien und in der Bevölkerung war immer groß. Für einige Zeit gab es dann kein wichtigeres Thema mehr. Doch dann gingen alle wieder zur Normalität über. Und keiner schien sich zu fragen, in wie viel Verstecken noch immer Menschen gefangen gehalten wurden, von denen niemand je erfahren hatte.

Dann erinnerte Jan sich an ein »Zu Verkaufen«-Schild, das einige Eingänge weiter links von Pauls Reihenhaus im Vorgarten stand. Wie war noch der Name des Maklers? Jan schloss die Augen und sah das Schild vor sich, konnte sich aber nicht an den Namen erinnern. Wenn es im Internet ein Exposé zum Verkaufsangebot gab, würde es den Grundriss des Gebäudes zeigen. Inklusive aller Kellerräume. Die Idee war gut. Sollte das angebotene Reihenhaus einen Vollkeller haben, dann würde dies mit ziemlicher Sicherheit auch für Pauls Haus gelten.

Jan wollte gerade den Motor starten, um das zum Verkauf stehende Haus zu suchen und damit den Namen des Maklers, als er ein Stück die Straße hinunter Paul entdeckte. Der wiederum sah Jan nicht, überquerte die Straße und ging offenbar Richtung Bahnhof. Auf dem Rücken trug er einen Rucksack. Ganz automatisch stieg Jan aus dem Wagen und folgte Paul mit genügend Sicherheitsabstand.

Bei einem türkischen Gemüseladen machte Paul Stopp. Durch die spiegelnde Scheibe sah Jan ihn Knoblauchwurst und Fladenbrot in den Rucksack stopfen. Er suchte noch mehr zusammen, aber Jan konnte nicht alles erkennen. War das nur für ihn gedacht? Oder musste Paul so viel kaufen, um eine zweite Person zu versorgen?

Als Paul den Laden verließ, folgte Jan ihm weiter bis zum S-Bahnhof. Der Zug nach Stade kam laut Anzeige in fünf Minuten. Jan stellte sich hinter einen Pfeiler, bis der *Lindwurm* einfuhr. Der Fahrtwind ließ einen Pappbecher über den Bahnsteig rollen. Jan wartete, bis Paul in der Bahn verschwunden war, und stieg dann zwei Wagen hinter ihm ein. Die hydraulischen Türen schlossen sich zischend. Ratternd folgte die Bahn dem Schienenstrang Richtung Süden. Sie überquerten auf einer Brücke die Süderelbe und fuhren dann in den Untergrund ein.

»Nächste Haltestelle Harburg«, verriet eine Stimme aus dem Lautsprecher an der Decke. Jan setzte sich ans Fenster. Die Scheibe war zerkratzt.

Eine junge Asiatin saß ihm gegenüber. Einige Studenten standen bei den Türen. Diese Gruppe würde bis Harburg-Rathaus fahren, vermutete Jan. Von dort kamen sie zu Fuß schnell zur Technischen Hochschule.

Jan bewunderte die feinen Gesichtszüge der dunkelhaarigen Frau ihm gegenüber. Sie las ein E-Book. Für einen Augenblick sah sie hoch. Jan fühlte sich ertappt, lächelte verlegen und drehte den Blick wieder zum Fenster. Von seinem Platz aus konnte er sehen, dass Paul nicht in Heimfeld ausstieg und auch nicht in Neuwiedenthal. Er fuhr bis Neugraben. Dort verließ er den Zug und ließ die Bahn ohne sich weiter nach Stade fahren. Jan sprang auf den Bahnsteig, kurz bevor sich die Türen wieder schlossen. Er beobachtete, wie Paul den Bahnhof verließ und eine Bushaltestelle ansteuerte.

Entweder musste Jan sich nun bemerkbar machen oder Paul davonfahren lassen. Es standen zu wenig Leute an der Haltestelle, um die Verfolgung unauffällig fortzusetzen. Der Bus kam. Paul stieg ein und war kurz darauf weg.

Jan strich sich über die Wange, dachte an sein gut 20 Kilometer entfernt geparktes Auto. Um es zu holen, würde er über eine Stunde brauchen. Der Fahrplan an der Haltestelle sagte ihm, dass der nächste Bus in 20 Minuten kam. Nach zehn Minuten überlegte Jan noch immer. Weitere zehn Minuten später stieg er wie Paul zuvor in den Bus Richtung Francop.

Obwohl fast alle Plätze frei waren, stellte Jan sich in den freien Raum bei den Mitteltüren und hielt sich an einer Stange fest. So konnte er am besten in alle Richtungen gucken.

Wo wollte Paul hin? An welcher Haltestelle würde er aus dem Bus gestiegen sein?

Francop bestand hauptsächlich aus einer Straße, die parallel zur Elbe verlief. Obstplantagen und die Montagehallen eines Flugzeugbauers verwehrten den Einwohnern jedoch eine Sicht auf den Fluss. Links und rechts der Straße standen Einfamilienhäuser und immer wieder Fachwerkbauten. Nach einer Weile wurde Jan klar, wie sinnlos diese Fahrt war. Paul konnte in jedem der Häuser verschwunden sein. Der Rucksack ließ darauf schließen, dass er jemanden mit türkischen Spezialitäten überraschen wollte. Aber das war kein Verbrechen.

Jans Verfolgungsjagd war offenkundig erfolglos verlaufen. Es blieb ihm wohl nichts anderes übrig, als zurück nach Wilhelmsburg zu fahren, um sein Auto zu holen. Dort wartete ja auch noch der Name des Maklers auf ihn. Eine lauwarme Spur. Zugegeben. Aber besser als keine.

In Neuenfelde stieg Jan bei der Post aus, wechselte die Straßenseite und wartete auf den nächsten Bus zurück zum Bahnhof Neugraben. Das war hier schon das Alte Land. Rund herum Apfelplantagen. Die Häuser stammten zum Teil noch aus der Zeit um 1900. Einige hatten Säulen vor den Eingangstüren, muteten beinahe herrschaftlich an, wenn man ihnen nicht ihr Alter so deutlich angesehen hätte.

Jan dachte an eines der Fotos, das er in Pauls Haus gesehen hatte. Beim Treppenaufgang ins Obergeschoss. Nicht das vom Hamburger Hafen, sondern das mit einer Frau und einem Mann auf einem Bauernhof. Es war eine Schwarz-Weiß-Aufnahme. Sie beim Kartoffelschälen. Er in Gutsherrenpose daneben.

Der Bus kam. Jan sprang hinein und konnte kaum die Abfahrt abwarten. Denn nun wusste er plötzlich, wonach er suchte.

Einige Fachwerkhäuser lagen direkt neben der Straße. Ein Hund, der ebenso grau wie die Wand war, an die man ihn gekettet hatte, bellte den vorbeifahrenden Bus an. Dann erspähte Jan den abseits gelegenen Hof, den er suchte. Der Bus fuhr daran vorbei. Sie waren zu schnell, um viel erkennen zu können. Aber das musste er sein: der Bauernhof von der Fotografie in Pauls Reihenhaus. Vielleicht hatten Pauls Eltern hier gelebt oder seine Großeltern. Vielleicht war Paul hier aufgewachsen.

Jan stieg an der nächsten Haltestelle aus und lief an der Straße zurück. Er brauchte kaum zehn Minuten, dann stand er vor der Hofeinfahrt. Ein staubiger Sandweg führte zwischen Fichten und Gestrüpp zum Haus. Beinah schien es, als verstecke sich das Anwesen hinter den Bäumen vor den Blicken der Menschheit.

# 41

Die Praxis von Doktor Schmidt-Rettich lag in einer abschüssigen Straße in den Harburger Bergen, an der Grenze zum niedersächsischen Rosengarten. Eine idyllische Wohnlage. Das Gebiet wurde von Wanderern sehr geschätzt und erklärte zugleich, weshalb Charlotte die Gegend noch nicht kannte. Wanderschuhe waren nicht ihr Ding. Mit dem Renault brauchten sie eine halbe Stunde, um die mit teuren Einzelhäusern bebaute Wohnstraße zu erreichen. Die überfüllte Bundesstraße 73 war schuld. Sonst wären sie schneller gewesen. Im Vorgarten des Grundstücks stand ein dezentes Schild, das Klienten am Haupteingang vorbei zu einer Tür an der Seite des Hauses führte. Der Diplom-Psychologe hatte seinen Behandlungsraum im Kellergeschoss untergebracht, darüber waren Schmidt-Rettichs private Wohnräume.

Charlotte und Schultheis gingen durch eine schwere Holztür. Die Wände des Kellers waren weiß gestrichen, der Fußboden bestand aus hellem Kork. Im Wartezimmer gab es einen dunkelroten Teppich. Schmidt-Rettich empfing die beiden Journalisten sofort, und Schultheis gab ihm sein Honorar. Gewöhnlich bezahlte die Zeitung nicht für Informationen. Honorarkräfte wie Schmidt-Rettich machten da eine Ausnahme. Ähnlich wie Gerichtszeichner, die für den Abdruck ihrer Skizzen ebenfalls bezahlt wurden.

Charlotte und Schultheis durften sich im Sprechzimmer auf zwei Sessel setzen. Schmidt-Rettich nahm auf einem Stuhl gegenüber Platz. Gemeinsam bildeten sie ein Dreieck im Raum. Der Psychologe saß von beiden Gesprächspartnern genauso weit entfernt wie diese untereinander. Offenbar diente die Konstellation gewöhnlich zur Paartherapie oder Mediation. Charlotte fühlte sich irgendwie unwohl, als sie dies bemerkte.

»Herr Petersen hat mir bereits einen Überblick über den Fall gegeben«, begann Schmidt-Rettich das Gespräch. Hierzu setzte er sich eine rahmenlose Brille auf und nahm ein Klemmbrett mit Notizen zur Hand. Schultheis zückte seinerseits einen Notizblock. Charlotte würde mit ihrem Foto bis nach dem Gespräch warten. Sie brauchte nur ein aussagekräftiges Bild des Psychologen, vielleicht an einem Schreibtisch. Das würde Petersen zusammen mit den Bildern vom Tatort bestimmt reichen.

Doktor Schmidt-Rettich stellte aufgrund der Brutalität, die die junge Frau im Phoenix-Viertel erleiden musste, fest, dass es sich bei ihrem Peiniger um einen Soziopathen zu handeln schien, dem ein gehöriges Maß Empathie fehle. Sein Verhalten sei vermutlich pathologisch. »Die Gefühle des Opfers scheinen für ihn völlig belanglos. Das heißt im Umkehrschluss, dass der Täter keine Reue für seine Tat empfindet.«

»Oder er ist ein Sadist, und ihre Schmerzen gefallen ihm«, schlug Schultheis mit einem Blick zu Charlotte vor.

Doktor Schmidt-Rettich atmete hörbar durch die Nase aus. »Er hat die Frau geschlagen, aber nicht gefoltert.«

Diese Information hatte Volontär Christian Freitag durch sein Gespräch mit der Polizei herausgefunden. Hinter vorgehaltener Hand erfuhr man oft mehr Details als aus den offiziellen Presseberichten. Christian erzählte es Petersen, und Petersen hatte Schmidt-Rettich damit gefüttert.

»Der Täter hat dem Opfern seinen Willen aufgezwungen. Er will es beherrschen. Das ist sein Motiv. Nicht allein die Triebbefriedigung. Deshalb auch die lange Zeit, die er in der

Wohnung geblieben ist. Immerhin stieg die Gefahr, erwischt zu werden, mit jeder Stunde. Aber das hat er in Kauf genommen. Und weil er dabei keine Reue empfindet, wird er es mit ziemlicher Sicherheit irgendwann wieder tun. Oder er hat es bereits getan.«

Charlotte streckte die Hand zu einer Wasserflasche auf einem kleinen Tischchen aus, neben der einige umgedrehte Gläser standen. »Darf ich?«, fragte sie den Psychologen.

»Bedienen Sie sich bitte.«

Charlotte füllte Wasser in ein Glas, während Schultheis seine Aufzeichnungen durchsah. Das im Wasser gebundene Kohlendioxid hüpfte in die Luft und benetzte Charlottes Hand.

»Sie sagten, er sei unfähig, Mitleid zu empfinden, und er kenne keine Reue.«

»Das habe ich gesagt.«

»Wie kann er sich dann unbemerkt in der Gesellschaft bewegen? Müsste er nicht sofort als krankhaft auffallen?«

»Das ganz bestimmt nicht«, erwiderte Doktor Schmidt-Rettich. »Solche Leute verstehen es sehr gut, ihre Umwelt zu täuschen. Zum Teil ist es ihnen sogar eine Freude, andere Menschen in die Irre zu führen. Es gibt da sehr gut dokumentierte Beispiele.«

»Man könnte also sagen, man sieht es ihm nicht an, aber unser Freund ist trotzdem gemeingefährlich. Und man weiß nie, was er als Nächstes tut.«

»Das könnte man sagen.«

»Darf ich Sie so zitieren?«

Schultheis und Doktor Schmidt-Rettich blickten sich eine Weile wortlos in die Augen. Dann nickte der Psychologe. »Aber worauf wollen Sie hinaus?«

»Na, wenn er keine Reue kennt und es ihm gefallen hat, wenn er bereit ist, große Risiken einzugehen und offenbar keine Angst vor Entdeckung hat, wäre es dann möglich, dass wir es hier mit der Geburt eines Serientäters zu tun haben?«

»Das klingt theatralisch.«

»Journalisten spitzen zu.«

Schmitt-Rettich zeigte kurz ein Lächeln. »Verstehe. Ja, aus dieser Perspektive ... vielleicht. Aber vielleicht war es gar nicht sein erstes Mal. Dann wäre es keine Geburt. Zumindest scheint er nicht aus dem Freundes- oder Bekanntenkreis zu kommen. Immerhin hat er sich die Mühe gemacht, über den Balkon zu klettern. Das kann nicht jeder. Möglicherweise ist er schon mal als Einbrecher unterwegs gewesen. Die Polizei sammelt überall Spuren. Würde mich daher nicht wundern, wenn sie ihn irgendwann auch mit einem anderen Verbrechen in Verbindung bringen können.«

»Was charakterisiert Serientäter? Die immer selbe Vorgehensweise?«

Das verneinte der Psychologe. »Im Gegenteil. Serientäter modifizieren ihr Vorgehen. Weil sie, wie alle anderen Menschen auch, aus ihren Taten lernen. Sie werden also besser. Vermeiden zum Beispiel Spuren, die sie beim ersten Mal noch hinterlassen haben. Serientäter müssen schlau sein und sich anpassen können, sonst werden sie geschnappt, bevor sie eine Serie beginnen können.«

»Also sollte die Polizei prüfen, ob es bereits ähnliche Taten in der Gegend gab. Oder natürlich anderswo. Der Täter könnte ja auch reisen oder umziehen.«

»Dann wird es umso schwerer, ihn zu bekommen«, bemerkte Schmidt-Rettich.

»Hatten Sie schon mal mit einem Serientäter zu tun? Ich meine, persönlich.«

»Sie meinen beruflich.«

»Ja, natürlich ... beruflich.«

»Es ist nicht mein Spezialgebiet. Und ich arbeite auch nicht als Gefängnispsychologe.«

Das war nicht die Frage, dachte Charlotte. Aber sie wusste auch nicht, was ihr Kollege damit bezwecken wollte.

Schultheis lächelte breit. Fast so, als würde er etwas schrecklich lustig finden. Dann klappte er seinen Notizblock zusammen. »Das reicht mir«, sagte er und deutete auf Charlotte. »Du bist dran.«

Der Doktor setzte die Brille wieder auf, die er seit etwa fünf Minuten in den Händen gehalten hatte und lächelte die Fotografin erwartungsvoll an. Der Raum bot nicht allzu viele Möglichkeiten für ein schönes Foto. Kahle Wände ließen Gesichter schnell eindimensional und langweilig aussehen.

»Gehen wir zu der Bücherwand da«, schlug Charlotte vor. Sie selbst trat so weit wie möglich zurück, damit sie den Fokus der Kamera auf Schmidt-Rettich legen konnte und die Bücher im Hintergrund etwas verschwammen. Ein Effekt, den Charlotte liebte und der desto besser zur Geltung kam, je weiter sie sich vom Objekt entfernte. Ein Hocker wäre noch gut gewesen, um Schmidt-Rettich leicht von oben einzusetzen. Das ließ die Halspartie besser aussehen. Aber es ging auch so ganz gut, denn Charlotte war deutlich größer als der Psychologe.

Sie bedankte sich und traf den bereits vorausgegangenen Schultheis draußen beim Auto wieder.

»Na, noch eine durchziehen, bevor wir fahren?«, fragte er. »Den Weg zur Lunge teeren?«

Charlotte musste grinsen und angelte sich eine Zigarette aus der Packung in ihrer Jackentasche. »Warum bist du eigentlich auf dem Serientäter so rumgeritten?«, fragte sie und blies Rauch in den frühen Nachmittagshimmel.

»Bin ich doch gar nicht.«

»Doch bist du. Ich verstehe nur nicht, wieso.«

»Ach so. Das meinst du«, erwiderte Schultheis mit einem breiten Lächeln. »Das kommt daher, weil ich Redakteur bin und du nur Fotografin.«

Charlotte beschloss, die Bemerkung zu überhören. »Glaubst du wirklich, dass er es wieder tun wird?«

»Wenn er es nicht bereits getan hat«, erwiderte Schultheis. »Hast doch den Experten gehört.«

# 42

Das alte Bauernhaus versteckte sich hinter Wacholder- und Haselnusssträuchern. Ganz anders als die ehemaligen Prunkhäuser, die Jan vom Bus aus gesehen hatte, mit ihren Säulen am Vordereingang. Manche von ihnen hatten nur wenige Schritte neben der Straße gelegen. Der Hof hier war irgendwie ganz anders. Jan folgte dem Sandweg zum Haus einige Meter, trat dann ins Unterholz. In einer Baumkrone lief ein Kleiber kopfüber den Stamm hinunter. Der Vogel verharrte, als spüre er Jans Blick auf sich, drehte den Kopf, kletterte weiter. Jan trat auf altes Laub, darunter knackten trockene Äste. Das alles schien ihm viel zu laut. Er schlug einen Halbkreis um den Hof und sah zwischen kahlen Baumstämmen, dass die Fenster des Wohnhauses mit Holzplatten vernagelt waren. Vermutlich, um das unbewohnte Haus vor Rabauken und Einbrechern zu schützen. Die Fenster leer stehender Häuser gingen sonst gerne schnell zu Bruch.

Auf dem hinteren Hofteil erstreckte sich ein lang gezogener Stall. Eine Seitentür hing schief in den Angeln und stand einen Spalt offen. Um sie ganz zu öffnen, musste Jan sie mit aller Kraft anheben. Trotzdem schleifte das Holz über den sandigen Boden.

Ein modriger Geruch strömte ihm entgegen. Fahles Licht fiel durch kleine Luken und zeigte Hunderte kleiner Käfige. Jan überlegte, wann die Haltung von Hühnern in derlei Legebatterien verboten worden war. Es war offensichtlich, dass der Hof schon sehr lange nicht mehr wirtschaftlich genutzt wurde.

Jan ließ die Tür offen stehen und ging am Stall vorbei zu einem großen Holzverschlag. Der war hoch genug, um einen Mähdrescher darunter parken zu können. Mächtige Eichenpfähle trugen ein Dach aus schwarzen Faserzementplatten. Neben einem uralten Trecker, der nicht nur durch seine platten Reifen fahruntüchtig aussah, stand ein VW Transporter. Unter weißem Lack blühte der Rost, doch die TÜV-Plakette war noch nicht abgelaufen.

Ein kleines Fenster an der Heckklappe war von innen mit Zeitungspapier zugeklebt. Vergeblich versuchte Jan, die Klappe zu öffnen. Bei der Schiebetür an der Seite hatte er mehr Erfolg. Die Ladefläche war fast leer. Auf dem Boden lagen zwei alte Wolldecken.

Jan blickte sich kurz um, kletterte auf die Ladefläche und von dort auf den Fahrersitz. Im Fach vor der Beifahrerbank lag eine gefaltete Karte. Sie zeigte Harburg und einen Teil der Lüneburger Heide. Am rechten Kartenrand lag Annas Heimatdorf.

Zufall?

Wozu brauchte Paul eine Karte von dieser Gegend, wenn er Anna vor fünf Jahren am Meer entführt hatte, fragte Jan sich. Ein ungutes Kribbeln kroch seinen Nacken hinauf, und er drehte sich schnell zur offenen Schiebetür. Wider Erwarten stand dort niemand, und niemand starrte ihn an.

Jan atmete tief durch. Zum ersten Mal wurde ihm bewusst, dass er Angst hatte, und dann, weshalb er das Gelände und den Wagen so genau absuchte. Zum einen wollte er wissen, worauf er sich einließ, er wollte nicht plötzlich von hinten überrascht werden. Zum anderen zögerte er das entscheidende Vorhaben hinaus: die Kontrolle des Wohnhauses. Annas Gefängnis war nicht im Stall, blieb also nur das alte Haus.

Natürlich könnte Jan sich verstecken und warten, bis Paul, so er denn in diesem Haus war, wieder herauskam und mit dem nächsten Bus wegfuhr. Aber wenn Paul wirklich in diesem Haus war, was tat er dann in diesem Moment darin?

Würde er Anna beseitigen, jetzt, da er den Atem eines Verfolgers im Nacken spürte?

Der Gedanke ließ Jan nicht los. Fünf Jahre hatte sie in ihrem Gefängnis überlebt, hatte stets die Hoffnung gehabt, eines Tages wieder freigelassen zu werden oder fliehen zu können. Und nun, nur weil ein Reporter zu neugierig war, müsste sie sterben?

Jan durfte nicht länger warten. Zu allem entschlossen warf er die Straßenkarte auf die Beifahrerbank und kletterte aus dem VW Bus. Er musste handeln. Jetzt.

Der Dachvorbau des Reetdachhauses war so tief hinuntergezogen, dass sich die Tropfkante bei Jan auf Bauchhöhe befand. Das ließ das Haus erscheinen, als sei das Fundament mindestens einen Meter zu tief in die Erde gegraben worden.

Jan schritt an den vernagelten Fenstern vorbei. Die Haustür befand sich auf der Giebelseite zur Straße. Jan entdeckte eine Klingel, sah dann aber, dass die Tür nur angelehnt war. Überrascht streckte er den Arm aus. Die Tür schwang weiter auf. Es war wie eine unausgesprochene Einladung.

So unachtsam konnte Paul nicht sein. Nicht, wenn er darin eine entführte Frau versteckte.

War das hier eine Einladung oder eine Falle?

Jan hatte keine Waffe bei sich. Nichts, womit er einen plötzlichen Angriff abwehren konnte. Ihm war noch sehr gut in Erinnerung, wie der Kampf zwischen ihm und Paul im *Dojo* ausgegangen war. Nämlich schmerzhaft.

Vorsichtig trat Jan durch die Tür, blickte in die Ecken. Es fiel nur spärliches Licht durch die offene Tür. Die lange Diele lag im Halbdunkel vor ihm. Erst an ihrem Ende zeichnete sich ein gelblicher Lichtkegel ab.

Zögernd ging Jan die Diele entlang. Links und rechts gab es Türen zu verschlossenen Räumen. Jan kannte ihre Geheimnisse nicht, konnte sich aber viel vorstellen, wenn Paul hier aufgewachsen war. Irgendwo musste sein ehemaliges Kinderzimmer liegen, irgendwo das Elternschlafzimmer. Der Abstellraum, in dem ihn seine Mutter immer eingesperrt hatte, wenn er unartig gewesen war. Pauls Vater brauchte ihn nicht einzusperren. Der nahm einfach den Gürtel, um Paul Respekt beizubringen.

Jan wusste, dass es so gewesen sein musste. Nur so passte alles für ihn zusammen. Der einsame Junge, der sich später eine Frau fangen würde, um sie seit fünf Jahren einzusperren, dieser Junge musste einfach im Elend aufgewachsen sein. Es musste eine Kindheit ohne Freunde gewesen sein. Eine Jugend voller harter Arbeit auf den Apfelpantagen und in den Hühnerställen. Seine Schulfreunde waren samstagabends bestimmt zum Tanzen gegangen. Paul nicht.

Pauls einzige Freude war die alte Fotokamera, die er von irgendjemandem geschenkt bekommen hatte. Er fotografierte die Bäume, die Wolken, die Felder. Sein Lieblingsmotiv waren die Hühner in ihren Käfigen. Mit den Schnäbeln hatten sie sich gegenseitig Federn ausgerissen und Wunden geschlagen. Bei Nacht entwickelte der Junge die Bilder in seinem Zimmer. Sein Vater hätte ihm die Kamera jederzeit wegnehmen können. Aber er tat es nicht. Vielleicht aus stummer Liebe. Vielleicht, weil er gespürt hatte, dass Paul sonst das ganze Haus in Kleinteile zerschlagen hätte.

Aber das war Vergangenheit. Eine Vergangenheit, so wie Jan sie sich vorstellte. Das Haus war für ihn vom Echo einer unendlich traurigen Jugend erfüllt.

Vorsichtig trat Jan in die Küche. Eine nackte Glühbirne warf Licht auf einen alten Küchenschrank, einen dreckigen Herd und einen brummenden Kühlschrank. Tageslicht kam hier keines mehr herein. Die Bretter vor den Fenstern machten aus diesem Teil des Hauses eine dunkle Höhle.

Paul saß am alten Küchentisch. Am Fuß des Tisches lehnte sein Rucksack. Auf der Tischfläche lagen Reste von aufgeschnittenem Brot und Wurst.

»Da bist du ja. Möchtest du einen Kaffee?«, fragte Paul, als käme Jan gerade von der Arbeit nach Hause.

Jan antwortete nicht. Er blickte die Gestalt vor sich an und seine Vorstellungskraft verriet ihm, was Paul zu dem gemacht hatte, was er war. Sein Vater musste irgendwann an Krebs gestorben sein. Die Chemikalien, die früher in der Schädlingsbekämpfung eingesetzt wurden, hatten ihren Dienst getan. Pauls Mutter bekam kurz danach einen Schlaganfall und ließ sich noch ein Jahr von ihrem Jungen pflegen, bevor auch sie aus seinem Leben trat. Damals hatte Paul den Hof verlassen, war nach Harburg gezogen. Wegen seiner Liebe zum Fotografieren nahm ihn ein Fotograf in die Lehre. Er durfte Hilfsarbeiten verrichten. Die rostige Heizung im Atelier streichen und das Equipment schleppen, wenn der Meister Bilder in Kindergärten oder von Hochzeitspaaren machte.

Im zweiten Lehrjahr durfte Paul zum ersten Mal eigene Bilder machen. Der Meister beneidete ihn um sein Talent. Aber er merkte auch, dass er durch Pauls Arbeit Geld verdienen konnte. Bald schickte ihn der Lehrherr allein zu Terminen. Als Belohnung durfte Paul nach Feierabend das Atelier benutzen.

Seine Modelle sprach er auf der Straße an. Der linkisch wirkende junge Mann musste oft fragen, bis ein Mädchen mit ihm kam. Die schönsten Aufnahmen schenkte er ihnen. Dann kamen die Mädchen wieder oder schickten eine Freundin vorbei. Zuneigung oder gar Liebe fand Paul auf diese Weise nicht. Denn dies war kein Märchen mit Happy End.

Jan schrak zusammen, als Paul mit dem Stuhl rückte und aufstand. Er trat zum Schrank, nahm einen Becher heraus, füllte ihn mit Kaffee.

»Milch?«

Jan schüttelte den Kopf. Paul stellte den Becher auf den Tisch und setzte sich wieder. Jan beobachtete jede seiner Bewegungen, suchte den Raum nach potenziellen Waffen ab. Irgendwo musste es ein Messer geben. Paul blickte Jan lange an. Es war fast, als könnte er dessen Gedanken lesen.

Mit einem Kopfnicken deutete Jan auf die Tür neben dem mannshohen Kühlschrank. »Hältst du sie da gefangen?«

Über der Tür gab es ein Oberlicht aus Milchglas. Dahinter sah er Licht schimmern. Am liebsten hätte er die Tür einfach aufgerissen.

»Der Kaffee ist gut«, sagte Paul. »Warum trinkst du nicht?«

»Wieso hast du Kaffee im Haus? Warum läuft der Kühlschrank? Warum ist die Heizung an? Das ergibt doch alles keinen Sinn bei einem verlassenen Haus.«

Paul spitzte kurz die Lippen. »Wenn ich die Heizung ausschalte, geht hier sehr schnell alles vor die Hunde. Die Rohre platzen bei Frost. Die Dielenböden werden nass und verbiegen sich. Nicht, dass mir das was ausmachen würde. Verkaufen kann ich den Hof sowieso nicht. Das verdammte Haus steht unter Denkmalschutz. Wer hier leben will, muss richtig investieren. Ein vernünftiger Mensch macht so was nicht.«

Ein vernünftiger Mensch. Jan hätte lachen können, als er diese Bemerkung aus Pauls Mund kommen hörte.

»Wie hast du Anna vom Boot gekriegt?«, fragte Jan. »Sie war doch auf dem Meer.«

»Anna?« Paul hob kurz die Augenbrauen. »Es gibt doch noch mehr Boote«, sagte er dann.

Natürlich. Paul hatte die junge Frau durch einen Trick zum Anhalten gebracht und war mit seinem eigenen Boot längsseits gegangen. Er brauchte Jan gar nicht alles zu erzählen.

»Und dann hast du sie mit dem Transporter hergeschafft.«

»Ja. Ganz richtig.« Paul knetete seine groben Hände. »Ich habe es für sie getan«, sagte er. »Sie war fertig. Alle wussten es, aber keiner unternahm etwas. Wir sind frei zu tun, was wir wollen. Sogar wenn wir uns dabei selbst zerstören. Wie findest du das?«

»Erzähl mir nichts davon, frei zu sein«, zischte Jan. »Du hast sie gefangen.«

»Max Schrader ist schuld«, behauptete Paul. »Er hat sie kaputtgemacht. Entweder musste ich ihn umbringen oder einen anderen Weg finden, um Anna vor ihm zu beschützen. Sie war doch mein Werk. Ich konnte doch nicht zusehen, wie es zerstört wird. Dieser wunderschöne Körper war am Verfallen. Ihr Gesicht. Du hättest es sehen sollen. Da war keine Lebensfreude mehr drin. Alles leer und ausgemergelt. Kannst du das nicht verstehen?« Pauls Gesicht wirkte mitleiderregend. »Ich meine, nur ein ganz klein bisschen? Ich musste sie aus dieser Situation befreien.«

»Du hast sie nicht befreit«, entgegnete Jan wütend. »Du hast sie zu deiner Sklavin gemacht.«

»Nein«, wehrte Paul ab. »Das stimmt nicht. So war das nicht. Ich habe sie nie angefasst.«

Paul ballte die Hände zu Fäusten.

Fieberhaft überlegte Jan, wie er Anna aus ihrem Gefängnis befreien konnte. Einfach den Schlüssel, der in der Tür steckte, umdrehen und sie zu sich rufen, während er gleichzeitig Paul im Auge behielt?

Das würde nicht funktionieren.

Vermutlich war Anna entkräftet und schwach. Sonst hätte sie längst das Oberlicht eingeschlagen und wäre irgendwie geflohen. Aber zu ihr hinein konnte Jan auch nicht gehen. Nicht solang Paul da war.

»Die ersten Tage waren schlimm«, sagte Paul. »Für sie und auch für mich. Ich wollte sie nicht leiden sehen. Aber wie man einen sanften Entzug macht, wusste ich nicht. Sie litt fürchterlich. Ich konnte sie überhaupt nicht allein lassen. Das ging über eine Woche so. Was die Zeitungen über ihr Verschwinden schrieben, haben wir beide nicht mitgekriegt. Und plötzlich galt sie als tot.« Paul lächelte. »Nach einer Toten sucht keiner. Ich hatte sie gerettet. Und keiner wusste es.« Er hob den Blick, sah Jan an. »Du musst mich doch verstehen. Gerade du.«

»Was meinst du damit?«, wollte Jan sagen. Doch in diesem Moment wurde ihm klar, dass er nicht zufällig hier war. Paul hatte ihn erwartet. Er wollte sein Erleben mit jemandem teilen. Deshalb hatte die Haustür offen gestanden. Paul wollte, dass Jan hereinkam. Er wollte, dass Jan den Hof fand.

Und ihn.

Und Anna.

Er wollte Verständnis für das, was er getan hatte. Vielleicht sogar Absolution.

Vielleicht war alles, was er mit Jan veranstaltet hatte, nur eine Vorbereitung auf diesen einen Moment. Paul wollte Jan gar nicht von der Recherche ablenken. Er wollte, dass er vorbereitet war, wenn er Anna fand.

»Was hast du jetzt vor?«, fragte Jan.

»Ich? Gar nichts. Die ganze Sache liegt jetzt bei dir.« Paul deutete zum Kühlschrank. »Da liegen die Schlüssel zu den Fesseln. Ab hier entscheidest du, was passiert. Ich bin gespannt, ob du die Macht spürst, die diese Schlüssel haben. Wenn ich weg bin, liegt alles in deinen Händen. Schließ einfach auf und lass sie frei. Meinetwegen. Oder du behältst sie in dem Zimmer und redest noch mal mit ihr. Dann wirst du merken, was ich meine. Lass dir Zeit. Überlege, was zu tun ist. Einen Tag. Zwei Tage. Niemand wird euch stören.«

»Wie bitte?«

»Erst nachdenken, Jan. Dann handeln. Ich schenke euch beiden diese Zeit. Aber du entscheidest, was du damit anstellst.«

# 43

Jan war selbst nicht klar, wieso er so lange regungslos neben der Tür stand, seit Paul gegangen war. Endlich griff er zum Schlüssel, drehte ihn um und öffnete die Tür. Der Raum dahinter wurde von einer nackten Neonröhre beleuchtet. Jan sah ein Bett an der Wand und mitten im Zimmer einen Tisch und einen Stuhl. Auf dem Stuhl saß eine Frau. Sie drehte Jan den Rücken zu. War das Anna Horn? Hatte er sie gefunden? Lebte sie noch? Fünf Jahre in Gefangenschaft. Konnte man das noch Leben nennen?

Jan sah, dass ihr Fuß mit einer Handschelle an einer Kette befestigt war.

*Lass sie frei. Oder du behältst sie in dem Zimmer und redest noch mal mit ihr.*

So oder so ähnlich hatte Paul es eben in der Küche gesagt.

*Einen Tag. Zwei Tage. Niemand wird euch stören.*

Der Kopf der Frau drehte sich zu Jan herum. Doch es war nicht Anna Horn, die ihn ansah.

Es war Kathrin. Seine Kathrin. Ihre Augen weiteten sich.

Stumm formten seine Lippen ihren Namen. Es war verrückt, aber im ersten Moment dachte er nur daran, wie sie ihm die Blumen in Lüneburg vor die Füße geworfen hatte.

*Komm nicht wieder.* Das hatte sie auf dem Marktplatz zu ihm gesagt, bevor sie gegangen war.

Jan legte einen Finger über die Lippen und sah zur Diele.

War Paul wirklich weg? Oder war dies eine Falle?

Würde Paul aus seinem Versteck kommen, wenn Jan zu Kathrin ins Zimmer ging? Würde Paul die Tür von außen zuschlagen? Er zögerte.

»Jan?«, krächzte Kathrin mit heiserer Stimme.

»Leise«, sagte Jan ins Zimmer und überlegte. Paul würde keine Schwierigkeit haben, die Tür hinter Jan zuzuschlagen und abzuschließen. Mit einem Handy hätte er im Türrahmen stehen bleiben und die Polizei rufen können. Aber Jan hatte noch kein neues Handy bei sich.

Eine andere Möglichkeit wäre es, zum Nachbarhof zu laufen und von dort zu telefonieren. Aber dafür würde er mindestens zehn Minuten brauchen. Und dann noch mal fünf Minuten, um zurück zum Haus zu kommen.

Das war zu lange.

Paul konnte Kathrin in dieser Zeit bequem aus dem Zimmer holen und mit ihr verschwinden. Bis Jan der Polizei alles erklärt hätte und diese eine Fahndung nach einem weißen Bulli einleiten würden, wäre alles längst zu spät.

Kathrin erhob sich wie in Zeitlupe vom Stuhl und kam so weit es ging auf Jan zu. Die Kette an ihrem Fuß straffte sich.

»Leise«, bat er noch einmal.

Dann umfasste er das Türblatt von beiden Seiten und stemmte es mit aller Kraft Zentimeter um Zentimeter in die Höhe. Die Angeln waren lange nicht geölt worden. Trotzdem schaffte Jan es, die Tür herauszuheben. Er trat ein Stück zur Seite und lehnte das Türblatt gegen die Wand. Nun konnte Paul niemanden mehr einsperren.

Er lief zu Kathrin und umarmte sie.

»Ich habe dich«, sagte er tröstend. »Du bist in Sicherheit.«

Den Schlüssel für die Handschelle, die Kathrins Fußgelenk umschloss … Paul hatte ihn auf den Kühlschrank gelegt. Einen Augenblick zweifelte Jan daran, dass er passen würde. Dann hörte er es klicken.

Eben noch war Kathrins Gesicht bleich gewesen, doch als die Handschelle sich öffnete, schoss Farbe zurück in ihre Wangen. Sie war noch nicht lange genug gefangen, um in Hoffnungslosigkeit versunken zu sein.

»Hat er dir etwas angetan?«, fragte Jan. Er kniete vor ihr, als wollte er ihr einen Heiratsantrag machte. »Gleich sind wir hier raus«, sagte er.

Die Fessel hatte etwas Haut von ihrem Knöchel geschürft. Aber es sah nicht sehr schlimm aus. Jan nahm Kathrins Hand und zog sie zur Tür.

»Wir müssen trotzdem vorsichtig sein«, meinte er. »Vielleicht ist er noch irgendwo.«

»Wer?«, fragte sie. »Wer ist *er*?«

»Paul«, sagte Jan. »Hast du ihn nicht gesehen?«

Kathrin schüttelte den Kopf.

»Es ist auch ein bisschen meine Schuld, dass du hier gefangen warst«, gestand Jan. »Aber lass uns nachher darüber reden. Wenn wir hier weg sind.«

Möglichst geräuschlos gingen sie zur Küchentür, sahen zusammen in die Diele.

Der große Raum wirkte fast noch länger als auf dem Hinweg. Von der Haustür stahl sich Sonnenschein in das unheimliche Haus. Kathrin hielt Jans Hand fest umklammert.

»Bring mich hier weg«, sagte sie. Dann rannten sie zusammen los. Er war als Erster bei der Haustür und riss sie auf. Kathrin stürzte hinter ihm hinaus.

Sie rannten den staubigen Sandweg entlang. Nur weg vom alten Haus. Dort vorn war die asphaltierte Straße, dort war die Zivilisation.

Jan wusste nicht, wie lang die Reaktionszeit des Busfahrers war. Jedenfalls bremste er nicht schnell genug.

Statt Kathrin auf der Straße in die Arme schließen zu können und sie vor lauter Glück über die gelungene Flucht zu küssen, hörte Jan das Kreischen und Stottern von Bremsen. Es gab ein fürchterlich dumpfes Geräusch. Kathrin war einen

Meter weiter vorn gewesen. Nun lag sie auf der Straße. Jan kniete nieder. Sie stöhnte, während er ihr Gesicht streichelte. Der Busfahrer stand sofort neben Jan. Wie schön Kathrin war. Wieso nur hatte Jan sich so viele Jahre nicht um sie gekümmert?

»Ist nicht so schlimm«, sagte er leise und sah, wie ihr Blut aus einem Ohr lief. »Ist bestimmt nicht so schlimm.«

## 44

Der Rettungswagen war noch vor der Polizei da. Die Sanitäter kümmerten sich um Kathrin. Einer wollte Jan eine Decke umlegen. Er wehrte es ab. Und als sie merkten, dass ihm nichts fehlte, ließen sie ihn in Ruhe. Kurze Zeit später traf der Notarzt ein. Fast zeitgleich der erste Streifenwagen. Jan wollte mit Kathrin ins Krankenhaus fahren. Doch die Polizei bestand darauf, erst mit ihm zu sprechen. Jan sah, wie Kathrin auf die Trage gehoben wurde. Die Sanitäter schoben sie in den Rettungswagen.

Der Polizist, mit dem Jan sprach, war fast zwei Meter groß. Wenn er seine Mütze abnahm, konnte Jan sehen, dass er seinen Kopf rasiert hatte. Die Polizistin neben ihm war scheinbar nur halb so groß. Sie hatte ihre brünetten Haare zu einem Pferdeschwanz gebunden. Beide hörten Jan aufmerksam zu und blickten während seiner Schilderungen immer wieder Richtung Bauernhaus.

Als der Rettungswagen abgefahren war, entspannte Jan sich. Jetzt konnte er nichts mehr für Kathrin tun. Deshalb stimmte er zu, als der Polizist fragte, ob er ihn und seine Kollegin zum Haus begleiten würde. Ein zweiter Streifenwagen und ein weiterer Rettungswagen waren derweil eingetroffen. Beide Besatzungen kümmerten sich um den Busfahrer. Der musste eine Unfallaussage machen und auf Schocksymptome untersucht werden. Auch drei Fahrgäste durften jetzt aus dem Bus steigen.

Jan führte die Polizisten den Sandweg entlang zum Hof. Der Mann ging vorneweg ins Haus. Die Polizistin ließ Jan als Zweiten eintreten. Als sie von der Küche in das zu Gefängniszelle umgebaute Nachbarzimmer traten, entdeckte die Polizistin die Handschellen an der langen Kette. Nervös griff sie zu ihrer Waffe.

Der Polizist sprach in ein Funkgerät. Wenig später rollten weitere Streifenwagen auf den Hof. Rotierende Lichter warfen gespenstisches Blau auf das Reetdach. Rot-weißes Flatterband wurde ausgepackt, die Hofeinfahrt gesperrt.

Jans Vernehmung dauerte bis zum Abend. Er musste alles ganz genau zeigen. Die Tür, die er aus den Angeln gehoben hatte. Den VW Transporter, den er im Unterstand entdeckt hatte. Die Landkarte auf dem Beifahrersitz. Dann auch noch den Stall mit den leeren Hühnerställen.

Leute mit weißen Ganzkörperanzügen kamen. Die Mitarbeiter des Kriminalermittlungsdienstes stellten Markierungsschildchen auf, machten Fotos.

Da saß Jan schon in einem Mannschaftsbus der Polizei. Durch eine Schiebetür hatte man ihn auf eine Sitzbank bugsiert. Ihm gegenüber setzte sich ein freundlicher vollbärtiger Polizist, den Jan auf Anfang 50 schätzte. Zwischen ihnen gab es einen kleinen Tisch. Darauf stand ein Notebook. Der Mann hörte Jan genau zu und tippte viel in den Computer.

Jan wurde Kaffee gebracht. Trotzdem wurde er irgendwann müde. Schließlich nickte der Polizist und sagte, dass er zunächst einmal alles habe, was er brauche. In einem Streifenwagen wurde Jan zum Kommissariat 47 am Neugrabener Markt gefahren. Ihm wurden Fingerabdrücke abgenommen, um sie später im Bauernhaus von denen des Täters unterscheiden zu können. Danach brachte man ihn auf dem Rücksitz desselben Streifenwagens zurück zu seinem Auto nach Wilhelmsburg. Sie hätten Jan auch direkt nach Hause gefahren, aber so war es ihm lieber.

»Sicher, dass Sie noch Auto fahren können? Sie sehen erledigt aus.«

»Geht schon«, versicherte Jan.

Als er endlich in seinem eigenen Auto saß, war es zu spät, um noch ins Krankenhaus zu fahren. Vermutlich lag Kathrin in Harburg, vielleicht auch in Altona. Jan würde ihr im Moment nicht helfen können. Deshalb fuhr er in die Redaktion und ließ sich in Petersens Büro auf das Sofa fallen. Er war ganz allein in den vielen Räumen. Und so fühlte er sich auch. Kurz fielen Jan die Augen zu. Dann rappelte er sich wieder auf, trat an den Schreibtisch und rief Petersen zu Hause an.

Der war wütend, als er Jans Stimme erkannte. Warum nur war Petersen immer wütend auf ihn?

Als Jan endlich zu Wort kam und von der Entführung, dem Bauernhaus und Anna Horn erzählen konnte, wurde es ganz still am anderen Ende der Leitung. Seine Erlebnisse purzelten nur so aus ihm hinaus.

»Du bist in der Redaktion?«, fragte Petersen, als Jan zwischen zwei Gedanken Luft holte. »Bleib da. Rühr dich nicht von der Stelle.«

20 Minuten später hörte Jan seinen Chef die Treppe heraufkommen. Aus Gewohnheit hatte er in der Zwischenzeit auf seinen eigenen Schreibtischstuhl gewechselt. Petersen trat wortlos hinter ihn und legte ihm eine Weile eine seiner großen Hände auf die Schulter. Das sollte Jan trösten und tat es auch.

Als dieser stille Moment vorbei war, sollte Jan die Adresse des Hofes nennen. Weil der die nicht genau wusste, musste er Petersen die exakte Anfahrt beschreiben. Der zog sein Telefon ans Ohr und hatte kurz darauf Charlotte in der Leitung.

Petersen sagte, sie solle nach Francop fahren und Bilder machen.

»Jetzt gleich?«

»Sofort!«

Es war ihm offenbar egal, ob sie gerade auf einer Feier oder im Bett war. Dann reichte er Jan das Telefon. Der musste Charlotte noch mal ganz genau erzählen, wie sie zum verlassenen Bauernhof kam. Anschließend begann Petersen Jan zu verhören; mindestens so gut wie zuvor der vollbärtige Polizist.

# 45

Charlotte saß aufrecht im Bett, nachdem das Gespräch mit Jan und Petersen beendet war. Mit zitternden Händen steckte sie sich eine Zigarette an. Ihr Kreislauf brauchte einen Moment, um in Schwung zu kommen. Sie ging auf Toilette, zog sich Jeans und Pullover an, schlüpfte im Flur in die Jacke. Die Kameratasche stand neben dem Schreibtisch im Wohnzimmer. Falls sie den Weg zum Bauernhof in Francop nicht finden würde, sollte sie noch mal in der Redaktion anrufen. Das war aber nicht nötig. Diverse Einsatzfahrzeuge der Polizei zeigten ihr den Ort des Geschehens.

Charlotte traf nicht als erste Pressevertreterin ein. Boulevard-Fotografen und zwei Kameramänner von Nachrichtenagenturen hatten auf die Feuerwehralarmierung »Person nicht ansprechbar« reagiert. Die Rettungswagenbesatzung hatte diese neben Straßennamen und Hausnummer als Zusatzinformation über den Melder bekommen. Und mit ihr die Blaulichtreporter. Nur weil der Einsatzort zwischen Neuenfelde und Francop so ländlich gelegen war, hatten sie es nicht zeitgleich mit den Sanitätern und der Polizei an den Einsatzort geschafft. Sonst hätte es auch noch Aufnahmen vom Abtransport des Unfallopfers gegeben. So mussten sie sich mit dem Linienbus begnügen, der noch immer am Straßenrand stand. Und mit dem Blaulichtgewitter beim Bauernhaus.

Für die Journalisten ging es nur bis zu einem Absperrband, das quer über die Hofeinfahrt gespannt war. Charlotte wurde von Herrn Niemann empfangen, dem Pressesprecher der Polizei. Er sah wie aus dem Ei gepellt aus. In der rechten Hand hielt er einen Regenschirm. Charlotte stellte sich vor und schüttelte ihm die Hand.

»Sie sind neu dabei?«, fragte er, obwohl Charlotte ihm das gerade eben gesagt hatte. Die Wiederholung des Gehörten sollte offenbar ein Gespräch in Gang bringen.

»Mein erster Monat beim *Harburger Tageblatt.*«

»Feines Traditionsblatt«, stellte Niemann fest. »Schön, dass es noch existiert. Gibt weniger schöne Arbeitsplätze. Petersen, richtig?«

Dass Niemann den Namen des Chefredakteurs kannte, beeindruckte Charlotte.

Niemann grinste zufrieden, als er eine Bestätigung bekam. »Dann kommen Sie mal mit. Ich habe den anderen Kameraleuten schon gezeigt, bis wo sie ran dürfen. Aber mit Ihren Teleobjektiven gibt es ja auch von hier ganz schöne Bilder.«

»Nur bis da?«, fragt Charlotte, der die Absperrung sehr großzügig bemessen vorkam. »Und kein Stück weiter?«

»Wenn die Spurensicherung durch ist, können wir ja noch mal sehen«, entgegnete Niemann mit einem kurzen gewinnenden Lächeln. »Das kriegen wir dann schon hin.«

Charlotte und die anderen Kameraleute standen über eine Stunde am weiß-roten Absperrband und versuchten, durch das Geäst der Bäume und das Unterholz etwas vom Einsatzgeschehen zu erspähen. Langsam begann Charlotte zu frieren. Ihre Jacke war eindeutig zu schick und zu kurz für diesen Ort. Normalerweise machte sie sich nach dem Aufstehen einen heißen Tee, gönnte sich dazu eine entspannte Morgenzigarette und wäre danach zum Schwimmen gefahren. So fing man einen guten Tag an. Nicht, indem man sich kurz nach Mitternacht in zu dünner Kleidung in den arschkalten Wind stellte, der elbaufwärts über die Felder zog. Aber sie wollte sich ihre ersten Sporen beim *Tageblatt* verdienen. Deshalb nahm sie diesen Beginn des Arbeitstages gerne in Kauf.

Endlich kam Niemann mit seinem Regenschirm wieder und sagte, dass die Presse nun in seiner Begleitung bis zum nächsten Streifenwagen vorgehen könnte. Die Kollegen von der Spurensicherung würden gleich einige Beweismittel zum Wagen bringen.

Während der kleine Tross, einer Entenfamilie nicht unähnlich, über den Sandweg zum Streifenwagen schlurfte, stahl sich bereits die Sonne langsam über den Horizont. Charlotte hätte also nichts verpasste, wenn Petersen sie noch ein paar Stunden länger hätte schlafen lassen.

Als sie nach der Kamera griff, um für die Mitarbeiter der Spurensicherung bereit zu sein, wies Niemann sie darauf hin, dass sie die Zigarette aus ihrer Hand lieber nicht auf den Weg werfen sollte.

»Sonst haben wir gleich noch einen Spurenträger mehr«, sagte er halb lächelnd, halb belehrend.

Charlotte nickte. Als die Zigarette aus war, steckte sie den Rest artig in ihre Jackentasche. Wie versprochen kamen kurz darauf Leute in weißen Ganzkörperanzügen und mit Gesichtsmasken aus der Vordertür des alten Reetdachhauses und trugen große Papptüten zu einem schwarzen Transporter. Die TV-Kameras surrten, die Fotokameras klickten.

Danach verschwanden die Journalisten zu ihren Autos und schickten die Bilder mit ihren Notebooks in die Redaktionen.

Das ging ja nun plötzlich alles ziemlich schnell, dachte Charlotte und freute sich dabei auf eine Dusche und ihren heiß ersehnten Tee. Petersen hatte natürlich andere Vorstellungen, als sie in der Redaktion anrief, um ihre Motive durchzugeben. Er schickte sie nach dem Absenden der ersten Bilder direkt weiter nach Wilhelmsburg. Dort sollte sie die Wohnung des Tatverdächtigen beobachten. Wieder wurde sie an Jan weitergereicht. Der nannte ihr Straße und Hausnummer.

Dann übernahm Petersen noch einmal. »Aber halt dich im Hintergrund, Charlotte, bis die Pol dort auftaucht. Der Typ ist gefährlich. Er hat schon zwei Frauen entführt. Die eine ist vermutlich tot und die andere liegt schwer verletzt im Krankenhaus.«

»Das heißt, ich soll jetzt was genau machen?«

»Zuallererst passt du gut auf dich auf«, erwiderte Petersen in väterlichem Ton. »Und dann bring mir ein paar schöne Bilder mit nach Hause. Wenn wir bei der Sache in Wilhelmsburg exklusiv bleiben, reden wir später über den Weiterverkauf der Bilder. Du sollst das nicht umsonst machen. Aber wie gesagt, pass auf dich auf.«

Das Tageblatt beanspruchte von den Bildern ihrer Fotografen in der Regel die Exklusivrechte nur für die aktuelle Ausgabe. Am zweiten Tag konnten die Aufnahmen in Absprache mit dem Chefredakteur auch an andere Zeitungen weitergegeben werden. Wenn es keine Bewegtbilder gab, zeigten manchmal selbst Fernsehsender Interesse an Exklusivfotos.

Charlotte versprach, vorsichtig zu sein und fuhr Richtung Wilhelmsburg. Die Aussicht auf ein paar Extraverkäufe motivierte sie.

Petersen kraulte sich den Bart. Seine Augen fixierten Jan. »Und du glaubst wirklich, dass er die Horn da eingesperrt hatte?«

»Hat er sogar zugegeben. Irgendwann muss er sie dann umgebracht und beseitigt haben. Genau wie du es eben Charlotte gesagt hast. Vielleicht ist sie auch einfach so gestorben«, fügte Jan hinzu. »Vielleicht ist sie einfach krank geworden. Vielleicht Blinddarmdurchbruch. Was weiß ich … Paul hätte bestimmt keinen Arzt geholt. Hättest du das gemacht, wenn du jemanden entführt und eingekerkert hast? Nur weil derjenige über Bauchschmerzen klagt? Nein. Also hat er sie hinterher verschwinden lassen. Als Fotograf kennt Paul sich mit Chemikalien aus. Ich will jetzt nicht ekelig werden. Aber man weiß ja, was Säure mit Fleisch und Knochen macht. Vielleicht findet die Polizei noch was im Haus. Und sie sollten das Grundstück umgraben. Am besten gleich die ganze Gegend. Könnte auch sein, dass er sie einfach nur irgendwo verbuddelt hat. Wäre der einfachste Weg.«

»Der einfachste Weg ist oft der beste«, grummelte Petersen. Er war in Gedanken, merkte gar nicht genau, was er sagte. Dann bläute er Jan ein, dass er mit niemanden von der Konkurrenz sprechen durfte. Das *HT* würden wie alle anderen erst einmal nur über Kathrins Entführung berichten. Die Sache mit Anna Horn wollte Petersen für die nächste Ausgabe aufbewahren.

# 46

Am Vormittag stürmte das Mobile Einsatzkommando die Wohnung von Paul Stein. Es war naheliegend, dass die schwer bewaffneten Jungs mit der Türramme irgendwann bei Paul Stein anrücken würden. Doch Paul war nicht zu Hause.

Der Kriminal- und Ermittlungsdienst untersuchte alles. Und all diese Bilder hatte Charlotte exklusiv. Die Pressekollegen waren noch mit dem Bauernhof beschäftigt. Dass es eine zweite Einsatzstelle für die Polizei gab, bekamen sie zu spät mit. Als die Polizei ihre offizielle Pressemitteilung rausgab, waren die Untersuchungen in Wilhelmsburg schon abgeschlossen.

Jan hatte sich derweil auf Petersens Sofa gelegt. Nach Hause konnte er einfach nicht. Und die vertrauten Geräusche aus der Redaktion beruhigten ihn irgendwie. Natürlich musste Jan an Paul denken. Doch Mitleid hatte er nicht mit ihm. Er wusste nicht, ob sie wirklich jemals Freunde gewesen waren. Paul hatte ein Spiel mit Jan gespielt. Von Anfang an. Deshalb hoffte er, dass die Polizei ihn bald kriegen würde.

Mittags fuhr Jan ins Krankenhaus. Der Rettungswagen hatte Kathrin nicht ins Harburger Krankenhaus, sondern nach Altona gebracht. Das war kein gutes Zeichen. Nach Altona kamen die schwereren Fälle.

Jan folgte der Beschilderung bis zur Intensivstation. Dort hielt ihn ein Pfleger an der gläsernen Eingangstür auf.

»Ich möchte zu Kathrin Schneider.«

»Das geht nicht so einfach.«

»Warum nicht?«

»Weil das hier eine Intensivstation ist …«

»Ich bin ein guter Freund.« Jan entdeckte jenseits der Glastür Dietmar neben einem Polizisten in Uniform. »Hier. Der kennt mich. Das ist der Ehemann.«

Der Pfleger krauste die Stirn und sah über seine Schulter. »Warten Sie hier.«

Kurz darauf war der Polizist an der Tür. Jan erzählt, wer er war, zeigte seinen Personalausweis und seinen Presseausweis. Trotzdem wurde er nicht durchlassen.

»Ich habe sie gerettet. Ich habe sie gefunden und befreit.«

»Herr Fischer«, der Polizist machte ein freundliches, aber entschlossenes Gesicht, »außer Familienmitgliedern kommt hier niemand rein. Frau Schneider steht unter Polizeischutz. Das verstehen Sie bestimmt. Sie am allerbesten nach dem, was Sie mir erzählen.«

»Was heißt das: nach dem, was Sie mir erzählen? Wir sind aber wirklich alte Freunde. Schon viele Jahre. Fragen Sie doch ihren Mann. Dietmar kennt mich auch.«

Suchend sah Jan den Gang entlang, doch Dietmar war nicht mehr zu sehen.

»Wie gesagt: nur Familienangehörige, Herr Fischer.«

»Ich gehöre fast zur Familie.«

Der Polizist schüttelte den Kopf.

»Das ist jetzt echt ...«. Jan schüttelte ebenfalls den Kopf. Das Schlimmste war, er konnte den Polizisten verstehen. Kathrin war das Opfer einer Entführung. Der Täter lief noch frei herum. Der Polizist hatte seine Anweisungen. Natürlich durfte er einen Fremden nicht nur wegen einiger netter Worte bis zu Kathrin vorlassen.

»Können Sie mir denn wenigstens sagen, wie es ihr geht?«

Das folgende »den Umständen entsprechend« empfand Jan als Informationsverweigerung. Die Aussage klang für ihn genauso wie das nichtssagende »Wir ermitteln in alle Richtungen« bei Pressemitteilungen der Polizei. Beides waren Floskeln.

Ausdruckslos sah Jan den Polizisten an. Dann wurde er sich wieder des kleinen Blumenstraußes bewusst, den er in der Eingangshalle gekauft hatte. Wortlos drückte er ihn dem Mann in die Hand.

# 47

Charlotte hatte ihren Becher auf Jans Tisch gestellt und zündete sich eine Zigarette an. Rauchen war in der Redaktion streng verboten. Wenn man allerdings die ganze Nacht Fotos von schwer beschäftigten Polizisten auf einem einsam gelegenen Bauernhof gemacht und anschließend stundenlang in Wilhelmsburg vor einem hässlichen Reihenhaus verbracht und Exklusivfotos von einem MEK-Einsatz gemacht hatte, gab es eine Ausnahme. Dieser Überzeugung jedenfalls war Charlotte. Und niemand hatte den Mut, es ihr auszureden.

»Hört euch das mal an«, rief Schultheis in diesem Moment in den Raum. »Pressemitteilung der Pol zu einem Tricküberfall von heute Morgen …«

Schultheis las laut vor, dass am Vormittag ein als Kurierdienstmitarbeiter verkleideter Mann bei einem Harburger Juwelier Waren im Wert von fast 100.000 Euro gestohlen hatte. Und zwar nicht, indem er dem Inhaber eine Waffe unter die Nase hielt. Er kam mit einer Sackkarre herein, lud einen Stapel bereitstehender Pakete auf, quittierte die Ware und verschwand lächelnd durch die ihm offen gehaltene Ladentür. Dem Juwelier und der im Laden ebenfalls anwesenden Angestellten war nichts Verdächtiges an dem Mann aufgefallen. Der übliche Anzug. Schnurrbart. Tief sitzende Mütze. Es sei in der Branche üblich, dass Kurierdienste Ware brachten und abholten. Da es sich hierbei oft um wechselndes Personal handele, sei der Juwelier erst stutzig geworden, als 20 Minuten später ein anderer Bote die Pakete abholen wollte. Ein Anruf in der Kurierdienstzentrale brachte Gewissheit. Die Pakete waren von einer nicht autorisierten Person eingesackt worden. Offenbar hatte der Dieb das Geschäft über längere Zeit beobachtet und wusste über den Ablauf des Warenverkehrs sehr genau Bescheid.

»Woanders hauen sie die Vitrinen mit einem Vorschlaghammer ein«, kommentierte Schultheis, nachdem er mit der Pressemitteilung fertig war. »Dieser Bursche hingegen marschiert ganz cool in den Laden rein, lässt sich Waren im Wert von 100.000 Euro aushändigen und beim Weggehen sogar noch die Tür aufhalten. Das hat doch Stil.«

»Dreistes Ding«, stimmte Christian Freitag zu.

»So blöd kann doch keiner sein.« Schultheis grinste zu seinen eigenen Worten.

»Oder er steckt mit drin«, meinte der Volontär.

»Wer weiß …«

Petersen kam in die Redaktion. Er hatte telefoniert und war erst jetzt auf die gute Stimmung im Raum aufmerksam geworden. Also las Schultheis ihm die Pressemitteilung noch einmal laut vor.

»Charlotte, bist du noch fit?«, fragte Petersen mehr rhetorisch. »Ich brauche Bilder von dem Laden. Vielleicht ist die Pol noch vor Ort.«

Charlotte rümpfte die Nase.

»Oder soll ich Olaf anrufen?«, setzte Petersen nach. »Wir müssen da sofort jemanden haben.«

»Ich mach's ja«, sagte Charlotte und erhob sich von Jans Stuhl. »Wer kommt mit?«

»Wir brauchen nur Fotos«, stellte Petersen fest. »Matthias, du hast 60 Zeilen. Die müssen fertig sein, wenn Charlotte zurückkommt. Verdammter Mist. Manchmal muss man sich die Geschichten aus den Fingern saugen. Und dann wieder alles auf einmal. Mannomann. Warum können sich die Verbrecher nicht besser absprechen?«

Charlotte warf sich die Kameratasche über die Schulter und huschte die Wendeltreppe hinunter. Zwei fette Geschichten an einem Tag waren ihr lieber als eine langweilige Pressekonferenz, bei der es keine vernünftigen Fotomotive gab. Aber das musste Petersen ja nicht wissen. Drei fette Geschichten sogar, wenn sie die Fotos beim Bauernhaus in Francop und den MEK-Einsatz in Wilhelmsburg getrennt zählte. Die Navifunktion ihres Handys führte Charlotte durch die Fußgängerzone zum Marktplatz. Zu Fuß war sie in diesem Fall schneller als mit dem Auto. Das hatte Petersen ihr gleich gesagt. Das Juweliergeschäft befand sich unweit vom S-Bahneingang Harburg-Rathaus. In weniger als fünf Minuten war Charlotte da. Petersen hatte recht gehabt. Bereits die Suche nach einem Parkplatz hätte länger gedauert.

Vor dem Geschäft sah alles normal aus. Kein Streifenwagen, kein Flatterband. Vermutlich hatte die Polizei ihre Meldung erst rausgeschickt, als sie mit ihrer Arbeit vor Ort fertig war. Und beschädigt wurde bekanntlich auch nichts. Keine eingeschlagenen Fenster, keine Scherben auf dem Fußweg. Blieb Charlotte also tatsächlich nur ein Außenschuss vom Laden. Ein Foto frontal, eine Totale von der Seite mit dem Weg zum Tunneleingang der S-Bahn. Charlotte sah nach oben und entdeckte eine Überwachungskamera. Deren Bilder hätte sie gerne gesehen.

Gerade als sie auf den Auslöser drücken wollte, verließ eine Frau mit langen dunklen Haaren das Geschäft. Ihre Blicke trafen sich, während Charlotte die Kamera sinken ließ. Die Frau krauste die Stirn.

»Keine Sorge, ich warte, bis sie weg sind«, sagte Charlotte laut.

Die Frau zuckte mit den Schultern. Dann trat sie unvermittelt auf Charlotte zu. Sie trug dunkelroten Lippenstift und eine dezente, aber offenbar teure Kette um den Hals.

Hohe schwarze Stiefel endeten unter einem schwarzen Rock. Charlotte fand die Frau auffallend hübsch.

»Danke für Ihre Rücksicht«, sagte sie mit gedrückter Stimme und überraschte Charlotte, die auf Vorwürfe eingestellt war. Sie könne sich im Aktuellgeschäft auf allerlei Beschimpfungen gefasst machen, hatte ihr Fotokollege Olaf vor einigen Tagen prophezeit. »Aasgeier« und »Leichenfledderer« seien da noch die nettesten Ausdrücke. Die Worte der dunkelhaarigen Frau rührten Charlotte daher beinah.

Leise sagte die Dunkelhaarige nun: »Ihre Kollegen sind da weit weniger skrupellos.«

»Schlimm genug, was Ihnen passiert ist. Waren Sie dabei? Ich meine, beim Überfall?«

Die Frau aus dem Juweliergeschäft atmete tief durch. Sie war etwa fünf Jahre älter als Charlotte. »Wenn's denn tatsächlich ein Überfall gewesen wäre.«

»Wie meinen Sie das?«

»Na ja, er hat uns ja nicht einmal bedroht. Der Chef hat ihm die Sachen freiwillig gegeben. Gegen Unterschrift, versteht sich. Aber trotzdem freiwillig.«

»Macht das einen Unterschied? Ihnen müssen trotzdem die Knie zittern.«

»Mir ja«, stimmte die Frau zu. »Aber der Unterschied liegt bei der Versicherung. Das hat uns die Polizei gesagt.«

»Die Sachen sind doch bestimmt versichert«, erwiderte Charlotte.

»Bei Raub ja. Bei Diebstahl auch. Aber nicht bei Trickbetrug.«

Charlotte öffnete wortlos den Mund.

»Ja, das war ein hundsgemeiner Trickbetrug. Und die Versicherung zahlt nichts. Der Chef ist jetzt pleite, kann den Laden abschließen und braucht gar nicht mehr aufzumachen. Das Geschäft läuft schon lange nicht mehr gut. Den Verlust kann er nicht aus eigener Tasche zahlen.« Die Frau schüttelte den Kopf. »Kann ich morgen gleich zu Hause bleiben.«

»Das tut mir leid«, bekundete Charlotte aufrichtig.

»So ein Arschloch!« Die Frau aus dem Juweliergeschäft schüttelte den Kopf. Tränen traten ihr in die Augen. »Wenn er wenigstens eine Pistole dabeigehabt hätte. Aber so …«

Charlotte biss sich kurz auf die Unterlippe. »Wollen Sie, dass wir die Geschichte für Sie im Tageblatt so erzählen?«

Wieder atmete die dunkelhaarige Frau tief durch. »Ist ja die Wahrheit. Können ruhig alle wissen, was er uns damit angetan hat.«

»Dann bräuchte ich doch ein Foto von Ihnen vor dem Laden. Falls Sie einverstanden sind. Und Ihren Namen. Was sagen Sie dazu?«

Die Frau zuckte wieder mit den Schultern. »Eh schon alles egal.«

## 48

Jan saß in seinem Wagen. Dieser stand auf dem Parkplatz im Schatten des riesigen Krankenhauses. Stumm hockte er da und starrte das graue Gebäude an. Dass man ihn nicht zu Kathrin gelassen hatte, wurmte ihn. Dietmar musste ihn doch gesehen haben. Ganz bestimmt sogar. Aber irgendwie verstand er sogar, dass Dietmar ihn jetzt nicht in Kathrins Nähe haben wollte.

Jan zog sein Notebook aus der Tasche, die er vor dem Besuch im Krankenhaus von hinten unter den Beifahrersitz geschoben hatte, und las sich durch die Onlineberichte der Boulevardzeitungen. In keinem der Blätter konnte mehr stehen, als er selbst wusste. Trotzdem lenkten ihn die Artikel eine Weile ab.

Dann gab er die Begriffe »Paul Stein« und »Hamburg« in die Bildersuche ein.

Sofort füllte sich der Bildschirm mit kleinen Fotokacheln. Die Ordnung der Bilder erschloss sich Jan nicht. Aber er fand die Auswahl trotzdem interessant.

Die meisten Fotos waren mit Paul als Urheber gekennzeichnet. Nur wenige Bilder hatten nichts mit dem Paul Stein zu tun, den Jan kannte. So zum Beispiel ein Foto von einem Paul Stein aus Herne, der in Hamburg offenbar schöne Urlaubstage verbracht hatte, sowie von einer Christiane Stein und einem Paul Hinz auf dem Hamburger Dom. Weiter unten gab es dann immer mehr Bilder, die nicht zu dem Pressefotografen Paul Stein passten, den Jan kannte.

Jan scrollte in der Auswahl wieder nach oben, klickte die interessant aussehenden Bilder an, um sie zu vergrößern. Eines der ersten zeigte Anna Horn am Strand. Es war das berühmte letzte Foto von ihr. Ein Klassiker. Danach kamen diverse andere Fotos von Anna Horn. Viele kannte Jan schon. Wieder musste er feststellen, wie schön diese Frau gewesen war. Er konnte verstehen, dass Paul sich in sie verguckt hatte. Aber was er ihr dann angetan hatte, verstand er nicht. Erst das Stalking, dann die Entführung. Paul hatte seine Liebe eingekerkert.

Jan entdeckte neben Annas Fotos auch noch Bilder von anderen Prominenten, für die Paul die Urheberrechte innehatte. Darunter einige hübsche TV-Sternchen, Sportlerinnen und Popsängerinnen. Männliche Stars waren Mangelware. Dann einige Bilder von Gerichtsprozessen. Sie zeigten Angeklagte, die in Verhandlungssäle geführt wurden, geschossen auf den Fluren der Landgerichte in Hamburg, Lüneburg und Stade. Meist Männer, die sich vor Scham Jacken über die Köpfe gelegt hatten oder Mappen vor die Gesichter hielten. Aber auch Männer, die mit breiter Brust den Flur ausfüllten, durch den sie, flankiert von Justizvollzugsbeamten, schritten. Sie versteckten sich nicht vor Pauls Kamera. Ihnen schien egal, was andere Menschen über sie dachten.

Schließlich gab es noch ein paar Bilder von Segeljachten. Aufgenommen bei der *Kieler Woche* und beim *Hamburger Hafengeburtstag*. Sie erinnerten Jan an Pauls Traum von einer Weltumsegelung.

Jan machte sich gewohnheitsgemäß Notizen zu den verschiedenen Bildergruppen, kommentierte einige Einzelaufnahmen. Als der Akku des Notebooks schwächer wurde, klappte Jan den Bildschirm runter und sah seine Aufzeichnungen durch. Er kringelte einige Namen ein. Es war auffällig, dass es sich bei Pauls Lieblingsmotiven hauptsächlich um hübsche Frauen handelte. Natürlich war das nicht nur seinem eigenen Geschmack geschuldet. Es war auch ein Abbild des Bedarfs. Die Zeitungen interessierten sich am meisten für hübsche Frauen.

Jan hielt den Stift in der Hand und sah zum Krankenhaus. Gestalten huschten hinter den Fenstern vorbei. In Gedanken sah Jan, wie Paul auf all diese Frauen gelauert hatte. Vor ihren Häusern. Vor Hotels. Paul war immer da, wenn sie am wenigsten mit ihm rechneten. Aufnahmen von Konzerten oder offiziellen Galas gab es so gut wie keine. Paul machte seine Fotos dort, wo sonst keiner war. Er wollte die Frauen allein haben. Exklusiv. Nur für sich.

Aus Spaß machte Jan eine Strichliste und stellte fest, dass Paul die Tennisspielerin Franzisca Rose nach Anna Horn am meisten fotografiert hatte.

Jan klappte das Notebook wieder auf und gab Franziscas Namen bei der Textsuche ein. Nach diversen Turniersiegen, war Franzisca Rose vor ein paar Jahren zur neuen Hoffnung der deutschen Tennisfans geworden. Sie gewann das Grand-Slam-Turnier in Australien und kam im selben Jahr in Frankreich bis ins Halbfinale. Werbeauftritte im Fernsehen und großformatige Plakate, auf denen sie ihre athletische Figur in Sportoutfits präsentierte, machten sie berühmt, obwohl sie ihren sportlichen Höchsterfolg in den kommenden Jahren nicht wiederholen konnte. Nach Platz vier in der Weltrangliste rutschte sie langsam ab, hielt sich jedoch noch einige Zeit in den Top Ten. Eine Schulterverletzung zwang sie, mit 27 Jahren in Rente zu gehen. Jan rieb sich das linke Auge. Das Meiste, was er über die Tennisspielerin las, war ihm schon bekannt.

Der plötzliche Ausstieg aus dem Tenniszirkus entpuppte sich als nicht gut für Franzisca. Das Röschen, wie Zeitungen und Fernsehen sie getauft hatten, setzte Pfunde an. Diese versuchte Franzisca mit weiter Kleidung zu kaschieren. Doch Fotoobjektive sind gnadenlos.

Jan klickte sich noch einmal durch ihre Bilder. Eine Aufnahme zeigte die ehemalige Vorzeigesportlerin mit Zigarette im Mund beim Einkaufen, eine volle Plastiktüte in der Hand. Paul wusste, mit welchen Bildern er Geld machen konnte. Er erwischte Franzisca auf der Tanzfläche einer Disco in einem erbärmlichen Zustand. Verwischte Schminke, zerrissene Strumpfhose. Was für ein Schnappschuss.

Den allgemeinen Verfall konnte man auf diversen Bildern besonders in Franziscas Gesicht feststellen. Gerötete Augen. Hängende Mundwinkel. Es ging ihr nicht gut.

Jan rieb sich seine sprießenden Bartstoppeln und erinnerte sich, dass er vor Kurzem noch etwas Neues über Franzisca gelesen hatte. Schnell hatte er den entsprechenden Artikel im Netz gefunden.

Franzisca Rose sei, den Angaben eines Boulevardblatts nach, mindestens sechs Wochen für keinen Reporter oder Fotografen aufspürbar gewesen. Anfragen bei ihrem Management seien ins Leere gelaufen. Auch die Familie hätte keine Auskunft gegeben.

Jan überflog den Artikel und suchte sich eine andere Quelle als Bestätigung für das Gelesene. Er fand einen Bericht in einem Konkurrenzblatt, das auch boulevardträchtig war, aber aus einem anderen Verlagshaus stammte. Daher ging Jan davon aus, dass der zuständige Redakteur nicht einfach bei der anderen Zeitung abgeschrieben hatte.

Vergangene Woche sei Franzisca Rose dann plötzlich wieder aufgetaucht. Es gab wieder Bilder von ihr. Auf der Straße geschossen. Röschens Aussehen hatte sich drastisch verändert. Ein Foto zeigte sie in adretter Kleidung beim Einkaufen. Ihre Haare waren kürzer. Das stand ihr gut. Sie wirkte wie nach der berühmten Frischzellenkur.

Mehrere Zeitungen freuten sich demonstrativ, dass es Franzisca offensichtlich so gut ging. Eine Frage jedoch blieb. Wo war sie in den Wochen ihres Verschwindens gewesen?

So gut abgeschirmte Privatkliniken, dass kein Wort über einen Aufenthalt durchgesickert wäre, gab es nicht. Irgendein Angestellter wäre gegen Bares immer bereit gewesen, Informationen an die Presse durchzustecken. Unterzutauchen war für einen Prominenten in Deutschland kaum möglich. Sich über mehrere Wochen zu verstecken fast unmöglich.

Es gab ein kratzendes Geräusch, als Jan mal wieder mit dem Daumennagel über sein unrasiertes Kinn rieb. Dann stieg er aus dem Wagen. In der Eingangshalle des Krankenhauses gab es tatsächlich noch ein Kartentelefon. Von dort rief Jan die zentrale Nummer des *Tageblatts* an und ließ sich von Monika Mai aus der Anzeigenaufnahme mit Christian Freitag verbinden. Monika klang fröhlich wie immer.

»Ich brauche die Adresse von Franzisca Rose«, sagte Jan, als er Christian dran hatte. »Kannst du mal in unserem Promi-Verzeichnis nachsehen?«

»Moment«, meinte der Volontär. Jan hörte, wie der Junge etwas auf der Tastatur eingab. Dann nannte er ihm die gewünschte Anschrift.

»Danke.«

Jan hängte den Hörer ein und merkte, wie die Müdigkeit aus seinem Körper wich. Etwas anderes trat an ihre Stelle. Er kannte das schon. Es war sein Jagdtrieb. Denn er spürte, dass er einer bestimmten Sache auf der Spur war. Er wusste nur noch nicht genau, welcher.

# 49

Franzisca Rose wohnte in Pinneberg. Bei Nacht vom Krankenhaus in Othmarschen eine Strecke von kaum einer halben Stunde. Doch bei der aktuellen Verkehrslage brauchte Jan gut 50 Minuten. Es war nicht schwer, die richtige Straße zu finden. Die Gegend sah gut und teuer aus. Franzisca hatte eine Dachgeschosswohnung. Der Garten vor dem Haus war sehr gepflegt. Ein weißer Zaun schloss das Grundstück ein. Neben einer hohen Pforte hing eine Gegensprechanlage. Gegensprechanlagen mochte Jan nicht. Bei denen konnte man genauso leicht wie am Telefon abgewimmelt werden.

Da sein Wagen in Sichtweite stand, ging er zurück und setzte sich wieder hinein. Seine Augen wanderten die Straße entlang. Ein Eichhörnchen lief den Stamm einer Platane hinunter und über die Straße, ohne nach links oder rechts zu gucken. Missbilligend schüttelte Jan den Kopf, schloss einen Moment die Augen und fragte sich, was er eigentlich tat.

Er wartete auf Franzisca Rose, um ihr *was* zu sagen? Um sie *was* zu fragen? Die Idee, die sich in seinem Hirn festgesetzt hatte, war doch verrückt.

Als Jan die Augen wieder öffnete, war das Eichhörnchen im Nachbargarten verschwunden. Er griff zum Schlüssel und wollte nach Hause fahren, als er Franzisca Rose aus dem Haus kommen sah. Sie trug Sportkleidung, öffnete die Pforte und ging mit einer großen Tasche über der Schulter die Reihe der geparkten Autos entlang. Als Jan aus seinem Wagen stieg, lief sie ihm beinah in die Arme.

»Entschuldigen Sie, Frau Rose«, sagte er ganz förmlich. »Ich muss Sie kurz sprechen.«

Die junge Frau blieb stehen, musterte ihr unrasiertes Gegenüber mit schnellen Blicken.

»Keine Zeit«, sagte sie knapp und schickte sich zum Weitergehen an.

Jan betrachtete sich kurz durch ihre Augen und gewann in seinem übermüdeten Zustand von sich selbst keinen guten Eindruck.

»Ich bin von der Zeitung«, sagte er. »Ich muss mit Ihnen über einen gemeinsamen Freund reden.«

»Das glaube ich nicht«, entgegnete Franzisca hart, ging an Jan vorbei und öffnete mit einem Funkschlüssel einen wartenden BMW.

»Es ist wichtig«, sagte er laut, während die junge Frau in den Wagen stieg und die Tür hinter sich zuzog. Franzisca parkte aus und fuhr los, doch an der ersten Ampel hing Jan ihr schon an der Stoßstange.

Sie fuhr ein Stück Autobahn bis Stellingen, dann die Kieler Straße entlang. Von Eimsbüttel ging es weiter Richtung Stadtmitte. Kurz darauf glaubte Jan zu wissen, wo es hin ging. Danach brauchte er keine Kreuzungen mehr bei Dunkelgelb zu überqueren. Er ließ Franzisca Rose vorneweg fahren und suchte sich in der Nähe der Tennisanlage am Rothenbaum einen Parkplatz. Das dauerte etwas, weil die Uni in der Nähe lag und Studenten jedes kleinste Stück Stellfläche für ihre Fahrzeuge beansprucht hatten.

Durch einen Seiteneingang mogelte Jan sich auf das Klubgelände. Franzisca war schon auf dem Platz. Sie hämmerte Bälle, die ihr eine Ballkanone entgegenspuckte, zurück über das Netz. Am Rand saß ein drahtiger Kerl mit Schnauzbart und sah ihr zu.

Jan wurde klar, dass er Franzisca so leicht nicht noch einmal ohne Begleitung erwischen würde. Deshalb zog er sich in den Schatten des Vereinshäuschens zurück und sah dem Röschen beim Tennis zu. Als Laie stellte er fest, dass Franziscas kaputte Schulter offenbar wieder wunderbar funktionierte. Sie brachte ordentlich Druck hinter den Ball. Jan konnte auch nicht feststellen, dass ihr Körper Polster hatte, wo keine sein sollten. Offenbar hatten die Boulevardzeitungen dieses eine Mal nicht übertrieben, als sie geschrieben hatten, dass Franzisca Rose körperlich in besserer Verfassung zu sein schien als je zuvor.

Es machte Spaß, der Tennisspielerin beim Training zuzusehen. Doch nach einer Weile kam bei Jan die Müdigkeit zurück, und seine Augen begannen zu tränen. Er blinzelte. Das grelle Sonnenlicht trieb ihn weiter in den Schatten. Er blickte sich um, sah den Eingang zu den Umkleideräumen. Der folgende Gedanke war ein wenig verwegen, aber durch Paul hatte er gelernt, dass alles möglich war. Und Grenzen waren dazu da, überschritten zu werden.

## 50

Nachdem Jan festgestellt hatte, dass sich niemand im Umkleideraum für Frauen befand, setzte er sich darin auf eine der Bänke und wartete. Wenn er Glück hatte, würde er Franzisca erwischen, bevor jemand anderer in den Raum kam. Wenn nicht, würde er sich bei der entsprechenden Frau irgendwie herausreden und möglichst schnell vom Gelände verschwinden. Jan wusste, dass der Plan nicht preisverdächtig war. Jedoch mangelte es ihm an besseren Ideen.

»Was machen Sie denn hier?«

Jan schreckte hoch und sah Franzisca in der Tür stehen. Offenbar war er kurz eingenickt.

»Schimpfen Sie ruhig mit mir«, sagte er und hob entwaffnend beide Hände. »Aber vorher hören Sie mir bitte kurz zu.«

Die Athletin blickte den Reporter eine Weile an, dann schüttelte sie den Kopf.

»Wirklich nur ganz kurz«, fügte Jan hinzu.

Franzisca schien plötzlich beinahe amüsiert. »Wir sollen also einen gemeinsamen Freund haben? Kann ich mir nicht vorstellen.«

»Sagte ich das?«, erwiderte Jan. »Ach ja, stimmt. Na ja, Freund … Vielleicht wäre Bekannter richtiger.« Jan machte eine Pause. »Ich meine Paul Stein.«

Franzisca presste die Lippen aufeinander, schüttelte den Kopf. »Kenne ich nicht. Sagt mir jedenfalls nichts.«

»Aber Sie haben doch bestimmt Zeitung gelesen oder ferngesehen. Die entführte Frau in dem Bauernhaus. Das sagt Ihnen bestimmt etwas.«

Franzisca ging wortlos zu einem Umkleideschrank. Ihre Sporttasche stellte sie auf eine Sitzbank.

»Und?«, sagte Jan zu ihrem Rücken.

»Ich habe davon gehört«, erwiderte Franzisca, ohne sich umzudrehen. »Na und?«

»Na ja«, entgegnete Jan. »Sie waren gerade erst über sechs Wochen verschwunden. Niemand weiß, wo Sie waren. Die Zeitungen spekulieren auf eine Privatklinik. Wo sonst sollten Sie so lange untertauchen, wenn nicht in einer Klinik? Aber wir beide wissen es besser, nicht wahr? Sie waren in diesem alten Bauernhaus. Paul Stein hatte Sie entführt. Und ich weiß nicht warum, aber irgendwann hat er Sie wieder freigelassen. Einfach so. Stimmt's?«

Franzisca sagte noch immer nichts. Sie stand am geöffneten Spind, sah hinein, ohne sich zu rühren.

»Ich glaube, er hat den Platz für eine andere gebraucht«, sagte Jan. »Sie haben einfach nur Glück gehabt, dass er Sie nicht umgebracht hat. Anna Horn hat in demselben Loch gesteckt wie Sie. Ja, Anna Horn. Doch sie hat es nicht überlebt.«

Jan erhob sich von der Bank und stellte sich hinter die Sportlerin.

»Das ist eine schlimme Geschichte«, sagte Jan möglichst sanft. »Ich verstehe, dass das niemand erfahren soll. Aber wenn Sie es verheimlichen, macht er es vielleicht wieder. Mit einer weiteren Frau. Das können Sie doch nicht wollen.«

Franzisca drehte sich um. Ihr Blick war genauso hart wie am Anfang. »Ich möchte, dass Sie jetzt gehen«, sagte sie. »So einen Unsinn höre ich mir nicht an. Kein weiteres Wort. Verstanden?«

Jan merkte, dass sich Franziscas Körper gespannt hatte. Dann bemerkte er den Tennisschläger in ihrer Hand. Eine unkonventionelle Waffe, aber sicherlich eine schmerzhafte. Dem Reporter war vorher gar nicht aufgefallen, wie brutal Franziscas Kinn aus dem sonst schmalen Gesicht hervorsprang.

Jan machte einen Schritt rückwärts, zeigte wieder seine offenen Handflächen. Auf keinen Fall wollte er den Rahmen des Tennisschlägers zu spüren bekommen. Egal wo.

# 51

Das war es. Jan hatte genug von der Welt. Er wollte nur noch nach Hause und die Tür hinter sich schließen. Der Weg über die Stadtautobahn war der kürzeste zurück nach Harburg. Statt einer Leitplanke trennte auf der Stadtautobahn eine gefährlich aussehende Betonmauer die Fahrbahn vom Gegenverkehr. Jan musste sich konzentrieren, um das Steuer nicht zu verreißen. Kalter Schweiß lag auf seiner Stirn. Sein Körper signalisierte ihm einen eindeutigen Stopp. Die paar Stunden auf dem Sofa in Petersens Büro hatten nicht gereicht. Jan brauchte sein eigenes Bett. Und zwar dringend.

Es wäre zu schön gewesen, wenn Franzisca alles zugegeben hätte. Dass Paul sie entführt hatte. Genauso wie er zuvor Anna Horn und dann Kathrin Schneider entführt hatte. Jan war so überdreht, dass er kaum geradeaus fahren konnte. Klares Denken war überhaupt nicht mehr möglich. So glaubte Jan sogar, als er parkte, in einem Auto am Straßenrand zwei Polizisten in Zivil zu sehen, die den Hauseingang zu seiner Wohnung beobachteten.

Jan ging zur Apotheke 50 Meter die Straße runter und kaufte sich ein paar Schlaftabletten. Er hatte Angst, sonst stundenlang wach auf dem Bett zu liegen und von rasenden Gedanken gepeinigt zu werden, die hin und her jagten, Purzelbäume schlugen und sich verknoteten. Das gab es bei ihm in letzter Zeit viel zu oft.

Als Jan zurück zu seiner Wohnung kam, stand der fremde Wagen noch immer vor dem Haus. Jan blieb stehen und sah die beiden Männer in dem Auto eine Weile direkt an. Mit hängenden Schultern ging er dann in den Mietsblock.

Nachdem er Jacke und Schuhe von sich geschmissen hatte, las er die Packungsbeilage der Schlaftabletten. Dort stand, dass die Kombination mit Alkohol zu vermeiden sei. Jan schloss daraus auf eine steigernde Wirkung und nahm zwei Fingerbreit Whisky zum Nachspülen.

Die halbe Stunde, die es brauchte, bis die Tabletten wirken sollten, verbrachte Jan auf dem Klo und unter der Dusche. Als er zurück ins Wohnzimmer kam, stand ihm ein freundlich wirkender Mann gegenüber. Seine Haare waren eisgrau und kurz geschnitten ebenso wie sein Bart. Von der Gestalt her war er schlank, nur ein kleines Bäuchlein verriet, dass er seit einigen Jahren zum Feierabend eher einem Bier denn dem Joggen zugeneigt war. Hinter ihm stand ein jüngerer Mann mit vor der Brust verschränkten Armen. Er versperrte nicht die Tür zum Flur. Seine Position im Raum war jedoch offenbar darauf ausgelegt, dies innerhalb weniger Sekunden zu können.

»Guten Tag«, sagte der Ältere förmlich. »Bitte nicht erschrecken. Wir sind von der Polizei. Wir haben geklingelt, aber Sie haben uns offenbar nicht gehört. Und weil der Schlüssel an der Wohnungstür steckte, haben wir uns selbst hereingelassen.« Der Mann hatte eine herrlich sonore Stimme. Wenn es nach Jan ginge, konnte er ruhig weiterreden, während er sich zum Schlafen hinlegte.

Der Blick von Kommissar Bergström, als welcher sich der Polizist nun vorstellte, fiel auf die Whiskyflasche und das Päckchen Tabletten daneben.

»Ich habe Probleme beim Einschlafen«, sagte Jan. »Also, wenn ich Ihnen irgendwie helfen soll, müssen wir das Gespräch kurz machen.«

»Gut«, meinte der Kommissar. »Wollen wir uns dazu setzen?«

Der Sessel vor dem Fenster war wie immer voller Kleidungsstücke. Jan bat die beiden Männer deshalb in die Küche. Dort gab es an einem kleinen Tisch zwei Stühle.

Jan setzte sich und Kommissar Bergström auch. Sein jüngerer Kollege blieb erneut in der Nähe der Tür stehen.

»Wir kommen wegen der Geschichte mit Paul Stein«, sagte Bergström. »Leider konnten wir ihn noch nicht zu den von Ihnen geäußerten Beschuldigungen befragen. Aber das geschieht natürlich, sobald wir ihn gefasst haben. Das dürfte nicht allzu lange dauern. Ein bundesweiter Haftbeschluss wurde ausgestellt.«

»Dann ist ja alles bestens«, erwiderte Jan.

»Sollte man meinen. Doch um ehrlich zu sein, haben wir da ein Problem«, entgegnete der nette, ältere Herr. »Es sind sogar mehrere Probleme. Wir setzen bei der Klärung auf Ihre Mithilfe.«

»Was ist Problem Nummer eins?«

»Von Anna Horn haben wir keinerlei Spuren gefunden. Wir haben das Grundstück und die Gebäude mit Leichenspürhunden abgesucht. Sie haben nirgendwo angeschlagen. Auch im Haus haben wir keine DNA von Anna Horn gefunden.«

»Paul Stein hat vermutlich gute Putzmittel«, erwiderte Jan. »Außerdem kennt er sich als Fotograf mit Chemikalien aus. Sie müssen nur weitersuchen, dann finden Sie schon was.«

Bergström wiegte den Kopf hin und her. »Wie kommen Sie denn auf die Idee mit Anna Horn? Nach unseren Informationen ist sie vor fünf Jahren ertrunken.«

»Das glauben alle«, sagte Jan. Dann erklärte er so kurz wie möglich seinen Rechercheauftrag und die entsprechenden Ergebnisse. »Wenn ich Irgendetwas leicht durcheinanderbringe, müssen Sie das entschuldigen. Langsam fangen die Tabletten an zu wirken.«

»Wir können das Gespräch auch später fortführen«, sagte Bergström. »Dann müssten wir Sie aber ins Präsidium bitten.«

Jan wehrte ab. »Machen Sie weiter. Wird schon gehen. Was ich sage, ist ja alles die Wahrheit. Das macht die Sache einfach.«

Bergströms Kollege grinste. Der Mann hieß Sascha Finke. Jan wollte Finkes Gesichtsausdruck als Wohlwollen interpretieren. Oder war es Spott?

»Sehen Sie«, sagte Bergström. »Was wir in dem Haus gefunden haben, sind hauptsächlich Spuren von Ihnen. Gut, von Paul Stein natürlich auch. Aber das ist ja normal. Schließlich gehört ihm der Hof. Also fragen wir uns, wieso nur Ihre Fingerabdrücke beispielsweise auf dem Schlüssel zur Fußkette sind.«

»Ist das so?«, entgegnete Jan.

Der neben der Tür stehende Finke nickte. Bergström wendete kurz den Blick, sah zu seinem Kollegen hinüber. Dann war er wieder bei Jan.

»Auch in dem VW Bus, den wir auf dem Hof gefunden haben, sind hauptsächlich Ihre Fingerabdrücke feststellbar. Auf dem Lenkrad, an der Schiebetür, sogar auf der Landkarte, die auf dem Beifahrersitz lag.«

»Na klar«, bestätigte Jan. »Weil ich alles abgesucht habe, bevor ich ins Haus gegangen bin. Deshalb konnte ich ja auch alles Ihren uniformierten Kollegen zeigen. Das ist doch alles ganz logisch. Wenn Sie irgendwelche Zweifel an meinen Angaben haben, dann fragen Sie Kathrin nach den Ereignissen. Also, Frau Schneider. Sie weiß genauso gut wie ich, was passiert ist.«

Ein kurzer Schauer lief Jan über den Rücken. Kathrin musste es doch wissen. Oder hatte der Unfall alle Erinnerungen bei ihr gelöscht? Sie war am Kopf verletzt worden.

Jan sah wieder das Blut über den Asphalt laufen. War sie überhaupt wieder ansprechbar? Hatte sie den Unfall vielleicht gar nicht überlebt?

»Doch, doch«, versuchte Bergström, Jan zu beruhigen, weil Jan seine Gedanken offenbar laut ausgesprochen hatte. Die Tabletten machten ihn schon ganz wuschig.

»Wieso fragen Sie eigentlich erst jetzt nach Frau Schneider?«, wollte Finke wissen. Es waren die ersten Worte, die Jan aus dem Mund des anderen Polizisten hörte. »Sie ist doch angeblich eine so gute Freundin von Ihnen. Warum haben Sie da nicht gleich gefragt, wie es ihr geht?«

»Na hoffentlich gut geht es ihr, habe ich gedacht.« Dann erzählte Jan, dass er vorhin bei ihr im Krankenhaus gewesen sei. »Einer Ihrer Kollegen wollte mich aber nicht zu ihr lassen.«

»Wir haben davon gehört«, sagte Finke. »Der Mann hat natürlich richtig gehandelt. Immerhin steht Frau Schneider unter Polizeischutz. Und das nicht umsonst. Da kann der Kollege nicht jeden Beliebigen zu ihr vorlassen.«

Diesmal war Jan sicher, dass Finkes begleitendes Lächeln spöttisch war. »Jeden Beliebigen.« Das hatte der Polizist mit Bedacht gesagt. Er wollte Jan reizen. Aber wieso? Irgendwie fühlte Jan sich in die Enge getrieben.

»Stimmt was nicht?«, fragte Bergström.

»Ich habe lange nicht geschlafen. Ich habe Tabletten genommen und etwas Alkohol getrunken. Verzeihen Sie also, wenn ich nicht so schnell mitkomme«, erwiderte Jan.

Bergström faltete die Hände, tippte mit den Daumenkuppen gegeneinander. »Frau Schneider sagt, dass sie ihren Entführer nie richtig zu Gesicht bekommen hat. Bei der Entführung trug er eine Sturmmaske. Er hat sie von hinten überfallen und in den VW Bus gedrängt. Auch später hat sie den Entführer immer nur mit Maske und bei sehr schlechtem Licht gesehen. Unsere Leute haben herausgefunden, dass Frau Schneider während ihrer Gefangenschaft mit einem Beruhigungsmittel zeitweise sediert war. Dem Mittelchen nicht unähnlich, wie Sie es im Wohnzimmer liegen haben. Nur erheblich stärker. Man hat es ihr in einem Getränk verabreicht. Meinen Sie, solch ein stärkeres Mittel würden wir hier in der Wohnung auch finden?«

»Was soll das heißen?«, fragte Jan.

»Dass Frau Schneider nicht mit Bestimmtheit sagen kann, wer sie entführt hat. Wir haben ihr ein Foto von Stein gezeigt. Sie weiß nicht, ob er der Entführer war.«

»Wer denn sonst?«, entgegnete Jan ärgerlich.

»Sehen Sie, Frau Schneider hat uns erzählt, dass Sie sich von früher kennen. Sie haben zusammen studiert, richtig?«

Jan rutschte auf dem Stuhl herum. »Na ja, zusammen ... Wir haben häufiger dieselben Kurse belegt. Und wir waren eine Weile gut befreundet.«

»Bis was passierte?«

»Bis wir es eben nicht mehr waren«, sagte Jan. »Das passiert bei Männern und Frauen manchmal. Man kommt sich etwas zu nahe. Und danach funktioniert die Freundschaft nicht mehr richtig. Ich bin mir sicher, dass Sie so etwas kennen.«

Bergström tat Jan den Gefallen und nickte. Dann meinte er: »Frau Schneider sagt, dass Sie die Beziehung mit Ihnen beendet hat. Und dass es Ihnen schwer fiel, dies zu akzeptieren.«

»So, sagt sie das?«, erwiderte Jan. »Das habe ich irgendwie anders in Erinnerung.«

Ganz eindeutig hatte Jan mit Kathrin Schluss gemacht. Nicht umgekehrt. Kathrin hatte es ihm damals zwar ziemlich leicht gemacht und zugestimmt, dass auch sie sich eine feste Beziehung anders vorgestellt habe, aber die Initiative zu diesem Gespräch war von Jan ausgegangen. Das musste sie noch wissen. So etwas vergisst man doch nicht.

»Frau Schneider hat uns erzählt«, sprach Bergström weiter, »dass Sie, Herr Fischer, später immer wieder versucht haben, Kontakt zu ihr aufzunehmen. Sie haben sie häufig angerufen und dann nichts gesagt. Sie hätten vor ihrem Haus gestanden, zu ihrer Wohnung hinaufgestarrt. Und das über einen längeren Zeitraum. Was meinen Sie dazu?«

»Klingt nach Stalking«, beantwortete Finke die Frage und blickte Jan herausfordernd an.

»Quatsch, Stalking«, wehrte der ab. »Ich habe eben eine Weile gebraucht, bis ich über die Sache hinweg war. Stalking ist was anderes. Ich habe ja nicht mal gewusst, dass sie mich damals bemerkt hat. Stalker wollen doch, dass man sie sieht. Ich nicht. Ich habe sie niemals belästigt. Später war das dann sowieso alles vorbei.«

»Aber erst, nachdem Frau Schneider weggezogen ist, hat sie uns erzählt. Erst als sie nicht mehr wussten, wo sie wohnte.« Bergström betrachtete Jan ganz ruhig. Er studierte offenkundig Jans Reaktionen. Was er mit den Händen machte. Ob er nervös mit den Beinen wackelte. Jan drehte den Kopf und sah aus dem Fenster. Dort huschte ein weiteres Eichhörnchen durch das Geäst der Blutbuche. Das zweite, das sich an diesem Tag von Jan beim Klettern beobachten ließ.

»Wissen Sie, dass da draußen ein Krieg herrscht?«, fragte Jan. »Zwischen Eichhörnchen. Unsere einheimischen rotbuschigen werden von einer grauen Sorte verdrängt. Ich weiß nicht, wo die herkommen. Aber genauso ist es. Keine Ahnung, ob sie sich gegenseitig totbeißen oder ob es eine allmähliche Verdrängung gibt. Doch es herrscht Krieg. Und wir kriegen es nicht einmal mit.«

Bergström nickte. Finke scharrte mit den Füßen.

»Wir müssen in alle Richtungen ermitteln«, sagte Bergström.

»Den Spruch kenne ich«, entgegnete Jan. »Klingt wie von

einem Pressesprecher, der entweder nichts weiß oder der nichts verraten will. Zu welcher Sorte gehören Sie?«

»Frau Schneider sagt, dass Sie ihr vor der Entführung aufgelauert hätten. Nach all den Jahren, so ihre Formulierung, seien Sie plötzlich wieder da gewesen. Sie hätten vor ihrem Haus geparkt. Sie hätten sie bis zum Einkaufen verfolgt ...«

Jan nickte. »Und dann hat sie mich zum Frühstück eingeladen.«

»Damit das mit dem Verfolgen nicht wieder von vorne beginnt, hat sie uns erzählt. Sie hat Sie gleich bemerkt und gedacht, dass sie etwas unternehmen muss, bevor es wieder zu diesen tagelangen Überwachungen kommt. Und den Anrufen, bei denen sich keiner meldet.«

»Ich musste ihr etwas erzählen«, verteidigte Jan sich. »Das war alles. Hat sie Ihnen das nicht auch gesagt?«

»Sie hat gesagt, dass Sie ihr am nächsten Tag gleich noch mal in Lüneburg aufgelauert hätten. Vor ihrer Kanzlei«, sprach Bergström weiter.

Langsam wurde Jan klar, dass man die Dinge immer von zwei Seiten betrachten kann.

»Sie haben versucht, Sie zu küssen. Und da hat sie Ihnen gesagt, dass Sie sie in Ruhe lassen sollen.«

Jan atmete tief durch. »›Komm nicht wieder‹, hat sie zu mir gesagt.«

»Genau.« Finke stemmte die Hände auf die Hüften. »Zwei Tage später wird sie entführt. Und dann kommt der Held herein, befreit die Frau in Gefahr und verdient sich damit auf ewig ihre Dankbarkeit.«

»Klingt merkwürdig, was?«, meinte Jan. »Aber so war es.«

Finke und Bergström tauschten Blicke, während sich bleierne Müdigkeit über Jan legte.

»Wäre es möglich«, hörte er Bergström wie aus weiter Ferne sagen, »und das stelle ich hier nur mal so unter uns in den Raum … Könnten Sie sich vorstellen, dass Sie Kathrin Schneider entführt haben? Paul Stein ist doch ein Freund von Ihnen. Also liegt es nahe, dass Sie das Haus kannten. Sie wussten, dass dort niemand nach Frau Schneider suchen würde. Und dass sie niemand hören würde.«

»Wenn dem so wäre«, sagte Finke, »dann müsste man natürlich noch klären, wo Paul Stein geblieben ist. Ob er sich wirklich irgendwo versteckt hat. Und ob er überhaupt noch lebt.«

»Da haben sie natürlich recht«, stimmte Bergström zu. »Und da gibt es noch mehr, was wir uns fragen.«

»Noch mehr?«

»Es gab einen anonymen Anruf, der uns drauf gebracht hat«, sprach Bergström offen weiter. »Heute Morgen wurde ein Juwelier in der Harburger Innenstadt quasi überfallen.«

»Quasi? Wie geht das denn?«

»Indem sich jemand als falscher Kurierdienstmitarbeiter ausgegeben hat. Mit Kurierdienstanzug und allem Drum und Dran. Eine feine Maskerade war das. Und nun raten Sie mal, was wir in Ihrem Schrank im Schlafzimmer gefunden haben, während Sie geduscht haben?«

Jan wusste sehr genau, was im Kleiderschrank hing. Und er konnte sich auch denken, wer der anonyme Anrufer gewesen war. Paul natürlich. Der Kerl steckte voller Gemeinheiten. »Was machen Sie denn in meinem Schlafzimmer. Ich meine, ganz ohne Durchsuchungsbeschluss. Oder gibt es einen?«

»Wie gesagt, Ihr Wohnungsschlüssel steckte draußen. Da haben wir gedacht, dass Ihnen vielleicht was passiert ist. Kollege Finke hat dann kurz in alle Zimmer gesehen, bis wir gemerkt haben, dass Sie im Badezimmer sind.«

»Und dabei zufällig den Overall im Schrank gefunden?«

»Genau«, bestätigte Finke. »Meinen Sie, wir finden im

Bad auch noch einen Schnurrbart zum Ankleben? Könnte ich mir vorstellen.«

»Ich auch«, stimmte Jan zu, den Ellenbogen auf den Tisch gestützt und das Gesicht in die Hand gelegt. »Sorry, aber ich glaube, mir wird übel.« Ruckartig schob Jan seinen Stuhl zurück, sodass dieser gegen die Wand krachte, und stand plötzlich kerzengerade.

Finke stellte sich vor die Küchentür, doch Bergström ließ ihn mit einer Kopfbewegung wieder zur Seite treten. Vielleicht wollte er sehen, was Jan vorhatte.

»Geht schon«, sagte dieser, als er sah, wie Finke eine Bewegung machte, um ihn zu stützen. Dann ging er an dem Polizisten vorbei in den Flur.

Jan wollte ins Bad, sich das Gesicht mit kaltem Wasser waschen. Als er dann plötzlich im Treppenhaus stand, begriff er selbst nicht genau, wie er dort hingekommen war. Vielleicht hatte er durch die Einwirkung der Schlaftabletten die Türen in der eigenen Wohnung verwechselt. Jan sah den Wohnungsschlüssel von außen stecken, streckte die Hand aus und drehte ihn herum, Sekundenbruchteile, bevor jemand von innen an der Klinke rüttelte. Die wütende Stimme jenseits der Tür kam ihm trotz der Dumpfheit in seinem Kopf bekannt vor. Ja doch, das war Finkes Stimme.

Wer war noch mal Sascha Finke, fragte Jan sich und steckte den Schlüssel in seine Jackentasche. Wann hatte er die Jacke angezogen? Er wusste es nicht und wankte mit tauben Beinen die Treppe ins Erdgeschoss hinunter.

# 52

Als der Kerl von der Zeitung verschwunden war, hatte sich Franzisca Rose in der Umkleidekabine rücklings auf eine Bank sinken lassen und angefangen, unkontrolliert zu zittern. Nun hatte es sie eingeholt. Die Presse wusste Bescheid, oder sie ahnte zumindest, was mit ihr passiert war. Schlimmer noch als dies und die zu erwartenden Berichte in Zeitungen, Fernsehen, Radio sowie Hetzjagden nach Exklusivinterviews erschreckte Franzisca, wie leicht dieser Mann an sie herangekommen war. Er war in die Damenumkleideräume vorgedrungen, ohne dass es jemandem aufgefallen war. Wenn er böse Absichten gehabt hätte, wäre sie ihm ausgeliefert gewesen. Hilflos! Wieder einmal. Franzisca wollte keinen Bodyguard, niemanden, der sie auf Schritt und Tritt begleitete, der ihren Bewegungsfreiraum einschränkte. Sie wollte aber auch nicht hilflos sein. Nie wieder.

Als die Tür aufging und zwei Frauen hereinkamen, die auf dem Nachbarplatz gespielt hatten, öffnete Franzisca ihren Schrank, zog sich die Jacke über und verließ überstürzt die Kabine. Sie wollte in kein Gespräch verwickelt werden. Sie wollte auch nicht, dass jemand merkte, wie verwirrt sie war.

Natürlich hatte sie über den Fall der entführten Frau in Neuenfelde gelesen. Der Schreck war ihr in die Glieder gefahren. Sie hatte sofort zu ihrem Handy gegriffen und es minutenlang umklammert. Dann hatte sie das Gerät zurück in ihre Tasche gesteckt. Die Frau war frei. Der Täter bekannt. Was hätte ein Anruf bei der Polizei genützt? Sie konnte der Frau nicht helfen.

Wenn sie der Polizei über ihre eigene Entführung und Gefangenschaft berichtete, würde es nicht lange dauern, bis die Presse darüber Bescheid wusste. Das war klar. So etwas ließ sich bei einer Behörde nicht geheim halten. Zu viele Leute, die redeten.

Der Reporter, der sie nun beim Tennistraining direkt auf die Sache angesprochen hatte, zielte mit seinen Vermutungen genau ins Schwarze. Doch Franzisca wollte keinen Wirbel um ihre Person. Sie wollte sich nicht in ihre Wohnung einsperren müssen, um den Journalisten zu entkommen. Das wäre nur noch ein weiteres Gefängnis. Dabei war sie doch gerade erst aus einem herausgekommen.

Nachdem Franzisca in der Toilette ihres Privatgefängnisses die Holztäfelung von der Wand gerissen hatte und einen Zeitraum, den sie im Nachhinein nicht genau bestimmen konnte, in den Trümmern gestanden und auf die Steinwand hinter der Holzkonstruktion gestarrt hatte, war sie mit gesenktem Kopf zurück in das Zimmer mit dem Bettgestell geschlurft.

Sie wusste, dass ein Kampf mit dem Entführer die schlechteste Wahl war, die sie hatte. Was blieb, war das Oberlicht über der stabilen Eingangstür. Der Spalt über der Tür schien zu eng, um sich hindurchquetschen zu können. Doch genau konnte sie es erst wissen, wenn sie es ausprobiert hatte.

Sie hatte sich dazu entschlossen, den Tisch an die Tür zu rücken und das Glas des Oberlichts mit dem Stuhl zu zerschlagen. Ein Überraschungsangriff auf den Perversen wäre danach natürlich nicht mehr drin gewesen. Entweder sie konnte durch die Lücke über der Tür entkommen, oder ihre Hoffnung wäre dahin. Ihr Entführer würde sehen, dass sie die Kette aus der Verankerung gerissen hatte, und entsprechend reagieren.

Oder doch warten und ihn bei nächster Gelegenheit direkt angreifen? Panik lähmte ihre Gedanken.

Dann sah sie, dass sie sich gar nicht mehr zu entscheiden brauchte. Auf dem Tisch stand ein Becher Kaffee. Als sie in die Toilette gegangen war, um sich an der Vertäfelung zu schaffen zu machen, hatte sich der Becher dort noch nicht befunden. Der Perverse musste ihn dort hingestellt haben, während sie die Bretter und die Schallisolierung von der Wand gerissen hatte. Ein Schauer lief ihr bei diesem Gedanken über den Rücken.

Der Perverse war bei ihr im Zimmer gewesen. Er wusste alles.

Selbstverständlich wusste er alles. Es gab doch Kameras im Raum. Sie wusste nicht, wo. Aber sie wusste, dass sie da waren. Und wenn er sie mit dem Internet verbunden hatte, konnte er sie immer und von überall beobachten. Falls er in einem Büro arbeitete, konnte er sie heimlich ansehen und dabei einen Kollegen freundlich anlächeln. Oder eine Kollegin. Der Perverse.

Oder er sah sich die Bilder aus ihrem Gefängnis auf dem Smartphone an, während er im Bus saß. Im Restaurant beim Essen mit einem Bekannten. Auf einer Parkbank, während eine Frau mit ihrer Tochter die Enten fütterte. Es war egal. Er wusste über alles Bescheid, was in seinem Privatgefängnis passierte. Er wusste selbstverständlich auch, dass es ihr gelungen war, die Kette zu lösen.

Was nun? Warum der Kaffee? Ein Friedensangebot war es sicher nicht. Auch nicht der Preis für geleistete Arbeit. Eher schon war er vergiftet.

Der Perverse hatte vielleicht eingesehen, dass er sie nicht ewig würde gefangen halten können. Der menschliche Wunsch nach Freiheit ist zu stark, sein Wille zu mächtig, um ihn auf Dauer einzusperren.

Das Spiel war vorbei. Der Kaffee enthielt mit Sicherheit Gift. So würde es keine Zeugenaussage gegen ihn geben. Niemand würde nach ihm und seinem Gefängnis suchen. In aller Ruhe konnte er sich das nächste Opfer aussuchen. Vielleicht jemanden mit weniger Widerstandskraft. Eine schwache Frau. Vielleicht ein Kind.

Sie setzte sich aufs Bett, starrte den Becher an.

Kaffeeduft erfüllte den Raum. Ein Schluck von diesem Gebräu war verlockend. Er roch nicht nur gut, er würde auch all ihre Probleme lösen. Sie stand auf, ging zum Tisch und griff mit zitternder Hand nach dem Becher. Der Kaffee dampfte nicht mehr, war aber noch warm. Er stand bestimmt nicht länger als eine halbe Stunde auf dem Tisch.

Meinetwegen, dachte sie. Und trank.

Der Kaffee war bitter, aber sie schmeckte nicht heraus, ob Gift darin war. Sie merkte nur, dass der Kaffee ihr gut tat. Sie beschloss, jeden Schluck zu genießen.

Die Wirkung setzte mit nur geringer Zeitverzögerung ein. Sie bekam weiche Knie, ein Schwindelgefühl griff nach ihr.

Emotionslos ließ sie sich auf den Stuhl sinken. Auf jenen Stuhl, mit dem sie vor Kurzem noch die Glasscheibe über der Tür hatte einschlagen wollen. Über jener Tür, die sich nun öffnete und durch die ein Mann mit einer Sturmhaube über dem Kopf eintrat.

Franziscas Wahrnehmung war getrübt. Sie konnte nicht genau erkennen, was der Mann sonst noch an Kleidung trug, ob er groß oder klein war. Seine Stimme erreichte sie aus weiter Ferne.

»Steh auf«, sagte der Perverse. »Ich bringe dich jetzt nach Hause.«

# 53

Der Perverse hatte gesagt, er würde sie nach Hause bringen. Und das tat er auch. Während der Fahrt hatte sie zwar die ganze Zeit Angst, er würde irgendwo in einen Waldweg abbiegen und sie dort umbringen, aber das tat er nicht. Warum auch? Wenn er sie hätte ermorden wollen, wozu dann das Risiko mit dem Transport? Denn ein Risiko war es gewiss. Eine Polizeikontrolle war nie ausgeschlossen. Vielleicht ging am Wagen ein Rücklicht nicht oder sonst was. Dürfen wir mal die Papiere sehen? Und würden Sie uns bitte mal einen Blick auf die Ladefläche gewähren?

Auf der Ladefläche des Transporters hatte sie gesessen. Mit dem Rücken an eine kalte Metallwand gelehnt. Er hatte ihr die Augen verbunden und gesagt, sie solle den Schal nicht abnehmen. Dann würde er sie direkt nach Hause fahren und nicht einfach an einer Autobahnraststätte rauslassen.

Vermutlich hätte er das sowieso nicht getan, weil Autobahnraststätten kameraüberwacht sind. Die Polizei hätte sein Fahrzeug auf diese Weise schnell ausfindig machen können. Doch diese Gedanken kamen ihr erst später.

Während der Fahrt war ihr Gehirn benebelt. Er hatte ihr irgendetwas zur Beruhigung gegeben. Vielleicht dasselbe Mittel wie bei ihrer Entführung, nur geringer dosiert. Sie bekam noch etwas mit, viel sogar, zwischendrin gab es aber immer wieder Aussetzer. So wusste sie, dass es beim Losfahren stark geruckelt hatte, als seien sie über einen Weg mit Schlaglöchern gefahren. Sie hörte den Blinker sehr laut. Durch den Schal merkte sie, wie es hell und dunkel im Fahrzeug wurde. Vermutlich durch das Licht von vorbeihuschenden Straßenlaternen. Dass sie in einem Transporter saß, war auch klar. Der Motor heulte dafür typisch im hohen Drehzahlbereich. Sie hatte aber nicht die geringste Ahnung, wo sie fuhren oder wie lange die Fahrt dauerte. Dem Gefühl nach waren es mehrere Stunden oder vielleicht auch nur eine. Die Zeit dehnte sich und schrumpfte durch das Betäubungsmittel in ihrer Blutbahn. Das wurde ihr hinterher klar.

Vermutlich war er einen Umweg gefahren, um sie zu verwirren. An den Elbtunnel konnte sie sich jedenfalls nicht erinnern. Das lange gleichmäßige Licht darin hätte sie doch bemerken müssen. Vielleicht war er außen um die Stadt herumgefahren. Über die A1, über die Elbbrücken und weiter bis Rahlstedt. Dann durch Farmsen, Poppenbüttel, Langenhorn, Bönningstedt.

Nachdem in der Zeitung gestanden hatte, dass diese andere Frau in Neuenfelde gefangen gehalten worden war, hatte sie sich alles auf der Landkarte angesehen. Es war sehr wahrscheinlich, dass er nicht den direkten Weg genommen hatte, um sie nach Hause zu bringen. Natürlich barg ein längerer Weg auch ein größeres Risiko. Aber so konnte er sicher sein, dass sie die Strecke zurück zu ihrem Gefängnis nicht aus dem Gedächtnis finden konnte.

Ihr Entführer setzte sie zwei Straßen von ihrer Wohnung entfernt ab. Vermutlich brachte er sie nicht direkt vor die Tür, weil er damit gerechnet hatte, dass sie von der Polizei beobachtet wurde. Doch da täuschte er sich. Als Franzisca sich, lange nachdem das Heulen des Transporters verklungen war, den Schal von den Augen zog und von der Parkbank erhob, auf die er sie gesetzt hatte, zu ihrer Wohnung ging und den Schlüssel benutzte, den er ihr zurückgegeben hatte, war da niemand, der auf sie wartete und in Empfang nahm.

Franzisca hatte Zeit, hinter der Tür zusammenzusinken, leise zu weinen. Lange zu weinen. Dann die Kleidung von sich herunterzureißen und zu duschen. Lange zu duschen. Sehr lange zu duschen.

Sie rutschte mit dem Rücken an den Kacheln hinunter, setzte sich in die Duschwanne und ließ das warme Wasser über sich rieseln. Vielleicht eine halbe Stunde oder länger. Erst dann klingelte es an der Tür.

Jemand hatte Licht bei ihr gesehen, sagten die Polizisten, nachdem sie bei ihr in den Flur eingedrungen waren. Sie beschwerte sich mit aller Kraft, die sie aufbringen konnte. Doch die Polizisten beharrten darauf, bei ihr zu bleiben.

Eine Frau in Uniform wurde geholt. Sie fragte, ob es ihr gut ginge, wo sie gewesen sei. Man habe sie als vermisst gemeldet.

Wer?

Ihr Manager.

Auch ihre Eltern hätten nicht gewusst, wo sie geblieben sei. Niemand habe es gewusst.

Franzisca sagte, dass sie verreist gewesen sei.

Aber ihre Kreditkarte sei nicht belastet worden, wurde ihr entgegengehalten. Wie habe sie da verreisen können? Wovon habe sie gelebt?

Das waren Leute von der Kriminalpolizei, die das gefragt hatten. Sie hatten die Frau in Uniform abgelöst.

Franzisca verwahrte sich davor, verhört zu werden. Sie sei mit einem Mann unterwegs gewesen. Der habe alles bezahlt. Ja, zehn Wochen lang. Na und? Ob sie sich bei jemandem melde oder nicht, sei doch ihre Angelegenheit. Dann hätten sich ihre Eltern eben Sorgen gemacht. Selbst schuld. Sie sei erwachsen. Sie könne machen, was sie wolle.

Die Worte über ihre Eltern taten ihr leid. Aber sie hatte sich dazu entschlossen, nichts zu sagen. Sie wollte nicht als Entführungsopfer bekannt werden. Das war ihr ganz klar.

Niemand sollte auf sie zeigen und sagen, das ist doch Franzisca Rose. Wer? Na, die Tennisspielerin. Kenne ich nicht.

Na die, die man zehn Wochen entführt hatte. Ach die, ja, ja. Ist die nicht die ganze Zeit sexuell missbraucht worden? Die ganzen zehn Wochen? Sie behauptet, nein. Aber man weiß ja, dass das nicht stimmen kann.

All das wollte sie nicht. Also blieb sie bei der Reisegeschichte.

Die Polizei glaubte ihr nicht. Die Presse spekulierte etwas über eine Suchtklinik. Vermutlich ein heimlicher Entzug. Es sei doch bekannt, dass sie die letzte Zeit, wenn nicht auf Drogen, dann doch zumindest Alkoholikerin gewesen sei.

Nur ihre Eltern glaubten ihr. Sie nahmen ihr zu gern die treulose Tochter ab, die sich nicht gemeldet hatte. Sie wollten über keine anderen Möglichkeiten nachdenken. Das Bild der Tochter, die sich herumtrieb und amüsierte, während die Eltern zu Hause saßen und litten, war für sie am einfachsten.

Was ihr Manager dachte, sagte er nicht. Er schien enttäuscht von ihr zu sein. Trotzdem half er ihr bei der Gestaltung der unmittelbaren Zukunft.

Ihr Arzt war verblüfft über den Zustand der Schulter. Tests zeigten, dass sie vollständig verheilt zu sein schien.

Was nicht verheilt war und niemals heilen würde, war ihre Seele. Das konnte der Arzt nicht sehen. Jedenfalls nicht diese Art von Arzt.

Er wusste nicht, dass sie sich bei jeder Gelegenheit schreckhaft umsah. Dass sie die Gesichter in Menschenansammlungen musterte, auf der Suche nach dem einen Gesicht, das in ihre Richtung gedreht war. Auf der Suche nach dem einen Mann, der noch da draußen war. Von dem sie aber nicht wusste, wie er aussah.

# 54

Jan fühlte sich wie ein Zombie. Mit gesenktem Kinn schlurfte er über den Bürgersteig, während der Regen auf ihn niederfiel. Er stieg in einen Bus, ohne zu wissen, wohin dieser fuhr. Durch die Feuchtigkeit waren die Fenster beschlagen. Die Menschen um ihn herum schienen zu dampfen, jemand lachte laut, zwei Teenager küssten sich. Mit absoluter Klarheit erkannte Jan in diesem Augenblick, dass nicht er der Zombie war, sondern diese armen Kreaturen um ihn herum. Sie alle taten, was man von ihnen erwartete. Ihre Chefs, ihre Eltern, die Lehrer, die Freunde, am meisten sie selbst. Bei Jan war das anders. Er erwartete nichts mehr von sich selbst. Sein Körper war taub, doch sein Gehirn, wenngleich langsam, funktionierte. Jan zog Bilanz.

Erstens: Er stand in Verdacht, Kathrin entführt zu haben.

Zweitens: Was Kathrin über ihn erzählt hatte, tat weh.

Drittens: Man verdächtigte ihn, ein Juweliergeschäft bestohlen zu haben.

Für einen Moment schloss Jan die Augen. Dann rempelte ihn einer der Zombies an und sagte: »'tschuldigung, darf ich mal vorbei?«

Der Untote drängelte zur Tür. Jan ließ sich mitreißen. Erneut schlug ihm der Regen ins Gesicht. Er taumelte die Straße entlang. Wo war er? Die Straße kam ihm bekannt vor. Das Haus auch. Das konnte doch kein Zufall sein.

Als er auf eine Klingel drückte, sagte eine Stimme: »Hallo?«

Jan wiederholte das Wort.

»Wer ist da?«

»Ich.«

»Wer ist ich?«

»Jan!«

»Jan?«

»Ja.«

»Jan Fischer?«

»Genau.«

Der Summer ging. Jan drückte die Tür auf, ging durch den dunklen Hausflur die Treppe hinauf. Irgendwo weiter oben wurde eine Wohnungstür geöffnet. Die Treppenbeleuchtung flammte auf. Noch eine Wendung, noch zehn Stufen, dann war er im vierten Stock. Charlotte sah ihm entgegen. Sie trug einen Männerpyjama.

»Wie siehst du denn aus?«, fragte sie.

»Witzig, das wollte ich auch gerade sagen«, erwiderte Jan.

Charlotte presste die Lippen aufeinander. Schon während Jan das Treppenhaus heraufgekommen war, hatte sie überlegt, wie sie mit ihm umgehen sollte. Männerbesuch war in ihren bisherigen Wohnungen generell selten gewesen. In diese hier hatte sie noch gar keinen eingeladen. Wenn sie Männergesellschaft wollte, ging sie einfach mit zu ihnen. Das hatte den Vorteil, dass sie wieder verschwinden konnte, wann sie wollte. Männer hatten andersherum leider gerne die Gewohnheit, viel länger zu bleiben als gewünscht. Manchmal war es schwierig, ihnen klarzumachen, dass sie nicht nur wieder gehen *durften*, sondern *sollten*. Manche Männer wurden dann traurig, andere ärgerlich. Diese Peinlichkeit ersparte Charlotte sich und den Männern gerne.

Jan war nicht nur komplett durchnässt, er wirkte auch betrunken. Keine besonders reizvolle Kombination.

Sie standen sich im Hausflur gegenüber. Jan tropfte den Boden voll, während Charlotte noch immer überlegte. »Komm rein«, meinte sie dann.

»Ich muss dich warnen«, sagte Jan. »Ich bin ein Verbrecher und werde von der Polizei gesucht.«

Charlotte zog ihn am Ärmel in die Wohnung.

»Gleich weiter ins Badezimmer mit dir«, dirigierte sie. »Du machst mir sonst die ganze Wohnung nass.«

Jan hinterließ Wasserspuren im Flur, musste die Schuhe im Badezimmer ausziehen, den Mantel auch. Beides bildete einen nassen Haufen auf dem Fliesenboden. Charlotte drückte den Stöpsel in die Badewanne und ließ Wasser einlaufen. Jan musste sich auf den Wannenrand setzen. Sie untersuchte seinen Haaransatz.

»Hab mir irgendwo den Kopf gestoßen«, sagte er.

Sie nickte. Das Blut hatte die Wunde von innen gereinigt. Charlotte brauchte nur noch ein Pflaster draufzumachen. Dann war alles wieder gut. Anschließend steckte sie Jan in das heiße Wasser.

»Aua!«, stieß er aus, aber sein Klagen interessierte Charlotte nicht.

»Du bist unterkühlt. Bleib da drin, bis ich zurück bin. Ich mache dir einen Tee.«

Jans Körper war drahtig. Die Oberarme kräftiger, als Charlotte erwartet hatte.

Was denn, dachte sie, als sie merkte, dass sie sich nicht richtig aufs Teekochen konzentrierte. Ich darf doch mal gucken.

Nach zehn Minuten rief Jan, dass er tanzende Flecken auf der gekachelten Wand sehe. Charlotte zog den Stöpsel und reichte ihm ein Handtuch. Er durfte sich selbst abtrocknen. Kurz darauf hatte er ihren Pyjamas an. Sie selbst hatte sich umgezogen.

Charlotte brachte Jan zu ihrem Bett. Zuerst hatte sie ihn auf dem Sofa abladen wollen, aber dann hätte sie sich nicht mehr frei in der eigenen Wohnung bewegen können. Besser, er schlief seinen Rausch im Schlafzimmer aus.

»Tut mir leid«, sagte er. »Tut mir so leid.«

Sie deckte ihn bis zum Kinn zu und machte die Lampe aus.

## 55

Als die Zeitungen das Gesicht von diesem Mann druckten, der die Frau in seinem Haus zwischen Neuenfelde und Francop gefangen gehalten haben sollte, erkannte Franzisca ihn nicht. Das Bild zeigte einen völlig Fremden. Sie empfand nichts beim Anblick dieses Mannes.

Die Gefühle kamen erst, als der Reporter sie in der Umkleidekabine überrascht hatte. Sie hatte Angst, weil er so dicht an sie herangekommen war. Und sie hatte Angst, weil ihr im selben Moment klar wurde, dass der Mann aus der Zeitung wirklich derjenige war, der auch sie entführt hatte, der zehn Wochen Herr über ihr Leben gewesen war, der bestimmt hatte, was sie aß, was sie trank, ob sie fror oder ob ihr warm war, ob sie stank oder nach Herrenduschgel roch.

Der Reporter war der Grund dafür, dass sie sich am Abend durch den Garten hinter dem Haus schlich. Sie fuhr mit S-Bahn und Bus zum Flughafen. Dort mietete sie sich einen Kleinwagen. Sie brauchte kein Navigationssystem, um den

Weg nach Neuenfelde zu finden. Sie hatte ihn sich zu Hause eingeprägt.

Höhe Waltershof fuhr sie von der Autobahn ab. An einer Tankstelle besorgte sie sich einen Kanister mit Benzin. Sie fuhr den Moorburger Elbdeich entlang, folgte immer der Straße. Die Fahrt dauerte ewig und war doch ganz kurz. Am Absperrband der Polizei erkannte sie, welcher Hof es war.

Von der Straße war das Haus nicht gut zu sehen. Sie konnte beim Vorbeifahren auch nicht erkennen, ob jemand da war.

Sie wendete, parkte auf einem Feldweg, kaum 100 Meter von der Hofeinfahrt entfernt.

Wenn noch Polizei da war, würde sie sich verstecken. Aber vermutlich war niemand mehr da. Die Untersuchungen am Haus waren schon lange abgeschlossen.

Der Kanister war schwerer, als er aussah. Sie hievte ihn aus dem Kofferraum. Die Streichhölzer hatte sie auch an der Tankstelle gekauft. Dem Verkäufer schien das nicht im Mindesten verdächtig zu sein. Er hatte abkassiert und fertig. Natürlich hatte sie eine Sonnenbrille und ein Kopftuch getragen. Wegen der Kameras. Und sie hatte in bar bezahlt. Im Zweifelsfall würde die Polizei sie trotzdem ermitteln können. Über das Nummernschild des Wagens. Die Fahrzeugvermietung hatte sich ihren Personalausweis und den Führerschein kopiert.

Doch das war ihr egal. Was zählte, war, dass das Haus brannte. Es musste vernichtet werden. Komplett.

Nie wieder sollte jemand hinter diesen Mauern gefangen gehalten werden. Nicht in Zukunft und nicht in der Vergangenheit. Sie wusste, dass es sie befreien würde, das Haus brennen zu sehen. Es sollte ihre zweite und endgültige Befreiung werden.

Diesmal war sie nicht auf die Gnade eines anderen angewiesen. Sie war es, die agierte. Sie entschied, was passierte.

Am liebsten hätte sie das Benzin über das Reetdach gekippt. Doch obwohl der Dachvorbau weit heruntergezogen war, gestaltete sich das Vorhaben schwierig. Der Kanister war schwer, und Franzisca musste aufpassen, dass sie sich nicht selbst mit Benzin übergoss. Also kippte sie etwas an die Wand und ging dann langsam um das Haus herum. Immer wieder schüttete sie einen Schwall an die Wände.

An der Haustür dachte sie einen Augenblick daran, dass sie nachgucken müsste, ob jemand im Haus war. Aber die Vorstellung, noch einmal da reinzugehen, war zu erschreckend. Wieder begann sie zu zittern. Sie hasste dieses Zittern.

Die Polizei hatte dafür gesorgt, dass keine Gefangene mehr im Haus war. Das war klar.

Und wenn er selbst drin war, der Perverse, dann sollte er doch … Darauf konnte sie keine Rücksicht nehmen. Die Vorstellung war eigentlich gar nicht so schlecht. Sie blickte an sich hinunter. Das Zittern war aus ihrem Körper verschwunden.

Passend zu ihrem inneren Zustand peitschte ein starker Wind über das Land. Wolken trieben am Himmel entlang. Ein fernes Grummeln verhieß Blitz und Donner.

Franzisca war beides.

Sie war der Blitz und der Donner.

Als der Benzinkanister leer war, griff sie zu den Streichhölzern. Das erste knickte ihr ab. Das zweite auch. Aber nicht, weil sie vor Angst zitterte. Im Gegenteil: Sie hatte aus Zorn zu fest aufgedrückt.

Dann klappte es.

Noch bevor das brennende Streichholz die benetzte Hauswand berührte, gab es eine laute Verpuffung. Die Benzindämpfe hatten schon nach dem Feuer gegiert. Schnell stand die Giebelwand in Flammen.

Licht und Schatten spielten über Franziscas Gesicht. Dann begann der Regen herabzuprasseln. Ein mächtiges Gewitter donnerte am Firmament. Das schwüle Wetter, das sensiblen Seelen seit Tagen Kopfschmerzen bereitet hatte, entlud seine Energie mit Vehemenz.

Franzisca lief der Regen über das Gesicht. Flammen spiegelten sich in ihren Augen. Das Feuer fraß sich durch das Reet. Das ganze Dach loderte wie eine Fackel. Der wütende Regen konnte es nicht löschen. Es zischte und knackte. Bald begannen in der Ferne die Sirenen zu heulen. Es war ein unheimliches Geräusch.

Als das erste Feuerwehrauto die Straße heraufkam, schritt Franzisca langsam rückwärts. Immer weiter. Eben noch spürte sie die Hitze des Feuers auf ihrem Gesicht, dann trat sie in den Schatten der Nacht. Nach und nach hüllte die Dunkelheit sie ein.

## 56

Durch einen Lichtspalt unter der Tür konnte Jan sehen, dass Charlotte noch einige Male im Flur hin und her ging. Dann schloss er kurz die Augen. Als Charlotte wieder ins Zimmer kam, waren 24 Stunden vergangen. Er bekam einen derart dünnen Kaffee ans Bett serviert, wie er ihn noch nie getrunken hatte.

»Das ist Tee«, sagte Charlotte.

Jan verzog angewidert das Gesicht, wagte aber nicht zu meutern. Danach durfte er sich anziehen. Seine Kleidung lag gewaschen am Fußende des Bettes. Auf Socken ging er zur Toilette und dann in die Wohnküche.

Charlotte lebte unter dem Dach. Schräge Wände, dicke Holzbalken und Klappfenster machten die Wohnung zu einem Nest. Es gab einen kleinen Balkon. Charlotte saß auf einem Klappstuhl in der Sonne und rauchte. Am Tresen, der Küche und Wohnzimmer optisch trennte, bekam Jan kurz darauf Toast angeboten, mit Marmelade oder Käse. Charlotte setzte sich auf die andere Seite, während er aß.

»Was hattest du geschluckt?«, fragte Charlotte. »Das war doch kein normaler Rausch.«

»Hat man gemerkt, was?«

Charlottes Blick sprach für sich.

»Nur ein paar Schlaftabletten«, versicherte Jan. »Ich war überdreht, wollte mal wieder richtig schlafen. Ich hätte sie nicht mit Whisky runterspülen sollen.«

»Oder einfach ins Bett gehen, satt im Regen zu spazieren.«

»Hat es geregnet?«

»Kann man so sagen. Ich wusste gar nicht, dass du weißt, wo ich wohne.«

»Nee, ich auch nicht. Musst du mir mal gesagt haben.«

»Glaube nicht.«

Eine kurze Pause trat ein.

»Hat die Polizei in der Redaktion nach mir gefragt?«, wollte Jan dann wissen.

Charlotte zuckte mit den Schultern. »Habe nichts mitbekommen. Sollte sie denn?«

Jan nickte wortlos.

Charlotte blies etwas Rauch zur Seite, damit er Jan beim Frühstück nicht direkt ins Gesicht traf. So viel Rücksichtnahme war er von ihr gar nicht gewohnt.

»Man verdächtigt mich, Kathrin entführt zu haben«, sagte Jan.

Charlotte lachte hell auf. »'tschuldigung.«

Jan sprach von Fingerabdrücken, Spuren, Indizien. »Lauter Quatsch«, sagte er. »Aber offenbar hat Kathrin ihren Entführer nicht gesehen. Und alles, was die Burschen jetzt haben, bin ich.«

»Geh hin und erkläre ihnen, was wirklich passiert ist.«

»Das habe ich ja schon.« Jan rieb sich das stoppelige Kinn. »Und da ist noch mehr.«

Charlotte hob fragend die Augenbrauen.

»Ich soll einen Juwelier überfallen haben.«

»Ich kenne den Fall«, sagte Charlotte. »Was hat das mit dir zu tun?«

»Willst du das wirklich alles hören?«

Charlotte wollte. »Dann denkst du, dass Paul dir das alles anhängen will?«, fragte sie schließlich.

»Hat er schon.«

Charlotte tippte sich nachdenklich mit dem Zeigefinger zweimal auf die Nasenspitze. »Also?«, fragte sie dann.

»Also was?«

»Was hast du jetzt vor?«

Jan griff sich einen Toast und beschmierte ihn mit etwas Butter. »Wenn die ihn nicht finden, dann muss ich es wohl tun.«

»Kannst du das denn?«

Jan biss vom Toast ab und begann zu kauen. Dann bekam er plötzlich einen starren Blick. »Wenn die hinter mir her sind, wird's natürlich schwieriger.«

# 57

Es war witzig, Jan dabei zuzusehen, wie er sich auf dem Beifahrersitz des Renaults klein zu machen versuchte. Charlotte war schon häufiger Chauffeur für ihren Kollegen gewesen, aber noch nie hatte er sich dabei vor der Polizei verstecken müssen. Seinen eigenen Wagen wollte Jan nicht nehmen, weil er meinte, dass seine Wohnung überwacht würde und das Auto garantiert auch. Charlotte konnte seine Paranoia zwar nicht ganz teilen, machte das Spiel aber trotzdem mit. Als an einer Kreuzung ein Streifenwagen im Rückspiegel auftauchte, sank der große Mann neben ihr fast in sich zusammen. Natürlich bogen die Polizisten kurz danach in eine andere Straße ab.

»Entspann dich«, sagte Charlotte, als hätten sie zum ersten Mal Sex miteinander.

»Warum grinst du?«, fragte Jan.

»Das geht dich nun wirklich gar nichts an«, erwiderte Charlotte und lächelte ihn breit an.

Jan sah kurz nachdenklich aus, dann ließ er Charlotte am Kantstein halten. »Bin gleich zurück«, sagte er und sprang aus dem Auto. Er lief über die Straße und verschwand in einem Gemischtwarenladen für Elektrogeräte. Von Computern und Fernsehern gab es dort alles, was Männerherzen begehrten. Alle erdenklichen Anschlusskabel, historisch anmutende Ersatzteile, Überwachungskameras und Fachwissen zu technischen Fehlerquellen und deren Reparatur. Charlotte stand im eingeschränkten Halteverbot, drehte die Scheibe runter und zündete sich eine Zigarette an. Fünf Minuten später tauchte Jan wieder auf und präsentierte schon aus der Ferne seine Beute.

»Prepaid«, berichtete er triumphierend, als er wieder neben Charlotte saß. »Für einen Fuffi mehr sogar ohne Personalausweis. Sag mir mal deine Nummer.«

Charlotte grinste schon wieder.

»Was?«, fragte Jan.

»Nichts«, entgegnete Charlotte. »Klar kannst du meine Nummer haben.«

Jan sah überrascht aus. »Die der Redaktion habe ich im Kopf. Aber deine nicht.«

»Schon gut«, meinte Charlotte. Der Mann neben ihr checkte den Witz offenbar wirklich nicht. Er war auf der Jagd nach Paul Stein und nicht nach Telefonnummern von Frauen.

»Wie hast du bezahlt?«

»Natürlich in bar. Die Aktion wäre ja sonst sinnlos.«

»Wollte nur sichergehen. Wo lang jetzt?«

Jan wies geradeaus. »Wir müssen durch den Harburger Ring und beim Kinokomplex einen Parkplatz suchen.«

Charlotte ließ den Wagen an und folgte den Anweisungen. Offenbar wusste Jan genau, wo er hinwollte. Konnte es so einfach sein, Paul Stein zu finden? Wieso hatte die Polizei ihn dann nicht längst einkassiert?

»Hier, hier, hier«, meinte Jan plötzlich. »Hier stehen wir gut.«

»Dann versperren wir aber die halbe Einfahrt«, stellte Charlotte fest, während sie bremste und den Blinker setzte.

»Macht nichts. Dauert nicht lange. Und du kannst wieder sitzen bleiben.«

»Denkst du, er ist da drin?« Charlotte blickte auf eine bei Tageslicht ziemlich hinuntergekommen wirkende Bierkneipe.

»Wenn nicht er selbst, dann vielleicht jemand, der mir sagen kann, wo ich ihn finde. Aber es besteht tatsächlich die Möglichkeit, dass er dort irgendwo in einer dunklen Ecke hockt. Besser kann man sich fast nicht verstecken.«

»Dann komme ich mit rein«, entschied Charlotte.

»Musst du nicht. Das schaffe ich allein.«

»Ich weiß, dass ich das nicht muss.« Charlotte öffnete die Wagentür und stand gleich darauf vor dem Kneipeneingang. Ihr Blick wanderte nach oben auf ein Schild. *Bierdorf.*

Wie originell, dachte sie.

Jan drängte sich an ihr vorbei und schob einen dicken Vorhang zur Seite. Dahinter kamen ihnen Rauch und leise Musik entgegen. Charlottes Augen brauchten einen Augenblick, um sich an das fahle Licht zu gewöhnen. Dass es solche Orte noch gibt, dachte sie.

Jan steuerte direkt auf die Bar zu. »Moin, Felix«, sagte er. »Weilchen nicht gesehen. Was macht die Kunst?«

Obwohl der Typ, den Jan ansprach, saß, wirkte er auf Charlotte riesig. Allerdings war er auch ein dünnes Tuch. Bei ein bisschen zu viel Wind musste er bestimmt aufpassen, nicht aus den Kindersärgen gepustet zu werden, in denen seine Füße steckten. Die Schultern des Mannes zogen sich zusammen. Statt Abwehr zog er offenbar innere Einkehr vor. Selbst sein Kopf schien sich wie bei einer Schildkröte zurückzuziehen.

»Ich suche Paul. Haste eine Ahnung, wo er steckt?«, wollte Jan wissen.

Felix schüttelte den Kopf.

»Was ist los?«, wollte Jan wissen. »Warum so abweisend?«

»Kannst dir doch denken, dass wir sauer auf dich sind.«

»Wer ist sauer? Du?«

»Ja, auch.«

»Wer noch?«

»Ist doch egal.«

»Wenn's dir egal ist. Mir ist es das schon lange«, stellte Jan fest. »Wo ist Paul?«

Jan blickte Felix unverwandt an, sagte nichts mehr, bis dieser es nicht länger aushielt.

»Keine Ahnung. Zu Hause ist er jedenfalls nicht. Geht auch nicht mehr ans Handy. Kein Wunder nach dem, was alles in der Zeitung steht.«

»Was steht denn da?«

»Weißte doch selber, Mann. Und das Haus von seinen Großeltern ist abgefackelt. Auch da kann er nicht mehr sein.«

Der alte Bauernhof, auf dem Paul Anna und Kathrin gefangen gehalten hatte, war tatsächlich in Flammen aufgegangen. Charlotte wusste davon, auch wenn Olaf die Fotos fürs *Harburger Tageblatt* dazu gemacht hatte. Hatte sie Jan davon erzählt, fragte sie sich. Das war ja alles passiert, während er in ihrem Schlafzimmer halbwegs im Koma gelegen hatte. Jan reagierte aber nicht auf die Information mit dem Brand. Stattdessen fragte er: »Großeltern? Du meinst, der Hof gehörte Pauls Eltern.«

»Nee. Hat er von Oma und Opa geerbt«, verbesserte Felix. Seine Eltern würden doch in Othmarschen in der Nähe vom Krankenhaus wohnen.

»Pauls Eltern leben noch?«

Felix stutzte. »Klar. Wieso nicht? Die sind total nett. Wir waren sogar einmal bei denen im Garten. Zum Grillen und Biertrinken. Der Kartoffelsalat von Pauls Mutter ist der beste.«

»Wer ist der Beste?«

Die neue Stimme erklang hinter Charlottes Rücken. Zwei Männer waren durch die Tür getreten. Der dicke Vorhang bewegte sich noch. Charlotte drehte den Kopf wieder zu Jan, behielt die beiden anderen aber im Augenwinkel.

Jan hatte sich für das Gespräch mit Felix leicht auf den Tresen gestützt. Nun richtete er sich wieder auf und sah die Neuankömmlinge direkt an. »Hallo, Thomas. Moin, Erich.«

Die beiden Männer waren etwa gleich groß. Einer drehte den Kopf leicht zur Seite und taxierte Charlotte intensiv. Also tat sie es ihm nun gleich. Er begann zu grinsen. Der andere beachtete Charlotte kaum und starrte nur Jan an. »Hast hier nichts mehr verloren«, sagte er. »Ist dir schon klar?«

»Er sucht Paul«, sagte Felix vom Barhocker aus. »Aber ich habe ihm nichts gesagt. Weiß ja auch gar nichts.«

»Was denn auch sagen?«, erwiderte der Mann mit dem starren Blick. »Er würde ja doch alles irgendwie verdrehen. So sind die von der Lügenpresse. Können gar nicht mehr anders.«

»Wie originell«, erwiderte Jan. Kurz lächelte er dann Felix an und klopfte ihm auf die Schulter. »Danke, Mann. Hast mir sehr geholfen.«

Der lange Kerl an der Bar erbleichte. »Was denn? Ich habe wirklich nichts gesagt.« Sein Blick wanderte zu den anderen beiden Männern.

Jan trat in die Mitte des Raums, und Charlotte registrierte, dass er sich zwischen sie und die anderen Männer stellte. »Dürfen wir mal?« Jan machte mit dem rechten Arm eine Bewegung, als wolle er die beiden Männer zur Seite wischen. Die rührten sich aber nicht.

Hätte auch klappen können, dachte Charlotte. Sie war gespannt, was nun passieren würde. Gefährlich sahen die beiden Typen eigentlich nicht aus. Aber sie wusste nicht, welche Historie sie mit Jan verband.

»Paul geht dich nichts mehr an«, sagte der eine. »Nach ihm zu suchen, ist keine gute Idee.«

»Schon klar«, entgegnete Jan nach kurzem Überlegen. »Danke für den Tipp.«

Die Mundwinkel des einen Mannes zuckten. »Verarsch uns nicht.«

»Kam mir nie in den Sinn, Erich. Können wir jetzt vorbei?«

Erich sah den anderen Mann kurz an. Das war dann also Thomas, wenn Charlotte die Namen richtig verstanden hatte, die Jan an der Bar genannt hatte. Und die Hierarchie der drei Kerle hatte sie nun auch durchschaut. Erst Thomas, dann Erich, dann Felix von der Theke. Der längste Lulatsch als das kleinste Rad am Wagen. Wie passte Paul da rein? Charlotte würde es Jan fragen, wenn sie hier raus waren.

Thomas grinste plötzlich breit und machte einen kleinen Schritt zur Seite.

»Danke«, sagte Jan, und Charlotte spürte, wie er ihre Hand nahm und sie mit sich zog.

»Schickes Cowgirl übrigens«, sagte Thomas, als sie schon halb bei der Tür waren, und spielte damit vermutlich auf Charlottes Stiefel und die Jeans an. »Oder eher eine wilde Stute? Kommst du mit solch einem Gerät überhaupt zurecht?«

Jans Hand schloss sich enger um Charlottes. Er drehte den Kopf, schien sich eine Erwiderung zu überlegen, schluckte diese aber offensichtlich runter.

»Ich bin tatsächlich etwas wild«, stellte deshalb Charlotte für ihn fest und riss ihre Hand von Jan los. Sie brauchte größere Bewegungsfreiheit für den Tritt, den sie Thomas nun direkt gegen das Knie verpasste. Der Schmerz, den das bei ihm verursachte, musste gewaltig sein. Selbst ein Treffer in den Unterleib hätte im ersten Moment vermutlich keinen Unterschied gemacht. Thomas fiel nach hinten und griff mit beiden Händen nach der getroffenen Stelle.

Erich holte sichtbar Atem, dann ballten sich seine Hände zu Fäusten. Er war nun vorgewarnt und nicht so leicht zu überrumpeln wie sein Freund. Blöde Situation. Charlotte dachte manchmal einfach nicht weiter als bis zu ihrer Stiefelspitze. Das wusste sie selbst. Doch wie sonst hätte sie reagieren sollen? Durften die beiden sie einfach beleidigen? Jan war der Spruch mit der wilden Stute offenbar egal gewesen. Charlotte nicht.

Sie machte einen Schritt zurück und ging in Verteidigungshaltung, als Erich ihr entgegenkam. Flucht wäre auch eine Möglichkeit gewesen. Aber sie kannte sich in der Spelunke nicht aus. Außerdem hätte Flucht keinen guten Eindruck bei den beiden Männern hinterlassen. Doch genau das wollte sie.

Toll gemacht, Charlotte, dachte sie nun trotzdem. Hättest auch einfach mit Jan rausgehen können.

Erich zielte mit seinem ersten Schlag direkt auf ihren Kopf. Es war ihm wohl egal, dass sie ein Mädchen war. Diese Kerle heutzutage.

Charlotte wich aus. Flucht war jetzt doch keine so schlechte Idee mehr.

Doch das war nicht mehr nötig, als Jan nach der Schulter ihres Angreifers griff, ihn zu sich drehte und Erich einen Kopfstoß verpasste, der an das Aufeinanderprallen brunftiger Gamsböcke im Hochgebirge erinnerte. Weil Jan größer als sein Gegner war, traf er Erich von oben direkt zwischen Nasenwurzel und Stirnansatz. Das entsprechende Geräusch wischte das Bild, das Charlotte aus irgendeiner Tierdokumentation im Kopf hatte, zur Seite und wurde durch eine Dampflok ersetzt, die mit ihrer Bewegungsenergie einen Prellbock verformte.

Jan taumelte, und Blut lief über sein Gesicht, doch Erich fiel wie ein gefällter Baum nach hinten. Schon griff Charlotte nach Jans Hand und zog ihn zur Tür.

# 58

Viel konnte Jan nicht sehen. Blut lief ihm in die Augen. Er merkte nur, dass Charlotte das Kommando übernommen hatte. Tageslicht griff nach ihnen, dann bugsierte Charlotte ihn auf den Beifahrersitz ihres Kleinwagens.

»Kein Krankenhaus«, sagte Jan, als er feststellte, dass sie Richtung Heimfeld unterwegs waren. »Die melden das der Polizei.«

»Schon gut«, erwiderte Charlotte. »Sieht auch gar nicht so schlimm aus.«

Wieso glaubte er ihr nicht?

Der Renault hielt, und Charlotte führte Jan durch den Hausflur nach oben zu ihrer Wohnung. Die Papiertaschentücher, die Jan sich aufs Auge drückte, schlossen die Wunde kaum. Zwischen seinen Fingern tropfte Blut auf den Boden.

»Hier ins Badezimmer«, sagte Charlotte. Wieder dirigierte sie ihn. Statt der Taschentücher bekam er ein Handtuch in die Hand gedrückt. Dann verschwand sie durch die Tür.

»Was ist?«, rief Jan ihr irgendwann hinterher. »Machst du dir wieder deinen berühmten dünnen Kaffee?«

»Das ist Tee«, entgegnete Charlotte und bog wieder ins Badezimmer ein. »Habe ich dir schon mal erklärt.«

In der Hand hielt sie eine Tube Sekundenkleber.

»Das ist ein Scherz«, hoffte Jan.

Doch Charlotte versicherte: »Hilft genauso gut wie Wundkleber. Habe ich eben schnell nachgelesen.« Breitbeinig stellte sie sich über Jan, den sie auf dem Toilettendeckel geparkt hatte, und drückte seinen Kopf nach hinten.

»Augen zu!«, befahl Charlotte. Sie tupfte mit dem Handtuch sein Gesicht ab. Dann spürte er etwas Kühles über dem Auge. Es fühlte sich wie die Klebetube selbst an, war aber bestimmt nur ein schmaler Streifen deren Inhalts.

Hoffentlich weiß sie, was sie tut, dachte Jan.

»Hört gleich auf«, versicherte Charlotte. Und tatsächlich stoppte die kühle Masse den Blutfluss schon etwas.

»Versuch mal zu lächeln«, forderte sie ihn auf.

Jan zog die Mundwinkel nach oben.

Charlotte schien zufrieden: »Prima. Fast besser als vorher.«

»Weiß ja nicht«, entgegnete Jan. »Wo ist der Spiegel?«

»Eitel ist er auch noch.« Ihr Lachen klang schön in seinen Ohren. Plötzlich fühlte er sich erleichtert. Das mit dem Auge würde wieder werden. Hauptsache, Charlotte hatte bei der Schlägerei nichts abbekommen. Hatte sie doch nicht, oder? Nein. Jan hatte die Bilder aus dem *Bierdorf* wieder vor Augen. Aber ausgeteilt hatte sie. Und wie …

»Du siehst aus, als kämst du aus dem Schlachthaus«, stellte Charlotte nun fest.

»Tu ich doch auch.«

»Quatsch«, kicherte sie. »Das war doch nichts. Trotzdem muss das ganze Zeug in die Waschmaschine. Das T-Shirt auch. Heb mal die Arme.«

Jan ließ sich die Bemutterung gefallen. Er sah wie sie seine Kleidung in die Waschmaschine steckte. Das zweite Mal in zwei Tagen.

»Blutet nicht mehr«, sagte sie dann mit einem fachmännischen Blick. »Kannst dich drüben aufs Bett legen. Aber zieh die Schuhe aus.«

Jan drückte sich in die Höhe. Er kniff zur Sicherheit noch immer ein Auge zu, blickte mit dem anderen in den Spiegel. Das Gesicht darin kam ihm bekannt vor. Die Sache hatte er sich tatsächlich schlimmer vorgestellt. Dann tapste er durch den Flur ins Schlafzimmer.

»Schuhe aus«, folgte ihm Charlottes Stimme.

»Ja doch«, rief er zurück. »Ich kann sonst auch aufs Sofa.«

»Mir egal. Hauptsache, du liegst etwas.«

Jan streifte die Schuhe ab, ohne sich zu bücken. Seine rechte Gesichtshälfte pochte. Gibt bestimmt ein schönes Horn, dachte er. Dann setzte er sich auf die Bettkante und ließ sich vorsichtig zur Seite fallen.

Die Waschmaschine zog hörbar Wasser, bevor sich die Trommel in Bewegung setzte. Jan hörte auch die Toilettenspülung und Wasser im Waschbecken. Schöne Sauerei muss ich hinterlassen haben, dachte er.

Sein offenes Auge suchte die Zimmerdecke ab.

Jetzt liege ich schon wieder hier. Und Paul ist noch immer da draußen.

Jan biss die Zähne zusammen. Ob ihm die Information, die er von Felix bekommen hatte, weiterhelfen konnte? Pauls Eltern lebten also noch. Das wusste die Polizei natürlich auch. Aber vielleicht würde er als Freund mehr als die Behördenvertreter von Pauls Eltern erfahren können. Vielleicht gab es eine Spur von ihnen zu seinem Versteck. Denn verstecken musste er sich ja irgendwo.

Charlotte kam ins Zimmer und stellte ein Glas auf den Nachttisch. »Wasser«, sagte sie. »Oder willst du Bier?«

»Nein.«

»Wein?«

»Nein.«

»Mich?«

»Was?«

»Hatte ich nicht gesagt, du sollst die Hose im Bett ausziehen?«

»Nein. Die Schuhe.«

Er merkte, wie Charlotte sein Bein streichelte. »Ich bin sicher, dass ich Hose gesagt habe.«

»Was wird das?«

»Ich kenne da eine besondere Schmerztherapie«, hörte er sie sagen. »Du hast doch Schmerzen?«

»Ja, schon. Aber was hast du dir vorhin eigentlich in der Kneipe gedacht?«

Charlotte zuckte mit den Schultern. »Ich denke mir meistens gar nichts bei den Dingen, die ich tue.«

## 59

Am nächsten Morgen war Jans Gesicht fast so gut wie seine Kleidung wieder hergestellt. Aber er hatte das Gefühl, auf der Suche nach Paul Zeit verloren zu haben. Dann sah er Charlotte bei gleißendem Sonnenlicht in der Küchenecke stehen und lächelte. Eine bessere Zeit als den Nachmittag, den Abend und die Nacht zusammen mit ihr hätte es nicht geben können. Die Balkontür stand weit offen. Dahinter warteten die Geräusche der Stadt. Jan fühlte sich so lebendig wie seit Jahren nicht. Über seinem rechten Auge prangte zwar ein Pflaster, und der zugeklebte Cut darüber fühlte sich irritierend an, aber Charlotte war eine umwerfend gute Krankenpflegerin gewesen. Leider mussten sie sich heute wieder trennen. Charlottes freier Tag war gestern und nicht heute. Jan überlegte laut, mit der S-Bahn erst zum Hauptbahnhof und dann Richtung Blankenese zu fahren. Die Adresse, die er von Familie Stein im Internet gefunden hatte, lag in Othmarschen. Es war ein gewöhnlicher Telefonbucheintrag, der diese Auskunft teilte, mit Straßennamen und Hausnummer. Genauer ging es nicht.

»Wir könnten Autos tauschen«, schlug Charlotte stattdessen vor. »Wenn sie mich mit deinem Auto krallen, was soll's?«

»Aber dann haben sie auch dich auf dem Schirm.«

»Na und?«

»Schmeckt mir nicht.«

»Dann zeigst du dein Gesicht lieber den Überwachungskameras in den Bahnhöfen und im Zug? Klingt nach einem guten Plan.«

Jan nagte an seiner Unterlippe. »Ist dir der Volvo nicht zu groß?«

Mit gespieltem Entsetzen öffnete Charlotte den Mund. Oder war das Entsetzen gar nicht gespielt.

»Chauvinist!«

Jan öffnete entschuldigend die Arme. »Mea culpa.«

Kurz darauf liefen sie nacheinander das Treppenhaus hinunter, Charlotte mit der Kameratasche über der Schulter. Große Ohrringe klimperten um ihren Kopf. Auch diesen Anblick genoss Jan.

Der alte Renault stand am Straßenrand. Charlotte schloss die Tür auf und reichte Jan den Zündschlüssel, als sei der Wagen ein Geschenk zu seinem 18. Geburtstag. Er schenkte ihr ein übertriebenes Lächeln zurück. Den Sitz schob er ganz nach hinten und fühlte sich trotzdem zwischen Lenkrad und Rückenlehne eingequetscht. »Ich weiß ja nicht«, sagte er leise und richtete den Rückspiegel aus. »Ich weiß ja nicht.«

Dann erst bemerkte er, dass Charlotte auf der Beifahrerseite wartete. Keine Zentralverriegelung. Er beugte sich hinüber und zog von innen am Griff, um das Schloss zu öffnen. Dann nahm er eine Zeitung vom Beifahrersitz, um Charlotte Platz zu machen. Es war eine Ausgabe des *Harburger Tageblatts*. Sein Blick fiel auf das Foto eines Mehrfamilienhauses mit einem Streifenwagen davor. Unter dem Bild stand Charlottes Name. Als Jan den Titel darüber sah, stutzte er. Es ging um eine vergewaltigte Frau im Phoenix-Viertel. Dem Artikel nach handelte es sich um eine Niederländerin.

Marje wohnt im Phoenix-Viertel, dachte Jan. Sie kommt aus den Niederlanden, dachte Jan. Das muss Zufall sein, hoffte Jan.

»Weißt du, wie sie heißt?«, fragte er, als Charlotte neben ihm saß.

»Wer?«

»Die Frau hier aus dem Artikel. Die überfallen und missbraucht wurde. Marje vielleicht?«

Charlotte wusste es nicht. »Möglich. Könnte sein. Musst du Schultheis fragen. Der hat mit den Leuten gesprochen. Steht da kein Name?«

»Nein«, entgegnete er. Aber das war nicht ungewöhnlich. Er hätte auch nicht den Namen des Opfers benutzt. Das hatte Schultheis wenigstens richtig gemacht.

»Warum fragst du?«

Jan blickte stumm durch die Windschutzscheibe.

»Jan?«

»Vielleicht war ich mal mit ihr aus.«

Charlotte sah überrascht aus. »Mit dem Opfer? Wann?«

»Vor ein paar Tagen. Sie arbeitet in der Nähe. Und wir waren nach der Arbeit was trinken.«

Wieder machte Jan eine Pause.

»Und«, hakte Charlotte nach.

»Sonst nichts. Vielleicht war sie es ja auch gar nicht.«

Vielleicht sollte ich mal mit Schultheis telefonieren, dachte Jan. Aber nicht sofort.

Er ließ den Motor an und beendete das Thema damit.

Auf dem Weg nach Harburg fuhr er 40, wo 50 erlaubt waren. Eine Querstraße vor dem Mehrfamilienblock mit seiner Wohnung hielt er an und reichte Charlotte seinen eigenen Autoschlüssel. »Du kennst den Wagen ja.«

Sie nickte.

»Danke für dein Vertrauen«, sagte Jan und beugte sich im Auto leicht zur Seite, um Charlotte zum Abschied zu küssen. Doch Charlotte lächelte nur, streckte ihre Hand aus und streichelte kurz sein Bein. Überrascht krauste er die Stirn und bereute es sofort, denn sein rechtes Auge hatte etwas dagegen.

»Stimmt was nicht?«, fragte er.

»Doch, natürlich, alles gut.« Sie lächelte mit dem Gesicht, aber nicht mit dem Herzen.

Nun war Jan vollends verwirrt.

»Ich melde mich nachher, okay?«, fragte er.

Ihr folgendes Lächeln schien wieder echt zu sein. »Hast ja meine Nummer.«

Charlotte stieg aus, und plötzlich hatte Jan das Gefühl, sie für immer zu verlieren.

Sie ging bis zur nächsten Straßenecke, blieb kurz stehen und winkte ihm. Er winkte zurück.

Eine Weile geschah danach nichts. Jan rieb sich das Kinn. Dann sah er seinen Volvo an derselben Kreuzung, an der Charlotte eben noch gestanden hatte, Richtung Redaktion fahren. Sie saß auf dem Fahrersitz. Alles klar so weit.

Jan wartete weiter. Doch auch nach einer Minute sah er noch kein anderes Auto, das sie verfolgte. Weder einen Streifenwagen noch Zivilpolizei.

Noch besser, dachte Jan.

Das Einfamilienhaus, in dem Pauls Eltern wohnten, lag im Schatten des Altonaer Krankenhauses. Und das wörtlich genommen. Wenn die Sonne richtig stand, zeichneten sich die oberen Stockwerke des Hochhauses auf dem Rasen im Garten ab. Als Jan im Krankenhaus war, um Kathrin zu besuchen, hätte er nur aus dem Fenster schauen müssen, um das Häuschen von Pauls Eltern zu sehen. Das war der reinste Witz.

Jan hatte Charlottes Wagen um die Ecke geparkt und war das letzte Stück zu Fuß gegangen. Nun blieb er auf dem schmalen Bürgersteig stehen und sah an der Fassade des Krankenhauses hinauf. Er hatte keinen weiteren Versuch unternommen, Kathrin zu besuchen. Ob sie noch da oben lag oder wieder zu Hause war? Er wusste es nicht. Und jetzt war nicht der Zeitpunkt, um es herauszufinden. Die Polizei würde ihn sowieso nicht zu ihr lassen. Sogar eine Nachfrage am Empfangstresen könnte schon zu viel sein. Denn zurzeit war nicht nur Paul auf der Flucht. Auch Jan war es.

Jan versuchte, die Gedanken an Kathrin zur Seite zu drängen, öffnete die kleine Gartenpforte vor sich, während über seinem Kopf ein paar Wolken Richtung Elbe zogen. Auf dem Klingelschild stand »Stein«. Irgendwie konnte Jan noch immer nicht glauben, dass Pauls Eltern hier wohnten. Dann bemerkte er hinter der Milchglasscheibe eine Bewegung. Ein älterer Mann öffnete die Tür. Er trug eine zu weite Cordhose und ein zu weites Baumwollhemd. Vermutlich hatten ihm die Sachen vor fünf Jahren noch gepasst. Das Alter hatte den Mann jedoch abmagern lassen. Auf seiner Stirn breitete sich eine immer größer werdende Ödnis aus, die nur noch von einem schmalen Kranz weißer Haare umschlossen wurde. Jan stellte sich als ein Freund von Paul vor und wurde eingelassen.

Im Hintergrund erschien eine kleine stämmige Frau. Sie begrüßte Jan mit einem offenen Lächeln. An der Wand neben ihr hing in einem rahmenlosen Bildträger eine Fotografie vom Meer, daneben die eines Segelboots. Die Farben der Bilder waren ausgeblichen. Frau Stein bat Jan ins Wohnzimmer.

In den folgenden Minuten musste er ein bisschen von sich erzählen und davon, woher er Paul kannte. Weil die besseren Lügen sich möglichst nahe an der Wahrheit bewegen, erzählte er von den gemütlichen Abenden im *Bierdorf*. Auch, dass Jan gut mit den anderen Jungs auskam, erwähnte er.

»Mit Thomas ist er ja schon seit der Schule befreundet. Aber auch die anderen. Alles so nette Jungs«, sagte Pauls Mutter. »Zum Glück trinkt er jetzt auch nicht mehr so viel wie früher.«

»Luise!« Herr Stein schüttelte den Kopf. Seine Frau griff sich an den Hals und spielte mit dem Anhänger einer Bernsteinkette. Einen Augenblick schien sie ihren Gedanken nachzuhängen, dann sagte sie: »Leider wissen wir nicht, wo er ist. Warum suchen Sie ihn denn?«

»Wir haben uns eine Weile nicht gesehen, und da wollte ich eigentlich nur wissen, ob es ihm gut geht.«

»Wegen Francop?«, fragte Herr Stein direkt.

Jan schüttelte den Kopf. »Ich weiß natürlich, was die Zeitungen schreiben. Aber man muss nicht immer gleich alles glauben. Paul und ich sind echte Freunde geworden. Na gut, ehrlich gesagt, sorge ich mich auch etwas um ihn. Wollte ihn fragen, ob er meine Hilfe braucht.«

»Das ist aber nett«, erwiderte Frau Stein. »Ich würde ihm ja auch gerne helfen. Seit wann kennen Sie ihn denn?«

»Eigentlich erst recht kurz. Bin, wie gesagt, mit ihm und den Jungs ein paarmal auf Tour gegangen.«

»Die sind ja alle so nett. Letztes Jahr haben sie uns sogar besucht.«

»Ich weiß, Felix hat mir davon erzählt.«

»Wer?«

»Der Lange«, sagte Jan mit einem Lächeln

»Ach, der Lange. Ja, ja, der Lange. Wollen Sie vielleicht ein paar Fotos sehen?«

Der alte Mann mit der Halbglatze schien nicht erpicht darauf, diesem Teil des Treffens beizuwohnen. Sein Blick ging hinaus in den Garten. Vermutlich wollte er sich lieber dem Stutzen der Rabatten widmen, vermutete Jan. Gleichzeitig wollte er seine Frau jedoch bestimmt nicht mit Jan allein lassen.

»Hier«, sagte Pauls Mutter stolz und holte eine Papiertüte mit Fotos aus einer Kommode. »Die Bilder sind aus unserem Garten. Da ist unser Apfelbaum.«

Jan ließ sich den Fotostapel geben und ging ihn langsam durch. Offensichtlich hatte es einen Grillabend im Garten gegeben. Er sah die Jungs und Paul und Pauls Vater mit Bierflaschen in den Händen. Phillip machte Faxen.

Jan steckte die Bilder eines nach dem anderen nach hinten. Dann kam er zu der Aufnahme eines Burschen, den er nicht sofort erkannte. Der junge Mann stand neben dem Apfelbaum. Das Gesicht kam Jan bekannt vor. Aber woher? Der Mann mit dem vorspringenden Kinn war bei keinem Treffen mit den Jungs dabei gewesen. Daran hätte Jan sich erinnert. Der Mann trug eng geschnittene Jeans und ein teures Oberhemd. Die Ärmel hatte er nach oben geschoben. Eine Flasche Bier lag in seiner Hand.

»Wer ist das hier noch mal?«, fragte Jan und wedelte mit dem Foto herum. Pauls Mutter besah sich das Bild genauer, dann zuckte sie mit den Schultern.

»Und Sie? Kennen Sie den?«

Pauls Vater setzte sich eine Lesebrille auf und ließ sich das Bild geben. »Weiß ich nicht genau«, sagte er dann. »Thomas ist es nicht. Aber Moment, welcher war noch mal Felix?«

»Das ist nicht Felix«, erwiderte Jan kopfschüttelnd.

»Felix ist doch der Lange«, meinte Pauls Mutter mit leicht tadelndem Ton. »Hat der junge Mann doch gerade gesagt.«

»Ach ja«, stimmte ihr Ehemann zu. »Der Lange. Nee, dann weiß ich jetzt auch nicht.«

Jans Stirn schlug eine senkrechte Falte. Er kannte das Gesicht des Mannes.

»Darf ich das kurz abfotografieren?«, fragte er, während er sein Smartphone zückte. Pauls Eltern verneinten nicht, was dieser als stillschweigende Zustimmung auslegte.

Er legte das Bild auf den Wohnzimmertisch, beugte sich darüber und drückte auf den Auslöser. Beim ersten Versuch spiegelte sich das Blitzlicht auf der Fotooberfläche. Der zweite Versuch ohne Blitz wurde nur unwesentlich besser. Jan musste sich mit dem neuen Gerät erst vertraut machen. »Na dann«, meinte er, »sage ich erst mal vielen Dank. Darf ich vielleicht noch mal anrufen, falls mir noch eine Frage einfällt?«

»Was für eine Frage denn?«

Jan zuckte mit den Schultern.

»Wenn er das jetzt schon wüsste, müsste er ja nicht mehr anrufen«, stellte Herr Stein mit einem Kopfschütteln fest.

Jan ließ sich durch den Flur zurück zur Haustür führen. In Gedanken war er ganz bei diesem unbekannten Mann aus dem Garten. Wenn Jan herausfinden konnte, wer das war, würde er vielleicht gleichzeitig erfahren, wo Paul Unterschlupf gefunden hatte. Die anderen Jungs waren von der Polizei sicherlich überprüft worden. Doch dieser Kerl war neu im Spiel.

# 60

In der Nacht des Feuers hatte Franzisca lange geduscht und anschließend ihre Kleidung komplett in die Waschmaschine gesteckt. Trotzdem glaubte sie, noch immer Benzin zu riechen. Sie saß, nur mit einem Handtuch umwickelt, auf dem Sofa und begann langsam zu frieren. Das Feuer hatte etwas in ihr freigesetzt. Aber was immer dieses Gefühl auch gewesen war, ob Freude oder Erleichterung, es hatte nicht lange angehalten. Auf ihren Armen bildete sich Gänsehaut, und ihr wurde klar, dass ein brennendes Haus nicht reichte.

Die kommenden zwei Tage wartete Franzisca und hoffte. Doch die Zeitungen schrieben nichts Neues über Paul Stein. Offenbar hatte die Polizei keine Ahnung, wo der Kerl sich versteckte. Das war äußerst unbefriedigend.

Franzisca konnte die Vorstellung immer weniger ertragen, dass ihr Entführer frei herumlief. Bald wurde ihr klar, dass sie etwas dagegen unternehmen musste. Mithilfe des Internets fand sie heraus, wer der Journalist war, der ihr vor dem Haus und dann noch mal nach dem Training aufgelauert hatte. Er hieß Jan Fischer und arbeitete beim *Harburger Tageblatt.*

Charlotte saß an Jans Schreibtisch, als sein Telefon klingelte. »Anzeigenannahme« stand auf dem Display. Die Fotografin blickte sich in der Redaktion um, doch niemand schien sich genötigt zu fühlen, den internen Anruf anzunehmen. Also zog sie sich den Hörer ans Ohr.

Monika Mai meldete sich und sagte, dass eine junge Frau Jan sprechen wolle. Für einen Augenblick wurde ihre Stimme ganz leise, als sie hinzufügte, dass es sich bei dem Anliegen der Dame offenbar um etwas Pikantes handele. Denn die Frau trage, einer Hitchcock-Blondine gleich, ein Kopftuch und eine dunkle Sonnenbrille.

»Das klingt ja spannend, aber Jan ist nicht da«, entgegnete Charlotte. »Hat die Frau denn einen Namen?«

»Sagt sie nicht. Sei privat.« Die letzten beiden Sätze sprach Monika Mai lauter aus als alles Bisherige. Offenbar wollte sie, dass die Hitchcock-Blondine es mitbekam.

»Ich komm runter«, sagte Charlotte und legte auf. Bereits von der Wendeltreppe aus sah sie den Besuch.

Die Frau trug eine lange Hose und einen hochgeschlossenen Kurzmantel. Charlotte nickte ihr zu und stellte sich als Kollegin von Jan Fischer vor. Die Frau stockte, sah kurz zu Monika Mai hinüber.

»Er ist nicht da. Wenn ich ihm etwas ausrichten soll, mache ich das gerne«, sagte Charlotte. »Sie können aber auch mit mir sprechen.«

Die Frau schien unschlüssig. Offenbar fühlte Jans Besuch sich durch Monika Mais Anwesenheit gestört.

»Wir können nach oben«, schlug Charlotte vor. »Es gibt um die Ecke aber auch ein Stehcafé. Wie Sie wollen.«

Die Frau zog die Redaktion vor. Charlotte ging vorneweg, und die Wendeltreppe quietschte scheinbar noch lauter als sonst. Aus irgendeinem Grund war das Charlotte unangenehm. So als handle es sich bei der Zeitung, für die sie arbeitete, um ein drittklassiges Blatt.

Sie führte die Frau zur Kaffeeküche. Dort waren sie einigermaßen für sich. Noch privater wäre es nur in Petersens Büro oder im Toilettenraum gewesen. Charlotte füllte einen Becher mit dem Rest aus der Thermoskanne. Eine moderne Kaffeemaschine gab es hier nicht. Neben der Kanne stand ein aufgeschnittenes Paket hocherhitzter Milch. Die Frau schüttelte den Kopf, als Charlotte darauf deutete.

»Zucker?«

»Danke. Nein.«

Für sich selbst stellte sie den Wasserkocher an und hängte einen Teebeutel in einen weiteren Becher. »Also, worum geht's?«, fragte sie, während das Wasser zu brodeln begann.

»Kennen Sie ihn gut, diesen Jan Fischer? Ist er ...« Die Frau machte eine Pause.

»Was?«, fragte Charlotte.

»... vertrauenswürdig«, wurde der Satz beendet.

Woher sollte Charlotte das wissen. Sie kannte ihn doch auch erst kurz. Dass sie zusammen im Bett waren, zählte nicht. Charlotte hatte schon mit vielen Männern Spaß gehabt. Aber machte das diese automatisch zu vertrauenswürdigen Personen? Bei Jan hätte Charlotte es selbst gerne gewusst. »Absolut«, antwortete sie dann und war über die Aussage selbst überrascht.

Die Frau senkte den Blick. »Jan Fischer war bei mir. Wir haben zusammen über Paul Stein gesprochen.«

Es war der erste längere Satz, den die Frau sprach, und plötzlich wusste Charlotte, wer sich unter dem Kopftuch versteckte. Franzisca Rose. *Die* Franzisca Rose. Sie hätte den Tennisstar eigentlich eher erkennen müssen. Die Art, wie sie sich bewegte, sagte fast alles. Doch endgültig verraten hatte sie sich durch die bekannte Interviewstimme.

Charlotte versuchte, hinter die dunklen Gläser der Sonnenbrille zu sehen. Jan hatte also Franzisca Rose besucht und wollte mit ihr über Paul Stein sprechen? Der einzige Zusammenhang, den Charlotte sich vorstellen konnte, war monströs. »Waren Sie etwa auch in diesem alten Bauernhaus?«

Franzisca Rose antwortete indirekt. »Man muss ihn doch kriegen können.«

Paul Stein war gemeint. Kein Zweifel.

»Das muss man …«, stimmte Charlotte mit trockenem Mund zu und warf durch die offene Küchentür einen kurzen Blick zu Petersens Büro. Fast wünschte sie, der brummige Chefredakteur würde zufällig herauskommen und sehen, mit wem sie sprach.

Das hier warf ein neues Licht auf Jans Recherchen und die ganze Angelegenheit. Wenn Franzisca Rose auch von Paul Stein entführt worden war … Wenn der Tennisstar Jans Geschichte bestätigen würde …

»Wenn Paul Stein Ihnen etwas angetan hat, müssen Sie zur Polizei«, hörte Charlotte sich sagen und wusste im selben Moment, dass Franzisca nicht nach Jan fragen würde, wenn sie das vorgehabt hätte.

»Vielleicht sucht die Polizei an der falschen Stelle«, sagte Franzisca. »Wir könnten ihn gemeinsam suchen.« Dieser Teil ihrer Ansprache war offenbar eingeübt.

»Ach ja?«, entgegnete Charlotte zweifelnd. »Etwa so? In dieser Verkleidung?«

Eine Weile zögerte Franzisca Rose, dann nahm sie die Brille ab und blickte Charlotte offen an. »Sie haben recht«, sagte die Frau, während sie auch das Kopftuch herunterzog. »Ich will, dass der Kerl erwischt wird, und nicht Verstecken spielen. Wie kann ich Jan Fischer erreichen?«

Ganz automatisch griff Charlotte zu ihrem Handy. Sie war die Einzige, die Jans neue Nummer kannte. Für den Notfall hatte er gesagt. War das hier jetzt ein Notfall?

»Moment«, bat Charlotte und trat einen Schritt zurück. Der Anschluss wurde gewählt. Ein Freizeichen erklang.

»Hallo?«, sagte eine vorsichtige Männerstimme. Es war ein ziemlich leiser Jan.

»Du hast prominenten Besuch in der Redaktion«, erwiderte Charlotte.

»Polizei?«

»Nein. Franzisca Rose.«

»Oh!«

Eine Pause trat ein, die Charlotte sagte, dass Jans Denkapparat auf Hochtouren lief. Gleichzeitig verriet sie ihr, dass alles was Franzisca gesagt und alles, was Charlotte sich in den letzten fünf Minuten selbst zusammengereimt hatte, stimmen musste.

»Ich reiche mal weiter«, sagte sie ins Telefon. Dann streckte sie das Gerät der athletischen Frau entgegen. Sie hörte nur, was Franzisca sagte, doch das reichte, um sich auch den Rest zu erschließen. Jan sagte ihr, dass er sich schon auf Pauls Spur gesetzt habe und sie sofort erfahren würde, wenn er mehr wisse. Die beiden sprachen noch länger miteinander, doch das Wesentliche war damit zusammengefasst.

Franzisca Rose reichte Charlotte das Telefon zurück. Sie wirkte erleichtert. »Er ruft wieder an«, sagte sie.

Charlotte brachte Franzisca anschließend wieder hinunter zum Ausgang. Dabei begegneten sie dem Volontär Christian Freitag. Er sah die große Frau an, lächelte und grüßte. Auch er musste die Sportlerin erkannt haben, ließ sich aber nichts anmerken. An der Tür fragte Franzisca, ob sie Charlotte ihre Geheimnummer geben dürfe.

»Natürlich.«

Franzisca ließ sich noch einmal das Telefon geben und tippte ihre Nummer ein. »Bitte melden Sie sich bei mir.«

»Das machen wir«, versprach Charlotte. Danach rannte sie die Treppe wieder hinauf. Charlotte hatte Franzisca Rose durch die Hintertür nach draußen gelassen. Nun sah sie die große, stolz wirkende und zweifellos schöne Frau durch die Panoramascheibe vom Parkplatz schreiten. Christian Freitag stellte sich neben sie.

»War das etwa …«, fragte er.

»Das war sie«, stimmte Charlotte zu.

# 61

Jan saß wieder in Charlottes Auto und rieb sich die Stirn. Der Anruf von Franzisca Rose fesselte seine Gedanken. Welchen Vorteil konnte er daraus ziehen? Wenn er mit ihr zur Polizei ginge und sie bestätigen würde, dass sie entführt wurde, Jan aber nicht der Entführer gewesen sei, dann wäre er zumindest von diesem Verdacht freigesprochen. Jeder vernünftige Polizist musste doch begreifen, dass er unter diesen Umständen auch nicht für Kathrins Entführung verantwortlich gemacht werden konnte. Selbst Bergström und Finke nicht. Die beiden Leuchten. Trotzdem blieb da noch die Anschuldigung bezüglich des Juwelenraubs. Oder Trickbetrugs.

Einerseits triumphierte Jan innerlich, andererseits hatte er keine Lust, doch noch für etwas eingesperrt zu werden, was er nicht getan hatte. Paul selbst zu erwischen, blieb damit weiterhin die beste Variante. Davon war Jan nun noch mehr als zuvor überzeugt.

Franzisca Rose war ein mutiger Mensch. Jan respektierte und bewunderte das. Aber er würde sich jetzt nicht mit ihr beschäftigen können. Er hatte doch bereits eine Spur, um Paul zu finden. Oder etwa nicht?

Konzentriere dich, Jan. Überlege noch einmal genau.

Er holte sein neues Handy heraus und schickte das Foto, das er bei Pauls Eltern gemacht hatte, an Charlottes Nummer. »Kennst du den?«, fügte er als Textnachricht hinzu.

Die Antwort kam innerhalb von 30 Sekunden.

»Machst du Witze? Darauf ist ja gar nichts zu erkennen.«

»Na, also *gar nichts* stimmt nicht«, tippte er und sendete.

Charlotte sah das anders: »ABSOLUT GAR NICHTS!

Unscharf und dann diese Lichtreflektion da. Wer hat denn das gemacht?«

»Öhm …«, tippte Jan. »Bin halt kein Profi, was Fotos angeht.«

»Das hat nichts mit Profi zu tun. Woher hast du das Foto?«

»Von Pauls Eltern.«

»Dann mach ein besseres.«

»Bin schon wieder weg.«

»Geh zurück und mach ein besseres!«

Jan presste die Lippen aufeinander. »Yes, Ma'am«, schrieb er.

Charlotte schüttelte den Kopf. So ein Idiot, dachte sie. Doch gleichzeitig war ihr das Foto eigentlich völlig egal. Warum sprachen Männer nie über die wichtigen Dinge? Aufgebracht strich Charlottes Blick durch die Redaktion. Petersen saß in seinem Büro. Schultheis tippte irgendeinen Mist. Christan Freitag grinste sie an. Charlotte gab ihm ein gespieltes Lächeln zurück. Dann wählte sie Jans neue Nummer und ging wieder in die Kaffeeküche, während die Verbindung aufgebaut wurde.

»Ich gehe ja schon«, begrüßte er sie.

»Mir egal«, entgegnete Charlotte. »Ich will wissen, was das mit der Franzisca Rose zu bedeuten hat. Stimmt das, was ich denke, oder reime ich mir da nur irgendwas zusammen?«

Jan antwortete nicht sofort. Dann sagte er: »Weiß ja nicht, was du denkst. Aber vermutlich stimmt es. Paul Stein ist ein Frauenfänger. Er schnappt sie sich, sperrt sie ein und macht dann mit ihnen, was er will.«

»Gibt es da noch mehr?«, wollte Charlotte wissen.

»Was meinst du?«

»Na, wenn du recht hast, hat er Anna Horn entführt. Außerdem Franzisca Rose und Kathrin Schneider. Gibt es noch mehr? Die Frage ist doch naheliegend.«

Ein Serientäter, schoss es Charlotte plötzlich in den Sinn. Schultheis und Doktor Schmidt-Rettich hatten über das Thema gesprochen. Was hatten sie noch über Serientäter gesagt? Dass sie lernen? Ja, richtig. Und dass sie mit der Zeit besser werden.

»Jan, jetzt hör mir mal zu!« Charlotte legte eine Kunstpause ein. Solange bis Jan fragte, ob sie noch da sei. »Hör zu, Jan! Ich glaube, du solltest aufhören, nach Paul zu suchen. Der Mann ist gefährlich.«

»Natürlich ist er das. Deshalb suche ich ihn doch, Charlotte. Genau deshalb.«

Charlotte schüttelte den Kopf. »Du verstehst nicht. Überlass das der Polizei. Es könnte sonst noch schlimmer werden.«

»Wüsste nicht wie«, entgegnete Jan. »Charlotte, lass uns nachher weiterreden. Ich bin jetzt noch mal bei den Eltern. Genau wie du es wolltest. Ich mache ein neues Foto von dem Typen auf dem Bild. Aber mir ist da gerade auch noch eine andere Idee gekommen. Ich rufe dich wieder an.«

»Halt, warte, Jan!«

»Jetzt nicht, Charlotte. Ich melde mich wieder. Versprochen.«

# 62

Die beiden alten Steins waren überrascht, als Jan noch einmal vor ihrer Tür stand. Aber als er herausgefunden hatte, was er wissen wollte, war er genauso schnell wieder weg. Er rannte fast zu Charlottes Auto, sprang hinein und steuerte die Autobahnauffahrt in Othmarschen an. Ausnahmsweise lenkte ihn keine Baustelle bis nach Hamburg-Bahrenfeld um. Auf der Autobahn Richtung Norden hatte er das Gefühl, nun endlich etwas erreicht zu haben.

»Entschuldigen Sie die nochmalige Störung«, hatte er an der Haustür gesagt. »Das klingt jetzt vielleicht etwas komisch, aber mir sind die schönen Bilder vom Meer in Ihrem Hausflur aufgefallen. Können Sie mir sagen, wo diese Aufnahmen entstanden sind?«

»Die Urlaubsfotos?«, fragte Pauls Vater.

»Genau die.«

»Das ist die Eckernförder Bucht. Schön, nicht?«, kam die Stimme von Pauls Mutter aus dem Hintergrund. »Wir waren früher jedes Jahr da.«

*Jedes Jahr*, wiederholte Jan in seinem Kopf.

*Eckernförder Bucht.*

Jetzt kriege ich dich, dachte Jan.

Riesige Ventilatoren bewegten die Luft in einem der drei langen Tunnel, durch die Jan musste. Früher hatte die achtspurige Autobahn die Stadtteile Bahrenfeld, Volkspark und Stellingen quasi in zwei Teile zerschnitten. Nun nicht mehr. Über Jans Kopf wusste er ein gänzlich begrüntes Dach. Die Architekten nannten die drei neuen Tunnel den Hamburger Deckel. Sie sollten die unnatürliche Kerbe in der Natur, die der Verlauf der A7 nördlich es Elbtunnels zuvor geschlagen hatte, auf einer Länge von fast vier Kilometern heilen. Plötzlich fiel Jan ein, dass er vergessen hatte, ein neues Foto für Charlotte zu machen. Sie wollte doch eine bessere Aufnahme von jenem Kerl haben, der zusammen mit Paul und den anderen Jungs im Garten der Steins gewesen war. Nun musste der Unbekannte sein verschwommenes Gesicht behalten. Aber so schlimm konnte das nicht sein. Denn Jan hatte nun eine viel bessere Spur.

Paul wollte die Welt umsegeln. Wetten, dass er schon das richtige Boot dafür hatte? Wetten, dass dies irgendwo bei Eckernförde lag?

Die Fahrt an die Ostsee zog sich für Jan. Die vielen Geschwindigkeitsbegrenzungen hatten Schuld daran. Ständig nur 120. Vor Bad Bramstedt musste Jan an die Wahnsinnstour denken, als Thomas bei voller Fahrt aus dem Dach des BMW auf die Motorraumhaube geklettert war. Und Jan hatte ihn dabei mit einem Seil gesichert. Wie lange war das jetzt her? 100 Jahre?

Endlich kam die richtige Ausfahrt.

Direkt in Eckernförde gab es eine kleine Marina.

Jan parkte am Hafen und ging den Kai entlang. Es war schwer, die Menschen auf den weiter entfernten Booten zu erkennen. Als er in der Auslage eines kleinen Andenkenladens neben Drachenfliegern und Spielsachen ein Minifernglas liegen sah, ging er kurz entschlossen hinein und kaufte es. Sein Barvermögen schmolz weiter, doch das war Jan im Moment egal. Zur Not musste er doch wieder die EC-Karte benutzen. Die Polizei würde schon nicht gleich auftauchen.

Kurz dachte er an Charlotte und lächelte.

Wieder am Kai suchte Jan die Anlegeplätze mit dem Fernglas ab. Bald wurde ihm klar, dass dort zu viel Leben herrschte, um sich zu verstecken. Paul musste sich woanders verkrochen haben.

Jan fuhr die Küste entlang. An der Eckernförder Bucht gab es auf beiden Seiten mehrere kleine Häfen und Campingplätze. Damit hätte Jan rechnen müssen. Es wäre schlauer gewesen, die alten Steins nach einer genauen Adresse zu fragen. Die Ostseebucht bot mehr Urlaubsunterkünfte, als er es erwartet hatte.

Schnell wurde es Nachmittag. Jan hielt an einer Fischbude, die ihren Platz zwischen zwei Ortschaften an der Landstraße gefunden hatte. Zuerst aß er nur ein Matjesbrötchen, merkte dann, dass er größeren Hunger hatte, und orderte noch einen Backfisch samt Kartoffelsalat.

Da er der einzige Kunde war, kam er mit dem in einem blau-weiß gestreiften Oberhemd steckenden Verkäufer ins Gespräch. Als der hörte, dass Jan nach abseits gelegenen Anlegeplätzen suchte, hatte der Mann einen Tipp für ihn. Jan hörte aufmerksam hin, ließ sich den Weg erklären, wischte sich die Finger an einer Papierserviette ab und nickte dem Verkäufer noch einmal dankend zu. Danach brauchte Jan keine zehn Minuten, um den beschriebenen Hafen zu finden. Die Straße war schlecht, der Massentourismus weit weg. Genau hier würde Paul sich vor der Welt verstecken.

Jan öffnete die Wagentür, legte beide Arme auf das Fahrzeugdach und suchte den Minihafen mit seinem neuen Fernglas ab. Er entdeckte Paul fast sofort. Sein Herzschlag beschleunigte. Er hatte ihn gefunden. Tatsächlich und wahrhaftig.

Pauls kantige Gestalt kletterte auf einer kleinen Segeljacht herum, machte, was Leute auf Segelbooten so machen. Das Boot war keine Schönheit. Aber es gab eine Kajüte und ein großes Steuerrad. Jan schätzte die Bootslänge auf zwölf Meter. Vielleicht mehr.

100.000 sollte der Schmuck wert gewesen sein, den Paul aus dem Juweliergeschäft ergaunert hatte. Nicht sehr viel für eine Weltreise. Aber vielleicht genug, um sich eine Weile, im wahrsten Sinne des Wortes, über Wasser zu halten. Während Jan dies dachte, brummte ihn eine Stimme von der Seite an. »Suchen Sie da was Bestimmtes?«

Jan nahm das Fernglas von den Augen und sah sich einem Vollbart mit einem etwa 70 Jahre alten Mann daran gegenüber, dessen Nase gebogen wie ein Enterhaken war.

»Ich guck mir nur die Bucht an«, erwiderte Jan.

»So können Sie hier nicht stehen. Versperren ja die ganze Einfahrt«, stellte der alte Mann fest. Alle Freundlichkeit, die er sich zuvor mit der Aussicht auf ein mögliches Geschäft abgerungen hatte, war verschwunden. »Parken Sie gefälligst woanders!«

»Mache ich«, sagte Jan mit einem Lächeln. »Und Sie sind noch mal wer?«

»Ich bin derjenige, der Ihnen sagt, dass Sie hier nicht parken dürfen!«, grunzte der Alte.

# 63

Der Erste Bürgermeister der Hansestadt Hamburg ließ es sich dieses Jahr nicht nehmen, persönlich die Festrede zum *Harburger Vogelschießen* zu halten. Die beiden Jahre davor hatte er sich erst von der Zweiten Bürgermeisterin und dann vom Schulsenator vertreten lassen. Doch im Wahljahr war es sinnvoll, der Gilde selbst ein erfolgreiches Schützenfest zu wünschen. Charlotte fotografierte den Bürgermeister am Rednerpult und anschließend beim traditionsreichen Spargelessen. Das Festzelt auf dem Schwarzenberg war gerammelt voll.

Klick-Klick. Leicht verdientes Geld. Trotzdem war Charlotte nicht mit den Gedanken bei der Sache. In der Redaktion spielte sie die Fotos auf den Server. Dazu setzte sie sich wieder an Jans Schreibtisch, benutzte aber ihr eigenes Passwort, um sich am Computer anzumelden.

Das Gefühl dabei war anders als sonst, musste sie feststellen. So oft hatte sie hier schon gesessen. Selbst wenn Jan in der Redaktion war. Wie selbstverständlich hatte sie sich bei den Konferenzen seinen Stuhl geschnappt und Jan somit auf die Heizung als Sitzgelegenheit verwiesen. Aber das war natürlich Zufall. Sie hätte auch jedem anderen Redakteur den Platz streitig machen können. Hatte sie aber nicht. Und jetzt war er irgendwo da draußen. Auf der Jagd nach einem wirklich gefährlichen Mann. Allein. Charlotte machte sich Sorgen um ihn. Die letzte Nacht machte die Sache nicht gerade leichter für sie.

Dann fiel Charlottes Blick auf ein gelbes *Post-it*, das links oben auf der Schreibtischunterlage klebte. Eine Handynummer und ein Name standen auf dem kleinen Zettel.

»Peter Kempe. Bitte anrufen!«

Charlotte grub in ihrem Gedächtnis. Der Name sagte ihr etwas.

Kurz entschlossen griff sie zum Festnetztelefon. Eine bekannte Stimme meldete sich. Dann war sie wieder im Film. Kempe war der Typ, der ihnen etwas über Martin Frey, den Toten im Harburger Hafenbecken, erzählt hatte. Sein Arbeitskollege. Werbeagentur. Speicherstadt. Schimmerndes Messingschild an rotem Backsteingebäude.

Richtig.

»Ich kann Jan nicht auf dem Handy erreichen«, sagte Peter Kempe.

Jan.

Sie kannten sich zwar nur durch ein kurzes Gespräch, aber der obercoole Herr Kempe tat so, als seien sie die besten Freunde.

»Ich war mit dabei, erinnern Sie sich? Ich bin die Fotografin. Sie können also auch mit mir reden, wenn es was Wichtiges gibt. Sonst ruft Jan Sie später noch einmal an.«

»Charlotte?«, fragte Kempe.

»Ja, Charlotte«, bestätigte Charlotte und verdrehte dabei die Augen.

»Ich weiß nicht, ob es wichtig ist. Aber interessant auf alle Fälle. Ihr habt mich doch nach Martins Freunden gefragt. Also, was er so privat gemacht hat und so. Da musste ich passen. Aber jetzt, also, ich hab da diesen Typ im Netz gesehen. Diesen Kerl, der die Frau entführt hat …«

Nun spitzte Charlotte doch die Ohren. »Paul Stein«, half sie.

»Genau. Paul Stein.«

Charlotte glaubte, Peter Kempe am anderen Ende der Leitung nicken zu sehen.

»Das war einer seiner Freunde.«

»Was? Moment mal. Von welchen Freunden reden wir?«, hakte Charlotte nach, obwohl sie es schon beim ersten Hören begriffen hatte.

Martin Frey und Paul Stein waren Freunde.

Der Tote aus dem Hafenbecken und der Frauenfänger.

Das war …

Charlotte versuchte, die Information einzuordnen.

… wirklich etwas Wichtiges. Aber was bedeutete es?

»Charlotte? Bist du noch dran?«, wollte Peter Kempe wissen.

»Bin ich.«

»Nützt dir das was?«

»Weiß ich noch nicht, Peter.« Ohne Probleme ließ sie sich nun auf die persönliche Ebene ein, die Kempe offenbar so schätzte. Er hatte das Du und das Benutzen des Vornamens verdient.

»Hast du nachher vielleicht Lust auf einen *Aperol Spritz*?«, preschte Peter Kempe weiter vor.

»Gute Idee«, erwiderte Charlotte, ohne zu merken, dass sie gerade angebaggert wurde. Vollkommen ehrlich antwortete sie deshalb: »Vielleicht brauche ich nachher sogar was Härteres. Wird sich zeigen. Mach's gut, Peter. Danke für deinen Anruf.«

Sie legte auf, bevor der Mann noch etwas erwidern konnte. Dann riss sie den Notizzettel mit der Telefonnummer von der Schreibtischunterlage, sprang auf und hielt ihn demonstrativ in die Höhe. »Wer hat den geschrieben? Wie lange klebt der da schon?«

# 64

Jan parkte Charlottes Renault auf einer dafür vorgesehenen Schotterfläche und sprang, einem plötzlichen Impuls folgend, aus dem Auto, obwohl er das Smartphone schon in der Hand gehabt hatte, um die 110 zu wählen. Er lief auf das kleine Häuschen mit der Aufschrift »Anmeldung« zu und konnte schon von dort sehen, was er befürchtet hatte. Der freundliche alte Knabe von eben stand auf dem Steg neben Pauls Boot und redete mit ihm. Dann trat er nach vorn und löste die Bugleine von einem Festmacher. Das war das Zeichen für Jan, sich nicht länger verstecken zu müssen. Der Alte hatte Paul gesteckt, dass er beobachtet wurde. Schon warf er Paul die freie Leine zu. Jan rannte über die Holzbohlen und zog wieder sein Handy. »Brauchst gar nicht abzuhauen«, rief er über das kleine Hafenbecken. »Die Küstenwache schnappt dich sowieso!« Allerdings war Laufen auf einem Steg noch nie eine gute Idee gewesen. Nasses Holz ist rutschig, das lernt jeder Segelanfänger. Einige auf die harte Tour. Jan begann zu rutschen und wedelte mit beiden Armen, um das Gleichgewicht zurückzubekommen. Schon wähnte er sich kopfüber im Wasser. Doch was er dort in den Fluten verschwinden sah, war nur sein Telefon. Schon wieder. Das zweite Mal innerhalb kürzester Zeit hatte er sein Handy versenkt.

Paul hob den Kopf. »Vorsicht!«, rief er lachend. »Fall nicht!«

Ohne seinen braunen Parka sah er ganz anders aus. Er trug ein rotes T-Shirt und darüber eine blaue Fleecejacke. Die stämmigen Beine steckten in einer Dreiviertelhose. Auf dem Kopf hatte er eine Schirmmütze. Nur die Hornbrille auf der Nase verriet den alten Paul.

Beide Männer sahen sich an. Der alte Kauz kicherte leise, als er auch die Heckleine auf das Deck warf. Paul holte einen Fender ins Boot, während der Bug langsam vom Steg wegtrieb.

»Völlig egal, wenn du jetzt abhaust«, sagte Jan. »Auch wenn ich bis zum nächsten Telefon laufen müsste: Die kriegen dich trotzdem. Mit diesem Bötchen fährst du der Küstenwache nicht davon.«

»Bist du dir sicher?«

Jan steckte die Hände demonstrativ in die Hosentaschen und ließ den Blick schweifen. Links und rechts der Küste breitete sich ein schmaler Steinstrand aus. Es gab nur wenige Stellen mit Sand, die zum Sonnenbad auf einer Decke oder einem Handtuch einluden. Hinter zerzaustem Gestrüpp guckten immer wieder die Dächer von Wohnwagen hervor. Alles in allem wirkten der Strand und die Bucht trostlos und eng.

Paul begann zu reden, ohne dass Jan etwas sagen musste. Er plauderte über die Bucht, erzählte, dass er den alten Mann schon seit seiner Kindheit kenne. Er sei bärbeißig, habe aber das Herz, wo es hingehöre. »Stimmt's, Kurt?«

Der Alte brummte etwas Unverständliches. Nun trug er wieder das missmutige Gesicht wie zuvor zur Schau. Aus halb zusammengekniffenen Augen sah er Jan an. »Privatbesitz!«

»Lass nur«, meinte Paul beschwichtigend. »Wir sind ja unter Freunden.« Dann begann er von seinem Boot zu sprechen, dass es ein Glücksgriff gewesen sei und gut am Wind liege.

»Also das reinste Schmuckstück?« Jan wendete den Blick und sah Paul direkt an. Dessen Grinsen verriet, dass er die

Anspielung auf das Juweliergeschäft verstanden hatte. Eine scharfe Bö schnitt durch Jans Jacke.

»Spring doch an Bord«, schlug Paul vor. »Dann können wir in Ruhe reden.«

Jan grinste höhnisch. »Hättest du wohl gerne.«

Es war für Jan keine verlockende Vorstellung, mit Paul allein bei einem heraufziehenden Sturm auf dem Wasser zu sein. Paul folgte Jans Blick zu den zerzausten Wolken. »Das ist gar nichts«, meinte er. »Wenn das Boot das nicht abkönnte, hätte ich es nicht genommen.« Paul stieß auch das Heck vom Anleger ab, und der Raum zwischen Steg und Bootswand wuchs von zehn auf 30 Zentimeter. Gleich wären es 50 Zentimeter, dann ein Meter. Jan sprang mit einem großen Schritt an Bord.

Sofort drückte Paul ihm eine Leine in die Hände. Sein Gesicht verriet dabei nicht, was er dachte. »Du musst daran ziehen, wenn ich das Zeichen gebe.«

»Wie sieht's mit 'ner Rettungsweste aus?«

»Die würde dich nur stören«, wischte Paul die Frage zur Seite.

Jan blickte zurück zum Steg. Was war passiert? Warum war er an Bord?

*Mit dem Bötchen fährst du der Küstenwache nicht davon.*

*Bist du dir sicher?*

Jan war sich nicht sicher. Er fürchtete, dass Paul auch hierfür einen Plan hatte.

»Jetzt ziehen«, rief Paul. »Und Kopf runter!«

Er hätte es in anderer Reihenfolge sagen sollen. So streifte der Baum des herumschlagenden Segels Jan am Kopf. Seine Frisur litt darunter jedoch mehr als der Schädelknochen.

»Ziehen!«

Jan lehnte sich mit dem Rücken an die Bordwand und zog. Noch flatterte das Segel im Wind. Der Krach klang beängstigend. Doch als Jan Zug auf die Leine bekam, straffte sich der Nylonfetzen und blähte sich auf. Das Boot legte sich auf die Seite, nahm Fahrt auf und schnitt durchs Wasser. Jan wusste nicht mehr, warum er eben noch gefroren hatte. Jetzt jedenfalls schwitzte er.

»Das macht Spaß«, lachte Paul.

# 65

Charlotte starrte auf das unscharfe Foto, das Jan ihr vorhin zugeschickt hatte. Noch in der Redaktion hatte sie das Bild mit denen auf der Social-Media-Seite von Martin Frey verglichen. Die Aufnahme blieb natürlich weiterhin kaum erkennbar, trotzdem glaubte Charlotte, auf den Vergleichsfotos denselben Mann zu erkennen. Eine absolute Bestätigung gab es nicht. Aber die Möglichkeit auf etwas Annäherndes schon. Sie hielt mit Jans Volvo am Bordstein und sah an dem Haus in der Hohen Straße hinauf, in dem sie mit Jutta Voss ihren eigenen Wohnungseinzug mit Prosecco und Nudeln gefeiert hatte. Jutta hatte beim Verabschieden den Eindruck gemacht, dass sie sich gerne wieder mit Charlotte treffen würde, aber bisher war es nicht dazu gekommen. Charlotte hatte den

Abend ganz nett gefunden, aber irgendwie war Jutta auch ein bisschen merkwürdig. Jedenfalls hatte Charlotte sich noch nicht wieder bei ihr gemeldet. Das sollte sich nun ändern.

Die Gegensprechanlage schaltete sich nach dem ersten Klingeln ein. Charlotte nannte ihren Namen. Dann ging der Summer. Sie drückte die Tür auf. Im Treppenhaus war es spürbar kühler als vor dem Haus.

Jutta Voss sah Charlotte entgegen, als diese die Stufen heraufkam. Sie stand in der halb geöffneten Tür. Ihre weiße Hose und eine weiße Bluse strahlten die gleiche Kühle wie das Treppenhaus ab. Blonde Haare umrahmten das schmale Gesicht.

»Was für eine Überraschung. Komm rein.«

Jutta führte Charlotte zur Küche und bot ihr ein Glas Eistee an. Charlottes Blick fiel auf den Weinkühlschrank. Er war voll wie bei ihrem ersten Besuch, doch Charlotte vermutete, dass es nicht dieselben Flaschen waren. Vielleicht nicht einmal deren Kinder, sondern schon Enkel oder Urenkel. Dann wechselten sie ins Wohnzimmer. Ein Nachrichtensprecher las die Verkehrsbeeinträchtigungen im Sendegebiet vor.

»Kommt gleich wieder Musik«, sagte Jutta. »Aber ich mag es, wenn zwischendurch auch noch mal ein Mensch was sagt. Platten und CDs sind oft langweilig.«

Weil du einsam bist, dachte Charlotte. Weil du niemanden hast, der hier mit dir redet. Ihr Blick wanderte auf den Sperrriegel an der Balkontür. Weil du dich hier drinnen eingesperrt hast. Der Balkon ist verrammelt und der Schlüssel weg. Genau wie die Tür zu deinem Inneren.

»Ich muss dich was fragen.«

Jutta sah Charlotte erwartungsvoll an. »Schieß los.«

»Du hast mal gesagt, dass Martin sich mit den falschen Freunden eingelassen hat …«

Jutta Voss sah Charlotte direkt an. Ihr Gesicht zeigte keine Regung.

»War Paul Stein einer dieser falschen Freunde?« Als noch immer keine Reaktion kam, fügte Charlotte hinzu: »Ich muss das wissen.«

Juttas Augen wanderten umher, dann nickte sie. »Ich weiß, was in den Zeitungen über ihn gestanden hat. Aber das hat ja nichts mit uns zu tun. Mit mir jedenfalls nicht.«

»Ach nein?«, fragte Charlotte. »Dann sag mir mal, warum du die Wohnung wirklich verkaufen willst?«

»Was meinst du, warum? Habe ich dir doch erzählt.«

»Die falsche Gegend, die falschen Menschen und zu viele Erinnerungen?«

»Ganz genau.«

»An Martin?«

»Martin«, wiederholte Jutta mit tonloser Stimme. »Ja, an Martin. Ich sollte seine Platten einfach wegschmeißen. Egal was sie noch wert sind. Und alles andere, was mich an ihn erinnert. Aber das geht nicht. Alles hier erinnert mich an ihn.«

»Nicht nur an ihn, stimmt's?«

Jutta hob fragend das Kinn.

Nun kommt's drauf an, dachte Charlotte.

Doktor Schmidt-Rettich hatte von fehlender Fähigkeit zur Empathie bei Serientätern gesprochen. Charlotte gruselte der Gedanke, dass sie wegen der Vergewaltigung der jungen Niederländerin zusammen mit Schultheis bei Doktor Schmidt-Rettich gewesen war. Für sie war es damals nur eine Geschichte von vielen gewesen. Der Start in ihre Karriere als Zeitungsfotografin. Doch durch das, was Jan ihr im Auto erzählt hatte, bekam die Sache eine völlig neue Bedeutung. Was, wenn Paul Stein nicht nur Frauen entführte, sondern sich auch sonst im Leben nahm, was er wollte? Ohne Rücksicht auf die Gefühle anderer. Und was, wenn er seine Auswahl der Opfer nicht zufällig traf?

Charlotte deutete zur Balkontür. »Warum ist die wirklich

verbarrikadiert?« Ihr Blick ging wieder zu Jutta. »Ist hier jemand bei dir eingestiegen?«

Jutta senkte die Augen.

»War es Paul Stein?«

Jutta Voss drehte sich zur Seite und sackte auf einen Stuhl am Esstisch, während Charlotte an die Beschreibung des Mannes dachte, die die Polizei in ihrer Pressemitteilung veröffentlicht hatte. War Jutta sein erstes Opfer? Hatte er bei ihr seinen Spaß am Vergewaltigen entdeckt? Doktor Schmidt-Rettich hatte gesagt, dass es beim Vergewaltigen fast nie um einen Mangel an Möglichkeiten zum Sex ging. Machtgefühl war bei vielen Männern die treibende Kraft. Sie wollten die Frauen besitzen, die sie überfielen, sie oft auch erniedrigen und ihre Angst genießen.

Charlotte konnte sich nicht vorstellen, was solch ein Erlebnis mit einer Frau machte. Doch sie erkannte nun, dass Juttas Wohnung die innere Isolation spiegelte, in die sie sich nach dem Überfall begeben hatte. Jutta Voss hatte sich selbst in einen Kokon gehüllt.

»Es war alles so surreal«, sagte Jutta nun leise.

Es stimmte also. Was eben noch eine Vermutung gewesen war, wurde durch Juttas Worte zur Gewissheit. Die schmale Frau sprach mit monotoner Stimme, als ginge sie das Erlebte nichts mehr an.

»Er überraschte mich auf dem Sofa. Ich saß da und habe ferngesehen, als ich Bewegungen auf dem Balkon bemerkte. Natürlich denkt man erst mal, dass man sich getäuscht hat. Du bist im dritten Stock. Das kann doch höchstens ein Vogel sein. Aber dann kam er herein. Mit dieser Maske über dem Gesicht. Ich habe kurz aufgeschrien und mir dann vor Schreck selbst die Hand über den Mund gelegt. Er drückte die Balkontür zu. Da hätte ich noch weglaufen können. Vielleicht. Jedenfalls habe ich das später gedacht. Hundertmal.

Tausendmal. Aber ich bin einfach sitzen geblieben. Denn das konnte doch nicht wahr sein. Es war wie in einem Albtraum, in dem du weißt, dass du träumst, aber trotzdem nicht aufwachen kannst. Erst als er näherkam, bin ich aufgesprungen. Aber er war schneller und stärker. Eine Hand griff mir in die Haare, die andere an den Hals. Ich sackte zurück, während sich sein Knie in meinen Bauch bohrte. Dann flüsterte er mir ins Ohr. Ich kann noch seinen Atem spüren.«

Julia legte beide Hände in den Nacken und blickte zu Boden. Charlotte setzte sich zur ihr an den Tisch. Sie brauchte nichts mehr zu fragen, nur zu warten, bis Jutta weitersprach.

»Er sagte, ich solle mich nicht wehren. Dann würde er mir nicht wehtun. Ich sagte ihm, dass ich nicht allein leben und dass mein Verlobter jeden Moment nach Hause kommen würde. Aber das störte ihn nicht. Kein bisschen. Dann hat er meine Hände mit Klebeband zusammengebunden und mir einen Streifen über den Mund geklebt. Noch hatte ich die Hoffnung, dass er nur Geld oder Schmuck wollte. Aber dann hat er angefangen, mich zu berühren. Ganz behutsam. Er hat gesagt, ich solle es genießen, er würde es auch tun.«

Charlotte schluckte.

»Seine Hände waren so riesig. Ich wusste, dass er mich allein mit einer erwürgen könnte. Aber er tat es nicht. Hinterher brachte er mich ins Badezimmer. Ich musste heiß duschen und mich überall abseifen. Eine Ewigkeit. Und er hat zugesehen. Dann fragte er nach einem Desinfektionsspray. Wir hatten eines im Gäste-WC. Damit musste ich das Ledersofa einsprühen und mit Tüchern abreiben. Jede Ritze. Jeden Knopf. Da habe ich wieder gedacht, gleich bringt er mich um. Aber das hat er nicht. Er ist dann einfach zur Tür hinausgegangen und verschwunden. Die Polizei habe ich erst viel später gerufen.«

Charlottes Blick wanderte durchs Wohnzimmer.

»Das Ledersofa ist weg«, sagte Jutta, die den suchenden Blick offenbar bemerkt hatte. »Die Spurensicherung war hier. Sie haben nicht viel gefunden. Ich weiß bis heute nicht, ob die Polizei mir geglaubt hat. Das Sofa habe ich jedenfalls später abholen lassen.«

»Das ist eine furchtbare Geschichte.«

Jutta bewegte leicht den Kopf. »Das ist keine Geschichte.«

Ein Schreck ging durch Charlotte. »So meinte ich es nicht.«

»Martin hat es auch für eine Geschichte gehalten. Auch wenn er es mir so nicht gesagt hat. Er hat gedacht, ich will nur seine Aufmerksamkeit zurück. Dass alles so werden sollte wie früher.«

»Er hat dir nicht geglaubt?«

»Es gibt Dinge, die will man wissen. Und andere nicht. Dann schaut man eben weg. Oder ignoriert sie einfach.«

»Das war dann also der wahre Grund für die Trennung?«

»Da kommen immer mehrere Dinge zusammen. Kennst du doch bestimmt«, meinte Jutta Voss und sah Charlotte direkt an. »Ich mochte seine neuen Freunde nicht. Das wusste er. Und dann das. Ein Maskierter. Keine Spuren, weil ich mich abgeduscht und das Sofa gereinigt habe. Eine Weile schließt man die Augen, dann wendet man sich ab. Martin hat sich abgewendet.«

»Also hat er die Wohnung aus schlechtem Gewissen an dich überschrieben und nicht aus Liebe?«

»Vielleicht. Aber vielleicht wollte er auch nur mit allem abschließen.«

Charlotte dachte an die italienischen Schuhe neben dem Museumskran im Harburger Hafen. Sie dachte an die Kleidungsstücke, die auf dem Wasser trieben. Es war ihr erster Tag beim *Harburger Tageblatt* gewesen. Der Tag, als Martin Frey gestorben war. Auch dies schien irgendwie zum großen Ganzen zu gehören.

# 66

Immer wieder musste Jan die Bootsseite wechseln und das Segel festziehen. Paul rief vorher: »Klar zur Wende!« Je schräger das Boot im Wasser lag, desto schneller fuhren sie. Jan spürte, wie seine Muskeln vor Anstrengung schmerzten. Er schwitzte, schmeckte Salz auf den Lippen und verfluchte sich selbst dafür, wie viel Spaß die Sache machte. Für Alleinsegler gab es auf dem Boot eine entsprechende Automatik. Bei seiner Weltreise konnte Paul also problemlos auch mal schlafen gehen. Er würde trotzdem auf Kurs bleiben. In den Weiten der Ozeane war das kaum gefährlich. Allzu viel gab es nicht, mit dem man kollidieren konnte. Wale oder über Bord gegangene Container vielleicht. Aber die Meere waren groß genug. Es würde schon nichts passieren.

»Machst du gut. Ich wollte dich gleich dabeihaben«, triumphierte Paul, als sie mit dem Wind segelten und die Fahrt ruhiger wurde. »Habe aber schon nicht mehr daran geglaubt.«

»Zu Recht. Denn ich bin auch nicht dabei. Ich passe nur auf dich auf, Arschloch, und lasse dich im nächsten Hafen von der Polizei einkassieren.«

»Und wo soll das sein? Wir haben reichlich Proviant an Bord. Fürs Erste brauchen wir nicht mehr anzulegen.«

»Ganz miese Idee mit mir auf dem Boot«, entfuhr es Jan, dem der Spaß schlagartig vergangen war. »Denn dann werde ich dich einfach im Schlaf erschlagen und über Bord werfen!«

Paul lachte herzhaft, während der Bug das Wasser zerschnitt. Noch waren sie in der Bucht. Die offene Ostsee lag vor ihnen.

»Und warum willst du das tun?«, fragte Paul unvermittelt. »Ich habe deiner Kleinen doch nichts getan. Im Gegenteil. Du hattest die Chance, ganz allein mit ihr ins Reine zu kommen. Sie saß in dem Zimmer und hat auf dich gewartet. Mehr nicht. Aber du hast gleich alles weggeworfen. Ist doch nicht meine Schuld.«

»Du hast nichts getan«, erwiderte Jan ironisch und merkte, wie die Wut immer größer wurde. »Abgesehen von schwerem Menschenraub. Abgesehen davon, dass du mich mit dem Juwelenraub in die Pfanne hauen wolltest …«

»Das war nur, um dich ein bisschen ins Schwitzen zu bringen. Du musstest doch mal raus aus deiner Komfortzone, Alter!«

»Und abgesehen davon, dass du Marje vergewaltigt und acht Stunden misshandelt hast!«

Jan hatte den Artikel aus der Zeitung in Charlottes Auto zweimal gelesen. Auch ohne mit Schultheis über dessen Recherchen gesprochen zu haben, war er mittlerweile überzeugt davon, dass die überfallene Niederländerin aus dem Phoenix-Viertel Marje war.

Paul hob den Kopf. Sein Blick durchbohrte die dicken Brillengläser. »Du meinst die kleine Holländerin aus dem Café? Gehört habe ich davon. Und du glaubst, dass ich das war? Warum sollte ich das tun?«, wollte Paul wissen.

»Weil du dir nimmst, was dir gefällt. Weil du mich bestrafen wolltest. Weil du irre bist, verdammte Scheiße!«

»Klar zur Wende«, sagte Paul und riss das Ruder im selben Moment herum.

Jan hatte kaum Zeit zu reagieren, war mittlerweile aber so geschickt, dass ihn das umschlagende Segel nicht treffen konnte. Er sprang von der Backbord- auf die Steuerbordseite.

Nicht mit mir, dachte Jan.

Das Segel knatterte in der nächsten Bö. Dann hatte er die

Leine wieder unter Spannung. Der Wind griff ins Segel, und das Boot nahm erneut Fahrt auf.

Charlotte blickte an dem Mehrfamilienhaus in Harburg hinauf. Vor der Tür hatte sie sich eine Zigarette angesteckt und mehrere tiefe Züge genommen. Kaum vorstellbar, dass dort jemand hinaufgeklettert war. Die ersten beiden Geschosse des Wohnblocks waren aus Backstein gemauert, die Fassade darüber weiß verputzt. Geschmiedete Geländer umfriedeten die Balkone. Der Vergewaltiger musste ein verdammt guter Kletterer sein. Nun wusste Charlotte, warum Jutta ihre Wohnung loswerden wollte. Warum sie am liebsten alles vergessen würde. Und doch nicht konnte. Jutta brauchte Hilfe. Ob Schmidt-Rettich der Richtige für sie wäre? Charlotte kannte keine Psychologin. Aber es würde sich bestimmt eine finden lassen.

Mit der Zigarette zwischen den Zähnen griff Charlotte zum Telefon. Sie wählte Jans Nummer. Er musste von Juttas Erlebnissen erfahren. Das war kein Verrat, sondern nötig. Als eine automatische Ansage mitteilte, dass der Anschluss vorübergehend nicht zu erreichen sei, beschlich sie ein ganz mieses Gefühl. Es hatte kein Freizeichen und dann eine Sprachboxansage gegeben. Nur diese anonyme Stimme: »Versuchen Sie es später noch einmal.«

Charlotte zerquetschte den Zigarettenstummel unter einer Stiefelsohle, dann kickte sie ihn wütend in den Rinnstein. Über ihr zog sich der Himmel zu. Eine Schlechtwetterfront schlich aus Nordosten heran.

Jan spürte, wie die dünne Leine langsam in seine Handflächen schnitt. Doch das war ihm egal. Er war hier, um es mit Paul aufzunehmen. Die Chance, die Polizei zu rufen, hatte er verspielt. Doch entkommen lassen würde er Paul trotzdem nicht. »Du hättest Franzisca Rose auch umbringen müssen. Genau wie Anna Horn. Nun kann sie gegen dich aussagen. Und Kathrin wird sich auch irgendwann erinnern, dass du sie entführt hast.«

»Anna?« Paul wiederholte den Namen laut, dann kam lange nichts. Schließlich senkte er den Blick. »Anna ist nicht tot«, sagte er so leise, dass Jan seine Worte kaum verstehen konnte. »Sie ist einfach irgendwann weggegangen. Wohin auch immer. Eines Tages war sie weg. Eingesperrt hatte ich sie sowieso nur kurz. Danach war sie mehr eine Art Gast des Hauses.«

Jan schüttelte den Kopf, blickte hinauf zum Himmel. Die Wolken rasten dahin.

*Gast des Hauses*, hallte es in seinem Kopf nach. Paul schien tatsächlich den Verstand verloren zu haben.

»Aber wegen deiner Marje habe ich mir auch schon Gedanken gemacht«, sagte Paul gegen den Wind. Seine Worte kamen nur in Fetzen bei Jan an. »Da war schon mal so eine Sache. Martins Verlobte hat auch so was erzählt. Hat keiner so richtig ernst genommen. Ich jedenfalls nicht. Und Martin auch nicht, glaube ich. Aber wenn's doch stimmt.«

»Welcher Martin? Welche Sache?«

»Martin Frey. Du hast ihn nicht mehr kennengelernt. War ein prima Bursche.«

Martin Frey? Jan kramte in seinem Gedächtnis.

»Jutta hieß seine Verlobte. So ein dürres Fahrgestell. Langweilig. Die haben gar nicht zusammengepasst. Und dann hat sie plötzlich behauptet, vergewaltigt worden zu sein.«

»Jutta Voss?«, erwiderte Jan überrascht.

Paul drehte den Kopf zu ihm. »Die kennst du?«

Jan versuchte, sich zu sortieren. »Martin Frey kenne ich auch. Er ist von einem Museumskran abgestürzt. Im Harburger Hafen.«

»Eben«, stellte Paul fest. »Sah so gar nicht nach ihm aus. Erstens konnte er gut klettern. Aber viel wichtiger, was wollte er da mitten in der Nacht? Die Aktion scheint so sinnlos. Es sei denn, er wurde überredet.«

»Von wem?«

Paul sah zum Bug, der wie ein Zielfernrohr auf die Mündung der Bucht deutete. Hinter einer gedachten Linie würden sie schon bald aufs offene Meer segeln. »Es könnte einer der Jungs gewesen sein.«

»Einer der Jungs?«, wiederholte Jan und starrte Paul an.

»Wenn das von Jutta doch stimmt«, sprach dieser weiter, »dazu das mit Marje … dann könnte es sein, dass Martin gar nicht gefallen ist. Vielleicht hat ja jemand nachgeholfen.«,

Jan blickte Paul fragend an.

»Ja«, führte Paul den Gedanken weiter. »Vielleicht, weil Martin nett war. Weil wir Freunde waren.«

»Na und?«

»Und weil er mit mir auf die große Segeltour gehen wollte.«

»Martin Frey?« Wieder brauchte Jan einen Moment, um die Informationen zu verarbeiten. »Du wolltest mit ihm auf Weltreise gehen? Warum er? Warum nicht mit Thomas? Der ist doch dein ältester Kumpel. Das sagt jedenfalls deine Mutter.«

Nun sah Paul überrascht aus. »Du warst bei meinen Eltern?«

»Worauf du dich verlassen kannst.« Jan war sichtlich zufrieden über Pauls Gesichtsausdruck. »Also, warum nicht Thomas?«

Paul presste kurz die Lippen zusammen. »Du kennst Thomas nicht so gut wie ich. Es würde keinen Spaß mit ihm machen. Außerdem ist er unberechenbar. Vielleicht würde er mich schon im ersten Hafen im Stich lassen. Und …«

Jan hob das Kinn. Er war gespannt auf das *Und*, sah, wie Paul die Stirn runzelte.

»Als wir noch Kinder waren«, sprach Paul nach einer Weile weiter, »da habe ich gesehen, wie er mehrere Fliegen gefangen hat. Mit der Hand. Auf einem Tisch. Das ist nicht schwer, wenn du den Dreh raushast. Uns war langweilig. Vorher hatten wir Karten gespielt. Aber es war ein langer, heißer Tag, und wir wussten nicht so recht, was wir noch anstellen sollten. Dann … dann hat Thomas angefangen, den Fliegen die Flügel auszureißen. Jeder einzelnen. Und sie in einen Aschenbecher zu setzen. Dann hat er eine Lupe genommen und sie langsam verbrannt. Eine nach der anderen. Sie haben noch versucht wegzulaufen. Aber ohne Flügel hatten sie keine Chance. Und ich habe ihm zugesehen und nichts dagegen getan. Es waren ja nur Fliegen. Aber ich kann sie heute noch laufen sehen. Die glänzend schwarzen Körper, ohne ihre Flügel gänzlich hilflos. Sie liefen sogar noch, während sie in Flammen aufgingen. Verstehst du, mit so jemandem kann man nicht auf Weltreise gehen. Tage und Wochen allein mit ihm auf dem Meer. Das geht nicht. Also versteh' mich nicht falsch. Er ist ein toller Typ. Und ein guter Freund. Man kann echt Spaß mit ihm haben. Aber mein Leben würde ich ihm nicht anvertrauen.«

# 67

Das Gespräch mit Jutta Voss ließ Charlotte nicht los. Rauchend stand sie auf dem Balkon ihrer neuen Wohnung und blickte in den dräuenden Abendhimmel. Es hatte eine Vergewaltigung gegeben, an die niemand so recht glauben wollte. Der Täter hatte ein Kondom benutzt und hinterher alle Spuren in der Wohnung und an der Misshandelten selbst so gut wie möglich verschwinden lassen. Charlotte dachte daran, wie Jutta sich gefühlt haben musste, während ihr Peiniger ihr beim Duschen zugesehen hatte. Ihr Körper sollte nicht als Beweis dienen können. Kein Haar von ihm sollte an ihr kleben. Sich kein Speichel an ihrem Hals finden lassen, dort, wo seine Zunge an ihr geleckt hatte. Und dann hatte die geschundene Frau sogar noch das Ledersofa reinigen müssen. Aber war das schon das Schlimmste? Oder begannen die eigentlichen Qualen erst hinterher? Die Befragungen durch die Polizei. Die Untersuchungen beim Frauenarzt. Die skeptischen Blicke ihres Verlobten, selbst wenn er sagte, dass er ihr glaubte. Später die Trennung von Martin Frey und die vielen einsamen Stunden in einer Wohnung, die Jutta am liebsten zur Festung ausbauen wollte, in der sie die Erinnerungen aber immer wieder von innerhalb der Mauern ansprangen. Ihren eigenen Kopf konnte Jutta nicht aussperren.

Blanke Wut griff nach Charlotte. Zehntausende Jahre Menschheitsgeschichte für die Katz. Es war noch immer wie in der Steinzeit. Das Recht des Stärkeren zählte. Frauen wurden an ihren Haaren durch die Gegend gezogen, nach Belieben gequält und vergewaltigt. Die Zivilisation konnte sie nicht schützen. Das mussten Frauen schon immer selbst tun. Kein Wunder, dass es über die Jahrhunderte so viele Giftmischerinnen unter ihnen gab. Und auch kein Wunder, dass die Kirche kräuterkundige Frauen als Hexen verbrennen ließ. Das Patriachat wehrte sich mit allen Mitteln gegen ihre Anerkennung, als seien Frauen eine andere Spezies. Aber hatten nicht alle Männer Frauen als Mütter? Wo kam da nur diese Gewalt gegen sie her?

Charlotte hätte vom Balkon brüllen können. Stattdessen drückte sie ihre Zigarette schweigend auf einem umgedrehten Pflanzentopf aus und ließ die Kippe im Loch für den Wasserablauf verschwinden. Sie musste ruhig bleiben. Jetzt nicht die Nerven verlieren. Das half niemandem. Wenn sie eine Möglichkeit finden wollte, um Jutta zu unterstützen, musste sie kalt und emotionslos handeln. Genau wie ein Mann es tun würde. Nur hatte sie gerade keine Idee, wie das gehen könnte. Deprimiert schlich Charlotte ins Badezimmer, putzte Zähne und nahm danach ihr Notebook mit ins Bett, um vielleicht etwas in einer Mediathek zu finden, was sich anzusehen lohnte. Doch schon bald gab sie die Suche auf, drehte sich auf die Seite, kratzte sich am Kopf. Es war viel zu früh zum Schlafen. Aber ihr fiel einfach nichts Besseres ein. Lesen? Nein. Radio oder Podcast? Nein. Sie sah zur Zimmerdecke hinauf, drehte den Kopf und blickte neben sich. Ihr Bett roch anders als früher. Ihre Hand fasste nach dem Kopfkissen, auf dem Jan gelegen hatte.

Hatte sie einen Fehler gemacht? Sex mit Kollegen war so eine Sache. Er komplizierte die Dinge.

Irritiert stellte Charlotte fest, dass sie Jans Kissen streichelte. Wenn er hier wäre, wüsste sie, wie sie ihre ruhelosen Gedanken loswerden könnte. Denn es gab auch liebevolle Männer. Männer, bei denen sie den Glauben an die Menschheit nicht aufgeben musste. Ein angenehmes Gefühl im Unterleib sagte ihr, dass ihr die Vorstellung gefiel. Aber dieser Mann war nicht hier. Also stand sie wieder auf, rauchte noch eine Zigarette und stellte sich anschließend zehn Minuten unter die warme Dusche. Ihre Haut dampfte, als sie aus der Kabine trat. Der Spiegel und die Kacheln waren beschlagen.

Charlotte ging zurück ins Schlafzimmer. Im Halbdunkel holte sie sich ein frisches Unterhemd aus dem Schrank. Klassische Nachthemden besaß sie keine. Entweder schlief sie in einem Herrenpyjama, den sie sich aus einer Laune heraus gekauft hatte, in Unterwäsche oder in heißen Sommernächten auch ganz ohne alles. Plötzlich begann Charlotte sich unwohl zu fühlen. Trotz der heißen Dusche packte ein Schauer wie der Griff einer kalten Hand in ihren Nacken. Ihr Gefühl sagte ihr, dass in diesem Zimmer etwas war, was hier nicht hingehörte. Sie drehte sich um und sah zum Stuhl, den sie zur Wäscheablage benutzte. Auf diesem Stuhl war etwas. Ein Schatten, der im Idealfall nur ein Kleiderstapel war und ihrem Gehirn einen Streich spielte. Andernfalls ... Charlotte erkannte langsam einen dunkel gekleideten Körper. Umrisse und Größe ließen auf einen Mann schließen. Er trug Handschuhe und eine schwarze Sturmhaube. Nur für Mund und Augen gab es Löcher.

»Was ist mit den anderen?«, fragte Jan. Selbst wenn Thomas unzuverlässig, vielleicht sogar unberechenbar war, überlegte er. Wieso fragte Paul dann keinen der anderen Jungs, ob er mit auf Weltreise kommen wolle?

»Phillip ist verheiratet«, sagte Paul. »Der liebt seine Maren und die beiden Mädchen. Nie würde der für länger wegfahren. Erich hat keine Lust zum Segeln. Dem wird schnell schlecht. Und Felix passt in keine Koje. Also ...«

»Also Martin.«

»Ja.«

Jan blickte zur Küste. »Und als Martin weg war, wolltest du mich dabeihaben?«

»Ja. Ganz genau.« Pauls Blick fixierte Jan. »Nächster Stopp Grönland. Was hält uns beide davon ab?«, drängte Paul. »Job? Mietvertrag? Freundin? Mach dich frei davon, Jan. Du kannst das.«

Jan schüttelte den Kopf. »Charlottes Auto steht noch beim Hafen.«

»Charlottes Auto?«, wiederholte Paul lachend. »Witzig.«

*Charlotte.*

Ein ungutes Gefühl beschlich Jan, ohne dass er den genauen Grund kannte.

»Ich komme nicht mit, Paul. Gewöhn dich an den Gedanken.«

Paul schob seine Brille kurz hoch und rieb sich die Nasenwurzel. Dann zuckte er mit den Schultern und sah wieder zum Horizont. Jan begriff, dass Paul wirklich nicht mehr umdrehen wollte. Seine große Reise hatte begonnen. Mit Jan oder ohne ihn.

Was blieben Jan für Möglichkeiten. Paul angreifen? Ihn überwältigen? Auf diesem engen Boot kaum vorstellbar.

Und selbst wenn, was dann? Jan verstand nicht das Geringste vom Segeln. Ohne Paul würde er das Boot nicht zurück zum Anleger bekommen. Völlig ausgeschlossen.

Jan blickte sich suchend um. Sie waren der Küste in den letzten Minuten wieder nähergekommen, weil Paul das Boot nach Norden ausgerichtet hatte. Die Eckernförder Bucht selbst erinnerte in ihrer Form an einen Fuß. Die sanfte Neigung des Spanns stellte die nördliche Küstenlinie dar. Wie weit waren sie davon entfernt? 50 Meter? Oder 100? Die tobenden Wellen erschwerten eine Schätzung. Trotzdem wurde Jan klar, dass dies der einzige Weg war, wenn er nicht darauf warten wollte, bis Paul irgendwann wieder an Land ging. Vielleicht in Dänemark. Oder tatsächlich erst in Grönland.

Ohne an die Konsequenzen zu denken, schnellte Jan aus seiner kauernden Haltung an der Bordwand hoch und warf Paul einen letzten Blick zu. Dann stellte er einen Fuß auf die schmale Reling und stürzte sich kopfüber ins Meer. Das Wasser war nicht so kalt, wie die dunklen Wolken über ihm es androhten. Er streckte den Kopf in die Höhe und suchte die Küste jenseits der Wellenberge. Dann begann er zu schwimmen, ohne sich noch einmal nach der Segeljacht umzusehen. Paul war von einem Moment zum anderen aus seinem Leben verschwunden. Denn Jan dachte nur noch daran, die Küste zu erreichen. Dort gab es irgendwo Menschen, die ihm helfen würden. Er würde nicht mit Paul die Welt umsegeln. Das hatte er nie vorgehabt. Außerdem stand Charlottes Renault noch beim kleinen Hafen.

*Charlotte.*

Jan krauelte lange Strecken blind vorwärts, wühlte sich durch die Ostsee. Zwischendurch suchte er mit hoch gerecktem Kopf nach Land, schwamm weiter und spürte, wie die Distanz zwischen ihm und dem Ufer kleiner wurde. Die letzten Meter waren die schlimmsten. Fast glaubte er, die Kräfte zu verlieren und doch noch unterzugehen. Schließlich spürte er Grund unter den Füßen. Das Wasser tropfte an ihm hinab, als er sich an Land schleppte. Sein Körper zitterte. Er hatte es geschafft. Doch dann schoss ihm ein neuer Gedanke durch den Kopf. Er hatte Charlotte mit ins *Bierdorf* genommen und den Jungs gezeigt. Genau wie Marje damals. Genau wie Marje.

# 68

Charlotte merkte, wie ihre Hände zu zittern begannen. Sie versuchte, es zu unterdrücken, weil es sie hilflos aussehen ließ. Aber es gelang ihr nicht. Schnell atmend drückte sie sich das Unterhemd auf die Brust. Dann versuchte sie, es anzuziehen.

»Das brauchst du nicht zu tun«, wurde sie belehrt. Der Mann, zu dem die Stimme gehörte, hatte sich kein Stück von der Stelle bewegt.

Charlotte wollte nicht mit dem Kopf im Baumwollstoff stecken bleiben, trotzdem zog sie sich das Hemd über. Dann tastete sie nach dem Stapel Unterhosen neben sich.

»Zieh es wieder aus«, sagte der Mann mit freundlicher Stimme.

Charlotte hörte, wie laut ihr Atem ging. Ihre Achseln schwitzten. Ihre Hände zitterten. Sie hatte einen Slip gefunden, bückte sich, ohne den Blick vom Schatten vor sich zu nehmen. Mit einem Fuß war sie schon drin, als der Mann mit immer noch freundlicher Stimme sagte: »Wenn du ihn anhast, schneide ich ihn dir hiermit wieder runter! Genau wie dein Hemd.«

Der Schatten hob etwas hoch. Charlotte sah einen Lichtreflex. Sie dachte sofort an Metall.

»Danke, dass du es auf dem Küchentresen für mich bereitgelegt hast«, sagte die Stimme.

Nun war klar, dass es das Messer war, mit dem sie sonst Pizza zerteilte. Ein scharfes, langes Messer.

»Und danke, dass du für mich die Balkontür offen gelassen hast. Ich wäre auch anders reingekommen. Aber so war es natürlich einfacher.«

Charlotte wusste, dass der Mann grinste. Sie sah es nicht richtig, weil der Stuhl im Schatten stand. Aber sie wusste es. Allen Mut zusammennehmend sagte sie: »Raus hier!« Doch ihre Stimme klang brüchig. Der Mann musste ihre Angst hören.

»Es gibt Schafe, und es gibt Wölfe in dieser Welt«, sagte die Männerstimme ruhig. »Ich kann tun, was mir gefällt. Ich kann mir nehmen, was mir gefällt.«

»Ich bin kein Schaf«, widersprach Charlotte. »Außerdem kommt mein Freund gleich nach Hause.«

»Siehst du, das wiederum glaube ich nicht. Du solltest es dir auch nicht wünschen. Es sei denn, er ist aus Stahl.« Der Mann lachte leise, dann gingen die Laute in merkwürdige Geräusche über. Es klang wie: »Bäh. Bäh. Bäh.«

Charlottes Bauch hob und senkte sich rasend schnell. Jetzt nicht hyperventilieren, dachte sie. Nicht die Kontrolle verlieren. Ruhig bleiben. Die Situation im Griff behalten.

Sie wusste, mit wem sie es zu tun hatte. Der Mann im Schatten hatte bereits mindestens zwei weitere Frauen überfallen.

Bei Jutta Voss war er die ganze Zeit ausgesprochen höflich geblieben. Charlotte dachte: Er hat sie mit Worten unter Druck gesetzt und so dazu gebracht, das zu tun, was er wollte. Gegenwehr ist er bestimmt nicht gewohnt. Wenn ich mich wehre, weiß er vielleicht nicht, wie er sich verhalten soll.

Andererseits gab es da den Überfall auf die Holländerin. Bei ihr war er weniger zimperlich gewesen und hatte sie ganz schön zugerichtet.

Je länger Charlotte dastand und auf den Schatten vor sich starrte, desto besser konnte sie ihn erkennen. Saß der Mann schön bequem auf dem Stuhl oder standen seine Muskeln unter Spannung? Wartete er nur darauf, dass sie sich bewegte?

Charlottes Augen wanderten auf der Suche nach einer Idee durch den Raum. Sie sah die Wohnungstür in ihrer Vorstellung. Die Tür war abgeschlossen, doch der Schlüssel steckte. Es könnte ja Feuer geben. Dann wäre das der Fluchtweg. Deshalb ließ sie den Schlüssel immer von innen stecken.

*Fluchtweg.*

Zwei Schritte bis zur Schlafzimmertür, fünf den Flur entlang, Tür auf, drei Schritte in den Hausflur und schreien wie am Spieß. Selbst wenn der Kerl sie dann noch erwischen würde, wären bestimmt schnell ein paar Nachbarn an den Türen. Es war noch nicht so spät. Einige würden noch wach sein. Irgendjemand musste sie hören.

Jetzt war es klar. Charlotte würde nicht tun, was der Mann von ihr verlangte. Sie würde nicht handeln wie ein Schaf, das dem bösen Wolf begegnet war.

Dann tat der Mann etwas, mit dem sie nicht gerechnet hatte. »Genug gespielt«, sagte er und zog sich die Maske vom Kopf.

Jan stolperte tropfnass den Strand entlang. So schnell seine restlichen Kräfte und die an seinen Beinen klebende Hose es zuließen. Zu seiner Rechten wuchs eine Steilwand in die Höhe. Natürlich gab es hier keine Straße, auf der er ein Auto anhalten konnte. Auch das Hemd klebte an seinem Körper. Jacke und Schuhe hatte er dem Meer als Opfergabe überlassen. Es ließ sich einfach besser ohne sie schwimmen.

Die Wolken über seinem Kopf ballten sich wie Fäuste. Seine Zähne klapperten, ohne dass er etwas dagegen tun konnte.

*Charlotte.*

Der Name hämmerte in seinem Kopf.

*Genau wie Marje.*

Er wusste nicht, wie er es je wieder nach Hamburg schaffen sollte. Verzweiflung ließ seine Bewegungen erlahmen.

Seine Lungen schmerzten, die Oberschenkel brannten, und sein Herz verkrampfte sich.

Dann sah Jan Lichter vor sich. Dann hörte er Stimmen und roch ein Feuer. Offenbar grillten dort ein paar Tapfere, bevor der drohende Regen beginnen konnte. Die Gestalt, die aus der Dunkelheit kam, schien niemanden zu überraschen. Strandläufer gab es hier viele. Aber selten ging jemand in voller Montur schwimmen.

»Von den Wellen überrascht worden?«, fragte eine Männerstimme. Zwei weitere lachten.

Jan sah hinter den Männern die Umrisse von Wohnwagen und Vorzelten. Er wollte schon schweigend vorbeimarschieren, hatte keine Zeit für diesen Unsinn, hatte überhaupt keine Zeit mehr, als der Mann, der ihn angesprochen hatte, eine Bierflasche öffnete und sie ihm entgegenstreckte. »Nichts für ungut«, meinte er dabei.

Jan wankte auf ihn zu. Eigentlich hatte er schon genug Wasser geschluckt, aber das Bier würde ihm das Salz aus dem Mund spülen. Er nahm einen Schluck und wischte sich mit dem Handrücken über die Lippen.

»Hatte plötzlich Lust zu schwimmen«, sagte er dann, um die Männer bei Laune zu halten. »Wie weit bin ich gekommen?«

»Wie weit? Das hier ist Langholz.«

Jan holte einen Schlüssel aus der Hose. »Mein Auto steht bei Aschau. Kann mich da jemand hinbringen?«

Die Männer verstummten.

Charlotte erkannte das Gesicht selbst im Halbdunkel des Schlafzimmers. Eigentlich hatte sie schon seine Stimme erkannt, auch wenn sie diese erst einmal zuvor gehört hatte. In dieser Kneipe. Im *Bierdorf*. Der Mann auf dem Stuhl war Thomas. Sein Knie hatte vor etwas mehr als 24 Stunden Bekanntschaft mit ihren Stiefeln gemacht.

»Hallo, Cowgirl«, sagte er mit monotoner Stimme.

Es war nicht gut, dass er die Maske abgenommen hatte. Mit Jutta war er während des Überfalls freundlich umgegangen, Marje hatte er geschlagen und getreten. Vergewaltigt hatte er alle beide. Aber immer mit Maske. Immer mit Handschuhen. Immer auf der Hut, nicht erkannt zu werden.

Diese Spielregeln hatte er nun selbst geändert. Er zeigte Charlotte sein Gesicht. Und sein wahres Gesicht bedeutete Schmerzen, vielleicht sogar Tod.

Entweder musste er sie nun derart einschüchtern, dass sie es niemals wagen würde, zur Polizei zu gehen. Oder er würde sie umbringen.

Als Charlotte losrannte, schnellte der Mann aus dem Stuhl hoch.

Der Türrahmen zum Flur war nicht breit genug für beide. Charlotte war zwar einen Schritt weiter vorn, dafür trat ihr der Mann gegen die Beine. Sie spürte den Schmerz kaum, wo sein Schuh sie am Unterschenkel getroffen hatte. Auch die Knie, auf die sie stürzte, interessierten sie nicht. Alles wurde von dem Schmerz übertroffen, den Thomas ihr bereitete, als er ihr in die Haare griff, sie mit roher Gewalt zurück auf die Beine riss und im selben Moment eine Explosion in ihrer Magengrube stattfand. Charlotte blieb die Luft weg.

Warum hatte sie vorher nicht die Bauchmuskeln angespannt? All das viele Schwimmen hätte sich auszahlen können. Sie hätte vor seinem Schlag nur die Bauchmuskeln anspannen müssen.

*Hätte.*

Die anschließende Explosion in ihrem Gesicht nahm sie nur noch wie durch Nebel wahr.

Wo ist das Messer, war ihr nächster Gedanke.

*Das Messer.*

Steckte es in ihrem Unterleib? Womit hatte er sie im Bauch getroffen?

Sofort waren ihre Hände voller Blut.

Ebenso ihr Bauch, ihr Slip, ihre Beine.

Schnell drückte sie die Hände auf den Unterleib.

Keine Einstichwunde. Dafür ein langer Schnitt an ihrer linken Taille. Er musste mehrere Zentimeter tief sein. Das Messer hatte ihre Haut, die obere Gewebeschicht und das Muskelfleisch darunter durchtrennt.

Charlotte sackte auf die Knie. Sie hielt sich die Seite, hob vorsichtig den Blick. Ihre linke Gesichtshälfte begann anzuschwellen. Das Auge brannte wie ein Bad im Brennnesselfeld. Sie konnte es nicht öffnen. Dafür sah sie das Messer mit dem anderen Auge. Die Klinge blitzte sie an.

Charlotte sah zur Tür.

Noch war es vielleicht nicht zu spät, sich zu ergeben. Sie konnte klein beigeben und tun, was Thomas wollte. Dann würde sie vielleicht überleben. Genau wie Jutta, genau wie Marje.

»Mein kleines Cowgirl«, sagte er mit gehässiger Stimme. »Plötzlich keine so große Fresse mehr!«

Aber was sollte das für ein Leben sein, in dem sie sich nicht wehrte? Jutta hatte sich danach selbst eingesperrt. Mit dicken Riegeln an der Wohnungstür und am Balkon. Charlotte wollte so ein Leben nicht führen.

Sie warf sich mit dem Oberkörper vorwärts, packte Thomas' Arm mit beiden Händen und biss ihm mit aller Kraft in die Hand. Nun floss nicht mehr allein ihr Blut.

Thomas schrie auf; vor Schmerz und vor Schreck.

»Dumme Sau!«

Er trat nach ihr. Doch seine Tritte waren unpräzise.

Charlotte dachte an das leise Klirren von Metall, das sie bei ihrem Gegenangriff gehört hatte. Mit dem verbleibenden Auge suchte sie den Fußboden ab. Und wirklich, da lag es: das Messer.

Er hatte es fallen lassen, als sich ihre Zähne in seine Hand bohrten.

Sie sah, wie Thomas' Kopf hin und her zuckte. Genau wie sie suchte er nach dem Messer.

Charlotte krabbelte auf allen vieren vorwärts. Nun war sie neben der Badezimmertür, nun stürzte sie sich auf das Messer.

»Weg da!«

Wieder wurde sie von einem Tritt getroffen. Diesmal in die andere Seite. Sie spürte etwas in sich brechen. Eine Rippe oder zwei. Es war ihr egal.

Ihre Hand schloss sich um den Messergriff. Das war viel wichtiger.

Sie war eine Ertrinkende, die plötzlich wieder die Wasseroberfläche über sich sah. Es war noch nicht zu Ende. Mit einigen kräftigen Schwimmstößen könnte sie es schaffen. Dort oben gab es Luft.

»Weg da!«, brüllte Thomas sie wieder an. »Weg vom Messer!«

Sie rührte sich nicht, blieb stumm auf dem Bauch liegen. Seine Tritte interessierten sie nicht.

Jan hatte vor Kurzem zu ihr gesagt, dass er in Zukunft häufiger etwas Gutes tun wolle; etwa für Kinder Fußbälle von Garagendächern holen. Wann war das noch gewesen? Egal! Jedenfalls war es eine vorbildliche Lebenseinstellung. Etwas zum Nacheifern.

Mit dem Messer in der Hand konnte auch Charlotte etwas Gutes tun. Ihr Gesicht war zu sehr angeschwollen, um es bei ihrem lauten Lachen zu verziehen. Dabei hätte sie es zu gern getan, denn diesen Kerl zu erledigen, war etwas Gutes.

Komm schon. Komm zu mir runter, dachte sie. Ich habe

das Messer unter mir vergraben. Komm schon. Du willst das Messer doch haben. Komm, dreh mich herum.

Und er tat es.

Sie merkte, wie er neben ihr auf die Knie ging und nach ihren Schultern fasste, um sie umzudrehen. Sie hielt kurz dagegen, um so zu tun, als habe sie etwas dagegen, dann ließ sie sich auf den Rücken drehen. Mit allem was sie noch hatte, mit der letzten Kraft, stieß sie sich nach oben. Die Ertrinkende durchbrach die Wasseroberfläche und rammte das Messer durch Haut, Gewebe und Muskelfleisch.

Endlich war Jan wieder auf der Autobahn. Er raste einer pechschwarzen Wolke entgegen. Sekunden später trommelte der Regen mit einer solchen Wucht auf Windschutzscheibe und Karosserie, dass alle anderen Geräusche verschwanden. Die Räder begannen zu schwimmen. Doch Jan tat sich schwer, den Fuß vom Gaspedal zu nehmen. Er trug Jeans, die ihm zu groß waren, und ein Hemd, das ihm zu viele Karos hatte. In einer Brusttasche steckte die Telefonnummer des Mannes, der ihm die Sachen geliehen hatte, obwohl dieser meinte, dass er sie nicht zurückhaben müsse. Aber all das interessierte Jan im Moment nicht. Nichtigkeiten, dachte er. Das sind Nichtigkeiten.

Er wollte so schnell wie möglich zurück nach Hamburg. Mit Vollgas war das unter anderthalb Stunden zu schaffen. Doch bei diesem Regen konnte Jan kaum Schritttempo fahren.

Endlich ließen die Wasserschwalle nach. Hinter den davontreibenden Wolken riss ein gleißender Himmel auf, und ein rötlicher Schimmer zeichnete sich an der Unterseite der Wolken ab. Wieder einmal spottete die Farbintensität der menschlichen Vorstellungskraft. Noch hatte die Nacht den schwindenden Abend nicht ganz im Würgegriff.

Mühelos drang der Stahl in den Oberschenkel ein, verfehlte sowohl die Arteria femoralis als auch den Oberschenkelknochen und trat auf der Rückseite des Beins wieder aus. Ein Brüllen erklang, das alles Menschliche zu entbehren schien. Dann gab es ein Geräusch, als ziehe jemand einen versunkenen Gummistiefel aus dem Sumpf, und die Klinge war wieder frei.

»Fick dich!«, schrie Charlotte und setzte zu einem weiteren Stich an. Die blutdurchtränkte Hose ihres Gegners färbte sich schwarz. Thomas taumelte einen Schritt zurück. Er keuchte, rang nach Atem, spuckte Speichel. Sein Gesicht war aschfahl.

Nun war es auch für Thomas kein Spiel mehr. Seine Augen rollten in den Höhlen, und er schien seine Chancen abzuwägen. Charlotte wurde bewusst, dass sie zwischen dem Mann und der Wohnungstür stand. Eine zähnefletschende Furie. Er wollte an ihr vorbei. Der Kampf war vorbei. Fluchtgedanken standen in sein Gesicht geschrieben. Doch Charlotte gab den Weg nicht frei. Thomas würde nicht entkommen. Eine Gelegenheit, um irgendwann zurückzukehren, würde es nicht geben. Nie wieder sollte er eine Frau überfallen.

»Komm schon!«, schrie Charlotte.

Stattdessen warf sich Thomas herum. Das linke Bein hinter sich herziehend stolperte er auf den Balkon zu. Charlotte drehte den Messergriff in ihrer Hand. Dann stürmte sie mit erhobenem Arm vorwärts. Sie zielte auf die Stelle, wo Hagen von Tronje dem scheinbar unverwundbaren Siegfried seinen Speer in den Rücken gejagt hatte. Doch ihr Gegner hatte in keinem Drachenblut gebadet. Er würde niedergestreckt werden, egal wo Charlotte ihn mit der Klinge erwischte.

Der Hieb verfehlte ihn nur knapp. Vom eigenen Schwung mitgerissen stürzte Charlotte erneut auf die Knie. Das Messer entglitt ihr und fiel scheppernd auf den Boden, rutschte auf

Thomas zu, blieb in der Mitte zwischen ihnen liegen. Charlotte hob den Blick und sah Thomas in die Augen.

# 69

Vor dem Elbtunnel hatte sich ein kurzer Stau auf der Überholspur gebildet. Alle wollten links fahren und damit auf der vermeintlich schnellsten Spur. Selbst ein Wohnwagengespann hatte es offenbar darauf abgesehen, mit in die mittlere Elbtunnelröhre zu rutschen. Jan wich nach rechts aus und befuhr ein Stück der Standspur, als sich vor ihm die nächsten Hindernisse aufbauten. Dann zog er kurz vor der Tunneleinfahrt über alle Spuren wieder nach links und schoss noch vor dem Wohnwagengespann in die mittlere Röhre. Falls er damit jemanden zu einer Vollbremsung nötigte und vielleicht sogar einen Auffahrunfall provozierte, sei's drum. Sollten sie ihm später ruhig Fahrerflucht vorwerfen. Es interessierte ihn nicht.

Was für nutzlose Gedanken.

Nichtigkeiten.

Jan dachte an Charlotte. Sie würde bestimmt schon im Bett liegen. Wenn er wieder bei ihr war, würde er ihr Gesicht von oben bis unten abküssen. Sie würde natürlich nichts kapieren. Aber auch das war nicht wichtig. Hauptsache, ihr war nichts geschehen.

Vielleicht lag Paul ja auch falsch. Vielleicht war es gar keiner der Jungs, der Marje überfallen hatte. Vielleicht ging es gar nicht darum, Jan mit dem Angriff auf seine vermeintliche Freundin eine Botschaft zu senden. Es konnte doch alles Zufall sein.

Beruhige dich, befahl Jan sich selbst. Wenn er nur sein Telefon noch hätte. Dann könnte er Charlotte anrufen und mit ihr über die Freisprechanlage sprechen, bis er endlich bei ihr war. Seine Stimme am Telefon würde sie beschützen, dessen war er sich ganz sicher. Aber das blöde Ding lag ja in der Eckernförder Bucht.

Jan verließ die Autobahn und raste auf der B73 in eine Radarfalle. Teures Foto. Na und? Nichtigkeit.

Das Blaulicht bemerkte er dann schon, bevor er in Charlottes Straße bog. Es wurde von den Fassaden der benachbarten Wohnhäuser reflektiert. Übelkeit griff nach Jan, als er einen RTW und einen Streifenwagen vor Charlottes Haus stehen sah. RTW war bei Feuerwehr und Polizei die Abkürzung für Rettungswagen. In seinen Artikeln benutzte Jan das Kurzwort nicht. Der durchschnittliche Leser konnte nichts damit anfangen. Jan schüttelte über sich selbst den Kopf. Nichtigkeiten.

Jan sah, wie ein Polizist aus dem Streifenwagen stieg und seine Mütze aufsetzte. Dann stieg auch der Fahrer aus. Im Einsatz sollen Polizisten immer Mütze tragen. Dienstanweisung. Jan wusste das, weil ein Polizist ihm dies einmal erzählt hatte. Wann war das noch gewesen?

Nichtigkeiten.

Jan sprang aus dem Wagen. Die beiden Polizisten gingen zu zwei Rettungssanitätern und einer Gruppe von etwa fünf

Leuten, die alle vor Charlottes Wohnhaus standen. Die Sanitäter waren niedergekniet, bemühten sich offensichtlich um eine am Boden liegende Person.

Ein Zivilist deutete mit ausgestrecktem Arm nach oben. Die Köpfe der Polizisten folgten der Bewegung. Unwillkürlich blickte auch Jan nach oben und sah hinauf zu Charlottes Wohnung. Dann machte er schnell einen Schritt zur Seite, um besser sehen zu können.

Die Sanitäter waren schwer beschäftigt. Jan hatte Angst, zu genau hinzusehen. Aber dann erkannte er, dass es nicht Charlotte war, die da auf dem Gehweg lag. Die Person auf dem Bürgersteig war größer und schwerer. Zwei Hände drehten den Kopf zur Seite. Zuerst versperrte das Knie des Sanitäters die Sicht, dann erkannte Jan den Mann.

Sie waren sich auf einem Autobahnrastplatz vorgestellt worden. Kurz danach war er aus dem Dach eines fahrenden BMW geklettert. Jan sicherte ihn mit einem Seil, während er bei Tempo 80 auf die Motorraumhaube kletterte. Ohne Jan zu kennen, hatte Thomas ihm sein Leben anvertraut. Ein Leben, das nun beendet schien.

Thomas war gekommen, um Charlotte etwas anzutun … um Jan zu bestrafen.

In seinem Kopf hörte Jan Felix im *Bierdorf* noch einmal sagen, dass die Jungs ihm die Schuld für Pauls Verschwinden gaben.

»Wer genau sagt das?«, hatte Jan gefragt.

Felix hatte nichts darauf erwidert.

»Mit Thomas ist er schon seit der Schule befreundet«, hatte Frau Stein über Paul und Thomas gesagt. Eine Freundschaft, die Thomas viel wert zu sein schien. Mehr als Paul. Der hatte im Gegensatz zu Thomas immer neue Freunde gesammelt.

Paul hatte Jan nach Martins Tod zu dessen Nachfolger gemacht. Nicht nur in der Gruppe, sondern auch potenziell als zweiter Mann für eine Weltumsegelung. Dadurch war Jan bei Thomas ins Visier geraten.

Der Tote im Hafenbecken hätte er selbst sein können, das wurde Jan nun klar. Doch er war es nicht. Stattdessen lag Thomas reglos auf dem Gehweg. Aber was hatte er vorher Charlotte angetan? Auch sie war für Thomas zum Ziel geworden. Genau wie Marje zuvor.

Jan lief zur offenen Haustür. Die Treppen hinauf nahm er zwei, manchmal drei Stufen auf einmal. Er wollte vor der Polizei in der Wohnung sein. Er wollte nicht, dass sie ihn irgendwie zurückhielten. Er wollte wissen, was passiert war, es mit eigenen Augen sehen. Jan klingelte und trommelte gegen die Tür.

»Charlotte«, brüllte er. »Charlotte?«

Dann warf er sich mit der Schulter gegen das Türblatt. Beim dritten Mal splitterte Holz auf Höhe des Türknaufs, Schrauben verbogen sich, Metall knirschte. Den letzten Rest versetzte Jan dem Schloss mit mehreren Fußtritten.

Eine Blutspur führte von der Badezimmertür quer durch das Wohnzimmer bis zur offenen Balkontür.

»Charlotte?«

Jan fand sie gegen den Küchentresen gelehnt. Sie saß auf dem Boden, hatte ein Bein ausgestreckt, das andere angewinkelt. Sie trug nur Unterhemd und Slip. Beides war durchtränkt von Blut. Auch ihre Hände waren blutig.

»Charlotte«, sagte Jan leise und ging neben ihr in die Hocke. Vorsichtig streckte er die Hand aus, um ihren Kopf zu streicheln. Sie sah ihn mit einem Auge an. Das andere war zugeschwollen.

»Alles okay?«, fragte er.

Sie nickte langsam. »Alles super. Aber der Typ ist leider über den Balkon abgehauen.«

»Er ist nicht weit gekommen, liegt unten auf der Straße.«

Charlotte ließ das Kinn auf die Brust sinken. »Deshalb der Schrei«, sagte sie leise.

»Wo bist du verletzt? Kannst du dich bewegen? Schaffen wir es zusammen bis ins Schlafzimmer? Charlotte? Darf ich dich anheben und tragen?«

Jan war stolz auf Charlotte, nicht allein, weil sie sich erfolgreich gegen Thomas gewehrt hatte, sondern auch, weil sie trotz eines deutlichen Schocks noch immer ansprechbar war.

Charlotte bewegte vorsichtig den Kopf. »Sofa«, sagte sie. »Nicht ins Schlafzimmer.«

Jan nickte, schob einen Arm hinter Charlottes Rücken und den anderen unter ihre Beine. Vorsichtig versuchte er, sie hochzuheben.

»Stütz mich einfach«, japste sie. »Ich schaffe das Stück schon.«

Als sie aufstand, sah Jan das Messer neben Charlotte liegen. Die Klinge glänzte nicht mehr, weil das Blut daran bereits trocknete. Ebenso wie an Charlottes Händen.

Schritt für Schritt führte Jan Charlotte zum Sofa. Als sie sich stöhnend niederließ, hörte Jan Geräusche an der Wohnungstür.

»Bin gleich wieder da«, flüsterte er Charlotte ins Ohr.

Schnell lief Jan zurück in den Flur. Die beiden Polizisten, die Jan auf der Straße gesehen hatte, standen an der Tür. Einer hatte die Hand am Halfter. Er blickte auf den zersplitterten Türrahmen.

»Hallo«, sagte der andere. »Hier ist die Polizei. Dürfen wir reinkommen?«

»Moment«, erwiderte Jan und hob abwehrend die Hand. Er verschwand im Schlafzimmer, griff sich die Decke, unter der er selbst bereits geschlafen hatte, und war zurück im Flur, noch bevor einer der Polizisten die Türschwelle passiert hatte. Ohne Erklärung lief Jan zurück ins Wohnzimmer und breitete die Decke schützend über Charlotte aus. Erst jetzt war sie bereit für die Augen des Gesetzes.

# EPILOG

Die Bäume standen so eng am Wegesrand, dass die sich berührenden Äste einen grünen Tunnel bildeten. Wuchernder Efeu erinnerte an einigen Stellen gar an Wasserfälle. Jan hätte gern Charlottes Hand in seine genommen, so betörend war der Anblick des kleinen Wäldchens, durch das sie nebeneinander schritten, wenn sich zwischen den Fingern der Fotografin keine brennende Zigarette befunden hätte. Charlotte nahm einen Zug, dann sagte sie: »Lass uns zurück gehen. Irgendwie nervt mich das Gezwitscher.«

»Der Lärm ist wirklich kaum zu ertragen«, stimmte Jan zu.

Charlotte drehte den Kopf und sah, wie Jan die Mundwinkel zu einem demonstrativen Lächeln anhob. Sie zog die Stirn in Falten. »Ganz schön krank, was?«, urteilte sie über sich selbst.

»Nein, nein«, erwiderte er. »Mir tut das viele Grün auch etwas in den Augen weh.«

»Nicht wahr?«, sagte Charlotte zufrieden. Lachen konnte sie noch nicht wieder. Die genähte Schnittverletzung in ihrer linken Taille und der Bruch zweier Rippen durch die Tritte ihres Angreifers hätten es sie sonst büßen lassen. Jan bewegte sich ebenfalls etwas steif. Beim Aufbrechen von Charlottes Wohnung waren nicht nur Teile der Tür zersplittert. Auch Jans Schulter hatte ordentliche Blessuren davongetragen. Erst vor zwei Tagen hatte er seine Armschlinge wieder ablegen können.

Jan wusste, dass Charlotte oft an Thomas Lehmann denken musste. Die Staatsanwaltschaft hatte gegen sie wegen Körperverletzung mit Todesfolge ermittelt. Da der Tod des Mannes jedoch nicht durch den Messerstich im Oberschenkel verursacht worden war und es sich zudem um einen Fall von Notwehr handelte, wurde das Verfahren gegen Charlotte frühzeitig eingestellt.

Bald wurde offiziell davon ausgegangen, dass Thomas Lehmann auch in die Wohnungen von Jutta Voss und Marje Verbeek eingedrungen war. Denn obwohl er dort nicht viele Spuren hinterlassen hatte, waren die Untersuchungsmethoden des Kriminaltechnischen Dienstes doch gut genug, ihm einige eindeutig zuordnen zu können. In der entsprechenden Pressemitteilung wurde deshalb das Wort Serienvergewaltiger gewählt. Und weil alle seine Opfer in höheren Stockwerken wohnten, nannten ihn die Boulevardzeitungen fortan den »Fassadenkletterer«.

Zudem meldeten sich bei der Polizei Zeugen, nun da das Foto von Thomas Lehmann in den Zeitungen abgedruckt worden war, die ihn und Martin Frey am Abend vor dessen Tod gemeinsam in einer Harburger Bar gesehen hatten. Ob Thomas auch dabei war, als Martin Frey auf den Kran im Harburger Hafen geklettert war und vor allem, was dann geschehen war, konnte die Polizei trotzdem nicht ermitteln. Für Jan mussten sie es auch nicht beweisen. Er war mittlerweile davon überzeugt, dass Thomas etwas mit dem Tod von Martin Frey zu tun hatte.

»Was für ein Monster«, sagte Charlotte immer mal wieder, ohne sich dessen offenbar bewusst zu sein. Jan konnte nur ahnen, was für ein Kampf noch immer in ihr tobte.

Und natürlich hatte sie recht. Thomas brach die Regeln der Zivilisation und verschob die Grenzen zurück zum Gesetz des Stärkeren. Aber Jan fragte sich, wer das größere Übel war. Das Monster oder derjenige, der das Monster erschuf? Thomas hatte als Kind Fliegen die Flügel ausgerissen und sie mit einer Lupe verbrannt. Paul wusste das. Was hatte er also erwartet, als er Thomas mit seinen Ideen fütterte?

Seit dem Überfall auf Charlotte schlief Jan jede Nacht bei ihr. Seine eigene Wohnung benutzte er fast nur noch zum Kleiderwechsel. In ihrem Bett zu schlafen, war jedoch die eine Sache. Einen Platz für seine Wäsche in ihrem Kleiderschrank zu erbitten, eine andere. Jan scheute sich vor der Frage. Denn vielleicht hatte sie noch gar nicht ganz begriffen, dass er faktisch bei ihr eingezogen war. Und dass Jan dieser Zustand sehr gefiel. Also besser noch etwas warten. Es war schön, sie nach dem Aufwachen neben sich atmen zu hören. Das wollte er nicht mit dummen Fragen gefährden.

An einer anderen Stelle war Jan hingegen direkter vorgegangen. Vergangene Woche war er zu seinem Onkel Walter nach Soltau gefahren. Jan war klar geworden, dass er einen Beruf hatte, und das war nicht der eines Anwalts.

Jan war Journalist. Er verdiente seinen Lebensunterhalt mit Schreiben. Das würde auch so bleiben.

Der Teppichboden der Kanzlei war dunkel und edel. Doch alles wirkte bei seinem Besuch etwas kleiner, als er es in Erinnerung hatte. Neben der Tür zum Büro seines Vaters hing noch immer ein Schild mit dessen Namen. Jan nahm den Schraubenzieher, den er speziell hierfür mitgebracht hatte, und begann, das Schild abzuschrauben.

Onkel Walter stand hinter ihm. Aus Respekt hatte bisher niemand das Schild des verstorbenen Kompagnons angerührt, ebenso wie die Möbel und Schränke hinter der Tür. Onkel Walter klopfte Jan auf die Schulter, als das Schild ab war. Eine sehr vertrauliche Geste. Jan ließ ihn gewähren. Vor Kurzem noch hätte er diese Vertraulichkeit als unzulässigen Eingriff in seine Privatsphäre empfunden. Nun war er entspannter.

Kurz darauf erschien im Sportteil des *Harburger Tageblatts* ein Artikel, der darüber berichtete, wie Franzisca Rose jüngst mit einer Wildcard beim Tennisturnier am Rothenbaum bis ins Halbfinale vorgedrungen war. Das freute Jan sehr. Und plötzlich war ihm eine verrückte Idee gekommen. Charlotte meinte, dass der Gedanke, den er anschließend mit ihr teilte, gar nicht so verrückt sei. Einen Versuch sei es bestimmt wert. Also rief er Franzisca an, um sich mit ihr für den heutigen Tag zu verabreden. Als sie zusagte, war Jan mindestens so überrascht wie Franzisca selbst.

Sehr formell gab sie erst Charlotte und dann Jan die Hand, als die beiden sie gegen Mittag von ihrer neuen Wohnung an der Außenalster in Hamburg-Uhlenhorst abholten. Die Wohnung in Pinneberg war mittlerweile verkauft. Charlotte überließ Franzisca den Beifahrersitz und kletterte auf die Rücksitzbank von Jans Wagen. Für Franzisca wurde die folgende Fahrt eine Reise ins Ungewisse. Jan verriet ihr erst kurz vor dem Ziel, wohin es ging.

Der Reiterhof lag im strahlenden Sonnenschein, als sie ankamen. Jan hatte ihr Erscheinen nicht angekündigt. Er setzte auf den Überraschungseffekt. Ivonne Horn und der Bursche mit dem geflochtenen Kinnbart waren nicht zu sehen. Der Hof lag scheinbar verlassen in der Sonne. Nur auf dem kleinen Reitplatz bewegte sich etwas.

Die Frau, die dort ein Pferd an der Longe laufen ließ, trug wieder eine Kappe auf dem Kopf. Darunter guckte ein schwarzer Zopf hervor. Jan parkte am Zaun.

»Hallo«, rief er und schlüpfte zwischen den Stangen hindurch. Die Frau drehte sich zu ihm. Ihr Gesicht lag im Schatten der Mütze.

»Ivonne ist mit dem Wagen weg«, rief sie zurück. »Sie kommt aber bald wieder.«

»Nicht so schlimm«, entgegnete Jan. »Wir wollen nämlich zu Ihnen.«

Er deutete über seine Schulter. »Ich möchte Sie mit jemandem bekannt machen. Das ist Franzisca Rose.«

Die Frau mit der Mütze hielt das Pferd an und kam langsam zum Zaun. Jan begann zu erzählen, was Franzisca passiert war. All die Dinge, die nie in der Zeitung gestanden hatten. Als er fertig war, traten Charlotte und Franzisca zu ihnen.

»Sind Sie wirklich Anna Horn?«, fragte Franzisca leise. »Ist es wahr? Waren Sie auch in diesem Haus, in diesem Raum, in diesem Zimmer?«

Dass Anna Horn weder bei einem Segelunfall ertrunken noch von Paul irgendwo hinter dem Bauernhaus im Garten verbuddelt worden war, hatte dieser Jan selbst erzählt. Auf der Ostsee. Da allerdings hatte Jan ihm kein Wort geglaubt. Das war erst später gekommen.

»Hast du noch die Fotos vom Reiterhof?«, hatte er Charlotte gefragt, nachdem er den Artikel über Franziscas neuen Tenniserfolg gelesen hatte. »Weißt du, welche ich meine? Die aus der Heide. Die von Anna Horns Familie. Kann ich sie vielleicht noch mal sehen?«

Charlotte holte ihr Notebook und schaltete es ein.

»Wonach suchen wir?«, wollte sie wissen, während ihr anzusehen war, dass ihr die beigebrachten Verletzungen noch immer wehtaten.

»Ich suche Anna«, hatte Jan leise geantwortet.

»Anna? Anna Horn?«, fragte Charlotte verwundert.

»Was wäre, wenn sie noch lebt? Meinst du, sie wäre dann ausgewandert? Nach Amerika vielleicht? Oder …«

Das *Oder* blieb eine Weile im Raum stehen. Dann deutete Jan auf den Monitor. Charlotte drehte den Blick, sah auf dem Bild die Person an, auf die Jan zeigte. Sie stand hinter Ivonne im Round-Pen, hielt eine Longe in der Hand und drehte der Kamera den Rücken zu.

»Das ist doch die Cousine. Sag schnell, wie heißt sie noch?«

»Melanie«, half Jan.

»Aber du glaubst, das ist Anna?«

»Was denkst du?«, erwiderte Jan.

»Die Oberweite stimmt nicht. Und warum sollte sie es sein? Wozu verstecken?«

»Die Oberweite war nicht echt. So etwas lässt sich rückgängig machen. Vielleicht hatte sie keine Lust mehr auf den Zirkus da draußen. Keine Lust mehr, für Fotografen und Fernsehkameras Freiwild zu sein. Keine Lust mehr auf einen Verlobten, der sie nur ausnutzte, auf Fans, die keine Fans waren. Vielleicht wollte sie nur noch ihre Ruhe haben. In der Bauernkate hat sie viel Zeit zum Nachdenken gehabt. Paul hatte ihr erzählt, dass man sie für tot hielt. Und was gibt einem mehr Freiheit als der Tod?«

Anna Horn hatte vielleicht ein neues Leben begonnen, führte Jan seine Gedanken weiter aus. Ein Leben als Melanie. Statt in einem anderen Land unterzutauchen, hatte sie eine Cousine erfunden, die es nie gab. Damit ließ sich für Fremde die offensichtliche Familienähnlichkeit erklären.

Mit Ivonne als Vertrauter konnte sie einen Reiterhof aufbauen und leiten, ohne selbst zu sehr in Erscheinung zu treten. Die jüngere Schwester hatte genug Präsenz, um alle neugierigen Blicke auf sich zu ziehen.

Ob und was Anna mit Ivonne, ihren Eltern oder sonst wem über jene Wochen in dem Bauernhaus besprochen hatte, konnte Jan nicht wissen. Aber er wusste, dass sie und Franzisca viel miteinander zu teilen hatten, wenn seine Idee stimmte.

Nach ihrem Heideausflug fuhren sie zu dritt zurück in die Stadt. Jan fand den Parkplatz an der Außenalster und begleitete Franzisca zu ihrem neuen Zuhause. Charlotte beobachtete durch die Fenster, wie die beiden noch eine Weile auf dem Fußweg neben der Gartenpforte standen und miteinander sprachen. Dann wanderte ihr Blick zur Alster. Eine Segelschule ließ Kinder in wackeligen Booten von Ufer zu

Ufer zuckeln. Auf dem Wasser spiegelte sich die Sonne. Doch vor ihrem inneren Auge sah Charlotte etwas ganz anderes. Sie dachte wieder an Thomas. Die Schmerzen, die er ihr zugefügt hatte. An das Blut auf ihren Händen. An den Moment, als er selbst die Flucht ergriffen und sie ihn mit erhobenem Messer durchs Wohnzimmer verfolgt hatte. Wäre sie nicht gestolpert, hätte sie auf Thomas eingestochen, bis er sich nicht mehr rührte. Hätte es auch hundertmal sein müssen. Sie wusste nun eine Sache, mit der sie sich vorher nie auseinandergesetzt hatte: Sie war in der Lage zu töten. Charlotte wusste es in der Wohnung, und sie wusste es noch immer hier im Auto. Und Thomas wusste es auch, als das Messer plötzlich wieder zwischen ihnen gelegen hatte. Er musste es in ihren Augen gesehen haben. Den Blick, den er ihr zugeworfen hatte, bevor er weiter zum Balkon humpelte, würde für immer in ihrem Gedächtnis bleiben. Er hatte Angst vor ihr.

Charlotte steckte sich eine Zigarette zwischen die Lippen. Nach einer Weile wurde die Fahrertür geöffnet. Sie drehte den Kopf und sah Jan an. Der trommelte mit den Händen aufs Dach und atmete hörbar durch.

»Alles klar?«, fragte sie, während die Flamme ihres Feuerzeugs die Zigarette berührte.

»Franzisca ist hart im Nehmen«, antwortete er.

»Soll heißen?«

»Heißt, wir haben es richtig gemacht. Die beiden wollen sich wieder treffen. Franzisca sagt sogar, dass Anna ihr Versteckspiel aufgeben will. Sie wollen alles öffentlich machen und gemeinsam erreichen, dass Paul gefasst wird. Immerhin ist Anna die Einzige, die Paul wirklich gesehen hat. Sie kann ihn einwandfrei als ihren Entführer identifizieren. Das gibt den anderen Indizien viel mehr Gewicht. Er glaubt vielleicht, es geschafft zu haben und entkommen zu sein. Aber wenn die beiden sich gegen ihn verbünden und zusammen aussagen, werden wir sehen, was passiert.«

Irgendwie war es Paul mit seiner kleinen Segeljacht gelungen, auf der Ostsee zu verschwinden. Er hatte das Gewitter auf seiner Seite und den Umstand, dass Jan erst mit der Polizei über ihn sprach, nachdem er Charlotte ins Krankenhaus begleitet hatte. Der Transponder der kleinen Segeljacht hatte mitten im Unwetter aufgehört zu senden, doch weder Jan noch Charlotte, Franziska oder Anna glaubten, dass sein Boot untergegangen war. Paul lebte. Paul war irgendwo da draußen.

»Ob es noch mehr von ihnen gibt? Ich meine, außer den beiden und Kathrin«, fragte Charlotte.

»Das weiß nur Paul.«

»Er könnte woanders wieder Frauen fangen.«

»Deshalb wollen Franziska und Anna ja an die Öffentlichkeit. Die Welt soll wissen, was für ein Mensch Paul Stein ist.«

Charlotte sah nachdenklich aus. »Im Moment ist er jedenfalls frei. Klar, er wird mit internationalem Haftbefehl gesucht. Er ist auf der Flucht. Er weiß nie, ob ihn nicht irgendjemand erkennt, aber …«

Charlotte brach den Satz ab.

»Vogelfrei nennt man das wohl«, sprach Jan für sie weiter. »Von allen gejagt. Zum Abschuss freigegeben. Immerhin, Verbrecher brauchen sich an keine Regeln zu halten. Also genau das, was er immer wollte.«

»Wenn man auf der Flucht ist«, gab Charlotte zu bedenken, »muss man sich noch viel mehr an Regeln halten. Damit man nicht auffällt. Sonst haben sie einen gleich.«

Jan sah zufrieden aus. »Das wäre dann eine echte Strafe für ihn.«

»Nicht genug«, meinte Charlotte.

»Nicht genug«, stimmte Jan zu.

Er drückte sein Kreuz durch, und kurz verschwand sein Kopf wieder aus ihrem Sichtfeld. »Machen wir noch einen Abstecher an die Elbe? Was trinken? Ein paar Schiffe gucken?«, fragte er durch die offene Tür. »Der Tag hat noch ein paar schöne Stunden.«

Charlotte war mehr als einverstanden.

»Landungsbrücken oder Övelgönne?«, fragte er wieder nach unten gebeugt.

»Am liebsten an den Strand.«

»So machen wir es. Kann ja oben an der Elbchaussee halten. Dann laufen wir einfach das Stückchen den Hang runter zum Strand.« Jan stieg ins Auto, verharrte kurz in der Bewegung und griff zur Gesäßtasche seiner Jeans, um sein brandneues Handy in das Ablagefach in der Mittelkonsole zu legen. »Beinah schon wieder geschrottet. Ich muss vorsichtiger werden.«

Ein Signal blinkte am Gerät.

»Bestimmt wieder Petersen. Der kennt kein Wochenende«, meinte Jan mit einem Grinsen und gleichzeitigem Kopfschütteln. Mit wenigen Berührungen auf dem Display öffnete er die letzte Nachricht der Sprachbox und zog das Telefon ans Ohr.

Charlotte konnte die Worte nicht verstehen, doch sie registrierte, dass es nicht Petersens Stimme war, die aus dem Gerät kam. Die Stimme war höher. Sie gehörte einer Frau.

Offensichtlich irritiert ließ Jan das Telefon sinken und sah eine Weile den Segelschülern auf dem Wasser zu, bis er sich wieder zu Charlotte drehte. Die hatte geduldig gewartet.

»Das war Kathrin«, erzählte Jan schließlich. »Sie sagt, sie sei zu Hause ausgezogen. Ihr Mann sei so langweilig. Alles an ihm. Selbst dass er sie mit seinen Studentinnen betrüge, sei langweilig. Deshalb ist sie jetzt nach Lüneburg gezogen. In eine eigene Wohnung.«

Jan spielte mit der Zunge an den oberen Schneidezähnen, während Charlotte die Beifahrertür einen Spalt öffnete, die Zigarette auf dem Bordstein ausdrückte, den Stummel in den Rinnstein fallen ließ und die Tür wieder zuzog. »Was noch?«, fragte sie dann.

»Kathrin sagt, sie sei gestern am späten Abend bei Rot über eine Ampel gefahren. Weil links und rechts frei gewesen sei, sagt sie. Sie wollte nicht länger sinnlos an einer Kreuzung stehen, nur weil ein Lämpchen das von ihr verlangt. Wie könne ein Lämpchen es wagen, über ihr Leben zu bestimmen?« Jan drehte den Kopf und sah Charlotte direkt an. »Sie sagt, sie sei aufgewacht.«

# DANKE

BIST DU NICHT WILLIG erzählt, wie Charlotte und Jan sich kennenlernen und auch privat ein Paar werden. Charlotte macht ihre ersten Schritte als Fotografin bei einer Tageszeitung, und Jan findet nach einer persönlichen Krise zu seiner wahren Berufung und Passion. Dies macht diesen Band der Thriller-Reihe mit den beiden Hamburger Journalisten besonders. Und dies ist auch der Grund, weshalb der Roman schmetterlingsgleich verschiedene Entwicklungsstufen durchlaufen hat. Dieser Prozess, um es genau zu nehmen, hat bis zur Erstveröffentlichung 13 Jahre gebraucht. Eine Zeit, in der viel passiert ist.

Grund genug, hier zwei Menschen zu erwähnen, die das Projekt von Anfang an begleitet haben. Das ist zum einen Armin Werra. Er ist stets mein Erstleser und hat auch dieses Manuskript in seinen verschiedenen Fassungen kennenlernen dürfen. Zielgenau legte er den Finger auf die Stellen, wo ich die Spannung noch etwas anziehen und wo ich den Hauptfiguren noch etwas mehr Kontur geben durfte. Armin, vielen Dank fürs Durchhalten. Dein Optimismus pusht mich immer wieder nach vorn. Ich wünsche dir viel Erfolg für deine eigenen schriftstellerischen Werke. Sie sind so humorvoll und skurril, dass sie beim Lesen einfach nur Spaß machen.

Zum anderen ist es Anke Meyer-Kleinknecht, die den vorliegenden Roman ebenso wie alle bisher erschienenen Bände zu erheblichen Teilen mitgetragen hat. Die vielen Gespräche, die wir im gelben Schein der Küchenlampe oder auf der Hollywoodschaukel inmitten der grünen Wildnis, die wir unseren Garten nennen, geführt haben, trugen nicht nur zum

Ordnen meiner Gedanken bei, sie waren auch vielfach Inspiration und fanden nicht selten Eingang in meine Romane. Liebe Anke, du liest die Texte nicht nur mit gekrauster Stirn und gespitztem Stift für mich, sondern bietest mir auch die Freiräume, die ich fürs Schreiben brauche. Bei BIST DU NICHT WILLIG war es deine Coaching-Praxis, die du mir in der Endphase vor der Skriptabgabe zur Verfügung gestellt hast. Zwei Wochen konnten dort meine Finger noch einmal von der Außenwelt ungestört über das Keyboard fliegen, um dem Text den letzten Schliff zu geben. Kein Telefon, das einen aus den Gedanken reißt. Keine bellende Luna, wenn die Gartenpforte quietscht. Kein Postbote, der Pakete an die Haustür liefert. Das war für mich Gold wert. Du bist es sowieso.

# Reporter Jan Fischer und Fotografin Charlotte Sander ermitteln:

**1. Fall: Sturmgepeitscht**
ISBN 978-3-8392-0080-3

**2. Fall: Hamburg im Zorn**
ISBN 978-3-8392-0265-4

**3. Fall: Bist du nicht willig**
ISBN 978-3-8392-0560-0